柏杨
旷野

五十年代台湾新移民小说系列

柏杨的小说在台湾文学史的位置如何，也是一个值得探讨的课题。应凤凰《柏杨五十年代小说与战后台湾文学史》试图回答这个问题。在这篇论述中，应凤凰除了探究柏杨小说的命运与特征，也试图将他的小说放在战后初期的社会背景，以及1950年代台湾文坛的主导文化之中进行评价。她认为，"总看柏杨小说风格，较为突出的，还是其中所蕴藏的批判性，可以说，六十年代后的杂文书写，正是这种批判精神的延长"；而此一批判精神是和当时的主导文化格格不入的，不能一概以"反共文学"加以概括。应凤凰也指出，柏杨写于1950年代的写实小说（如《挣扎》等作品），"明显被忽略"，其中表现出的大陆知识分子的心境和处境，"是战后初期台湾这个殖民社会一幅生动的写照"，应为文学史家所重视。(台北)"国立台湾文学馆"出版《台湾现当代作家研究资料汇编》

人民文学出版社

著作权合同登记号　图字 01-2011-3575

图书在版编目(CIP)数据

旷野/柏杨著.—北京:人民文学出版社,2013
(柏杨小说系列)
ISBN 978-7-02-009699-2

Ⅰ.①旷… Ⅱ.①柏… Ⅲ.①长篇小说—中国—当代 Ⅳ.①I247.5

中国版本图书馆 CIP 数据核字(2013)第 020350 号

责任编辑　常雪莲
责任印制　史　帅

出版发行　人民文学出版社
社　　址　北京市朝内大街166号
邮政编码　100705
网　　址　http://www.rw-cn.com

印　　刷　河北新华第一印刷有限责任公司
经　　销　全国新华书店等

字　　数　227千字
开　　本　880毫米×1230毫米　1/32
印　　张　14.375　插页1
印　　数　1—5000
版　　次　2007年11月北京第1版
印　　次　2013年12月第1次印刷

书　　号　978-7-02-009699-2
定　　价　36.00元

如有印装质量问题,请与本社图书销售中心调换。电话:01065233595

序

陈建功

斗胆给柏杨先生的小说写序,是因为柏杨先生及其夫人张香华大姐的嘱托与鼓励。柏杨先生我神往久矣,以前一直不断读到他的杂文与说史著作,想见其为人,早已高山仰止,后来又多次承蒙他的关心和抬爱,然而至今未瞻道范。忽接人民文学出版社编辑常雪莲女士手札,转告柏杨夫妇美意,说该社即将出版柏杨小说系列请我作序,冷汗当即冒将出来:小子何德何能,应承这等差事岂不自找附骥之议?几次欲连线台北,找香华大姐请辞,又自省接到这差事时,十分感动之余,内心深处还是有几分得意的。现在又"虚情假意"般谢绝,是不是有点"丑陋的中国人"的味道?呜呼,柏杨先生,一语成谶,真真让晚生我左右为难也。

"附骥"于柏杨,始于1984年。那年秋天我访美归来经香港小停,受到香港作家彦火(潘耀明)兄的接待。彦火请我回内地后,代为联系十位作家,编选各自的作品集,由他介绍在台湾出版。当时台湾还没有解除所谓的"戒严",引入大陆作品是冒着极大风险的。作为十人中的一个,又作为这一批大陆书稿的牵线人,我不能不对彦火兄的创意提出疑问。这才知道在台湾岛上出面的,是柏杨先生。听到这大名心中一震,暗道这老倌已经为"大力水手"事件背了"污蔑党国领袖"的罪名,坐了九年零二十六天的大牢,看来仍有"太岁头上动土"的胆量啊!此公以"前科"之身,求朋告友,担冒风险,我辈若犹疑于后,岂不羞煞?由此便有了林白出版社出版的十卷本"中国大陆作家书系"在台湾之"登陆"。窄窄的一道海峡,数十年的人为阻隔,柏杨先生应算作最早衔石填海的一个。时至今日,回想先生"导夫先路"之功,焉能不感慨系之?

再次和柏杨先生、香华大姐取得联系,是在我兼任中国现代文学馆馆长之后了。柏老与中国现代文学馆的缘分,源起于柏老香华夫妇与文学馆前任副馆长周明先生二十多年的友情。早在三四年前,柏杨先生就已经向中国现代文学馆捐赠过一批珍藏书籍,同时建立了柏杨文库。我到任后不久,即接周明通报,说柏老又要将自己一大批珍贵的资料和文物无偿捐赠到中国现代文学馆。闻知此讯,大喜过望,由此才有周明渡海,将柏杨先生的捐赠运回之举。据说这些藏品出岛来归,还引起了海外议论纷纷。由此我想起先生在讲史时说过的一段话。先生说,我们的国家只有一个,那就是中国。我们以当一个中国人为荣,不以当一个王朝人为荣。当中国强大如汉王朝、唐王朝、清王朝前期时,我们固以当一个中国人为荣。当中国衰弱如南北朝、五代、宋王朝、明王朝以及清王朝末年时,我们仍以当一个中国人为荣。中国——我们的母亲,是我们的唯一的立足点。我以为,理解了先生的"立足点",就理解了先生的中国史观,也同样不难理解《丑陋的中国人》里所呈现的"中国对全世界全人类文明所做的尊严贡献"。那么,先生作为一个中国人,把自己毕生心血的结晶捐赠给中国现代文学馆收藏,也同样不难理解了吧。

作为杂文家和史学家的柏杨先生,早已为大陆读者所熟知。先生从上世纪六十年代开始写杂文,文笔犀利,时有新见,振聋发聩,世人瞩目。先生的许多文字都以猛烈抨击社会痼疾和社会黑暗面为主题,《丑陋的中国人》、《酱缸,千年难醒的噩梦》等代表作,以独到的思考和深刻的剖析,警醒着一代读者,也必将成为一代一代中国人传之久远的精神财富。先生的历史学著作如《柏杨版资治通鉴》同样生气勃勃,充满了新知和创见。先生在狱中完成的《中国历史年表》、《中国帝王皇后亲王公主世系录》和《中国人史纲》,也是具有开拓意义的著述。然而,作为小说家的柏杨,似乎还没有为大陆广大读者所熟悉。

其实,柏杨的小说是不可忽视的。柏杨自道,他的人生是十年小说,十年杂文,十年坐牢,十年历史。

作为一个作家,哪一个十年可以忽视?

柏杨小说系列中所选的小说,似可说是柏杨小说佳作之集大成者。

我喜欢这些作品,首先因为它好读。几个月来,出版社送来的该书校样伴我度过了愉快的时光。其中不少篇章深深吸引了我,令我难以释卷。"好读",在一段时间里曾为士林所不齿,甚至还见过一些小说家的声明,称诘屈聱牙者方为小说上品。私心每以为惑。不好读的,还算是"小说"吗?不好读,小说家还有饭碗吗?如果我没有记错的话,柏杨先生对自己的小说,也曾有过一个"声明",说他力争头几句话(或说头一句话)说出来,就把读者抓住。为这"不装孙子""不弄玄虚"却深谙"小说"要义的坦诚,忝为同道的我恨不纳头便拜,引先生为师也。窃以为人文社所选先生诸作,实行了先生的"好读主义",相信诸公读后,应感欣悦。

"好读"之为某些人所不齿,也确实其源有自。商业化时代,一些小说借"好读"而媚俗,由此把"好读"变成了低俗庸俗的代名词。于是在某些"纯文学"作家眼中,"好读"便成了浴盆中的婴儿,和脏水一道被泼将出去。柏杨小说,"好读"却不俗,"曲高"而和者众。因为它们于"好读"中关注人性的复杂、关注人权的维护、关注心灵的尊严与救赎。我以为,关注"人",恰是文学的最高境界。而柏杨的关注,更以"形而上"为其旨归,题旨所呈现的哲理化特色成为了柏杨小说的个性风貌。

按照大陆一般评论文字的规矩,往下该说到柏杨小说的艺术特色了。虽是晚辈,对作为小说家的柏杨,自认为心灵是相通的。一本正经地谈论先生小说的艺术结构、叙事风格,对于晚生我来说,实在是很别扭的一件事。对于先生来说呢?也未必不别扭。因为我想起早在十几年前,看过先生的《求婚记》,先看那"自序"便已忍俊不禁。先生之要作小说,似乎有点"抬杠"性质——"盖听说有些不开眼人士,认为柏杨先生其笨如牛,不会写学院派小说,咦,是何言欤?……我有啥不会的?逼得紧啦,我就生个娃儿教你瞧瞧。"又想起先生的《古国怪遇记》前言——"夫柏杨先生,生有异禀,少有雄心,气壮山河,伟大卓然,年高德劭兼天纵英明,十八般文艺,件件精通。不但杂文天下第一,地上无双;小说也同样的天下第一,地上无双。……谁要说我不是旷世奇才,谁可得小心,万一黑巷子里有人飞砖,把贵阁下尊头上打一个大包,可别往我身上赖……"以此等游戏心态来作小说者,已臻化境。嬉笑怒骂,妙趣天成。我若还人模狗样地"柏杨小说之结构语言"云云,岂不是在圣人面前卖《百家姓》?

被老爷子"夫妻档"哄将上来写什么"序言",这已经折了寿。再班门弄斧一番,但愿别遭遇"黑巷子"里"飞砖"才好。阿弥陀佛。

打住。聊以为序。

2007年8月24日

阅读柏杨(序二)

陈忠实

闻知并记住柏杨,不觉间已有二十多个年头了。那是上世纪八十年代中期,文学朋友碰面聚首时,传递着台湾作家柏杨的名字,新奇到颇带某些神秘的色彩,原因是他的一本名曰《丑陋的中国人》的书在西安传播,首先在敏感的文学界乃至范围更大的文化界引发议论,似乎媒体上还有不同意见和看法的争论。

我闻知这个信息时,当即到街头最近的一家书摊上买到这本书。那时候我住在原下的乡村老屋,夜静时读《丑陋的中国人》,竟读得坐卧不宁击掌捶拳,常常在读到那些精妙的毫不留情的议论时走出屋子,点燃一支烟,站在我的寂无声息偶闻狗吠的乡村小院里,面对着星光下白鹿原北坡粗疏的轮廓,咀嚼品咂那种独到的尖锐和深刻,更感到一种说透和揭穿的勇气,令人折服,更令人敬佩。就我的心性而言,这是很自然发生的情感和情绪。我可以不在意某些自我感觉良好到自我膨胀再到大言不惭胡吹冒撂的人和事,而当读到那些在自己尚未意识尚未发现的独到见解时,一种新鲜的富于启示的深刻,便自然地折服并出示敬重的情感了。一个令我折服并敬重的名字,是不会忘记的,这是柏杨。

二十多年后的今年夏天,我有机缘阅读柏杨的小说,如同初读《丑陋的中国人》时一样发生深层的心里震撼,却也有明显的差别,《丑陋的中国人》里的柏杨,是一个犀利到尖锐的思想家,而敢于直面直言说出自己的独自发现,让我看到一个独立思考者的风骨,甚至很自然地联想到鲁迅;隐藏在一篇篇小说背后的柏杨,却是一个饱满丰富的情感世界里的柏杨,透过多是挟裹着血泪人生的情感潮汐,依然显现着柏杨专注的眼光和坚定的思想。

以柏杨的短篇小说集《凶手》、《秘密》为例,柏杨的眼光专注于台湾社会的底层生活,这是我阅读的直观感知。在他以各种艺术方式结构的短篇小说里,几乎全部都是挣扎在底层社会生活里多种职业的普通人——业务员,公司职员,雇员,教授或教师,娼妓等。每个人几乎都有痛苦到不堪存活的生存难关,都是令人心头发紧发颤的悲剧性人生。几十篇短篇小说里的百余个各色人物的生活悲剧,勾勒成上世纪五六十年代台湾社会生动、逼真的情状,万象世态里的社会不公,虚伪奸诈,金钱和物质对人的形形色色的扭曲,读来真有屏息憋气汗不敢出的阴冷和惨烈。

《相思树》里写了一个曾经负过伤的抗日连长,失业落魄,到处寻找打工而打不上工,连坐公交车的五元钱也凑不齐,到一个曾经在大陆时有交情的朋友开的饭馆蹭饭吃,不料这饭馆主人因入不敷出而破产,竟吊死在窗外的相思树上。这位流浪街头的抗日连长，面对吊死的朋友，思念起他的为他从骨缝里掏出子弹的女儿。更令人惨不忍读的是《路碑》，也是一位参加过抗日战争的士兵，曾经在肉搏战中用枪托打得日本鬼子脑浆迸溅的英雄，在妻子生小孩时需要一支三十八元的止血剂，而手中只有五元钱，到几位熟人处借钱分文未获，尤其是那个被他从日军俘虏营里救出的人，到台湾后发了财，却把他巧妙地支开了。他忍痛把孩子身上的毛衣脱下来送进当铺仍凑不够钱数，妻子因抢救不及死在产床上，他于悲痛到绝望时冒着大雨跑到抗日纪念碑前，把被日本鬼子刺伤的疤痕敞亮给天空和雷声，撞碑而死。我读至此，已听到隆隆暴响的雷声，已看到这位英雄撞到石碑上迸溅的鲜血，也分明看到石碑后柏杨愤怒的眼睛。他的呐喊，在那位抗日英雄脑袋撞碑的血花里，如雷一样轰响。

　　柏杨说，社会悲剧是时代造成的。上述这两位抗日老兵在上世纪五六十年代的台湾的人生悲剧，读来令我触目惊心，甚至有不忍不敢再往下读的恐惧感。这样的阅读心理的发生，许多年已经没有出现过了，类似年轻时读维克多·雨果的《悲惨世界》和《巴黎圣母院》的情景。不单是我对这两位在民族危亡时刻，以鲜血维护我们尊严的英雄的非人生活难以承受，更多的篇幅里所描写的普通人艰难挣扎的生活状态，同样使我透不过气来。《进酒》里写了一位失业的大学教授，在完全的绝望里发出无奈的天问，人生下来的目的是什么？他自己的回答是，人与猪是一样不可选择的。《窄路》里写了三个少年时代的好伙伴后来的人生历程，一个为求职做小学教员四处求情而不得；另一个受过高等教育的高材生，恪守道德和人的尊严而不甘低眉，落得窘迫而死，女儿于困窘无奈的境况下私开娼馆，出卖自己；从马来西亚回来的韦召去看他的朋友时，瞅见了沦为娼妓的朋友的女儿，已经没有了羞耻感，其母（朋友妻）不仅和女儿一样面对昔日的朋友毫无惭色，反倒咒怨丈夫生前给她什么也没留下……这种咒怨和控诉，与其说是对着死去的丈夫，毋宁说是对着那个时代里的台湾社会。《客人》里同样写到一位受过高等教育的失业者惨不忍睹的生活情景。他于中国人传统的端午节时买了三个粽子，那么一小点花费惹得夫人生气发火。夫妇二人却诚恳地招待了处于饥饿摧残中的一对父子。父亲无疑也是一位有知识的失业者，竟然一连吃下六碗米饭，而不好意思夹菜。这些挣扎在饥饿乃至死亡线界上的公务员、教授等人的情状，最自然最直接地揭示着社会对人的摧残。而在一篇篇不事任何夸张和矫饰的沉稳的文字叙述里，我感知到柏杨关注社会民生的强大思想，这种思想决定着他全部情感的倾向，就是不合理的社会里无以数计的不幸男女，他的眼睛不仅关注这层人群，而且十分敏锐和敏感。在我理解，正是这一点，决定着一个作家的基本质地，决定着他独立存在的永久性，也决定着他的创造意义和生命价值的无可替及。

  柏杨还说，个人悲剧是个性造成的。这句话是前一句话的另一面，构成柏杨审视社会和人生的双重视角。《凶手》写了一个嫉妒到极端的人的畸形心理。这种嫉妒不断产生无法缓解更无法消除的仇恨,残忍到连自己也承认为禽兽不如。柏杨在这里展示出一种恶的人性,一种把卑鄙演示到极端的人性。《陷阱》更是人性恶的更深刻的展示,一个名叫钱国林的年轻人,为北洋政府上海特务机构供职,先设奸计诬陷他瞅中的婉华为革命党,再把这个诬陷的罪名栽到婉华的恋人家康头上,先致婉华入狱,再致家康被酷刑施暴致残,蹲三十五年牢狱一直到死,心里的冤屈也无法辩白,更无法向婉华表白。钱国林以这件罕见的阴谋获得了婚姻的目的,娶了婉华。婉华和一个杀人不眨眼的魔鬼生活在一起。这种恶的人性酿造的惨剧,读来令我后脊发冷,却也超出了一般个性的理解,主宰个性的是品德,以及能任这种披着人皮的魔鬼恣意的那个社会。作家柏杨鞭挞的既是人性之恶,更鞭挞社会之恶。在那样的社会生活里,这种人性之恶既得助于权力而膨胀,也依赖财富肆无忌惮地横行。《一叶》里的老板和秘书偷情被老婆察觉,却怀疑魏雇员偷窥泄露,不仅解雇使其失业,而且陷入更惨的绝境。偷情的女秘书此刻被老板送到美国留学。这里的个性也让人更深地看到社会,穷人和富人,道德和法律,对人性善的扭曲以至摧残,对人性恶的张扬和横行。柏杨对个性造成的个人悲剧的一篇篇小说里,其实都不局限在单纯的个性层面,让我感到更广阔也更深层的社会背景里的丑恶,才是这种人性恶得以肆无忌惮地给善良的人群造成伤害的根源。

柏杨的这种坚定而深刻的思想,显然体现他的一组爱情题材的作品里。柏杨冷峻的眼光所透视出来的爱情形式,大多数不仅缺失浪漫和诗意,而且有一种痛切的强烈感受。《秘密》写了设计致死哥哥又逼得父亲自杀的逃犯徐辉,在一个月夜把叶琴诱到豪华公馆,说他已继承了千余万美元的家产。这个本来不大乐意和他游园赏月的叶琴,一下子就叫起哥哥了,就接吻并把身体献上了,山盟海誓永远陪伴徐辉。这些行为一般看作肤浅,似乎无大非议,令我触目惊心的是,徐辉完成野合之后,便一幕一幕揭开秘密,父亲信赖哥哥而把继承权决定不传给他这种不成器的儿子,他便设计害死哥哥,活活逼得父亲自杀,警方把全部家产没收,他背着债务一无所有从马来西亚逃回中国。这个叶琴在听到他杀兄夺财的恶行时,不仅丝毫不以为残忍和丑恶,反而继续表白着爱的誓言,赤裸裸地说:"即令你是凶手,不要说你仅仅是弑兄凶手,甚至你竟是弑父凶手,都不影响我对你的爱。爱情如果连凶手都不能包涵,那还叫什么爱情呢……"读到这里,我的心头不由得发生颤栗,同时依着这句惊心动魄的话,相应对出一句话来,爱情如果连杀人凶手都能包涵,那算是一种什么爱情呢!一个陷害谋杀了哥哥又气得父亲自杀的在逃犯,仍然受到叶琴的毫不动摇的爱的表白;而当他说明负债逃亡身无分文的真相时,她不仅断然告辞,连亲昵的称呼也不准他叫,甚至几乎甩出耳光。变脸鸡也比不得,一个绝妙的讽刺。我似乎尚未读过这样令人惊心动魄的爱情故事,一个狼一样的男人和一个狼一样的女人,金钱让狼一样的男人杀兄逼父,狼一样的女人爱的是男人抢夺的美元。爱是什么?这样赤裸裸的表达,连狼和凶残的虎豹也不及了。《窗前》类似于上述的故事,却挖掘出"爱情"这个迷人的词汇里另一番滋味,一个女人对男人的态度的转变,在于男人在美国获得了一笔数目可观的奖金,由原先动辄打骂男人,变为被男人抽打。这里我也不无吁叹着发问,爱是什么情是什么? 美元左右着一对夫妻的情感和行为。如此残酷阴冷的爱情,想来令人毛骨悚然。《沉船》倒是令我感到一种慰藉,一个痴心鼓励帮助妻子出名谋利的男人,在妻子实现了目标后,却被遗弃了。许多年后接到妻子病危时的来信,对他追悔致歉。终于让我难以承受的神经松弛下来,作为人的良知终于苏醒回归。仅举这三篇小说,可以看到"爱情"这个在所有种族的人心里都泛着幸福浪漫波浪的词汇,在名利尤其是物质这个更实惠的东西面前,不仅一文不值,而且丑恶到不眨眼不脸红的残忍,即人们常说的灵魂的扭曲。我读到这些篇章的时候,倒产生一点疑问,是经不得架不住物质的诱惑,使某桩原本纯净的爱情变得污浊不堪,使某个原本真爱着也善良的灵魂变得丑恶到残忍? 还是那灵魂那人性本来就是一种污浊和残忍? 这是柏杨观察体验到的上世纪五六十年代的爱情种种,半个世纪后的今天,海峡那边的台湾我不敢妄议,海峡这边的爱情范畴里的五光十色,且不依作家笔下虚构的故事为据,也不依民间传闻为据,单是各种媒体依实报导的南方北方的丑闻,足以让人对爱情的浪漫和真实性做出再理解,也让我信觉柏杨先生半世纪前那个独具的犀利而冷峻的眼光。

难得在这一辑爱情题材的小说中,有少数几篇写到人人心里所期待的真正的爱,让我感到阴冷不堪的心享受到一缕温情。《拱桥》写了一个类似《五典坡》戏剧里的三姑娘的现代女子,爱上了给她做家教的老师,而这个老师却是考上大学却上不起大学休学打工养家的乡村穷人。她爱他爱得纯洁无瑕,爱得深沉,深沉到蔑视一切社会名利和物质利益,敢于表白"不要把我当作总经理的女儿",也敢于当面对抗父亲。我读到这些令人感动的情节时,便想到那个苦守寒窑十八年的宰相的女儿王宝钏。结局却不是王宝钏式的大团圆,这个痴情纯美的女子被父亲几乎是捆绑押送美国留学,十年后以名牌大学教授归国任教,教室里坐着得以复学的超大年龄的昔日家教老师。这个悲剧性的结局尽管令人徒生慨叹,却毕竟让人领受到纯美的爱情的温馨。我也因此联想到三姑娘的古典戏剧人物而颇有领悟,从唐代到当今,人类追求理想爱情的愿望和实践,由此发生的对权势和物质的蔑视行为,从来也没有绝迹,让爱的真实含义一如既往地激励着也温暖着一个又一个年轻的追求者。《莲》的两个男女,堪为出于污泥而不染的形象。女主人公被生活压迫到卖淫救夫养子,却在灵魂深处划开一道凛然的界线——夜晚是属于嫖客的,她也进入魔鬼界域;天亮之后是属于自己的人格,再回到一个善而且美的有尊严的人的界域。男主人公是学生时代追求她而未能如愿的同学,进入社会后事业有成,闻知昔日的偶像沦为私娼,用了巧计才找到她,开始以真诚的救助。两个人此刻的遭遇,恐怕任谁读到此处都难以平静,都会对社会发出吁叹,也为这一对男女的善和美由衷地发出赞美。

爱情是一个永恒的主题,不同的种族尽管有不同的习俗,而对爱的真实性和纯洁性完全一致;爱在不同的历史阶段不同的社会制度下有不同的形态,而人追求理想爱情的愿望总是一样执著和痴迷。从另一个角度说,社会地位和物质财富,却是任何社会形态里必须面对的一块爱的路障,种种爱情人生由此发生各各不同的故事,如同柏杨先生所演绎的种种,令人不单触目惊心,自然更会进入关于社会和人性的思考。这个永恒的话题,在物质生活远远超越上世纪五六十年代的今天,诸多爱的悲剧和丑剧,似乎更突显着物质这个路障的普遍性因素的功能,尤其在先富起来的人群里多所演绎,对照柏杨小说里多因物质窘迫生活陷入绝境而发生的爱情悲剧,今天的现实生活似乎却因膨大的物质,而把浪漫纯净的爱弄得扭曲而又浑浊了。不过,仍是物质这东西的寡与多的功能性呈现。

柏杨的小说大都有一个紧紧抓住读者的故事。这些故事不是随由想象为猎奇而编织的传奇,而是真正意义上的从生活到艺术的甚为完美的创造。这些故事与社会传奇性质的故事的本质性区别,在于后者是娱乐,而柏杨着意在对人的灵魂的叩问,对人性的各个层面的揭示,既是曲折抓人的情节,更是令人意料不及备感震撼的人生悲剧。这些故事首先以不容置疑的真实感抓住我,甚至常常让我猜想到生活里真实发生的事件,柏杨把它创造为更富社会意义的小说。这是柏杨的创造理想和艺术追求,也是柏杨独有的艺术功底。尽管作家们关于小说要不要故事情节各执一端,还有主张无故事无情节甚至无人物的小说,都是不同作家对于小说写作的不同理解和不同追求,无可厚非。柏杨显然是注重情节和故事性的追求和探索的。在我的阅读兴趣里,偏好情节曲折故事扣人心弦的小说,阅读柏杨小说就充满快意。

柏杨十分讲究小说结构。往往先以悬念横在读者眼前,诱发读者继续阅读的好奇和兴趣,然后逐步一扇一扇打开所写人物生活历程中愈陷愈深的灾难之门。几经转折,就把人物心灵世界的各个侧面和社会背景里的险恶都展示出来了,活生生的各个生活位置上的人就呈现在我的面前。柏杨短篇小说结构呈现着灵活多样千姿百态的技巧和灵性。尽管都有一个紧紧抓住读者阅读兴头的故事,尽管屡设悬念,然而却几乎不见一篇是从头到尾循序铺展娓娓道来的故事,多是依不同人物的不同人生境遇,恰到好处地结构着人物心灵中的情感波动和转折。《重逢》写一位因孩子重病无钱救命偷盗公司黄金而入狱的男子,从他走出监狱铁门写起,着重不在当年犯罪,而在出狱第一天的更残酷的遭遇。他在回台北的火车上,情急中误登头等车厢,在往自己的三等车厢走去时,撞上了他十年未见的妻子。在头等车厢里,妻子正倚在一个男子的肩头,"那男人怜惜地握着她那涂着鲜红蔻丹,而又柔顺地放到他掌中的纤纤手指"。他为她和他们的孩子偷盗,在狱中苦熬十年而终于要见到妻子和孩子,却是在头等车厢看到倚在别一个男人肩头的妻子。头等车厢和"涂着鲜红蔻丹"的手指,不言而喻着全部残酷的现实。然而并未就此止步,这个妻子又与警方暗中联手,把他再次诱入陷阱。他白坐了十年监狱,不仅未得一文钱财,连妻儿也全丢失了，且不是通常生活困窘的丢失，而是由背叛衍生的伤害。这是一篇让我受到强烈震撼的短篇小说。稍微平静下来，我便重新自头至尾翻阅，意在这篇小说的堪称精妙绝伦的叙事结构。这样一个令人震撼的人生悲剧，这样两个曾经是夫妻的男女的灵魂，作家柏杨用了不足八千字就揭示得如此淋漓尽致。作为作家的我，颇受启发，一篇小说一般都有几种叙述方式，作家得认真寻找到一种最好的结构，不可随意为之，柏杨有示范的意义。

柏杨总是能找到适合某个特定人物展示灵魂的小说结构。翻一面说，他的结构方式不是单纯的出奇制胜，而是以特定的人物为对象，寻找最恰当的结构和叙述方式。这样，因为表现对象——人物的本质差异，结构形式和叙述方式就呈现着各自的架构和形态，不拘一格，也难见熟路。《约会》是柏杨短篇小说中篇幅较长的，写一位侨居国外大半生的六十七岁男子回到曾经发生初恋的小城，于重病在身而不顾，夜里重新踏踩曾经与恋人走过的一个又一个角落，回嚼如酒如诗的初恋的美好，在一个越过半个世纪的老人心里引发的复杂感受。整篇作品就只有这个老人，没有矛盾没有伏笔，这是很难写的一种结构。我却看到在这样单调的时空里，柏杨把一个人的情感体验写得动人心弦，而叙述方式也让我联想到意识流文体，却又不是。一个短篇小说，一个单调的时空背景下的老人，写得如此自如又如此令人感伤，真可见柏杨笔下功夫，也是我前述的以描写对象选择结构和叙述方式的别具一格的文本。与这个短篇构成对照的是《夜掠》，也是从出场到谢幕只有一个人物，却是一个年轻的女性,一个自我顿悟了因自强自尊而耽误了婚恋的女人,用一种近乎变态的自我惩罚的方式做一回自我放纵,夜间出游,寻找随便遇到的男子,寻找被强暴的快感,结果却被一个醉鬼吐得满身满脸……单从结构说,以一个人物的单独行为构成一篇小说,把一个复杂的心理和情感写得如此生动逼真,真是让我钦佩。另有前述的《秘密》,就其丰富的故事背景和内容,也许可以展开一部长篇小说,柏杨却把它裁剪成不足万字的短篇小说,时间仅只半个夜晚,空间是一个家族花园,以两个恋爱男女现在时的行为,一步一步揭开过去时的一桩惨烈的家庭悲剧,把一对毒如蛇蝎的男女的丑恶灵魂展示出来。这个结构和叙述方式,非大家手笔想能做成。

我甚为敏感柏杨小说的语言,简洁干净,紧紧把握着人物的心理走势和情绪脉络,达到一种准确到位而又丝毫不过不及的叙述,也达到揭示人物心灵隐秘刻画个性的艺术效果。没有一句废话,也不见游离人物心理动向之外的一句闲话。我之所以对此尤为敏感,是常见某些小说里不着人物裙边发梢的废话闲话多余的话,作者不管笔下人物此刻心理的冷暖,只顾自己随着兴趣和性情离题三尺地卖弄,把叙述的大忌变为得意。柏杨的叙述语言和描写语言,都把握着一个艺术的度,这个度决定于笔下的人物,这也应是如何把短篇小说写得短的一条途径。另,语言的简约和含蓄,应给读者丰富的想象余地和再创造的开阔空间,确也是作为作家基本功力不可轻而大意的事。《重逢》里我已列举过的那个出狱的男子,在火车上意外撞见妻子,柏杨只写了"头等车厢"的环境,再写了妻子"涂了鲜红蔻丹的手指",这样的细节,再不做多余的介绍,就让读者理解到妻子为什么会倚到那个男人的肩头了,把复杂的过程全部省去了,留给读者关于情感的分量和价值再审视的一个含蓄而又严峻的空间。读到此处,我确切领悟出,含蓄既是一种语言功夫,更是柏杨独禀的语言智慧,一种天赋的自然呈现。

上世纪八十年代后期柏杨回到西安,走后我才知道,陕西作家协会搞联络接待的同事说,无法与我联系上。我那时住在西安城东郊一个偏僻村庄,不通电话,我便错失了拜见柏杨先生的机会,甚以为憾。许多年后,我系统阅读柏杨的小说,这种积久的遗憾得到很大的补偿,不敢说全面,我已经在精神内质和心理气脉上,得知到了柏杨。我曾经在一篇文章中写到过我的体验,想要了解和学习一个作家,最好的途径是阅读他的作品。道理很简单,作家可能在社会生活中因种种因由隐蔽某些观点,甚至坚不吐口;而在稿纸上,作家总是煞费苦心倾其所有能耐,把自己关于社会关于人生的理解和体验展示出来,那一行行文字中就呈现着作家的思想和人格。我阅读柏杨的作品,也在阅读柏杨;我被一篇篇小说的多是悲剧人生的人物感动着震撼着,也被关注着并把社会生活的不公和人性里的恶展示出来的柏杨先生的人格和思想震撼着感动着,一个令人敬重也钦佩的柏杨的风骨铸入我心里。

柏杨的小说,全部面对社会底层的各种生活位置上的男女,又都是不合理社会结构里人的无能逃脱的悲惨人生,还有人本身的丑和恶给他人制造的灾难;即使如爱情范畴的小说,也是更多地透析着上述两方面的决定性背景和因素。我便看到柏杨面对这些悲惨人群的凛然姿态,把这些人的命运遭际诉诸文字,向社会抗争和呐喊,柏杨的思想,柏杨整个的情感倾向,柏杨一双冷峻的眼光的关注点,都在社会大众人群里。这样的作家,我是引以为敬重和钦佩的。

2007年9月11日于二府庄

目　录

序 …………………………………… 陈建功　1
阅读柏杨(序二) …………………… 陈忠实　6

旷　野

提要 ………………………………………… 3
序 …………………………………………… 5
一 …………………………………………… 9
二 ………………………………………… 42
三 ………………………………………… 85
四 ……………………………………… 125
五 ……………………………………… 147
六 ……………………………………… 177

七	200
八	234
九	286
一〇	307
一一	334
一二	364
一三	402
一四	417
一五	432
后记	437

旷野

提　要

　　《旷野》是一部约三十万字的长篇小说，里面有五六个故事在连贯中又能够各自独立，男女主角也不限于只有一个。在《我和〈旷野〉》这篇文章中，柏杨交代了《旷野》形成的过程，他说这部小说是他的朋友戴瑞生和文兰华夫妇告诉他的一个真实故事，原本想再请两位更深入地叙述，但终不能如愿，于是柏杨靠着记忆完成了这部作品。故事从岳政芬因家人的反对，和在国外的男友李士淳提出分手的要求，造成痴情的士淳因此而发疯展开。政芬在得知士淳生病的消息，在几番挣扎后，答应士淳的家人协助他复原。经过一段时间的复健，士淳的病果然有了起色，然而却在他们两人结婚的那天，士淳又再度发病。

　　除了主线政芬与士淳的爱情外，还有许多男男女女的恋情穿插其中，呈现出各种不同的爱情观，整部作品以爱情为主，有很强的悲剧性。

序

不知道是谁说的:"爱情是女人生命的全部,而只是男人生命的一部分。"我想这种说法似乎应该修正,爱情并不是所有女人生命的全部,恰恰相反的,反而好像是所有男人生命的全部。一个女人没有爱情,她不过毁灭了或糟蹋了自己;一个男人没有爱情,他除了毁灭糟蹋自己外,可能还毁灭了或糟蹋了一个社会或一个国家。试研究一下中外历史上所有的混世魔王,他们几乎全没有爱情,或是爱情发生困扰。

也有些人说,母爱不能代替。这句话我们承认,亲情在本质上有其崇高的情愫。但在万般无奈中,母爱仍是可以勉强代替的,那就是上帝。即令我们是一个可怜的孤儿,上帝也不舍弃我们——不管事实上是不是如此,千万教徒都这样相信,而且在相信中真的受到爱抚,得到平安。天地间真正不能代替的,恐怕只有爱情。金钱、权势、地位、荣誉,可以用之去满足任何一方面,但不能填补心灵的空虚。爱情不能用任何东西代替,犹如生命不能用任何东西代替一样。一些人,尤其是老年人,因为常年的苦斗,认识了金钱或权势的重要,因而发生一种错觉,认为只要金钱或权势满足,爱情也会跟着满足,这未免把世界看得太单纯了。蟒蛇和卷毛狮在饱食和性满足之后,即酣卧不起,如果食欲不再打搅,它不会再去惹是生非。人类则不然,人类在饱食和性满足之后,他还有其他生物所没有的需要,那就是他需要爱情,也就是心灵的充实。世界上固有因贫穷自杀的,但因爱情而自杀的更多。轻视它,排除它,泯灭它,都不影响它的重要,而徒造成悲剧或惨剧。

爱情应该是占有的,独占的。我觉得说假话的乡愿应受无情的谴责,他们强调爱情不是占有的不是独占的,和我的意见迥然不同。爱情如果不是占有的,不是独占的,爱情便不存在,不是成了泛泛的友情,就是成了另一种形态,而且神圣的家庭制度势将遭受到可怕的破坏。试想,谁不希望自己至爱的丈夫或妻子爱情专一?哪个女孩子愿意她的丈夫再娶一妻?又哪一个男人愿意他的妻子再有一夫?因之我对《旷野》里每一个人物,都充满了同情。一般人看来再坏的人,都试探着去探讨他的内心。爱恋使人昏迷,失恋使人疯狂。上苍赐给人类这种本能,叫年轻的朋友如何有能力寻觅一个众皆赞美的道路?实际上,《旷野》里的人物和社会上真实的人物一样,没有绝对的好,也没有绝对的坏,每个人都有他不能被原谅的错误,但也都有他的光明面。魔鬼和天使同时并存在人们心窝,有时魔鬼战胜,有时天使战胜。君子小人之分是不可能的,因为人有时是君子,有时是小人。《论语》上说:"众奸之,必察焉;众恶之,必察焉。"我们对恋爱中的人和失恋中的人,以及他们的行动,不应轻下判断。

有一位读者朋友说,《旷野》的结局,使人不满意。这种感觉使我心情沉重,我想如果是男主角不再发疯而顺利地过婚后日子就好了,但读者朋友指责的还不仅此,他婚后发疯也可以,那不过是一个悲剧而已。主要的是,到了后来,岳政芬在李士淳复疯了之后,再度抛弃他,而嫁给她的表兄卢中权,那转变使人无法忍受。谚语家朱介凡先生也曾来信说不应该使虚云和赵老太太最后再行见面,大概那会使人对海枯石烂的爱情失去崇高的信念,我对这些批评十分不安。但《旷野》想探讨的是:"爱情到底是什么?"似乎可以使人想到这么一个答案:"形势造成爱情","爱情建筑在形势上",当月换星移的时候,爱情也会跟着换移,所以相爱的人应不断地去培植和去巩固去防卫他们的爱。我不敢说这是一种发现,而只是大胆地提出这个假定。从前元好问曾有《迈陂塘》一词,他遇到一个猎人,手提两只死雁,告诉元氏说:"不日获一雁,杀之矣,其脱网者,悲鸣不能去,竟自投于地而死。"他乃买下来,葬于汾水之上,并作词吟咏。开头两句是:"问世间情为何物,直教人生死相许!"这两句话有无限的感叹,也同时指出爱情的深奥和不可解释,没有人能了解透彻。所以我深刻地知道,《旷野》所提出的一点意见,实在渺小。

最后谢谢吴圣展先生,全文曾在他主编的《大道》半月刊上连载三年之久。谢谢李惟乔先生,他给我出版这本书最大的鼓励和帮助。再谢谢我妻艾玫,三年当中,我每次写稿时,她都傍我而坐,使我有勇气写下去,没有半途而废。

一

君山号正缓缓进港。

船头激起的浪花正愤怒地捶击着堤岸，堤岸下面那些小艇摇摆得像浮漂在沸水上的碎蛋壳。几个新理过发的水手跑到艇尾，一面抛着垫木，一面发着只有水手们才懂的那么多花样的咒骂。他们咒骂天下所有远洋航轮，和远洋航轮上所有的船长，以及所有的领水员。有一个戴着眼镜，看样子很有点资格的老头子，咒骂得声嘶力竭之后，向他的同事吹大气说，如果是他掌舵进港的话，即令是一艘一千万吨的巨轮，也不会使它惊动港里一根海草。

君山号上的乘客们都跑到甲板上，形成了一条像是被耗子咬坏了一边的黑色绷带，缠绕着那高耸天际的船身上缘，戴着雪白手套的手举到半空中挥动着，帽子也彼起此落地飞舞起来。码头上迎接亲友的人群从遥望到君山号轮廓时起，就掀起狂欢的呼喊，等到君山号慢慢地越驶越近，他们更是兴奋得像着了魔，有的把孩子顶到头上，有的跳跃起来往上蹿着，有的扯起嗓子叫名字，这种喧哗声音最初很大，后来大概发现即令都是世界上第一男高音和女高音，也不能使他们的亲友听见，才慢慢地停止了。

政芬和世信站在远远的一棵罗汉柏底下，那棵孤独的罗汉柏像一个断了线的气球，一味地向天上升起，终于和人间脱了节。站到它的下面，只不过心理上觉得应该阴凉一点，实际上它一点也遮不住那盛夏的骄阳，所以政芬不久就感觉到热得难受，不断地掏出手帕拭她额上的汗珠。

"你不舒服吗？"世信问。

她摇摇头。她目前厌恶任何谈话，只四下张望了一眼，迫切地寻觅另外一个女孩子，那是和她一道前来，她最要好的朋友王淑敏。可是，直到现在，她还不敢自信她是不是真的和她一道前来，也不敢相信当她和自己至爱的男孩子在一起的时候，竟会这么渴望有第三者参加。

她终于看见了，淑敏已从海关楼上挤下来，头上鬈蓬着刚烫过的头发，露出动人而皙白的脖子，仍然穿着学校的制服，翻领上写着蓝丝线绣成的"海大"两个字，两手捧着三个苹果，走到跟前，塞给他们。

"周先生，"政芬向世信不自然地笑了笑，"有淑敏和我做伴，你可以回去了，天这么热，你还要上班，船靠岸恐怕还要有段时间，会耽误你不少公事的。"

世信吃了一惊，政芬称呼他"先生"，使他意识到他这些时一直担心的那件事竟真的是十分严重，他紧靠着她站着，一动也不动。

"世信在这里有什么关系呢？"淑敏说，"他也不认识他。"

世信知道那个"他"指的是谁。

"不，你还是先走一步。"

"我不会碍事的，"世信看着政芬，"我一句话也不说，也不和你在一起，只跟着你，或者站得远远的，我有点不放心。"

他希望淑敏帮助他，淑敏却没有开口，一个读大学的女孩子，已经开始成熟了，她知道事情很是尴尬。

这时候，人群起了骚动，再度发出震天的喧嚷。君山号已经靠岸了。

"世信，"政芬焦急地说，"有淑敏陪着我，我会平安回去，摸不错路的，别把两个大学生当作没有出过门的土豹子，你真该走了。"

世信再不能继续抵抗，但他并不放弃挣扎，他想请求别的一件事——和政芬叮咛一下晚上的约会。他望了一下淑敏，淑敏知趣地转过身子。

"政芬，"世信低声说，"还是老时间，老地点，我在那里等你。"

"你最好等我的电话。"

世信碰了个钉子，他只好假装着不在意地挥手告辞了，踉跄地转过圆环的时候，几乎撞到一个行人的身上。

"我真是个傻瓜，"他一面走一面对自己埋怨，"为什么提出晚上的约会？在这么炎热而吵闹得心乱如麻的场合，她又是面临着一件不知道如何是好的重大事故，我不仅自讨没趣，还毫无遗漏地表现出我是个没有头脑的猪。"

政芬正集中心思听淑敏谈话。

"我在接待室看见李士沛，"淑敏说，"他提出医生证明文件，已经进入栅栏，大概现在已到船上了。他的几个朋友在外面等着，一个个粗眉浓眼，看样子好像准备应付什么天大的变故。"

"不知道李士淳现在成了什么样子，"政芬叹口气，"李士沛一定恨我入骨。"

"他是恨你的，但没有到入骨的程度，他说他认为女人们变心是天下最稀松平常的事，对爱情矢志不移的，只有小说上才有。"

政芬脸上有一丝看不见的阴影。

"我提醒你，"淑敏说，"你有没有考虑到马上要面对着的问题，你必须快些决定。我事先声明，我这个旁观者比当事者还要糊涂，你到底怎么办？"

"我不知道。"

淑敏像慈母慰藉爱女一样地握着政芬的手。政芬的手冰凉，这和她额上涔涔的汗珠太不一致，淑敏扶住她。迎接的人群向出口处移动了，她想告诉政芬这时候退走还来得及，话到嘴边却又咽回去。

第一个乘客走出来，他的亲友们蜂拥上去，轮流握手寒暄，一个四五岁大的小女孩立刻爬到他的肩上，重逢的父女，欢乐地吻在一起。接着，像从篓筐里往外拉香肠一样，乘客们从出口处顺序地被一只无形的手一连串地拉了出来，其中有一个大概是个什么角色，被一群拿着纸笔和照相机的记者们团团围住。乘客们和迎接乘客的亲友们，逐渐终于散尽，码头上的人潮和喧哗的声音，也逐渐跟着消失，除了来来往往的几个职员和维持秩序的几个警察，只剩下政芬和淑敏两个女孩子孤零零地站在那棵高矗着的罗汉柏底下。她们站得两腿酸痛，政芬的双眼也都望涩了，她下意识地盼望着李士淳根本没有回来，可是，不一会，淑敏轻轻地推了她一下。

那人终于出现了。

一群人凌乱地跨出台阶，为首的是李士沛，士沛身后紧跟的就是他——士沛的弟弟士淳。他的眼睛深陷着，成了两个幽邃的洞穴，颧骨显明地从两颊突出来，手臂被他身旁的一个穿凡立丁西服的朋友挟持着。士沛带来的人紧围在四周，像绑押死囚到刑场上去似的气氛，使政芬陡地一震，一直握在手里的苹果掉下来了，顺着斜坡，滚到人行道的旁边。

"你是不是过去？"淑敏惴惴地问。

政芬没有回答，但那一群人忽然停住了。因为士淳首先停住，他仿佛碰到了一堵墙，他身旁的朋友和在他前面领路的哥哥，故意打扰他的注意力，但他冷冷地把他们推开，笔直地向着政芬走来。他两臂硬硬地垂在肩下，脸色灰白，没有一点表情，使人毛骨悚然地想到刚从坟墓里爬出来的僵尸。

政芬的脸也跟着变得灰白，她这时候才忽然后悔她不该这么任性地来看他，她想她可能受到可怕的袭击。意料之外的那僵尸竟非常文雅,他摇摇晃晃走到政芬跟前,用他那失去了光彩的双目严肃地注视着她那毫无血色、但却充满了不安的美丽面颊。

"天啊,"政芬暗暗祈祷,"上帝保佑我没有来。"

她期待着一顿殴打,然而,她落了空,僵尸般的士淳迟钝地看着她,她觉出他正在战栗。

"奇怪,"那僵尸嗫嚅着说,"好像是一个真的。"

"李先生,"淑敏插嘴道,"再仔细地看一看吧,她是个活人呢。"

士沛拉了淑敏一把,那个挽着士淳,穿着凡立丁西服的青年,在士淳背后连续做出请她们快快离开的手势,两个女孩子不由自主地向后退了一步。

那僵尸立刻发出一声刺耳的怪笑。

"我早就明白,"他喊,"她会往后退,一直退到看不见的。我什么都懂,心里比玻璃还亮。我们姓李的出过皇帝,你家出过什么?把我送到日本,我不会去的,什么精神病,什么疯人院,什么铁链子,我不怕,什么都不怕。现在又用蜡人骗我,你们连世界上最大的蠢材都骗不过,更骗不了我。你知道她当初多甜,抱着我和我海誓山盟,你们为什么到现在还不死心。"

霎时间,他像射出的炮弹一样,向政芬扑过去。政芬猝不及防地被抓住肩膀,几乎摔到地上,那鹰爪似的十指紧嵌在她肌肤里,她惶恐地抱住他的手,疯狂喊着救命。

"我要敲碎你这个蜡人,"士淳哀号道,"再精致的东西都瞒不过我。天啊,信来了,这回真的是她的信来了。"

朋友们冲上来捉住士淳,费了九牛二虎之力才把他的双手掰开,士淳气咻咻地发出狼也似的悲号,四肢猛烈地踢腾着。码头上所有的人都听到了,他们以为这些人似乎正在围殴一个可怜的青年,就纷纷拢上来,大概有人还去报了警的缘故吧,远处不久就传来警察的飞快脚步声和急剧吹着的警笛声。

"走开,走开,请走开,有什么好看的呀?"士沛伤心地叫,"朋友们,请走开,他是一个疯子。"

疯子咆哮着继续要向政芬扑上去,他张着大口,露着许久没有刷过的两排黄牙,乱咬那些阻拦他的人,但他还是被来接他的哥哥和朋友们制服,在警察来到之前,被硬生生地塞进汽车。

"他一路上都是好好的,怎么一下船就又犯了。"穿凡立丁西服的人说。

"啊,"那个穿凡立丁西服的人走到汽车门前又停住,转回头来看着政芬,冷笑说,"原来你就是岳政芬。即令他不抓你,我也认识你,你来欣赏你的成绩,是吗?"

"不要这样,"士沛匆匆说,"岳小姐,想不到你会来看士淳,我和母亲都感激不尽。对不起,我明天去看你。"

政芬刚要回答,砰的一声,汽车门关住,轮子转动,向市区驶去了。政芬按着被抓痛了的双肩,眼眶里湿润起来。

回到学校,政芬想打电话给世信,走到电话亭那里又复作罢,她呆呆地坐在寝室里。如果在平常,世信是她的力量,现在，如果世信来了，反而使她更加苦恼。

阳光在窗帘上慢慢地往上升，不久就无声无息地消失了。那窗帘本来是深蓝色绸子做的，政芬凝视着它。不过只是三年前，她刚考进海滨大学的那一天，士淳兴冲冲地帮她提着行李进来，一眼就看见那庞大而又毫无遮拦的玻璃窗，大叫着这怎么能行，第二天就送来这个窗帘。

"我那时是太过骄傲了。"

她觉得她身上撒满了蒺藜，这不是她忽然惭愧什么，而是她发现她确实是曾经狂爱过士淳的。她坚持着除了她，他不能和任何女友来往，在她热情澎湃的时候，她怕他丢掉她，她把他牢牢地抓住，一直到她突然地把手松开……

晚上，政芬没有做功课，心里烦乱如麻，淑敏也被她影响得安定不下来。

"一切事情都出乎意外。"在灯下，淑敏迟迟地说。

"是的。"

"李士淳的病恐怕是绝望了。"

"是的。"

淑敏伸了伸懒腰，用手抿抿头发。

"绝对想不到他竟会死心眼到这种程度，"淑敏说，"去年你轻松地和他断绝来往，他的反应就有点失常，他乱写了无数的信骂你，记得他骂你的那些恶毒的话吧，什么妓女，什么水性杨花，什么忘恩负义，我当时也和你站到一条线上厌恶他，对吗？"

政芬失神地望着桌角。

"回想起来,"淑敏说,"他的精神病应该从那个时候就开始了,那个时候你如果和他言归于好,他不会有今天的。"

"我恨他没有绅士风度!"

"绅士风度?"淑敏说,"我倒想起一个小故事来。"

政芬仍继续望着那个桌角,淑敏舐一下嘴唇,然后从她那透着侠气的美丽眉宇上浮出一种似乎含着讥讽的微笑。

"小故事是这样的,"淑敏说,"有三个女人在一起讨论什么行为才算绅士风度。第一个说,'当丈夫回到家里,看见他太太和人接吻,他一点也不生气,转回头悄悄走了,这才是绅士风度。'第二个说,'当他回到家里,看见他太太和人家接吻,他一点也不生气,但也没有走,却温和而有礼地说,对不起,你们继续吻吧!这才是绅士风度。'第三个说,'不对,当他回到家里,看见他太太和人接吻,他一点也不生气,也没有走,也温和有礼地说,对不起,你们继续吻吧!而那人竟真的继续吻下去,那人才算有绅士风度。'政芬,我想这是一个最好的说明。"

"这个说明我不懂。"

淑敏收回她那轻松的声调。

"我想,"她说,"绅士风度应该是一种忍受有限度痛苦的修养,无限度地忍受便是没有出息,便是麻木了。一个在感情上受到严重伤害的人,如果仍表现得和没有受到伤害一样,那个人岂不冷酷得太可怕了吗?那是连禽兽都会咆哮起来的。政芬,当一个人主动毁灭另一个人时,她希望对方有绅士风度,那就是希望对方忍受她的毁灭,不防卫,也不报复,甚至在必要时再继续为她服务,甚至还为她死。但当她被攻击的时候,她忘记她是怎么样的了。"

政芬在她的座位上一动也没有动,她不能回想那时候她是如何把士淳痛恨入骨的,她认为他是无赖,下流和卑鄙,她早已决定和世信永远不分离了。

"问题是,"淑敏说,"如果反过来,是他轻松地抛弃了你,你有什么反应?"

政芬茫然地站起来。

"不要说了,"她嘶哑地说,"我烦得要死。"

这一夜,政芬没有睡好,淡白的月光照到那早已变色的窗帘上,似乎散布着无限的幽思。淑敏在枕上发着轻微的鼻息,政芬喊了她一声,她模糊地答应了一下,翻了个身,就又沉沉入梦了。一直到天亮,政芬才合上眼,她想她不会睡多久的,可是,等她醒来,太阳已照眼欲眩。

"我不忍心叫你,"淑敏走到床前,"看你睡得真甜。"

政芬看看手表,已十点钟。淑敏浑身上下,焕然一新,脸上闪耀着一种渴望着什么的光辉。政芬感觉到有点恍惚,昨晚上那一段话,使她疑心淑敏似乎正在惊奇她竟睡得还是这么好。

"我做了很多噩梦。"政芬坐起来。

"快穿衣服吧,小姐,今天是星期日,我不能陪你了。这一天够你受的，我想至少有两个男人会来找你，你要谨慎地安排。我真该陪着你，可是方仲音在体育场等我，不能不去。"

"你什么时候找到个体育健将的？"

"他吗，"淑敏鼻子嗤了一下，政芬从她的嗤声中听到那种故意掩饰的得意，"他大概一辈子都没有摸过篮球，他只是一个呆瓜，只会画几笔。过一天我带来你看看，可是你不能再丢掉周世信抢他呀。"

政芬在她手臂上拧了一下，她飞奔着跑了。政芬慢慢地下了床，走到盥洗室，盥洗室里平常总是挤满了人，现在却只有刘蕙在那里洗内衣，她是一个调皮的女孩子。

"政芬，哈啰，我猜你和男朋友的约会时间一定是十点十分。"刘蕙说。

"你怎么知道？"

"否则的话，你这样六神无主干什么呢？"

政芬拿出她的盥洗用具，接了一杯水。

"我猜到了吧，"刘蕙爽朗地笑道，"现代女孩子总是故意叫男朋友至少多等半个小时的。"

"为什么？"政芬吃惊道。

"考验他到底爱你不爱你，有没有真心。"

"天啊，那能考验出来吗？我看那不过是一个借口罢了，只是女孩子要表示她并不十分在乎交他这个男朋友。"

"你一定都是先到一步的，对吗？"

政芬心里忽然升起一种空虚的感觉,她今天没有约会,起码没有承诺任何约会,但她想到李士沛可能来,他昨天说过他要来的。世信也可能来,他一定想知道事情的结果。

回到寝室,把衣服穿好,坐下来梳理头发,对着镜子,她隐约地听到心脏在她自己起伏不已的酥胸里汹涌跳动的声音。

有人敲门。

"岳小姐,"柳妈探进头来,"外面有人找。"

"是谁?"

"新人呢,叫李士沛,漂亮得很。"

所有的女学生都和这位婆婆似的女佣处得很好,她能够从一些来会晤意中人的男客人脸上的颜色和等候传达时的表情,看出双方的关系已到什么程度,以及哪些客人是受欢迎的,哪些客人不受欢迎。有的人一进来,用不着登记,她就会向他扮一个鬼脸,"等一会,我去叫她。"有时候还悄悄地通风报信,"昨天一个坐汽车的家伙来找她,天很晚才回来,还拿了一大包东西。别说是我说的,你要加紧一点呀。"然而有些人一进来,她就马上告诉他,某小姐刚刚出去了,"你看,每次都这么不凑巧。"她这是奉命讲的话,但她是多么可怜那些痴情的年轻人啊,对于她认为是好的客人,她会暗中帮助,找机会向女孩子称道他们。

政芬到了会客室,士沛站起来。

他们走到一排梧桐那里站住,那排梧桐矗立在校园的一角,绿茵茵的高丽草围着它们的根部。

"实在对不起，"士沛说，"我不应该来打扰你，但我没有其他办法了，无论如何，不管你怎么决定，都请你允许我把话说完。"

政芬点点头，但立刻把头低下。

"事情是这样的，"士沛不知道她低下头是一种什么表示，但他不能再浪费时间，他说，"士淳去年春天精神就有点不正常，他每天都把你过去写给他的信拿出来，看一会儿，哭一会儿，一面自言自语地说，'她不会变的，她不会变的，她说过，我们的爱情坚韧如铁。'可是，他又不断地读你给他的那最后一封信，你在那封信上平淡地告诉他不爱他了。他理智上不能不相信这是真的，但他感情上却不肯相信你会这样，他拿起那封信便流泪，他认为你一定会再有信给他。"

政芬的头更低下去了。

"于是，"士沛说，"我们发现，釜底抽薪的办法还是把你的信件统统烧掉，我们当时并不知道这是一个错误的决定，就趁他不防备，把那些信从他的枕头底下翻出来，投到火炉里。"

"啊！"政芬说。

"我们是错了，士淳发觉你的信件不见了之后，精神就更加异样，他到处搜索，嘴里吐着白沫，他从没有说过要找什么，只是恍恍惚惚，像窃贼似的，一直东张西望。他用头往门上撞，抓掉自己的头发，我们知道痛苦正狂噬着他，我们就又想到另一个办法使他解脱。"

阳光被乌云遮起来，天似乎一下子变凉了。政芬毛骨悚然地听着，这件事情，她应该知道的，而她竟没有知道，她那时对士淳的消息毫不关心，偶然有人向她提到士淳已精神失常，她认为那不过是一时的现象，甚至于不过是一种做作罢了。

"我们就开始骂你了，"士沛说，"对不起，岳小姐，我们尽量地捏造出你的污点来，证明你不值得他去爱。这当然全是虚构的，想不到我们又犯了一次严重的错误。那一天晚上，我们一家人在客厅里坐着，我，我的母亲，我的妻子，士淳，我们渐渐把话兜到你身上……"

"李先生，说吧，"政芬说，"我不在意。"

"你一定会知道，我们明晓得你不是那样。"

"说吧，我要听。"

"我们你一言我一言地骂你，啊，岳小姐，我不能告诉你我们骂些什么，请原谅，你一定会体谅我们一家爱护子弟的苦衷。"

政芬用脚尖蹴着地下的高丽草，她知道他们会怎么骂自己的。他们恨她，而现在，士沛却赔着笑脸向他们所不齿的人求帮忙，她吸一口气，不知道如何才好。

"说吧，"政芬说，"李先生。"

"想不到，我们开口只骂了几句，士淳就像一匹负了伤的野马似的直立起来，两手伸到半空中挥舞着，冲出房门。我从后面追上去，抓住他的手臂，他不知道哪里来的蛮力，只一摔就把我摔到墙上，我的头正好撞着墙脚的水泥，痛得几乎昏过去。等我挣扎着爬起来，他已跑到街头，一面跑一面哀号，'信来了，信来了！'好容易，警察和邻居们把他拖回来，他的眼睛已经发直，医生诊断了之后，摇摇头，岳小姐，我们才知道他竟是疯了，一家人围着我那可怜的弟弟，抱头痛哭。"

政芬觉得难以再站下去，她努力地压服那已燃烧到脑际的火焰，她知道在她离开士淳之后，他会痛苦的，但她不知道他会痛苦到这种毁灭的程度。

"岳小姐！"

政芬用手抚弄着自己的头发，表示她正在细听。

"我来见你，"士沛说，"就是为士淳的事，想请你援助我们。"

"只要我有力量，我一定尽力。"

"我很难开口，"士沛叹息，"但我相信你会答应的，我刚才向你说的太多了，每一句都是真实的，包括我们恨你和骂你的事在内。士淳是这样的疯了，医药罔效，我们把他送到日本去治疗，费了八个月的时间，丝毫没有好转。他有时候很平静，不过所谓平静也仅是不胡闹而已，医生通知我们说他不会痊愈了，即使痊愈，任何一个较大的刺激也会使他旧病复发。我们万不得已，才把他接回来。"

政芬一直看着她自己的鞋尖。

"绝望了吗？"停了一会，她不知所云地问。

"应该是绝望了，但，我们又发现了一线生机。"

"啊——"

"这就是我们想请岳小姐援助的原因,"士沛迫切地望着他的对手,"士淳几乎有两个月没有和别人说过一句话,昨天下船时碰到你,却说了很多,虽然仍是疯疯癫癫的,但总算发出声音了。我当时就忽然想到,如果岳小姐能经常看看他,对他会有很大帮助,说不定他就会痊愈在你手里。"

"我愿意这样做,"政芬虔诚地说,"我到码头上,便是为了看看他到底怎么样了。"

世信的出现几乎把她的话打断,他像一个刚搬了一架钢琴爬上三楼的车夫,跑到政芬跟前时,已喘得上气不接下气。他昨晚一夜都没有睡好,关了电灯后的黑暗使他心跳得更加剧烈。

一清早,他便想来找政芬,勉强忍耐下来,他恐怕政芬不高兴。她原是叫他等她电话的,他不得不死心塌地等她的电话,他像呆鸡似的守着房间团团转,一直到十点多钟,才预感到情形有点不对,她不会拨电话来了。

"她是亲自去接李士淳的,她可能燃起旧情。"

用不着再加思索,世信就飞快地跑出去,唤了一辆街车,一直奔向海大。在途中,他碰到淑敏正和她的男朋友也坐一辆街车从身边驶过。

"淑敏!"他喊,街车猛地停下,他几乎从急急打开的车门里栽出来。

"快去,快去,"淑敏仓促叫着,"政芬正在等李先生,去迟了她可能走了。"

世信一听"李"字，头上就像响了一个雷，他分不清这个"李"字是指的士沛或是指的士淳，昨天码头上那一幕世信还不知道，他还以为士淳已经复原了，那自然是一个可怕的威胁。

在世信心目中，海大女生宿舍大门似乎比往常异样，连那矗立在圆柱顶的苍白色路灯，都在放着警告他的微光，他忽然奇怪起来，那路灯为什么到现在还不熄？

"周先生，"柳妈和世信是熟识的，她悄悄地告诉他，"岳小姐和一个姓李的在梧桐树那里谈得起劲，李先生英俊得很呢。"

女佣的神气更使他紧张，他奔了过去，正赶上政芬答应去看士淳。然而，他总算放了心，政芬介绍他跟士沛见面之后，他发现他最恐惧的情敌还不能面对面和他交手，不知不觉松了一口气。

"士淳现在在什么地方？"政芬问。

"家里，"士沛说，"你不会想到他现在的情形，假使我们有一丝一毫的办法，绝不会这样麻烦你。"

"我愿意效劳。"她补充一句。

"如果没有什么事，我们现在是不是就可以去？"

路上，政芬向士沛询问士淳的情形，在日本住的什么医院，吃的什么药，进的什么餐，以及精神状态，士沛一一回答了。政芬和每一个成熟的女孩子一样，表面上没有特别的反应，她只是一再表示她对士淳的抱歉——一个绅士踩了别人一脚后极自然极礼貌的那种抱歉。世信试探着挽她的手,想增加她的抵抗力量,但政芬腼腆地抽回来,独自握在自己的胸前。

车到莱西街停下。

朱红油漆的大门开了,下女迎接他们进来,院子里铺着精致细嫩的高丽草,房子是一栋三层楼房,罗马时代的穹形建筑,高大的窗子,高大的门,显示着主人相当的富有。

政芬对这房子是熟悉的,一切布置,也依稀仍是往年的轮廓;世信却是第一次来,不过还没有坐定,他就忽然发现他来这里太不合适。

"这是李先生的母亲李老太太,李先生的妹妹悦华。"

政芬的语气就好像她是李家的一员,只有世信是陌生人,他手足失措地和主人寒暄。

"伯母,"他不得不搭讪,"我愿尽力帮忙。"

"周先生!"政芬用眼色示意,李家的人这时离得较远。

政芬低声说:"阿信,我想,你在这里不大好,你先回去吧,我明天会打电话给你。"

"他不认识我。"

"他不仅不认识你,也不认识我,因为他已经疯了。但他的家人会知道你是谁的,他们会感到很多不方便。"

"请喝茶。"悦华递上茶杯。

"啊,"世信叫,"李小姐,我们是同学。"

"周先生也在维大?"悦华笑了笑。

"我毕业六七年了，念会计系的，现在坐在冷凳上给人家打算盘。你呢？"

"我还是二年级。"

"我看见你衣领上的校徽才知道……"

"周先生，"政芬焦灼地说，"你不马上回去吗？"

"马上，马上，"世信站起来，"再见！"

忽然间，从楼梯口传来一声像一个垂死的猩猩发出的那种惨厉的号叫，世信在门口呆了一下，就惊慌地拔腿飞奔而去。政芬浑身的血液都要凝结了，她猛地坐直身子，似乎一个幽灵的巨掌抓住她，豪华的客厅霎时间变成非洲的旷野，幸亏没有连下去第二声，政芬看到士沛家人的脸，比死人还要僵硬。

"岳小姐，"半天没有说话的士沛，解释说，"这是士淳在叫。"

政芬把头埋到胸前。

"我们是不是可以上楼？"士沛试探着说。

"我要看他。"政芬说。

士沛走在前面，悦华拉着政芬的手跟在后头。

"妈，"悦华乞求道，"你不要上来呀。"

老太太摇晃了几摇晃，衰弱地重新坐下。

爬上楼梯，政芬蓦地吃了一惊，两条腿像被钢针钉到地板上，一步也走不动了，痛楚从那钢针钉的地方涌上来。她对这二楼是故地重游，一年前的岁月中，她曾和士淳在这里度过不少的约会。而现在楼梯口被崭新的像监狱一样的一排栏杆门挡住，一个瘦干得跟一堆枯骨一样的囚犯,靠着墙角坐在那里,眼睛紧闭着,两只手在地上来回摸索。

"士淳!"政芬扑到栏杆上叫。

那囚犯似乎没有听见,他正专心地在地上寻找,被绝望打击得成了一块顽铁的心灵,已经分辨不出自己在做什么了。他脑筋里唯一想到的东西是,这地上的碎石子怎么如此的多呢,他仿佛置身在一片一望无垠的沙砾上,昼夜不停的狂风把细沙吹得遮天蔽日。他想,那沙终有吹尽的一天,但那比大海还要没有边际的碎石子,却老是围绕着他,使他烦躁不堪。

"我明明看见一封信的。"他自言自语说。

"士淳!"政芬喊。

他没有及时地抓住那封信,它像彗星一样,在碎石子间闪烁着游动,充满了士淳脑子里的,就是那些沙,那些石和那一封信。偶尔,一个模糊的女孩子影子现出来,使他想到他和那女孩子之间,一定有一桩事,好像是有关信件之类的事。大概是她寄了很多信给他,或是根本没有寄信给他——可是这影子霎时间化为乌有,眼前恢复了那一片广漠的沙砾,和一粒躲躲藏藏的金刚钻。

"我找到了。"他猛地纵声大笑。

"士淳!"政芬情急地摇着栏杆。

"我找到了,哈,哈,哈!"

笑声跟一只吃人的秃鹫在幽谷里发出的悲啼一样，带着阴森森的恐怖，那因多少日子没有刷过而变成了黄黑色的两排牙齿，几乎使政芬忍不住要马上呕吐出来。

"岳小姐，"士沛说，"他跟一个白痴没有丝毫区别，我们一家人，包括赵大夫，都认为解铃还需系铃人，希望你能唤醒他……"

"我找到了。"那疯子又一声大叫。

士沛和政芬沉默地注视着士淳，他的眼仍是闭着，但他的右手举起来一颗扣子，那是从他自己衣服上掉下来的。他的手颤颤抖抖地举着。

"好大的金刚钻，"疯子说，他像对地上的蚂蚁讲演，"我不能再放你跑了，我吞下你，信就来了。真怪，金刚钻买女人，老蔡买一个，老黄买八个。你这日本小鬼别碰我，没有一个人敢讲我有病。啊，我后悔，我多么后悔啊，我不该把金刚钻吞到肚子里，你用那火钳扎我干什么呀，我吐，我吐，老天爷……"

那个扣子不知道被弄到什么地方了，士淳把两个手指探进自己的咽喉，残酷地往里探索，大嘴巴丑陋地张着，一条浓痰似的涎水淌下来，淌满了他的裤子。

"掏什么，士淳，掏什么？"

士沛看见弟弟的惨状，分明地记起他幼时跟在自己屁股后玩耍时的调皮神气，他紧张地摇着栏杆，连自己都不知道自己喊些什么。

这时，负责给士淳看病的赵大夫来了。

"士沛，"医生问男主人，"士淳的情形比昨天如何，又闹了没有？"

"似乎好一点。而且我们已请到岳小姐帮忙了。"

像霹雳样的一声大吼，那疯子已扑到栏杆上，不知道他什么时候起来，更不知道他怎么一下子就扑上来，政芬惊叫着往后退，几乎跌了下去，悦华抢前一步把她抱住。

"别怕，"悦华也吓得脸色苍白，但她是目前唯一的女主人，她用不在乎的神气安慰政芬，"二哥出不来的，大哥连夜叫做栏杆就是为此，栏杆都是上好的木头，那木匠说，十个八个人都弄不断。"

"谁是岳小姐？"疯子吼。

他的双眼睁开了，却没有一丝光彩，像是两个玻璃球嵌到眼眶里。

"士淳，"赵大夫说，"认识我吗？"

疯子不做声。

"我是赵伯伯。"

疯子仍不做声。

"你只要听话，好好的，不闹，我会叫岳小姐来看你。"

"谁是岳小姐？"疯子吼。

"她就是岳小姐！"

政芬远远地站定，勉强堆起笑容。

"士淳，"她柔声说，"我是政芬。"

疯子盯着她，那不转动的眼珠使她全身冰冷。

"我是政芬，士淳，特地前来看你。"

疯子没有反应，悦华慌忙拉住政芬的手，使她获得继续说下去的勇气。

"士淳，"政芬说，"记得我们在这里举行舞会的那一天吧，电灯突然熄了，我们就燃起四十几支蜡烛。那时候，你刚从美国回来，你走到哪里，女孩子们就拥到哪里，把你团团包围着，记得吗？"

"二哥，二哥。"悦华引他说话。

"听岳小姐讲。"士沛说。

政芬大概也被她自己叙述的往事吸住，这些往事，她已忘掉很久很久了，她从不去想它，欢乐的人从不会回忆任何欢乐往事的，如果回忆的话，也只会限于过去的痛苦。只有满身满心都是痛苦的人，才会念念不忘过去的欢乐。然而，一旦开始回忆，所有的誓言密约都一一浮上脑际。政芬觉得她再也说不下去了，她来这里，只是为了帮忙，不是来向士淳忏悔，更不是士淳抛弃她，需要她用往事打动他，使他回心转意。何况政芬刚强的性格和一向被宠惯了的脾气，也不允许她向人低头，尤其是她还有她至爱的周世信，无论什么回忆都使她如芒刺在背，她的声音不知不觉低下来。

"岳小姐，"赵大夫看出有点不对劲，恳切地望着她，"一个人的生命和一个家庭的幸福，握在你手里，能不能加以挽救，或挽救得成功不成功，都看你了，把它当作一件慈善行为吧。我并不建议，也不主张等士淳病好了之后你们去结婚，你当然要和你至爱的男人结婚的。但你应该拯救士淳，和慈善家和医生一样；答应我们，岳小姐，想办法引他说话吧，引起他的记忆，所有的希望都在这一线上。"

"士淳，"政芬点点头，她再度对着那像死人一样的焦黄面孔，"看着我，记得吧，记得那年的七月，我们去箭潭游泳，太阳又高又热，好像要把湖水烧滚了似的。我们真是奇异的一对，和任何人都不同，不但没有沾水，却到附近林子里温习功课去了，我的解析几何就是在那个时候入门的。啊，你知道，我学解析几何整整学了三年，仍是一窍不通的呀。士淳，你不仅是一个伟大的工程师，而且还是一个伟大的教师呢，不是吗，我考海大都是你的功劳，我早就要谢谢你呢！"

疯子直挺挺地立在那里，政芬的话耳风一样地吹过去了，整个楼上没有一点声音，楼梯那里噔噔地响着脚步，李太太爬上来。

"士沛，"她叫丈夫，"妈请赵大夫下去。"

"李太太。"政芬招呼李太太。

"啊，岳小姐。"

"等一会。"士沛说。

"谁是岳小姐？"那疯子在栏杆里吼。

"我——"政芬激动地接上说，"我就是，士淳，你真的一点都不认识我了吗?"

疯子不言语了,在他脑海里好容易勾起来的一点记忆,却倏忽间又沉没下去,眼前现出的仍是那一片沙砾,在那一片沙砾上,似乎铺着片段的过去事迹。

"谁把你放到这里来的?"疯子的声调变得和常人一样。

"天啊,"政芬惊喜道,"是我自己走来的呀。"

"你怎么会走路?"

"那是,因为,我——"

"你怎么会说话?"

"士淳,"政芬凄然说,"士淳,士淳!"

"谁是士淳?"

疯子已弄不清楚自己叫什么名字了,他看着站在他面前的政芬,像一个游客看着那湖底的倒影,模糊而动荡,但是,那轮廓他却似乎在什么地方见过,而且,啊——

"我看你不是蜡人。"他嗫嚅着说。

"对了,对了,士淳,"政芬叫,"我不是蜡人,我是政芬,一个真正的人呀。"

赵大夫走过来,低声吩咐说——

"岳小姐,叫他摸摸你。原谅我太过分了。"

"士淳,"政芬没有考虑到赵大夫的要求是不是太过分,她脑筋里像放着一盆火,那么炽热,汗珠从下巴那里滴下来,她揩一下说,"你可以摸摸我,我是政芬,你忘了吗?有血有肉的人。"

"递给他手臂。"赵大夫悄悄说。

政芬把手臂瑟缩地伸过去,一面瞥着赵大夫,她恐惧那疯子会忽地抓住她,她似乎已经感受到士淳那满是尘垢的利爪刺入她肌肤的痛苦了。赵大夫使了个眼色,叫她不用担心,悦华在一旁用手托着政芬的肘部,絮絮地安慰政芬说,只要赵大夫做主,就绝不会有关系的。其实,她比政芬还要怕,眼前的二哥已经不是她的骨肉,而是一个被魔鬼附着的僵尸。

然而,疯子连看一眼那玉藕似的手臂都没有,只怔怔地望着士沛。

"你是谁?"

"我是你大哥士沛呀,士淳,想想看,我前年带你去爬方方山,还有政芬,你叫她一声呀。"

"你打死我妈妈干什么?"

士沛颓丧地叹口气。

"摸摸我的手臂呀,"政芬说,"士淳。"

疯子生硬地对着政芬,任何人都没有想到会那么快,他的巨掌从栏杆里伸出来,所恐惧的事情发生了。政芬惊喊一声,但缩回已来不及,那满是污秽的巨掌握住政芬的手臂,像一个铁钳夹着一段雪白的雕玉,被指甲刺破的手臂鲜血顺着士淳毛茸茸的手腕流下来。疯子磔磔地怪笑着。士沛,赵大夫,悦华,玉兰一齐奔上去,拼命掰开疯子的手,喊着,嚷着,政芬早已抖成一团。

谁都想不到疯子的力气竟大得可怕，士淳那暴出条条青筋的手掌，毒蛇一样地扣住政芬的玉腕，枯黄的皮肤和政芬雪白的纤肌显明地成一个刺眼的对比。士淳永不会知道他现在狠狠抓住的，正是他当年连碰一下都舍不得的心爱人的手臂。

四个人一拥而上，但女人们只敢大声嘶喊，"放开手，士淳，放开手，放开手呀！"只有男人们努力地想把他那握得牢牢的手撬开，可是，联合两个人的力量都撼动不了一下疯子的大拇指。政芬的身子几乎是凌空地悬在疯子的铁腕底下，恐怖惊慌，使她连求救的声音都喊不出来，牙齿在苍白的嘴唇里格格地不停打战，白眼球越来暴露得越多，玉兰和悦华哭着抱着她。

"快找一根棍子来！"赵大夫情急叫。

士沛飞奔下楼。

"再带一桶凉水，要冰箱里的。"老医生在背后喊。

可是，楼下忽然起了剧烈的争执，一个椅子分明地被撞翻了，李老太太哭着号着拦住士沛。

"你们不能打他，他已经受够了，你当哥哥的竟用这么大的棍子打一个疯弟弟！先打我吧，打死我再去打他，他是疯子，什么都不懂，你们却毒刑拷打。"

"不要拉我，妈，"士沛分辩，"他抓住岳小姐不放，是赵伯伯要的。"

"什么赵伯伯，他看了几年都没把他看好，"老太太抓住士沛的衣襟哀号，"看你死去爸爸的面上，不要打他，你爸爸去世时你弟弟才三岁，我答应你爸爸把你们弟兄抚养成人的。抓住岳小姐又有什么要紧，她把他害成这个样子，现在又要死在她跟前了。叫我替他死吧，我是早该死了。"

"你真糊涂，妈，"士沛急得跳起来，"怎么会打死他呀。"

"不管，反正你不能上去，姓赵的，你这坏良心的医生，你怎么不和他好好地说呀，为什么用棍子。我的儿，我苦命的儿啊，你前生造的什么孽，这辈子受这种罪，妈妈心都为你哭碎了。"

士沛两行热泪也淌下来，转身倒到沙发里。

"棍子不是打人的，大嫂！"赵大夫从楼梯口伸出头向老太太叫。

"不打人也不准拿上去。"老太太呜咽道。

"也好，士沛，先把水桶拿上来。"老医生头上的汗珠摇摇欲坠。

士沛放下棍子，提了一桶水，跟跟跄跄地奔上楼梯。

"注意听我的命令，"赵大夫吩咐说，"你高举这桶，我喊一二三，你照准士淳的脸——两眼间那个部位泼过去，一下子把水泼完。"

士沛举起水桶，疯子脸上的狞笑这时候消失了，神情十分平静，像一个正在沉思的哲学家，可惜只是迟钝地向前望着，没有一丝闪耀的光彩。这时，赵大夫在旁边喊了，"一二三！"三字刚出口，士沛应声把那彻骨的一桶凉水泼过去，疯子没有躲避，也没有呼叫，仿佛一棵遭受倾盆大雨的枯树，孤立在那里。老医生趁他肌肉一震的刹那，用拳头代替棍子，迅速地击向他的腰窝，疯子被这一拳打得突然间怪笑了一声，政芬就像一片枯叶一样飘到地上，被玉兰和悦华架住，架出疯子手臂所及的那个地带。

"拿我的皮包来。"赵大夫叫。

悦华递给他那装药的皮包，老医生掏出嗅盐，放到政芬鼻子上，独自个在她身旁守候着。士沛三个人不约而同地伏到栏杆上，向栏杆里痛苦地张望。

疯子的狂笑停止后，像他扑向栏杆一样的快，一下子他就蹲回墙角。一阵暴烈的冲动发泄了潜意识里的愤怒，他又恢复了他的呆笨，头上的水点点地往下滴着，滴到他的手背上，发着颤动的闪光。

士沛和他的妻子、妹妹，眼睁睁地望着士淳和一个无知无识的孩子似的，兴趣盎然地玩着自己手背上的一滴水珠。一桶水浇下来，士淳已变成一只可怜的落汤鸡，衣服像被糨糊粘到身上的薄纸一样，几乎可以清楚地数出他的肋骨，他被糟蹋得不成人形了。

他们除了充满了怜惜，还焦急他那一身湿淋淋的衣服怎么更换。包括手里还拿着嗅盐的赵大夫在内，谁都没有留意到楼梯轻微的响动，李老太太蹒跚地爬上来，悄悄地和士沛兄妹一道，也伏到栏杆上，眼看着自己最亲爱的小儿子像猪一样地被监禁着，忍不住又失声痛哭。

"妈,"士沛惊叫,"你怎么也来了?"

悦华、玉兰跑到妈妈跟前握住她的手。

"去把士淳的干净衣服拿来。"做母亲的说。

"做什么?"士沛明知故问。

"不用你管。"

士沛使个眼色,玉兰下楼去拿了。这时候,赵大夫在一旁松口气,政芬悠悠地醒过来,悦华跑去把她扶起,政芬靠着沙发,惊魂甫定,悦华抢着为她梳理那萦乱不堪的秀发。

"对不起,岳小姐,"悦华说,"想不到二哥会这样,原谅他,原谅他。"

政芬苦笑了笑,"没有什么!"她说,看看自己的手腕,好像没有折断,再轻轻地往上抬一下,竟也没有痛苦。紫青的指痕像一条绷带似的缠在腕部,她感觉到一阵一阵的战栗,刚才所发生的事在她似乎并不是真的。李家的人排成一排伏到栏杆上,把她和士淳隔开成两个世界,她稍微活动了一下手臂,想从人缝里看一下栏杆里的士淳,可是士淳蹲得太低了,她看不到什么,改用双肘支着欠起身子,双肘却感到一阵痛楚,她哎哟了一声。

"休息两天就会好的,岳小姐。"老医生安慰她。

"我应该回去了!"政芬想,时间已经中午,这个星期日过得真是奇异,她觉得她必须马上离开这里,离开得越快越好,越远越好。她需要静下来,连世信都不找,单独一个人思索,思索她昨天到码头,今天又来李家,像风暴一样的事件缠着她,她不知道她所做的是不是明智。

"我要先走一步了。"她颤巍巍地站起来。

"停一会,岳小姐,"士沛听见她的话,急忙转身拦着,"午饭已经好了,千万吃过再走。"

"谢谢你,李先生,我恐怕帮不上忙。"

"这是我们的惭愧,使你受到惊吓。"

政芬还要说两句,玉兰已捧着士淳的衣服走上来,老太太接过,随即吩咐打开栅栏门。

"你不能进去,"士沛叫,"妈。"

老太太不言语,两行老泪像泉水一样迸下来。悦华也哭了,一面为母亲拭泪,一面乞怜地喊:"妈,妈!"

"他会发疯打伤你老人家的。"士沛警告。

"我不怕,"老人说,"我被自己的儿子打死,死也甘心。他全身湿成那个样子,难道叫他暖干吗?没有病也会有病的,湿衣服会断送他。他不是你们的骨肉,你们谁都不会心疼。把门打开,我去替他换,他会听我的话。是不是,啊,孩子,"老太太把脸转向疯子,柔声地叫,"等妈妈进去给你换衣服,乖乖的,玩那水珠干什么?不要玩那水珠了,那不是金刚钻,也不是信,你要好好休养,听妈妈的话,等病好了,妈妈就给你买一个大的红宝石。"

大家看着老太太把一个三十岁的人当作孩子似的爱抚,不约而同地发出一声叹息。老医生这时接过钥匙,把锁打开,向士沛招招手,两个男人走进去,老太太跟着也要进去,被士沛推出来。

"玉兰,"他说,"把衣服给我,你和悦华扶妈跟岳小姐下去。嗨,岳小姐呢?"

"她刚才还在这里。"

"是不是走了?"

"不知道。"

"找阿康。"

"阿康今天请假呀。"

"混蛋,悦华去赶她一段。"

留下两个男人在楼上为士淳换衣服,悦华赶政芬去了。玉兰扶着老太太下到楼下,老太太没有说什么就一直回到卧室躺下,一个年迈的老人最可怕的打击莫过于亲眼看见自己儿女的不幸,她连灵魂都感觉到疲倦难支。

"岳小姐回来了吗?"她只衰弱地问一句。

悦华一脸不高兴地奔进来。

"她说她学校有事,一定要走。"

老太太翻身朝里,玉兰拿一条毛毯为她盖住,轻轻地退了出来。客厅里空无一人,悦华独自个坐在沙发上,似乎在想心事,事实上她确实是在想心事,她想到二哥是那么英俊,而政芬却忽然变了心。尤其困惑的是,二哥竟会为一个女孩子神经错乱,这是一个血和泪写成的故事。于是,她想到张泉青,她希望他能像二哥一样的痴情,而她,她却绝不会和政芬一样辜负他,至于政芬……啊，她咬紧了嘴唇想着，脸上生起一层红晕，接着又泛出一股带着诡秘的和嘲弄的冷笑。

楼上的人声和脚步声始终没有断，赵大夫和士沛一面为疯子换衣服，一面向疯子说着明知他听不懂的话，幸好疯子没有再发作。他任凭摆布，像囚犯接受狱吏的摆布一样，虽然并不乐意，但他也没有反抗。

"无论如何，"老医生说，"安静总是好的。"

"但你又叫逗他说话。"士沛咆哮道。

"说话和安静同样重要，他精神分裂，各趋极端，我们必须使他适中发展。"

栅栏门锁上，宽阔的二楼只剩下蹲在墙角的士淳，他发现他眼前的沙滩似乎平空多了很多脚印，必须用脑筋去研究，研究每个脚印的来源和它所含的哲学意义。

"岳小姐呢？"士沛下楼问。

"她走了。"悦华说。

"不要脸的婊子，那姓周的嫖客在野地里等着她。"

"为什么要骂她？"玉兰说，"她已经为我们做了不少事。"

"你也该休息了，士沛，再见。"老医生提起手提包，走到门口。

二

　　第二天，周世信早早就醒来了，房间里寂静得好像刚踏进午夜，唯一不同的是窗子上布满了淡灰色的晨曦。天上所有的星光都消失得无影无踪，长空像被圣水洗过的一样，显得太清洁，也显得太高。世信从枕畔隔着窗子，向外眺望，他心头因积压了过多的东西而感觉到有点窒息。

　　世信的寝室是一间精致的小房，单人床紧傍着窗子，窗子外面就是后院的草坡。一对上面放着高贵草垫的沙发，紧夹着檀香木做的茶几，一个九屉的大书桌放在另一个窗子前面，书桌上放着一块和桌面同样大小的玻璃板，在玻璃板底下，压着的尽都是政芬的单身照片，和很多同他合照的照片。

　　这是永利公司的单身职员宿舍。一个人一个房间，四十个房间拱卫着一个小天井，看起来似乎有点壅塞，但那后院的草坪却有足球场那么大。世信尽量把寝室布置得跟王子的寝宫一样，这使他消耗了不少薪金，但那也并不是毫无收获的，政芬就是偶尔到过他寝室一次，才开始对他印象好起来。昨天政芬把他从李家驱走之后，他中午曾赶到海大女生宿舍守候了两个小时，没有见到她，天色入夜的时候，他又去了一趟，也没有见到她。

　　"岳小姐不在，"柳妈告诉他说，声调里充满了同情，"似乎看见她回来过，但不敢确定。今天是星期天，人来人往的太多了，好像全维克市的年轻人都往这里挤。"

世信想起了一件事，他急急地披上衣服到前面门房那里。

"老陈。"他敲门。

里面传出老陈从梦中惊醒，不耐烦的嘟囔声。

"老陈，请你想一下，昨天晚上有没有我的电话？"

"没有，一天都没有。"老陈没好气地叫。

"别开玩笑，请再好好想一想，有电话吗？"

老陈的脚大概在找鞋子，弄得哗哩哗啦响。

"没有，没有，"他说，"没有就是没有。"

世信懊丧地踱回寝室，但他的喧嚷已惊动了其他房间里人们的睡梦，咳嗽声、起床声，和划火柴吸烟声，把幽静的清晨打乱了，世信觉得他必须马上和政芬会面。和平常任何一次会面一样，他认为这次会面是决定性的一次。连早点都没有心情吃，他立刻赶到海大，在海大门口那条街上，买了一段并不高贵的麻纱衣料，挟到臂下，陡地理直气壮了不少。

"啊呀，周先生，"柳妈果然嚷了起来，"这不是会客时间呀。"

世信把包装得十分美观的礼物放到桌子上，故意放得很重。

"我不是来会客的，阿婆，我只是来送点小小的礼物给你。"

"送给我？"她摇摇头。

"一点不错，常常麻烦你，早就使我过意不去了。"

柳妈脸上的笑容从眉角堆下来，满刻着皱纹的面颊，因为笑容堆下来得太多太久，显得那皱纹更深更长了。她那一份善良的心对承受这份礼物发出很大的感激，她不是一个鸨儿型的女人——偏偏有些女学生或女子宿舍管理员硬是那样，她是一个慈母型的长辈人物。

"你等一下，"她把衣料小心地收起来，"我去看看岳小姐起来了没有？"

在世信千谢万谢声中，她几乎是跑上那圆柱围成的禁宫走廊上，他看着她向前移动的背影，似乎有一条用钞票做成的鞭子在她背上抽打。

不一会，柳妈转回来。

"岳小姐叫我告诉你，老时间、老地点相见。"

这两句简单的话使世信霎时间身子都浮了起来。他咽下一口唾沫，无数个假想的不幸，都被吹得云消雾散，"老时间、老地点"，只有一个情人才能品味出来里面所含的温馨，这不属于情欲，而是属于那生命主宰的灵性。以至他离开海大女生宿舍的时候，还在飘飘忽忽，连柳妈继续感谢他的一些话，都没有听见。

在办公室里，他的心情非常安谧，账本上每一个数字都十分悦目。可是，中午之后，距那个会面的时间越近，他越觉得会面前的时间像冻僵了似的缓慢。

在他旁边座位上的杨天卿停下了笔。

"老周，你认识林大夫吧。"

"不。"世信说。

"我可以介绍给你。"

世信不高兴地瞟着天卿,天卿是个高个子,每当他表示得意的时候,下巴就会自然而然地向前突出来。

"我并没有害病。"世信说。

"他不是治疗肉体上害病的医生,他是一个名闻国际的精神分析家,现在最流行的一种学问——也可以说是一种行业,专门治疗人的心神不宁,我想你去请他看看最合适不过。"

办公室里爆起了哄堂大笑,可是,就在这时候,侍女举起电话听筒,大声叫周先生,告诉他一位小姐来的电话。大家的笑声停止了,换成了无数惊羡的眼光,一齐集中到他身上。世信装着平淡的样子,从椅子上缓缓站起来,他知道是政芬打来的——一种不祥的预感使他不敢表示出他的兴奋来,她为什么打电话来呢?是通知他取消晚上的约会吗?

他忧郁地接过话筒。

"你是周先生吗?"

"是的,是的,啊,你,你是……"世信从来没有听过这么甜的声音,他急切地想不出谁是这声音的主人,但他可从她的声音上推测出她是一个迷人的女孩子。

"猜猜看,周先生。"

谈话是如此的亲密,但称呼却显出是那么有距离,世信茫然地向那话筒道歉,说他耳朵生来就太笨,实在一时听不出来是谁。

"我是李悦华。"

"啊，啊，李小姐。"

世信发觉这个名字很熟。

"不记得了？"那声音笑道。

"谁说我不记得？"世信分辩。

"我哥哥是李士沛。"

"做梦也想不到是你，好吗？"

"我叫佣人给你送去一张入场券，收到了吧！"

"还没有！"

"没有？"悦华紧张地说，"上午十一点钟左右我叫阿康送去的。"

"我想不会遗失。"

"星期二，就是明天，下午八点半，入场券上印得明明白白。你一定要来呀，那是维大一年一度最盛大的游艺会，你应该回到母校来看看，我在礼堂后门那里等你。"

"当然。一定，一定。不敢当。那太好了，明天见。"

电话挂上之后，世信回到座位上，翻遍了玻璃板底下和抽屉，又问过侍女，仍然找不到入场券。他相信她一定会送来的，于是，他靠着椅背细细地想，他和悦华只不过匆匆见过一面，她为什么来找他？他想出一打以上的理由来揣测，但每个理由连他自己都不认为能够成立。

"我想你还是要去看看林大夫。"天卿在一旁瞧着他。

世信用不屑的口气哼了一声。

"我看你一星期来精神恍恍惚惚,尤其听说你昨天在宿舍里徘徊叹气,看样子你似乎遭受到什么打击了。"

"什么打击都没有。"

"恋爱是够甜的,"天卿说,"可是苦起来时也真够苦,老朋友,我看你要疯了。"

世信自负地笑笑。

快下班的时候,世信掏出钞票,数了又数,足够了,吃饭,喝咖啡,看电影,跳舞,即令一样都不遗漏,也足够了。世信数着,每数一遍,就增加一分所向无惧的勇气,他相信今晚一定是个成功的约会。下班铃声响起来,响得虽然很小很弱,但并没有一个人没有听到,同事们收拾起桌上的文件账簿,像逃难似的逃出大门。只有世信不慌不忙,把东西整理好,到盥洗室彻底洗了个脸,早上刚刮过的胡子似乎又长出了不少,他恚恨地叹口气。胡子对男人的威胁太大了,他实在想不通,以一个人类来说,胡子到底有什么用?

一切都弄妥当之后,世信走出公司。斜阳仍很有力地照到脸上,他戴起墨镜,沿着行人道向涵维街走去,不到五分钟,就看见矗立在那里的玛丽厅——一座两层楼房最新式的建筑,罗马时代的高拱圆门和林立的洁白圆柱,但最上层屋顶和房子里的布置,采用的却是中国古老的宫殿式样。

世信一进去就找到那根雕刻着双龙戏珠的柱子，柱子下边的座位上，恰好没有人，那是个好的兆头。世信抢先一步，在他和政芬所说的那个"老地点"坐下来。

"红茶！"他招呼。

等到一杯热腾腾的红茶端上来的时候，离七点还有三十分钟。世信连喝一口润润嗓子的心情都没有，他只无聊地对着那杯子。密布在杯口的茶叶，就在他那一直安定不下来的眼光下，一片片地沉落，毫无抵抗地沉落到杯底。

"晚报！"世信又叫。

一份晚报足可以打发走一段时间，他买了一份。国际大事和岛内大事都像是发生在天王星上，他关心的只是本市一些琐碎的社会新闻和黄色报道。

就在本市版上，他看到一个刺目的消息。

世信把台灯扭开，为了使气氛显得神秘而特别装设的低度数的昏暗灯泡，在桌子上罩下一小团白光，蓝色的灯罩把这一小团白光紧紧地拘束着。天色还早，斜阳仍在大地上燃烧着残余的火焰，但冷气和深绿色的厚绒窗帘，把玛丽厅隔离成另外一个世界。世信环顾四周，发现只不过寥寥几个客人，就俯下身子，把报纸移到那一小团灯光里，使自己看得更为清楚。

那是一个四栏题的新闻。

火！火！火！

——莱西街疯子纵火后失踪！

世信觉得这消息像蜂子一样地刺着他。

消息是"本报讯"，世信看下去——

"位于本市莱西街三十九号的那栋罗马式大厦，于今日下午一时，忽然失火，幸消防车适时往救，未成巨灾，但二楼门窗及天花板，全付一炬。据警察局初步调查结果，认为纵火疑犯为大厦主人的弟弟李士淳。士淳精神失常，已逾年余，纵火后不知去向，警察局正在办理善后并多方搜索中。

"三十九号是振华公司经理李士沛的产业。大厦共有三层楼房，矗立在青葱广大的草坪中央，环境优雅幽静，一向遗世独立，不意今天下午一时左右，忽然二楼冒出浓烈烟硝，邻居纷纷奔出观看，并呼喊李家注意。这时浓烟中已射出火焰，李家才知道是自己家失火，一面打电话报警，一面全家动员灌救，幸消防车及时赶来者达三十辆之多，加以水源也幸而充足，在云梯和龙头交攻下，只十几分钟，便全被扑灭。

"警察局事后调查，认为被锁在房子里，患有严重神经病的主人弟弟李士淳纵火嫌疑最大。依现场情势推断，可能是疯子用火柴先将所有窗帘燃烧，因楼高风急，反扑进来，天花板和禁锢疯子的栅栏，首遭焚毁，烟硝火焰，再被风吹出窗口，始被邻人发觉。

"李家大小均告平安，唯独缺疯子一人。据男仆阿康告警察局说，他们刚吃过午饭，主人各回房午睡，他一个人在客厅扫地,忽听疯子在楼上发出连续的怪笑怪叫,初时并不以为意,后来邻居们在外面呼喊失火,他跑出去看见二楼正往外喷浓烟火焰,才跟着喊起来。男主人李士沛闻声第一个直奔二楼救护其弟,可是其弟已不知去向。

"警察局发言人告记者说,因火灾并未酿成,疯子显然未被烧毙,根据拘禁他的栅栏已大部焚毁的迹象,最可能的是,疯子已逃出家门。他穿着灰色短裤,府绸港衫,白色长袜,黑色皮鞋,头发散乱,胡子已好久没有刮过,身材瘦长,双目下陷。平常与人无害,只脑筋已不太清楚,病发时则有危险成分,希望附近居民,如发现可疑人踪,请迅速报告警察局处理。

"为了疯子的失踪,李家已陷于一惊之后的最大慌乱,老太太尤其悲苦,以头撞墙痛哭,其妹悦华,更以泪洗面,其兄士沛赴各亲友处面托寻找。据悉,疯子刚从日本治病回来,他自幼丧父,后来……"

以下是叙述士淳的生活事迹,和他患精神病的经过——宽容得没有刊出政芬和世信的名字。世信像心弦拉得太紧,一动就要断了似的,兀自坐在那里,凝视着洒到桌面上的那团白光。

"这个标题不太高明,"他想,"只不过一场小火。"

世信不知道他为什么要批评报上的标题,他是一个门外汉,而且整天埋头账目,那些一成不变的数目字,已够他发昏了。

"可是,"他向自己说,"这疯子不是和我毫不相干的人呀。"

咖啡店里的日夜是难以锐敏分辨的,但世信仍能觉出天黑下来，厚绒窗帘和窗棂之间狭长的亮光，已被黑暗慢慢地舐食。夏天的夜总是开始于八时半之后，这大大超过原定的约会时间，桌上的红茶被他喝得成了一杯泡着几片苍白茶叶的白开水。

玛丽厅开始热闹起来，客人们悄悄地走进大门，再悄悄地走到他们选择的座位上，几乎全是双双对对的情侣，坐下来后首先是用比较高的声音吩咐女侍送什么来，接着，他们就像被丢进魔窟里的俘虏，互相紧偎，说话的声音又低又细，仿佛唯恐怕惊醒了那洞底吃人的妖龙。

笼罩在炫目灯光下的大门那里，世信看见政芬踽踽地走进来，走到屏风跟前踌躇着，似乎在等她的眼睛适应房子里的光线。世信一下就跳起来，几乎是狂奔着迎上去，穿过那狭窄的甬道，因为太紧张的缘故，以致裤管挂动了一张桌角，桌子上的杯子倒下来，一个女人趁机表演了她那受不得惊吓的纤弱，大喊大叫了一阵，世信赔了很多小心，费了很大劲才使她平静下来。

他走到政芬面前，握着她的手，她不太坚决地推了一下，就随着他到座位上。

"是不是仍要柠檬水？"他问。

政芬点点头，世信吩咐了女侍。看着女侍的背影离开后，满心想埋怨政芬几句来得太迟了的话，可是，映着台灯幽暗的灯光，看着她那仿佛涂着一层阴影的秀丽面靥，就自动地咽住。

"我还没有吃晚饭，我想你也没有吃，"他说，"我们可以随便要点什么。"

政芬机械地抠自己的头发。

"再不然我们就到外面吃。"

政芬低低地说,她只要一份三明治就可以了。

"我听说李士淳失踪了,"她说,"真的吗?"

世信把本来已装进口袋,不预备让政芬看见的报纸掏出来。她映着台灯,详细地一字一字读了一遍。报上说得是太详细了,士淳显明地已成了一头没有理性的猛兽。她的手臂竟没有被折断,该是天大的侥幸,只是被抓的地方却一直到现在还隐约作痛,她打了一个寒颤。

"我刚才在淑敏家听说的。"她补充说。

"又是舞会吗?"

"嗯。"

"邀了你,"世信酸酸地说,"却没有邀我。"

政芬说明是下午最后一课时才接通知的,她曾打过电话,没有找到他,同时因为参加的统统是海大的在校同学,连淑敏的男朋友都没有找,也就没有再进一步地找他了。世信对这解释十分满意,但政芬却又想到舞会上的热闹,一个来自南非,也在海大读书的华侨同学陆光正,带来使人血液沸腾的黑人土风舞,大家疯狂似的摇摆拥抱着,整个世界都被女孩子们旋转成圆萍的舞裙掩盖了。

"你是看了报纸才知道的吧?"她问。

"当然,"世信说,"我并没有去李家瞧失火,也没有去警察局看他们寻人的通报，全是报上告诉的消息。不过，无论如何，我很痛苦，一连串的不幸抓住了他们，而且看样子，这不幸距终点还有一段很远的路。"

政芬幽然地叹口气。

"这，"她弄着手边的玻璃杯子，"都应该怪我。"

世信不知道他应该说什么话，两个人默默相对，世信努力想打破这个僵局，就问政芬昨天在李家发生的事情，她从头到尾说了一遍。

"我不希望你再和李家来往。"

政芬对这话并没有像世信预料中那样震惊，她一面玩弄着玻璃杯子，一面嫣然地笑了笑。

"你为什么这样呢？"

"为了嫉妒，"世信说，"真是为了嫉妒，"他试探着再握她的手，她把他推开，他搭讪着说，"我也知道嫉妒会使一个人愚蠢，也会使一个人丑恶，可是，阿芬，没有嫉妒，便没有爱，爱便会成为一句虚话。我那天看见你冒着毒烈的太阳去码头上接李士淳，我的心就比放到火上烤还痛苦。"

"你不该嫉妒，"政芬慢慢说，"尤其是，士淳已成了这个样子，相反的，他如果明白的话，应该是他嫉妒你，是吗？"

"你对他过度关心了。"

"世信，什么叫过度？即令是一个普通的朋友，也应该在他患难的时候，给他安慰和勇气。"

"问题恰巧就发生在你和他并不是普通朋友,假设你和他是普通朋友倒好了。"

女侍送来三明治,放到政芬面前,另一份快餐,是世信要的。

玛丽厅的音乐正奏着《老黑奴》,在漫长的沉默中,政芬咽下最后一口,用小手帕仔细地擦着嘴唇,低声说:

"听说维大明天有盛大的欢送毕业同学晚会。"

"明天吗?"

"可惜我不能去,"政芬说,"淑敏也不能去,后天就开始大考了,我们不敢冒那险。"

"想起来了,淑敏的男朋友是谁?"

"方仲音。"

"他干什么?"

"一个画家,他参加过去年在巴黎举办的国际画展,得过金杯,是一个颇有点名望的画家,用西洋的色彩处理中国画上所显示的静态气氛——我也不懂,不过我想他是了不起的,淑敏爱他爱得入迷。"

世信把盘子刮得净光,然后放下刀叉,分明吃饱了。一股临时盘旋在脑际里要说的话,竟没有找到机会说出来,使他大感苦恼,他决心不再虚与委蛇地谈什么晚会和什么淑敏的男朋友了。

"啊,阿芬。"他叫。

她眼睛不眨一下地盯着他。

"我问你，"他说，"你知道是谁纵火烧李家的房子？"

"当然是李士淳，那疯子。"

世信严肃地摇着头。

"你说！"

"我不敢一定，不过，哦，你觉得李士淳失踪得奇怪不奇怪？"

政芬怔住了。

"或许我猜得不对，"世信往前倾着身子，神秘地说，"但我认为我的猜想并不是没有根据的，那就是，李士淳或许是一个被谋杀的对象……"

"你说什么？"政芬突然地抖起来，"他，他死了吗？"

"我不知道，"世信说，"看样子或许没有死，而是真正跑出来，跑到他不能适应的社会里，像一头徒具人形的猩猩跑到现代城市里一样，他终于要伤害人类，而人类也终于要杀死他的。"

政芬惊骇地张着轮廓优美的红唇，世信继续说：

"李家有很大的财产，我承认李士沛是一个好人，而且是一个正当商人，但他在平原煤矿上的投资，损失了不少，而且可能使他经济情况崩溃。你，小姐，你永不会懂得，一个男人，失去了金钱就等于失去了一切，他会做出可怕的事来的。"

"什么可怕的事？"政芬说。

世信有点愠怒，他已说得很明白了，只差没有直接讲出那句残酷的话而已。他瞪着她,眼睛充满了责怪她的神气。这时候玛丽厅的音乐台上忽然亮起来一排密密的脚灯,发着均匀而柔和的灯光,把那不知道什么时候站到台上的歌女照得连丝袜上的细孔都显露出来。她身后是一排音乐架,乐队已准备妥当,那歌女叫白兰,她唱得并不好,尤其,使任何人都酸楚的是,她年华已逾三十,而歌女和电影明星一样,都要依靠青春。

客人们的掌声响了,零零落落的像受了严重潮湿的爆竹。灯光集中到白兰身上,仍是很细的腰,仍是很突出的胸脯,但那满是微笑的面庞却矛盾地呈现着滞涩。

"什么可怕的事?"政芬一面看白兰一面问。

乐队的前奏已毕,白兰开始唱了,声调还是当年一样的优美,只是略微有点像从一个没有来复线的枪管里射出来的枪弹。世信绕过茶几,紧挨着政芬坐下,踌躇了一会,握住政芬的手。她没有拒绝——在爱情上,不拒绝就是同意,甚至就是鼓励,他顺着玉腕抚摸上去,到腋部袖口后被政芬的另一只手推回来,他双手轻揉着她的手,那种认为她故意装糊涂的恚怒消失了。

"人类的天性都是善良的,"他解释说,"像一条小溪一样,自然而然地往前流去,用不着人力帮助。可是,随着时间的增加,小溪的尘埃多起来,原来清澈见底,却一天比一天浊了,再遇到阻碍,一定激起浪花,或是往别的地方流,甚至往相反的方向流了。"

"天啊,"政芬笑着说,"多么富有哲学意味的话,想不到你真有一套呢。世信，不要拐弯抹角，赤裸裸地说吧，我觉得你对李家的事情似乎比我知道得还清楚。我固然不再和李士淳有任何关系，那是因为他个人的缘故，你是知道的。但他家里的人都不错，老太太是一个典型的慈母，儿女就是自己的生命，我和李士淳做朋友的时候，她待我当然得好，就是闹翻之后，有几次在琼安路遇见她，她仍慈祥地拉着我的手问长问短。李士沛是个商人，脾气也很暴躁，但他热爱他的弟弟，我不相信他们家里谁会对李士淳不利，何况他疯了，大家可怜他都来不及。"

"当然，"世信讷讷说，"可能是你说的那个样子。"

喧嚣声几乎压住了歌声，但零落的掌声仍在每个歌曲结束或开始时准确地响起来。白兰已经下去，改为白莲上台，高跟鞋，高得疯狂，也细得疯狂，使她像站在一个针尖上，女侍走过所带的微风都会把她吹倒。世信用肘弯在政芬胸前隆起的乳房上压了一下，一面向台子上努努嘴，政芬默默地接受这双关的一压，白莲确实比白兰年轻得多了。世信对李士淳的谈话使他自己也头痛起来，似乎应该适可而止，他希望这个站在针尖上的白莲能把谈话中心引过去。

政芬没有辜负世信的设计，她马上对白莲仔细观察起来。世信对她的每一个意见都是支持的，甚至她说白莲手指上的戒指绝对是白金的，而绝对不是不锈钢的，世信也认为一定是那样。后来，白莲在较多的掌声中下去，白蓉上来了，女人们的美丽和魔鬼们的巨爪一样，具有可怕的威力，霎时间全体客人都屏住声息。白蓉一直在微微笑着，不断向全场扫视，站在耀眼欲盲的水银灯底下，她当然什么都看不见，但那些浸在墨汁瓶里的茶客们，却一个个心花怒放地接受她向自己飞来的媚眼。政芬的话题迅速转到白蓉身上，她压低声音，把热烘烘的嘴唇附到世信的耳朵上，告诉他，白蓉果然长得十分丰满。世信谛听着，贪恋地嗅着从她脖子上和双颊上散出的幽香。

自从君山号进港那一天起，横亘在这一对恋人中间的巨墙消失了。音乐和歌声使他们恢复从前的感情，政芬开始主动地反握着世信的手，他狂喜地把她的纤指举到唇边吻着，而且用舌尖舐着。她靠到沙发上，微斜着眼，魂不守舍地笑着，那疯子，那火，统统都丢到脑后，这世界狭小得只剩下她和世信了。

"你看，"她说，"他们是谁？"

一个人从门口进来，正穿过桌群往前摸索，后面跟着一个纤小的影子。

"我不认识，"世信注目了半天说，"女的仿佛叫罗梅丽。"

政芬恍然大悟道：

"想起来了，男的是林大夫。"

"什么林大夫？"世信说，"他干什么的？你怎么认识他？维克市有多少林大夫？"

"我在码头上见过他一面。"

"难得你的眼光锐敏，在千千万万的人群里发现了他，而且牢牢地记住。"

"他本人倒没有什么，但他似乎有一本大作，使我一时忘不了，叫什么《爱情的研究》。当天有很多新闻记者包围他，报纸上这两天似乎也有他的消息。嘿，对了，你怎么认识那个女的？他们是夫妇吗？"

"不。"

"朋友？"

"我搞不清楚，"世信摇着头，"她是杨天卿的太太。"

"谁是杨天卿？"

"我的同事。这似乎很奇怪。其实有夫之妇和一个男人去坐坐咖啡馆有什么了不起呢？我们还是回到林大夫的大作上去才对。"

"这本书一定有点意思，只是不知道他用什么观点，什么眼光，和什么立场写的。"

世信捏一下她的小指，然后说：

"他是一个医生，当然是一本枯燥的书，说不定是用化学成分来分析'爱'在生理上所起的作用。"

"不见得，"政芬想了想说，"真的这样分析便不值一顾了，爱是不能分析的啊。这使我想起了一件事，把一个人分成一二百块，请问，爱是存在哪一块里呢？爱应该是一个整体，包括很多不能单独存在的因素，所以爱是不可思议的，如果可分析的话，爱便不是爱了，对吗？"

"当然是对的，我想，当然是对的。"

白蓉的歌声停止了,玛丽厅爆起一阵震动屋瓦的掌声,世信的手指继续在政芬臂上滑动着,小心地,他抚摸着每一个发着香味的毛孔。

他低声说,"我们是不是可以到碧园踏青?"

"踏青?我们不如去赏雪的好。"政芬笑道。

"夏天当然也可以踏青,然而,不管怎么吧,重要的是去玩玩,碧园游泳池设备最好,我们可以游上半天。"

他说着,一面壮起胆,像一个得宠了的小狗壮起胆抓弄女主人的头发一样,他的手指有意无意地探进政芬的腋下。政芬没有反应,反而轻微地把上臂抬了抬——虽然只轻微地抬了抬,但已足够鼓励世信进一步动作了,他的手几乎是立即就触及到她柔软的腋毛。

"天不早了。"政芬陡地站起来。

世信的手凭空落下,他腼腆地向她解释天不过十点半钟,似乎可以再坐一会,但她说必须回去赶功课,后天的考试无论如何不能大意。他只好顺服地走到账房那里付账,跟着她走出去,她坚决的态度使他起了恐慌,她一定怪他太唐突了。其实政芬并没有怪他,她只本能地觉得现在应暂时停止他对自己的爱抚,那种类似电光火花加到身上的刺激使她发现,如果不站起来,就会没有办法不接受下去。所以两个人一点争执都没有,一出了玛丽厅,便和好如初。出租车上,他们紧紧地靠着,政芬上半个身子全部的重量都压在世信的一条胳膊上,她那冰冷的玉臂,沁骨的凉。

到了海大,世信送到那挂着男宾止步木牌的会客室,政芬向他告辞,他想能和她吻别才好,将来总有一天是可以大大方方,公开那样的。他看着政芬走向甬道,回头向他挥手,拐一个弯进去了,世信好像失去了一点什么似的,拖着身子回去。

那柳妈从背后大声叫他。

他转过身子,灯光把她的影子送到自己的脚下,从那急促的声调里,他听出一定有重要消息。等到一直走到她跟前,她让他在门口站定,他才看出她一脸神秘的神色。

"周先生,"她惴惴说,"我听说岳小姐出了什么事?"

世信被问得毛骨悚然。

"真的出了什么事吗?"她说。

"你说的没头没脑,阿婆。"

"这件事不该出自我的口中,"她说,"可是我太清楚了,岳小姐怎么样认识李士淳,和他怎么样来往,这里面,她为什么后来忽然把他甩下,你恐怕只知道外面的谣言,岳小姐太容易受谣言的影响。但她是一个忠厚的人,李士淳后来发了病,她一直挂在心里,而前天他从日本回来,她听到了,自己竟跑到码头上接他,当初她心狠手辣地说散就散,我知道还有别的缘故呢。"

"别的什么缘故?"

"她的父亲是安陆大学教书的老先生,他反对岳小姐嫁给李士淳,因为,哟,听说……"

"这，这……"

"是的，周先生，岳老先生要岳小姐嫁给她表哥，一个姓卢的，正在美国留学呢。却不知道怎么的又和你要好起来，我想你会知道她父亲的事。"

世信困惑地呻吟起来："我不知道。"

"然而，周先生，那位李士淳知道。"

"他知道——"

"他知道，对了，所以，每一个人都看出来，即令在他疯了之后，他还是爱着岳小姐，而把她父亲和那些中伤他的人恨入骨髓。"

世信紧捏着汗津津的手指。

"你说了这么半天，阿婆，一定有什么要告诉我。"

"我是为你好，你看——"

顺着女仆的手势，世信发现女生宿舍面对着他的那座楼房的窗子，显得有点异样，有些黑漆漆的，有些还有灯光，但地面上这一层的窗子却全关闭了，几个窗子上闪出人影，似乎在那里互相招呼，全都面孔朝着他，有的还向他指点着说些什么。

政芬在甬道上没有碰到一个人。寝室里，灯光寂寞地亮着，同房间的都到淑敏家参加舞会，还没有回来。六个床铺全是空的，六个座位也全是空的。政芬把手提包扔到床头上，从柜子里把换洗的内衣找出来，现在，正是洗澡的好时候。

"快看，快看是不是他？"

走廊上忽然有人喊，声音急促而紧张，但零乱的脚步却被这声音驱逐着向各个寝室跑去，似乎人们要看的东西，就在窗外。政芬好奇地也把脸贴到玻璃上，草坪是一团漆黑，可是，在会客室门前那个悬在屋檐中央的巨灯下，世信站在那里，仰着头凝视着她身子所在的房间，聚精会神，不像无缘无故地随便看看。隔着草坪一段距离，而且又全凭着灯光，政芬看不清他脸上的变化，可是，显然地，他在怔了一怔之后，跟跟跄跄地走了。

"捣什么鬼！"

政芬啐了一口，把睡衣穿上，拿起脸盆去盥洗室。盥洗室也分外冷清，留在宿舍的人大概都沐浴过了，她扭开浴室的灯，水泥地上干干的，不禁犹豫起来，但她终于仍脱下衣服，一个成熟而全是曲线的胴体从镜子里反射出来。她双手怜惜地按住胸前耸起的乳房，满足地，但也羞赧地向自己微微地笑了笑。

她打开龙头。

没有一滴水下来。

她披上衣服，赶到隔壁浴室再打开龙头，也没有一滴水。洗脸池的地方也是一样，怪不得连人的影子都看不见一个，炎炎盛暑，怎么能不洗澡？政芬真奇怪她的同学竟都能忍受得住，她大声叫王嫂，王嫂恰好从楼梯上下来。

"水！水！"政芬喊。

"你不知道？"王嫂惊奇地看着她。

"什么不知道？"政芬说，"看你的样子，把我弄糊涂了。"

王嫂把话说到嘴边又停住，岁月在她眼角上无情地刻下深邃的皱纹，也付给她可贵的代价，那就是，她不如年轻时那么多嘴，和那么百事通了，但她不能就这样使谈话停顿。

"岳小姐，"她说，"你怎么不去后院看看？那里正在焊自来水铅管，宿舍里小姐们都去了，热闹得很，我自己就是刚看回来。"

原来自来水管坏了，政芬恍然大悟。

"那家伙真够力气大的。"

王嫂忍不住又冒出了一句，但她老早就决心不惹任何麻烦的，所以她连忙向她心目中的年轻女学生解释说，一根水管坏了，焊好后马上会有水。为避免政芬追根寻底，她极力建议政芬应该马上就去后院看看，来修理的人虽然只不过是两名其貌不扬的技工，但女学生却挤了一大堆，男学生们闻讯而来的也络绎不绝，谁也挡不住。

"那么，大家看些什么？"政芬说。

"你最好亲自去，"王嫂推她，"快去吧，小姐，等一会焊完，什么都看不到了。"

政芬发觉真的有去一趟的必要，她重新穿上衣服，飞快地跑向后院。宿舍后院是一块很小的广场，约有三个网球场那么大，但并没有网球场，同学们有时候只能在那里打打羽毛球。因为凡是可以系铁丝的地方，都横七竖八地系上铁丝了，一遇晴天，红红绿绿的衣服和三角裤，蔚成一片使男学生们拼命吹口哨的奇观。

水塔就矗立在广场的一角，因为自来水的压力不够，学校不得不在若干区域建立水塔，否则，不但三楼二楼没有水，就是像政芬住的底层的龙头，也滴不出一滴水来的。现在人群正团团地围着那水塔，氢氧焰的烈火在攒动着的人头中熊熊闪动，人群像波涛一样地汹涌着，在夜的大自然里，更掀起嗡嗡的喧哗。政芬不知道人们说些什么，只隐约听到不外是那铅管怎么一下子就断了的议论，她本来也想挤进去看个究竟的，但往前挤了几步，发现地面上到处都是泥水，好像天刚降过一阵暴雨似的，简直无法下脚。尤其是，她没有碰到一个熟人可以打听一下，或做伴一同前往，迟疑了一会，还是打消念头，顺着原路回寝室来了。

寝室里仍然只有她一个人，她用热水瓶的水把手巾蘸湿，在身上胡乱抹了一下，钻到蚊帐里，预感到宿舍内外所发生的一切一切，仿佛都和她有关，但她无论如何都想不出这些有关的事，到底是什么。房间的寂静和水塔那里的吵闹，形成尖锐的对比，政芬觉得她像是刚从那氢氧焰的烈火里逃出来似的，但疲倦使她不能入睡，而且，积攒了一天的汗渍，多少仍留在肌肤上。如果没有一场痛痛快快的沐浴，从头冲洗到脚，总觉得连心都胶住了。她听见有两个同学从门口经过，拖着皮拖鞋，不久就又折了回来，显然地她们也碰了钉子。

"我应该在我姑妈家洗澡才对，"是丁秀云的声音，"姑妈家的淋浴是热水的，我说我洗不惯热水，就跑了回来，表哥的车子一直把我送到学校门口。嘿,你见过他没有,他叫陈振纲,开车开得顶蹩脚,却硬是喜欢自己开,司机反而在家睡大觉,你知道,他每次带我出去兜风,那真叫吓死人。"

"没有人逼着你去吓死呀。"是刘蕙的声音。

"我在姑妈家洗了就好了,"秀云重复地说,嗓子尖而且甜,"真的,她们家最现代化,表哥在美国机关做事,他顶看不惯中国人家那股肮脏,他们家的洗澡水一天到晚都是烧着的。真的,我不骗你,你知道一个人每天有一次两次的好沐浴,对身体有多大益处,谁像我们学校,连自来水都会断。"

"小姐,你似乎对你姑妈够崇拜了,除了崇拜姑妈有钱,崇拜表哥洋派之外,还崇拜洗热水澡呢。"

"你要死。"

"别着急,"刘蕙咯咯地笑道,"我刚才分明看见那两位技工把铅管焊得结结实实,怎么水仍没来呢?我只好等了,我没有姑妈,没有表哥,也没有热水。"

秀云叫得声音更高起来,她扬言要撕刘蕙的嘴,要宣传刘蕙和她男朋友间的丑事。

"我没有男朋友。"

"刘蕙,刘蕙!"政芬在蚊帐里喊。

刘蕙没有听见,两个人叽叽呱呱地消失在楼梯那里。政芬感觉到孤独,她从床头摸出一本小说来看,看两行又扔下,她觉得浑身汗毛都要烧起来了。

"水来了，水来了。"浴室那边有人嚷。

政芬跳起来，蚊帐绊住头发，几乎把系蚊帐的绳子都拉断，好容易把它解开，抓起脸盆，向浴室奔去。

"嘿，哪里逃？"

她猛地收住脚。

淑敏和其他四个同房间的同学，跟她在门口撞了个面对面。

"你也才回来呀，"阮贞贞吓了她一句之后，急忙拉着她，叫道，"我告诉你一个消息，你走了之后，发生了事情，可惜你不在，那才真叫糟糕。"

"让她洗澡去。"淑敏说。

"你再也猜不出，陆光正和一个叫姚克璋的为了追美华打了一架。"

"没有的事，"美华叫，把政芬推出去，"贞贞嘴里永吐不出象牙，洗你的澡去。"

"快回来，"贞贞说，"回来我告诉你，还有别的花样。"

政芬走进盥洗室，所有浴室的灯都亮着，其中只有一间像地狱一样的黑，她抢上去，把门拉开。

"谁！"里面的像挨了阿美族人一箭似的狂叫起来。

"原来是妖姬，"政芬没好气地说，"你怕什么人窥浴？连灯都不敢开。"

"灯坏了，"秀云笑道，"偏偏门锁也坏了。"

忽然，秀云停一下。

"我问你，"她说，"到底是怎么回事？"

"什么到底是怎么回事？"

"你不知道？"

"我知道什么呢，老天。"

"那个铅管，"秀云眨眨眼，"比大拇指还粗，一下子——"她形容着，"一下子就断了。等一会我告诉你，我还没有说完，在外边等我十分钟，其实五分钟就可以了，五分钟准洗完。我不像你们那种古典美人，一洗就是一个钟头，叫人在外面急死。"

可是，盥洗室里人越来越多，和政芬相识的人不断地用奇异的声音和她打招呼，不相识的人跟着用奇异的眼色望着她，好像不知道从什么时候开始，她已变成了一个马戏团的小丑。她感到一种不安的愤怒，到洗脸架上接了一盆水，悻悻地端回寝室。

"你怎么啦？"淑敏问。

"人挤得很。"

政芬把脸盆放到自己桌子上，用手巾蘸了蘸，胡乱地伸到睡衣里擦着，一面听贞贞向她报告美华惹祸的经过——政芬走了后不久，大家便跳起探戈来了，美华和陆光正跳着，这时候，一个叫姚克璋的中年人走进来，瞪着大眼，没有一个人认识他是谁，可是，等到那一支曲子奏完，他就去拍拍陆光正的肩膀。

"怪不怪，"吴芸在一旁插嘴说，"我们的美华小姐硬是搂着陆光正不放。"

"谁搂着不放？"美华把衣服摔到吴芸身上，"你老是发歪，是陆光正不理那家伙的。"

这一架并算不了什么，衣服也没有撕破，姚克璋先抓住陆光正的领子，陆光正就向他的鼻子击出一拳，流了不少鼻血，当然，陆光正也挨了不少下，后来被人拉开了。

"姓姚的真莫名其妙，"美华说，"那么多小姐他不找，偏找我。"

"打了你心爱的人啦。"贞贞说。

"我谁也不心爱。"

"啊，"淑敏对政芬说，"你知道姚克璋吗？"

"不知道。"政芬摇头。

"你走后不到一分钟他进来的，如果你碰上他，你可能会认识他。"

"我认识他？"

"记得吗，记得码头上接李士淳时，那个穿凡立丁西服，开口骂你的人？"

"那该死的臭鬼。"

"就是他。"

政芬哼了一声。

淑敏换好睡衣，其他四位也早换好睡衣了，在等着淑敏一块去浴室，淑敏向她们挥挥手，请她们先去，她们拉拉扯扯地先去了。淑敏等到确定了她们不会转回来的时候，她把政芬拉到窗子前面。

"贞贞以为那姓姚的自作多情，"淑敏说，"其实我知道他不是。"

"为什么？"

"没有人邀请那姓姚的来参加舞会，"淑敏说，"在我家，我认识我的每一个客人，知道每一个客人的来历，只有姓姚的奇怪，他是自己冒冒失失撞进来的。"

"真的吗？"

"我看出来，"淑敏说，"他是来找你的，因为他只见过你一面，把你和赵美华认错了。后来，打了一架之后，发现赵美华不是你，他就不做一声地掉头而去。不知道他来的目的是什么，也不知道我判断得正确不正确，假如他真是找麻烦的话，一定是和李士淳有关系了，无论如何，你得小心点。"

等阮贞贞她们回来安睡之后，政芬和淑敏才停住窃窃私语，同去浴室。夜已很深，一度热闹哄哄的浴室，这时变得冷冷清清，苍白的灯光被潮湿的空气微粒压榨成一个昏黄的小球，地上满是水迹，至少有两个龙头没有关紧，一滴一滴，沉重而迟缓地滴着，滴到水泥地上和木板上，溅着小小的水花，发出像是被锁到深宫，永没有出头之日的宫女夜泣般那样凄凉的响声。地上的水分似乎正在蒸发，这蒸发虽然是轻微的，但因它侵入肌肤和渗入骨骼的缘故，一种阴森森的感受，仍甚浓烈。

她们把头伸进去望望。

"有人吗?"淑敏叫。

当然没有人。

为了谈话方便,她们跳到池子里去。天井中央那棵根连根的大榕树,叶子随着夜风澎湃咆哮,天渐变阴,远处还有不断的雷声。为驱逐心头的孤单,淑敏继续告诉政芬,自政芬离开她家之后,发生的那些事,以及那个叫姚克璋的,他仍是穿着那套衣服,所以她一眼就看出是他。

"我真害怕,"淑敏说,"他还是从君山号跳下来时那股神气,一脸不屑和愤怒,我以为你如果在那里,他会抓住你打你呢。"

政芬用鼻子轻蔑地嗤了一声。

"他敢!"

"我问你,"淑敏说,"你慌慌忙忙地走了,是去哪里?李士淳家?"

政芬摇摇头。

"一定和周世信有约会了。"

"哦。"

"你到底怎么决定?"

"我——我总不能对不起世信。"

"忘记告诉你一件事,"淑敏说,"前些日子,妖姬不是一个人哭哭啼啼去找我父亲吗?父亲的一个学生叫钱文达的,在缠着她不休。她求我父亲帮忙,说他只不过是一个普通朋友,泛泛之交,出去玩过几次,如此而已,你还记得吧。"

政芬想起来有这回事。

"父亲今天上午才找到钱文达,"淑敏说,"他在约峰林场当工程师,我从小就认识他,半年不见,想不到已憔悴得不成人样了。头发长长的,满脸都是胡子,眼睛最可怕,一点精神都没有,像两颗玻璃珠子,呆呆地望着地面,我父亲一提丁秀云的名字,他就猛地一抽搐。后来父亲劝他不要再打扰她了,他一向是非常尊重父亲的,可是这一次他却慢慢地站起来,非常不礼貌地一直冲出大门。"

"他大概害上单相思了。"

"父亲叫弟弟追上去,好不容易才把他拖回来,他就向父亲说他和妖姬认识的经过和双方的感情,一面说一面哭。政芬,我得告诉你,我还是第一次看见男人哭呢,觉得又是滑稽,又是难过。吃午饭的时候,父亲和母亲谈起他,老两口就争执起来了。母亲说,妖姬的做法是对的,女孩子应该广泛交男朋友,这样才有选择的机会,如果碰上第一个男朋友就得从一而终的话,那,和媒妁之言有什么分别呢?"

"是的。"

"可是我父亲却叫起来,他说,女孩子交男朋友交得再广泛都没有关系,但绝不能超过一定的限度,第一个不能把身子给他,第二个不能用他的钱,妖姬和钱文达之间的关系不简单。"

政芬把头发往后一甩,慌忙地擦着自己的身子。这时候,窗子那里忽然亮了一道微光。

"想不到，"政芬搭讪地说，"啊，丁秀云真不辜负她的绰号。"

"洗好了吗？"

"洗好了，今天水的温度不高不低。"

"丁秀云从高中一年级到大学的读书费用，都是钱文达负担的，父亲说，女孩子一旦用了男人的钱，那便是表示要托付终身了。"

"她甩掉他，岂不是自断财路？"

"钱文达对父亲说，秀云上学期不是参加全市各大专学校英语讲演比赛吗，她得了第一名，一个南华银行的经理看上了她……"

"告诉我那经理的名字。"

"那经理叫，叫，叫武昭富，父亲也记不太清楚了。政芬，你干什么，你今天做事件件都有点不对劲。你认识武昭富？"

政芬把手举到嘴上。

"嘘，"她低声说，"赵美华的男朋友就是他，她为她拥有这么一位有钱有势的朋友而骄傲，你怎么会不知道？"

淑敏惊呆了。

"她恐怕还蒙在鼓里。"政芬说。

猛然间，淑敏像当胸中了一弹似的缩下去，政芬被她那双充满了恐怖的眼睛慑住，赵美华的事情不会使淑敏这个样子的，政芬察觉到她一定是看见了什么。果然，一阵风吹来，浴室门不知道什么时候打开了，政芬扭回头，像触到巨蟒牙齿似的，她疯狂地想叫——却叫不出来，嗓子被一种比冰还冷还硬的东西塞住。她双手掩住胸脯，鼻孔紧挨着水面，浑身筛糠似的抖成一团。

就在门口那昏黄的灯光下，站着一个赤裸着上身的男人，而且缓缓地一步一步地向水池走来。她们在大惊之后，第一个念头就是懊悔不该这么晚来沐浴，即令来的话，也应该淋浴就算了。门每次都是要扣好的，这一次一定是自己忽略，那个头发斑白的训导员总不断地提醒同学要注意门窗，没有一个人对她不感到厌恶，认为那不过是平凡的婆婆经，不过是可怜的老太婆混饭吃的一种口头禅，而现在，那种可怕而不可置信的事情，竟真的落到头上。

任何学校的女生宿舍，都是日夜在防范发生什么事端的，海大女生宿舍自然一样，除了专门负责阻挡男宾的警卫，还有专门负责照顾女生生活的女佣。每晚十一时锁门之后，警卫和女佣照例要到每个角落巡查一次，而四围的高墙上，又满布着铁丝网。可是，目前那个男人不但走进女生宿舍，而且大摇大摆地走进女生浴室来了，政芬和淑敏简直不敢以为这事是真的。不过时间不允许她们想什么，事实也不允许她们相信不相信了，那男人越走越近，男性的肌肉颤动地在脚下堆成一团黑影。黑影一点一点向她们逼迫，像一条巨大的蚯蚓一样，蠕蠕地攀上浴池边墙，他那晃动着的体态就显得更加清楚了。

过度的恐怖使两位漂亮的小姐变成了两具僵尸，只要喊一声便会有几百人惊起援助她们,她们却喊不来,也不敢喊。大概这是上帝赋给女人们的一种特质,使她们对恐惧的感受,特别锐敏,时时都在恐惧死亡,恐惧被杀。冥冥中的魔掌撑住淑敏和政芬的上颚和她们的眼皮,她们连嘴巴眼睛,都被吓得合不住了,像是被拉进屠场的羔羊,只一味地觳觫。平静的水面,被她们两个玉体的觳觫震出没有休止的波纹,向四处冲击。

然而,当不可避免的事情就要发生的时候,那男人停住脚,跟踏进浴室一样突兀,他斜着身子摸索到衣橱那里,抓出她们的衣服,像在米堆里挑石砾似的那样仔细挑着。举到灯光下,拣出一件政芬的睡衣,嗅了又嗅,一直没有表情的木板似的面庞,忽然迷惘地笑了笑,然后把它披到自己身上,向门外走去,一出浴室的大门,脚步加快,一直奔向有楼梯的地方,渐渐地听不见了。

"政芬!"

"淑敏——我的老天,他是李士淳。"

像被击败了的老拳师似的,两个人终于悠悠地恢复了神志,而且互相呼唤着,等到完全确定那疯子确确实实走了之后,她们才跳出浴池。顾不得拿洗脸盆也顾不得把身子擦干,更顾不得两条腿仍在发软了,裹起浴巾,仿佛魔鬼就在后面赶着似的,手拉着手,一口气跑回寝室。

一直等到爬进蚊帐,她们还抖得连床铺都咯吱吱作响。

"以后死也不要洗得这么晚。"政芬呻吟。

"吓死我了，"淑敏说，"他怎么进来的？我们应该告诉王嫂搜搜。"

"睡吧，睡吧，明天再说，我的心都要跳碎了。"

可是，过度的惊吓和一种似乎有点歉疚的感觉，使人马上入睡是不可能的。尤其是政芬，头在澎湃，仿佛有一个蜜蜂在耳朵里和蜘蛛网挣扎，她再也不知道应该如何是好。她轻轻地唤淑敏，淑敏最初还答应着，后来渐渐含糊哼着，不久就没有反应了。

"他是怎么进来？又怎么弄成那个样子？"

政芬不敢起来关灯，假设不是天正盛暑，她真要把头也蒙起来，远处天际，大概在十里之外的柳城上空，正隐约地响着巨雷。

"叫我怎么办？"

政芬努力使自己归于平静，这一栋巨大而充满了温柔芳香的女生宿舍，那在白天里发疯，喜悦，任性，慈爱，小心眼的心，有充分的力量可以撕裂男人，骄傲地以为自己已经或将来一定能够统治世界的心——各式各样少女的心，都在苍茫的睡眠下面安息。

就在这时候，一个踉跄的黑影正顺着墙根向前爬。眼前这座女生宿舍的大楼像磁石样地吸引着他，使他反复地不能离开。他对这个地方的一切都感到特别滑润，和特别容易接纳，他想不起他为什么对这个地方那么亲切了，迥不见人的无垠黄沙上，他看见有一个柔和的身躯,走到那照耀得如同白昼的窗户那里,冉冉而殁。他奇异地咳了一声,双手伏到地上,爬到窗子底下,然后,他坦然地站了起来。

推开纱窗的声音,极轻微地从那吻合密切的窗槛上发出,接着是绝对意外的猛的一响,暴风卷起那满载着记忆的窗帘,扭成两条坚硬的绳子,朝着悬在桌面上的电灯上打去。哗啦一声,灯泡碎了,房间里的人被这突如其来的袭击惊醒,恰好一个闪电从天宫直扑人间。大家同时发现窗外有一个好像刚从监狱里逃出来的杀人的囚犯,狰狞地站在那里,探进穿着粉红色女人睡衣的身子,仿佛要攫去谁似的。

"李士淳!"

政芬恐怖地叫了一声——一窗之隔使她能够叫出声音,但她不能再叫第二声了,她自己掩到脸上的冷冰的手,使她昏了过去。淑敏唯一的动作和其他四个人一样,她们闭着眼睛,牙齿像乞丐手中的响板似的咯咯打颤。

第二天,海大女生宿舍就像沸腾了似的纷纷议论起来,并且开始透过女学生们那些香喷喷的嘴,和严肃的"不要告诉别人"的叮咛,在耳鬓厮磨的时候,向她们的家人,和她们的男朋友们,说了个够。于是,几乎只一霎工夫,竟瘟疫一样地传遍了每一个角落,全海大都轰动了,更进一步地汹涌着奔出校门,泛滥到全维克市。

人们都知道海大女生宿舍发生了怪事。就在昨天傍晚,一个蓬头垢面的年轻人摇摇摆摆地走进女生宿舍的大门，警卫追上他问他找哪一个，他扭过头来，惨白得像石灰一样的脸色，和那似乎是因要去从事一场冒险而激动的眼神，加上嘴角上还挂着一丝血迹，令警卫不由吃了一惊。趁着警卫一惊的刹那，那人已大踏着脚步，走上甬道，一转身就隐没到走廊那里。

他徘徊着，逐个门窗往里窥探，好像一个小偷在观察他动手行窃的地势。最初没有人注意他，女生宿舍虽是禁地，男人却不一定是彻底根绝的。可是，不久他就像一颗定时炸弹一样被发现了，不知道是哪一个，陈健芝说是她，但也有人发誓说不是她，以后也没弄清楚到底是谁，假定是陈建芝吧，她被那个奇怪的，和叫化子差不多脏的脸，引起兴趣。

"他一定是学校刚雇来的清扫夫。"她那时想。

她看他身上衣服的质料是上等的，它很合身，只是，她觉得，他一直在那里晃来晃去，有点不对劲。她就身不由己地匆匆忙忙去告诉王嫂，两个人满怀狐疑地走到那人跟前。

"喂！"王嫂职责所在，先开口叫，"你——"

那人一动也不动，但他那站着的样子却使王嫂担心，她只看到他的后背。非常奇怪，他的手不像普通男人那样，在凝神的时候，握在胸前，或插在裤口袋中，而是垂到两侧，紧紧地捏着拳头，大概是用力过度，或是其他缘故，两只拳头都在剧烈地颤抖。

"你，"王嫂大声说，"你，先生，你找谁？"

那人的腰正逐渐地弯下去，好像一个无形的巨锤捶击着他的脊椎。王嫂的喊声，和那人奇怪的动作，把仍在房间里的女学生们全引出来了，大家的视线集中到他身上，有的被他那特别长的头发吓住，有的直觉地想到，他一定是一个小偷。

"说不定他找妖姬。"有人说。

"可能是要见罗娜。"又有人说。

不过大家主要关心的，倒不是那男人来干什么，一个男人因女孩子不理他而找上门来取闹，在一个女学校来讲，那是太平常了。她们关心的是，看王嫂怎么把他弄出去。

"嗨！"王嫂喊。

王嫂对那人的不礼貌感到愤怒，任何男人，即令是经过特别允许可以溜进来的，也没有一个不对她恭敬温顺，那和对门房柳妈恭敬温顺有同一的理由，希望能够获得她的同情或帮助，至少也希望她不说坏话。所以，当前这个局面大大地打击了王嫂的自尊心，好像一个受惯奉承的大人物，一下子被奚落了似的，她暴怒起来，暴怒是可以增加勇气的，她上前一步，拉住他的肩膀。

"这是女生宿舍，"她理直气壮地说，"男人怎么可以随随便便跑进来。你瞪着眼往里看什么？快走，好好的我送你出去，这么多人围住你，你还想玩什么花样呀？我要去叫警卫了，警卫来了就有你吃的苦头。"

然而，她的恐吓跟蚊子的声音对大象不发生效力一样，那人的一只脚已踏到门限上，显然他要不顾一切地闯进去了。房间里恰没有一个人，寂寞的斜阳照着女学生们寂寞的雪白枕头，一直不停息的灰尘微粒，在阳光中上下飞舞，似乎这空空的房间，有一种什么奥秘，使那个人非闯进来不可。

"站住，"王嫂再不能忍耐了，她抓紧他的胳膊，用一种准操胜券的嗓子叫，"疯子，你这个野人。警卫，警卫，警卫快来呀！"

她叫的声音很大，力量也分外的大，那人已经发觉他再也走不动了，那种一受拘束便像火山一样爆炸的病态复发，他大吼一声，猎犬似的猛地扭转来身子。

整个大楼被这吼声震动得发出一种平常谁都没有听到过的回声，到这时候，王嫂和全体围上来看热闹的女学生们，才面对面地看见那人的真正面目。大家立刻怔在那里，一方面是震惊于他的粗暴举动，另一方面，每个人的脑海里都现出一段往事，人群里起来了骚动，这骚动夹杂着惊骇的呼喊。

"我的天，"刘蕙叫，"他，他，他——"

大家已在轮廓上辨出那个堕落到小瘪三的人是谁来了。

"他，"刘蕙脱口而出，"他是李士淳。"

有些人是认识士淳的，当政芬和他热恋的时候，他是她的骄傲，曾介绍给她所有的朋友，还趁着有权有责的警卫或管理员们稍不注意，偷偷地把他领进宿舍。后来，政芬对他冷淡，不再爱他，大家也慢慢地都知道李士淳原来是一个骗子，而且原来是一个害着严重精神病的人。比较喜欢看报的，不仅仅只看电影广告，而也看看新闻的人，更知道疯子家失火，和疯子逃走的消息。

现在,那疯子幽灵似的现身在她们面前,大家这才恍然地悟出来,土淳要闯进去的那间房子,正是政芬的寝室,大家几乎是同时地发出一声漫长的叹息。

"不要闹,"土淳用颤抖的双拳擂着自己的胸脯,"我看见那窗帘,看见那窗帘了,那都是吃人时候滴下的血。你们这一大群都上来呀,把我捆到日本去呀,你知道她多甜,是她叫我死了心的,嘿,嘿,嘿……"

忽然间,他跳上一步,泰山压顶似的探手去抓王嫂的头发。

"救命!"

王嫂大叫着拔腿向楼梯那里奔去,大家这时候才真正地像中了枪击一样的一群乌鸦,扯着嗓子呼号着跑着,各人跑回各人的宿舍,把门关起来,然后在距门最远的地方挤成一团,仿佛那疯子马上就要像秃鹰似的把她们攫出去大嚼。

疯子稍微停一下,没有追赶任何一个人,他已忘记他是干什么的了。他模模糊糊地迈着步,从甬道尽头下到后院,那水塔像苍龙似的昂然张着巨口,草地上有两个还不知道前边发生事情的女学生,正往绳子上搭她们的衣服,土淳走到水塔底下,握住那铅管。

"我捉到你了,"他嗫嚅说,"你求饶也不行,海誓山盟也不行,真的,你看,她变了一只比天还大的鸟,飞到半空里,飞不见了——康定溜溜的城,月亮溜溜的女子哟!留下一条蛇,叫我打死它。信来了，信来了，我知道即令是天翻地覆她也会给我来信的。天，这怎么是蜡做的呀。"

那铅管像稻草似的在士淳那疯狂的手中折断，和鲸鱼排水口喷出来的一样，水花向天空喷去。仍在那里搭衣服的女学生们惊叫着往外跑，她们在门口碰到那些应王嫂之召而赶来的警卫，可是，等他们冲到水塔跟前，已看不见人影了。顺着湿淋淋的足迹找去，足迹在墙脚那里消失，疯子似乎比飞檐走壁的武侠还要轻飘，不知道他怎么爬上，也不知道怎么跳下，反正是，他翻墙逃走了，墙外是一条平常没有什么行人的小巷。

这是星期一那天发生的怪事。没有等到刘蕙和秀云告诉政芬，政芬便知道了。不过，经过闪电一样的传播，多少和原来的真相不同，甚至简直好像是变成了另外一回事。人们说，士淳的精神病早已痊愈，上次去日本，是专门学习柔道内功的，学成回来，就找政芬谈判。

"我亲眼看见他潇洒地走进来，"人们传播到最后，结论是这样的，"岳政芬怕他报复——他或许殴打她，或许用硝镪水毁她的容，怕得不得了，就一面虚与委蛇，假装着亲热，挽着他的臂去后院散步，一面托人报告警卫，想不到被李士淳发觉，大笑数声，顺手一夹，铅管就像利斧砍下去似的断了。岳政芬拨头要跑的时候，李士淳把手中已捏成一团软泥样的铅管掷去，那软泥竟把墙上打了一个可怕的洞。他说他还要找周世信算账，一定要把周世信的心扒出来。老天知道，说不定要发生血案呢。"

使这个传言获得证实的，是海大女生宿舍后院的墙上，果然的有一个新被打破的可怕的洞。有些人知道这个洞不过是事情发生前一天，修水塔时搭架子凿开的，可是，根据事实的辩护，往往抵不过捕风捉影的谣言。因之人们兴奋地说，当政芬入浴的时候，李士淳二度闯进宿舍，而且闯进浴室，天晓得他堵住了那赤条条了的政芬发生了什么事，如果不是淑敏后来冒冒失失地撞上喊了起来，把疯子驱走，恐怕政芬一辈子都不会露出口风。

至于当天夜间，寝室里的人和相邻房间里的女学生们被政芬的狂叫惊醒，全体都知道，李士淳第三次地找上门，假使不是政芬发觉得早，他会扼死她的。窗帘是被撕去了，他为什么要撕窗帘呢，经过你一言我一语的讨论，一致认为是，他要用它把政芬包走，但也可能是用来包别的贵重物品，而且恐怕是已经包走了。当然一种看法被认为也不无道理的时候，大家就像中了魔似的，各人检查各人的箱子起来，幸亏还好，都没有失窃，即令有人丢了些小东西，也用不着那么大的布包。

政芬为这些谣言和因这些谣言而来的一些无头无脑的慰问，弄得万分狼狈。淑敏也陪着受到不断的盘查，其中以丁秀云最为表示关心，她好像负有什么特殊任务似的，追着她们询问那一天浴室里的事，她们所讲的是不是真实？淑敏和政芬被迫含着眼泪发誓。

然而，这并不能生效。

"没有不出事的理由，"秀云悄悄地对刘蕙说，"骗人？骗鬼！

男人的肮脏心眼我知道得最清楚,哪一个不是色迷迷的,我以后再也不敢去洗澡了,我只有到我姑妈家去。"

刘蕙笑起来了。

三

星期二是维克大学最热闹的日子。其实这热闹的日子，从五月中旬起，就不断地降临了，各式各样欢送毕业同学的晚会、茶会、餐会以及各式各样的舞会和家庭舞会，在那有名的"蓝色走廊"——学校公布全校性布告的那个广场一角的甬道上，几乎天天都有红红绿绿的通告贴出来。有的很大，有的很精巧别致，但惹人注目的程度，却是一样，请客帖子到处乱飞。一个毕业生，人缘最差的，至少也会收到十张左右必然落到头上的请柬，这些请柬，来自他先天的、一踏进校门就隶属了的团体：像历史学会（假如他是历史系的话），文学院同学会（假设他是属于文学院的话），浙江同学会（假设他是浙江人的话），金华专区同学会（假设他又是金华人的话），林氏宗亲同学会（除非他的姓氏不普通，少到除了他之外，没有第二个人），开封中学同学会（假设他是开封中学毕业的话），全体学生自治会，住校同学会，或通宿同学联谊会；至于女同学，她们至少也要比男人多一份女同学联合会的帖子；一个毕业学生的兴趣稍微广泛一点，加入过特殊性质的团体，像：文艺研究会、团契、排球队、棋社、桥牌社、跳舞会等，那帖子就更雪片似的了。为了满足自己的虚荣心，有些平常死也不肯和别人来往的人，一到了四年级，就像老处女到了三十三岁一样,慌了手脚,拼命地钻进几个团体,以使毕业时热热闹闹,有点体面。

在这么多的欢送会中,毕业学生当然是天天以主客的身份露脸的,同时,他还可以用来宾的身份参加其他人或其他单位的欢送会。好比吧,他虽然不是湖南人,但湖南同学会为欢送湖南同学而举行的话剧公演,他仍然可以顺利地溜进去,早早地占上一个好位置,一丝一毫也不必表示感谢。

大学毕业生像一个向高峰挺进的人,从小学到大学,十六年漫长的岁月,一步一步,在人们的喝彩声和自己日益增高的骄傲中,爬到了顶峰。无论是自己和家里的人,都把这顶峰当作一个跳板——一个生命旅途上最重要的跳板,攀登到这个跳板上之后,就可以一跳跳入青云了。然而,等到他们庆幸着终于到达顶峰的时候,他们发现,前面的路,不但不像过去那样,显明地有上升的阶梯,而且,根本竟是一连串的泥坑,从一个不可一世的大学生,栽下去成了一个平庸的、自己连做梦都要轻蔑的小职员,他们的惶恐和困惑,自然像泉水一样涌上来。除了一小部分已经办好出国留学手续,和另一小部分靠着父兄或靠着姐夫的关系,早已谋妥较好的差事,其他大多数人,简直是只好自暴自弃地欢乐一天算一天了。

相形之下,在校的学生们,反而更快乐。一年一度,第二学期开始后不久,他们就过不完热闹的日子。星期二这一天正是所有热闹日子中最热闹的一日,明天开始,毕业学生就要永远离开他们生活了四年之久的母校。这应该是维大的优良传统，毕业生在总考之后，并不像鸟兽一样地马上散掉，而一定要等到和在校的同学同时参加过最后一次大游艺会后才离开。这个大游艺会和平常的欢送会不同，它不仅是维大一年中最大的一件事，也是维克市一年中最大的一件事。维大学校当局和学生自治会为了这一场大游艺会，付出相当大的一笔钱，今天是一连五天的平剧最后一天，无论是学生和家长，都要凭入场券进场。

世信六点半钟就来了，这是他的母校，校内每一个角落，甚至连那花坛上和苗圃的墙沿，都有过他的足迹。自离开学校之后，他从没有回来过，学生时代那种世界上只有大学生生活才算有人生意义的想法，不但进入社会后不久就消失得无影无踪，而且还忍不住讥笑自己。世信这次回到学校之后，一直走向礼堂，就在礼堂前面喷水池旁坐下。一株高大的罗汉柏，正好把斜阳遮住，他坐下的时候，那椅子的热度还没有全退。

有人叫他的名字。

"夏维桐，"世信喊，"好久不见了，我以为你不在维克市。"

维桐在他身旁坐下，掏出烟盒，举到他脸上，世信拿了一支。

"怎么一个人来？"维桐说，"你的小姐呢？"

"她马上就到。"

一团火球似的一个女孩子从远处奔过来，等她跑到面前，把世信以及四周乱嘈嘈的人，当作根本没有存在似的，上去就抓住维桐的手,摇着笑着,咻咻地责问他为什么不到女生宿舍找她。这时候,世信才发现这位红衬衫红裙子和红高跟鞋的女孩子,头发却是短得刚齐到耳根,而且直直得像一棵垂柳。因接触太多的阳光而晒黑了的肌肤,仍很细腻,而且泛着健康的红润。手上的指甲却是圆圆的,看惯了女孩子那种千篇一律的尖尖手指,会顿然生出一种返回大自然时的朴实宁帖的感觉。

"我以为你没有收到票呢,"她脸上露着预期着一定可以受到宠爱的笑,"走啊,现在可以进去了。啊,不对,时间似乎还早得很,用不着这么急去挨热,我们可以到合作社吃冰淇淋。"

维桐为她介绍他的朋友,世信才知道她叫邹雪琳,维大三年级的学生,当即赞美她是他所能看见的最刚健婀娜的小姐了。她听了高兴之至,就邀他一同去吃冷饮。这时候,陈振纲和另一位全身穿戴整整齐齐夏季西服的中年人向他们走来,世信和维桐都是认识陈振纲的,业务上的来往,和因业务而产生的不能见天日的勾当,使他们简直是再亲密没有的好朋友了。他们两个人都不认识丁秀云,但他们却都知道丁秀云是以她这个表哥为自豪的。

"看起来,"世信常常向政芬说,"表哥似乎要比表妹高明得多,你们已经把陈振纲描绘成一个不堪入目的西崽了。头发烫得卷卷的,嘴里无时无刻不衔着雪茄,嚼着口香糖,留着两撇八字胡,穿着花花绿绿的衬衫,戴着最最新式的可以预测晴阴的金表,每一句话至少要夹带一个英文单词,走起路来,手举着手杖,像一个标准的暴发户,再不就每小时开车两百公里,像一个标准的花花公子。"

"对了,"政芬每次都说,"她表哥一定是那样的一个人。"

其实,世信知道,振纲是大大出她们所料,他虽然生活圈子里美国人居多,但他外表并没有特殊的变化,跟一个政府机关的小公务员一样,把手伸到裤袋里,带着看穿了这世界的那种淡漠的眼光。他现在和他的朋友缓缓地走过来了,世信深恨政芬不在身旁,她如果发现陈振纲竟这样不时髦,她会大吃一惊,回去宣传起来的。

"元康,我介绍你两位朋友。"振纲说。

"陆先生,"维桐抢先把元康的手抓过去,"我们是前个月见的面,在远东图书馆。"

"是的呀,"陆元康说,"我们同时都对那堆书有兴趣。"

"走吧,"雪琳在介绍完毕之后,兴奋地说,"一块去吃冰淇淋吧,我们学校冰淇淋是有名的呢,夏维桐今天请客是请定了。反正这里不能久停,罗汉柏高高大大,太阳马上就要照过来。"

世信对这位漂亮非凡但却是一位老饕的小姐,有趣地看着,等到雪琳第二次摇维桐的臂膀,几乎不耐烦地叫了起来,世信方才道谢,说他是不能奉陪了,他在这里为的是等一个朋友。

"我赌一打啤酒,"振纲说,"你等的是岳政芬。"

"你输了,我如果等的是岳政芬,"世信说,"你一定等的是玉面妖姬。"

振纲大笑起来,像一个小学生听老师讲笑话那样,毫无顾虑地大笑不止，连从旁边走过的维大学生，都扭回头来望望，仿佛那里有一块磁性矿石。

"真的，"雪琳瞪着灵活的眼睛说，"夏维桐，我问你，妖姬，你们说的那个妖姬，是不是海大的丁秀云？"

维桐含糊地应着，用手在她那肌肉绷得紧紧的手臂上，会意地捏了一下。然后说：

"你们都对冰淇淋没有兴趣的话，我们恐怕要单独去吃了。"

两人跳下台阶，肩膀擦着肩膀，消失到人群里。振纲和元康顺势坐下来，这里正对着礼堂的后门，世信的眼睛一直没有离开那里，振纲看了看他，对身旁的陆元康笑笑。

"他在等他的女朋友，"他指指世信说，"岳政芬是海大有名的美人儿，那美人儿为他把多年的男朋友都丢掉了，丢得疯疯癫癫。"

"闭嘴！"世信喊，但脸上却浮着不容误会的得意的笑。

那新相识的朋友元康愣愣地说：

"听说海大女生宿舍昨天闹了事，似乎就是一个疯子什么的，一连闯进去三次，侮辱了……"

"没有侮辱，"世信说，"谁告诉你侮辱的，想不到谣言竟传的这么厉害。"

"你和谁在辩？"振纲大笑道，"没有一个人谣言你什么呀，你却好像被告的律师一样，侃侃地叫个不停，我听秀云说过……"

"你一谈起那野狐狸，我的问题就出来了，"世信说，"哦，对了，你先说你听她说些什么。"

振纲从元康烟盒里抽出两根纸烟，划着火柴，喷出一团云雾，斜阳从罗汉柏上漏下来，好像喷出一团彩虹。

"还用我重复吗？"他说，"元康听到的不过是一个关于李士淳这件事的总纲，我告诉你，我对海大的事情知道得恐怕比他们的训导长都多。男女学生们把秀云叫做'玉面妖姬'，一点也不错，百分之百的玉白，也百分之百的妖姬，她有本领把男人搞得甘愿为她跳河。不过那倒不如校外的人给她的绰号，我知道他们是叫她'广播肉台'的，太缺少敬意了吗？要知道，凡是她所到的地方，每一个脚印至少都要留下一火车话。秀云经常到我家，一方面向我广播，一方面在我身上和我嘴里收集些资料，以便同样地向别人广播。"

"那么，你知道她广播了你些什么？有没有中伤？"

"中伤？不，"振纲倜傥不羁地用手帕充作扇子扇着，咽了一口唾沫，"她以我为荣呢，你可以问问岳政芬就知道我判断得对不对。"

"当然对——你们的关系不同，你是她的表哥。"

"表他妈十万八千里的哥。"振纲大笑道。

"你的母亲是她的姑姑呀。"

"要想拉关系，"振纲笑道，"何必说我母亲是她姑姑呢，如果说我母亲是她母亲的姐妹，或许好一点。我母亲是浙江人，她父亲是四川人,这不是表他妈十万八千里的哥吗?"

世信一直酝酿在肚子里的很多有关妖姬的问题,一下子被振纲这种赤裸裸而且带着轻蔑口气的一段话击得粉碎,原来他们不是亲戚,这简直是奇谈,如果把这消息告诉政芬,那会使整个海大都震动起来。

"我认识她是钱文达介绍的,"振纲说,"喂,你怎么不吸烟?"

世信把纸烟捏在手里,已捏得扁扁的了,他本来要吸的,但一想到满嘴的烟臭可能会发生很大的影响,便制止住自己。

"我也认识钱文达。"

"他是秀云的男朋友,我们从初中一年级一直同学到高中毕业,我打赌,天下如果再找到一个像他那样实心眼的家伙,我输给他一只耳朵,由他把她带到我家这件事上,就可说明他老实的程度。丁秀云一进门我就看出她对我们的外国派头五体投地了,钱文达应该只把她带到那些外表上不如自己的人家才对,假如我要她,当天我就可以把钱文达赶出大门。"

"哦!"

"缺德,"元康说,"振纲。"

"因为我母亲嫌干妈的叫法不好听,所以,丁秀云就改口叫她姑妈了。"

衣冠楚楚的元康,小心地把烟屁股塞到鞋底下踩灭。

"元康!"振纲说。

他抬起头来。

"你如果认识她，"振纲指着他的鼻子，"千万不要相信她的话，连一个字都不要相信，如果你一不小心相信她十分之一，甚至百分之一，那就非上当不可。"

斜阳渐渐沉到红墙外面，喷水池成了人海的中心，那以橄榄球场为主的广场，像一个庞大的口袋，从校门口开始，经过细长的口袋颈子一样的甬道，人们全纳在囊底。东一堆西一堆，发出只有腐尸上蝇群才有的那种嗡嗡的声音。穿着白港衫和撑着花洋伞的男男女女，越来越多，随着人潮的汹涌，世信有点感觉不安，他觉得他像是一个凶手似的不断被注意着。无疑问的，维克市都知道海大发生的事，而且不能避免地已经谈到自己了。

假使真的谈到自己，世信想，那倒也不错，政芬似乎有点不太灵活，她如果有丁秀云十分之一那样，这该是一个天赐的自我宣传的题材。一个男人为我而疯，而且确确实实是疯了，不像有些失恋的人，只痛苦几天，几天之后，或是忘记了，或是默默咽下去。

"终有一天，"世信想，"政芬要变成我妻子的，到暑假我们就结婚，我不怕她不答应，我会有办法冲破她最后防线的。这种想法太卑鄙了吗，当然不，我是要娶她的呀。我应该非常非常骄傲才对，一直到老，我都可以夸口一个男人怎么样追求我的妻子，和他怎么样地在惨败后发狂。"

何况是，政芬是那么美，世信一想到政芬的美，便觉得有一种不可忍耐的冲动，连振纲和元康在一旁说些什么，都听不进去。再一想到政芬那连风都可以吹破的双靥,那被神笔描出来的瓜子模样的面庞,他就忽然明白李士淳为什么要疯的了。

"他不能怪我,"世信耸耸肩膀,心里喊,"情场和战场一样,不能选择手段,胜则为丈夫,败则为路人。"

"你在念什么?喂——"振纲向他大叫。

世信这才发现自己的表情不太正常,他平淡地笑笑,表示没有什么,振纲却再给他一个似乎已经洞察肺腑的鬼脸。

"来了。"世信猛地站起来。

"谁来了?"振纲问。

世信觉得有点不对,他应单独地等待才对,假如等待的是政芬,那他是巴不得天下的人都看见他们在一起的,可是,今天他等待的却是悦华。悦华正从蓝色走廊悄悄地走过来,和一个青年人并着肩,似乎在剧烈地争论什么,那青年人穿得和元康一样整齐,除了没有领带。

看样子那青年人辩论失败了,悻悻地一直向大门走去。悦华却温和地向他挥手送别,那蛇一样的小手,在刚刚才亮了的路灯之下摇动着。半高跟的白色凉鞋,露着十只修长的足趾,每一步的落地声,都那么轻微,广场上虽然十分喧嚷,但世信却听得心弦都颤抖起来。

不知道一股什么样的冲动使他在脑子里突然冒出一个想法:悦华比政芬还要迷人,她有一种韵味是政芬所没有的。于是,他向振纲和元康表示他必须先走一步,就在振纲的大声质问中,跳下台阶,假装着散步模样,沿着罗汉柏下的石砌甬道,迎着悦华走去。这当然和演戏一样准确,他们在礼堂的后门那里碰了面。

"想不到你会来,周先生,"悦华孩子似的向他笑着,用一种稍微带着南方口音的语调说,"我本来要送给你两张票的,可是,我自己只有两张呀,只好一个人分一张了。我真谢谢你不嫌弃,我顶喜欢平剧,偏偏不懂,上次我们见面时,你说你对平剧最有研究,我就想请你指教我。"

世信谦谢着,他们只见过一次面,他不记得他和她谈过平剧。

就在这个时候,礼堂四周的门一齐大开,星罗棋布在各角落的人群,在喧哗声中,汇成无数细流,开始向礼堂涌进。世信和悦华并肩走着,他拘谨地尽量和她保持一个刚相识不久的男女们应保持的距离,但悦华却有意无意地靠着他,而且,最使世信心中惊慌的是,她东张西望不断地和她的熟人打招呼,而她的熟人竟又是如此之多。

好容易,他们入座了,各个方向射过来的眼光使世信觉得他好像浑身没有穿衣服似的。他看到振纲、元康,又看到维桐——邹雪琳却不在他的身旁,偶尔一回头,又看到杨天卿,和他那蛇一样的妻子罗柏丽坐在一起。他巴不得场子马上就黑下来。

"你是不是吃冰?"悦华问。

"让我去买。"

世信得救似的跳起来,挤到贩卖部。他吐了一口气,在那些买纸烟,买糖果,和买各种冷食冷饮的人群里隐藏着,希望能拖到开锣后再回去。可是,悦华却站在位置上向他招手,而且用手在她的红唇上做成一个喇叭状喊他——娇滴滴地喊他的名字。他被这种突然加到自己身上的先由女孩子发动的热情,弄得浑浑噩噩,一股莫名其所以的力量似乎在耳畔告诉他,没有关系,这是值得的。于是,他霎时间理直气壮,把棒冰买到手,擦着人们的膝盖,挤回座位。

"维大的冷饮是有名的呢,那是因为后院那里泉水的关系。"悦华接过来说。

"你二哥有消息吗?"

"没有。"

"多少人都同情他。"世信想说多一点,却只嗫嚅地说了这一句,但他似乎觉得一句话不能表示他的关切,就又说:

"他会好起来的,他会痊愈的,是吗?"

"听医生说,他这次逃跑,对他的病是一个转机。医学上的事情,我也弄不懂,我大哥向我母亲说的时候,我在旁边偷听了一些,大概是,反正比从前任何时候都有希望。妈已悬赏一万块钱奖金找二哥呢,心病还得心病医,那医生说有把握,只要……哼……"

台上的锣声响了,全场灯光黑下去,人声陡地归于肃静。悦华把她的两肘架到椅臂上,很自然地和早已经架到椅臂上世信的手臂接触了。世信第一个感觉是那温润而凉凉的肌肤,就像一条高压电线掉到手臂上一样,使他蓦地抖起来。悦华那虽然在黑暗中也看得出的雪白颜色的玉臂,竟是压得那么沉重,世信想,可能悦华会抬起来,一旦她发现她是放到一个普通男友手臂上时,她一定会抬起来的。

然而,悦华的手臂却没有动。

那天的平剧是一出全本的《红鸾禧》,对平剧有素养的人,都是听戏——听那从角色口中发出的字音和板眼。有时候,八十岁伶人扮演十八岁小姑娘,只要保持着嗓子的娇嫩,仍旧有人去闭着眼睛欣赏。但对于普通人来说,看戏的成分就远超过听戏的成分了。那天那出平剧大概是天赐给世信的,唱工少,而做工多,那就是说,即令是破天荒第一次,都会听得懂和看得懂,这为世信带来不少便利。悦华几乎是不断地向他询问戏中的情节,像那落难公子喝的豆汁是什么东西啦?那"杠头"是什么意义啦?世信都能一一答复。

悦华亭亭地坐在那里,虽然她的整个白玉似的左臂正压在世信的右臂上,但她并没有半点不妥的表情。世信一直不知道应该怎么才好,悦华的肌肤像要从杯子里溢出来的奶汁,昏暗的光线下,他感觉到如果她要受到什么震动,她那细嫩的表皮就会破碎,奶汁就会溅到他身上。

"咦!"他喊一声。

白蓉从边上的小门进来了,后面跟着一个三十岁左右的青年人。白蓉的衣服意外朴素，仅只一袭白竹布旗袍，和一双白色的高跟鞋，头上没有一件首饰，甚至连耳环也没有，脸上也没有涂胭脂，使那些看惯她浓妆登台的人，生出一种清新的亲切之感。而且，对于一个红歌女来说，也简直是太脱俗了。她身后那人小心地保护着她，走进位置，擦着肩坐下。

悦华微微地斜过脸。

"你不认得那女孩子吗？"她问。

"不——"世信顿了一下，"不，"他掩饰说，"那女孩子可能是哪个学校的女学生。"

悦华没有表示意见，世信忽然想起来，他为什么不直接承认，在玛丽厅听她唱过歌呢，他根本用不着在悦华面前避讳什么，可是，他发现自己却是正在努力使她相信自己是一个毫无瑕疵的君子。

"仿佛，"他说，"仿佛觉得那男人很面熟，好像在什么地方见过。"

悦华热心地说：

"他是叶先生，叶松青，我大哥的朋友。"

"振华公司的同事吗？"

"圣贞女中的化学老师。"

台上的锣声用吵死人的高度响起来，这是中国戏剧的特征，以便在冷场时候大力把观众的喧哗和打算退场的心理彻底淹没或击碎。

"圣贞女中是不要没有结过婚的教职员的。"

"你怎么知道?"

"事实如此,"世信说,"圣贞女中最怕师生恋爱,好像自己的学生嫁给自己的老师便犯了天条,是一种典型的宁送友邦不给家奴主义。"

对于一个在大学读书的千金小姐来说,这种粗鲁的用语足够对方再不言语的了,世信也发现他兴奋中造成的过失,脸上立刻布满了汗珠。悦华却漠然地笑了笑,并且用左臂表示同意地压了一下,世信惊喜地看出,他不但得到了原谅,也得到了鼓励。于是,他把手臂轻微地转了过来,手掌正托着悦华的手腕,试探了两下,然后把五指逐渐收紧。

"天!"在收紧之后,他心里喘一口气。

悦华竟没有像他预料中的把他甩开。记得和政芬在一起,几乎是至少约会了二十次之后,她才让他握一下她的手的,而现在,悦华的细腕像是剔除了骨头似的,柔弱地涨在他的掌心里,他激动地发颤了。

"李小姐,"他觉得他有使悦华恢复谈话的义务,他说,"那个女主角相当的漂亮,男主角虽然中了状元,也不见得能再找到胜过她的,他没有把她害死的必要,是吗?"

——《红鸳禧》是一个封建时代的伦理悲喜剧。穷途潦倒的男主角饥寒交迫,昏倒在一个乞丐头目的门口,被乞丐头目的女儿救醒。因他相貌不凡,又是一个读书人,女孩便嫁了他,然后拿出积蓄，全家陪他进京考试，中了状元，派出去做县长。他嫌妻子出身太低，便在中途把她推落江心，把岳父也驱逐出门。不料父女二人都被知府救起，且认做义女，后来县长向知府求婚，知府已知道内情，但仍答应了他。洞房花烛之夜，男主角揭开新娘子的盖头，不禁失色，全剧在他跪求妻子宽恕，而妻子也终于宽恕了他的大团圆气氛中闭幕。

现在正演到女主角被推落江心的那一节。

悦华让世信恣情地握着她的手腕，没有退缩，也没有普通女孩子们和异性接触时那种希冀而又畏惧的反应。好像她并不知道她被握住似的，眼睛一直看着台上，听了世信的言论之后，才瞟了他一下。

"周先生，"她说，"这就似乎有问题了，难道她不漂亮，或男主角能再找到胜过她的，害死她就是必要的了？"

"当然不。"世信分辩说。

悦华用白眼球看他，好像是生气撒娇，也好像是太疲倦了，需要休息一下。她顺势把左臂抬起来，右手握着世信刚才握着的那个部位，一把小小的折扇恰巧护住左胸，世信踧踖地也把手臂抽回，已被压得麻成一块木头。

"不过，"他搭讪着继续说，"他们的结合不是自然的，对吗？"

"谁勉强他们？"悦华奇怪道。

"他们的身份一开始就有不可能克服的差别。假使那男主角没有中状元就好了，不中状元，他只好认命，只好委屈地将就下去。中了状元之后，古人说'贵易交，富易妻'，他的必然性和普遍性不是纯粹道德力量可以抵抗的。一个做妻子的人，最好不要鼓励做丈夫的上进，在爱情上说来，应是上上的安全政策。"

"你的见解很深奥，周先生，那女主角早和你商量商量，就不会发生什么事情，我们今天的平剧也看不成了。"

"我只是指那个时代，"世信说，"你看，那个圣贞女中的教员传递什么消息？"

叶松青向元康那里挥着手，挥手的姿势表明一种尽在不言中的了解和权威，于是，元康撇下身旁的振纲，独自走了出去。松青知道对方没有错会他的意思之后，就在白蓉丰满的肩膀上拍了拍，白蓉就也站起来，径自也走了出去。

"他们不但相识，"世信说，"而且，看样子很有点交情呢。"

"先走的那个男人似乎是和你在喷水池说话的朋友。"

"你看，白——那个女孩子也跟着走了。"

悦华淡淡地笑了笑，扇着扇子。台上的戏已接近尾声，观众们把中国人最大的劣根性表现出来，或许是怕散场后人潮过于拥挤，也或许是为了炫耀他是一个行家，预知结束在即。很多男女从座位上立起，不管台上的剧情正在高潮，不管大多数人渴望着看到底，他们就像一群受了伤的野犬，轰轰然向场外冲出去。

"你暑假仍留在维克市吗？"世信说。

"对了，"悦华说，"海大的暑假什么时候开始？"

"星期六,他们星期五考完。"

"岳政芬什么时候回家?"

"星期六,也是星期六。"

"你要送她吗?"

"我恐怕要帮她收拾东西,"世信躲闪着说,"她乘下午两点钟班船,我得到码头上送她一程。"

悦华发出一声使人心窝都疼得懊丧的呻吟。

"你不舒服吗?"

"竟这样的不凑巧,"她失望说,"我本来要开口问你,星期六我想约你去弓山去参加夏日舞会,又怕你不容易请假,知道你可以请假的话,我早就向你说了,真是运气不好。而我长得又丑,连男朋友都没有,"为了先建筑自卫工事,她继续说,"从前我一度和一位姓张的好过,然而我已早不理他了。"

世信激动地把身子倾到悦华胸前。

"让我想一想,"他说,"让我想一个办法。"

悦华憨憨地盯着他,脸上布着一个最大希望落空了之后的必然有的灰败颜色。世信被她那憨憨的几乎要射出秋水来的大眼睛盯得焦灼起来,鬓角上的汗珠立刻沿着面颊淌下,握在他那因过度紧张也满是汗珠的手里的白帕子,一会也湿淋淋的像是从缸里刚打捞上来。

"我上午可以陪你去,中午赶回来送岳政芬,等她一上船,我就再折回弓山,计程汽车半个小时便可以到了。"

"那不好,"悦华反对,"你上午要替她整理行装的呀。"

世信唯恐悦华改变主意。

"我并不一定要为她整理行李,她也没有邀我。"

他的伟大牺牲使悦华感动了,以致情不自禁地抓住他的手喊道:

"一言为定。"

"当然。"

台上的喇叭吹起来,那是向观众宣告戏已结束,前排的毕业生们在掌声中退出,剩余的观众们也跟着站起来,汇成一股股人群,向礼堂外拥去,悦华和世信在人群中慢慢地走着。

"星期六,我怎么找你呢?"

"告诉我你的地址,我去找你。"

世信急忙把宿舍地址开给她。好像刚刚从水池里受过洗礼爬出来,在人前已不再否认自己是基督徒似的,世信比初进礼堂时坦荡得多了,遇到有人向她或向他招呼,他都大大方方地笑脸相迎。挤出侧门之后,在穿过石桥的当儿,人潮把振纲挤到他们身边,世信打听陆元康的消息。

"放心吧,"振纲在路灯底下眨着眼,"他自顾还不暇哩,没有工夫告密。"

世信知道这话是什么意思,因为元康和政芬的父亲同在安陆大学教书,而且是相知甚深的忘年之交。

世信把悦华送到莱西街。

平剧散场的时间,总是很晚,所以,出租车把他们载到莱西街时,天已深夜。在出租车上,悦华的兴致忽然低落下来,世信试探着想揽她的腰——这显然有点太过于唐突,但以刚才所发生的事情来看,也并不能算是了不起的冒犯,悦华却急躁地把他伸过去的手臂躲开。

"我太疲倦了。"她说。

世信想不通她的拒绝和疲倦有什么关系,但他认为自己似乎表现得不太好,有点急色儿的嫌疑。所以,一直到出租车停下来,他都规规矩矩,悦华沉默着不说话,莱西街上,连一个鬼影都没有,只有发着淡黄色的朵朵路灯,越远越低地吊在杆子上,向街的那一端伸展。

世信扶着她下去。

"星期六!"她说。

"星期六。"他答。

"再见,"她甩了一下长发,"我等你走后再进去。"

世信顺从地上了车,向她挥手,悦华也挥手。看着他和他乘坐的车子消失在模糊的视线之外,她把钥匙插到门锁里,轻轻打开。客厅的灯还亮着,且有人在那里讲话,有一个略微带着广东口音的人说:

"士淳的病我已有相当的了解,那并不是不可以医治的。"

悦华风一般地跑进去,看见母亲和士沛夫妇,还有姚克璋,在那里陪着一个瘦削的中年人。她叫了母亲一声，向大家扫了一眼，就奔上楼梯，刚刚跑完最后一个台阶，听见士沛显然的接着刚才被她进来打断的话头说下去，就不由停在那里，侧起耳朵。

士沛说：

"我们悬赏了一万元找他，如果短期内找不到，我们会增加到两万元。但一万元已是一个很大的数字，很多人都参加搜索了，而且一直有不同的消息传来，我相信会找到他的。"

"只要把岳政芬捆住，"克璋仍穿着他的凡立丁西服，冷笑道，"然后像插标卖首似的牵着她到处走，士淳就会跑出来了。我没有去非洲，但我看过非洲电影，诱捕那深藏不出的老虎，最好是把一头脏猪作饵——岳政芬那婊子就是饵。"

克璋是主张最激烈的一个人，悦华被那粗鲁的"婊子"两个字吓了一跳。克璋是一个公务员，他是维克市市政府的顾问，有时候看起来却像一个侠客。悦华伸头向客厅里看看，男人们喷出来的烟雾在半空中缭绕，母亲像呆子似的坐着一动也不动，嫂子不时地为她捶着背。

克璋向那客人说：

"林大夫，听你的吩咐。"

"请你们不要误会我在说江湖话，"林大夫咳嗽了一声说，"我实际上的意思是这样的，当士淳一开始失常的时候，就交给我，或许不致恶化到这种程度。送他去日本就医我不反对，但为什么不索性送到美国，美国有很多地方是他过去在快乐心情下度过的,或许对他有点帮助。这当然是过去的事了,同时,即令是那样,我也不能说就有把握。在赵大夫和我谈到贵府的事之前,我已在报上看到一些,而且我和士淳,以及护送士淳的姚先生,都是坐'君山号'回国的,在船上我虽不太注意,但回忆起来,却也并不陌生。我今天到了几个地方,像海大女生宿舍门房的女佣人柳妈,和警卫那里,都收集了不少有关士淳的资料,今天再听了你们的叙述,克璋,这位在'君山号'上便相识的老朋友,他提出的意见不是笑话,值得大家重视。"

一家人静得像躲避猎犬而把双耳紧贴着脊背的家兔,仿佛一下稍微沉重的呼吸都能使林大夫说出绝望的诊断。

"士淳不会有生命危险,"林大夫说,"据我初步的观察,他很有复原的可能,在复原后,只要不再受到什么特别刺激,他会一直正常下去的。各位不要太过分的忧虑,他的病固然依赖药石,但却不能完全依赖药石,一句俗话说的最恰当,心病还得心医。姚先生说的办法如果做得到,应该是一个好办法,那就是岳小姐最好是能回到士淳身边。"

"她和周世信搞在一起。"士沛说。

"我们要想办法把他们拆散,"克璋说,"那是釜底抽薪的办法。"

"可惜不可能。"

"听林大夫说下去。"

"在爱情的动力下,天下没有不可能的,"林大夫说,"一般人的判断都是根据常情,爱情却是超常情的东西,只要她不爱姓周的,或姓周的不爱她,那便是拆散了。"

"我本来打算迟早要揍岳政芬一顿的,现在可以改为揍周世信一顿,我能打残废他。"

"暴力不能摧毁爱情,只能使它更坚强,"林大夫说,"这件事交给我去办。老太太,李先生,最要紧的是,找到士淳之后,不能像过去那样地捆他锁他,一个正常人都会捆出锁出毛病来的。"

满头白发的母亲一直埋在沙发的巨臂里,眼珠很少转动。她为她最亲爱的小儿子已付尽了她残余生命中所有的精力,老人家始终不明白那曾在她怀抱中长大的孩子,竟会为一个二十几岁的女子发疯,也不了解那女子为什么有如此可怕的力量,更不了解那女子为什么要这样待她的孩子。她是一个寡言的人,但并不糊涂——即令有时候糊涂,也是太爱子女们才糊涂的。自士淳逃走后,她就让悦华扶着,走遍大街小弄,希望能碰到士淳。第二天,她又让阿康扶着,搜索范围伸展到郊区,和一些荒凉的坟场。她一只手撑伞,另一只手拿着一件雨衣和一包煮熟了的鸡蛋,准备着迅速地温暖她的爱儿。她的子女担心她会病倒,爱心却使她坚强。现在她发现林大夫仍不能保证马上带来喜讯,她失望了。

"明天,"她嗫嚅说,"我要去求神,菩萨会指示的。"

"妈!"玉兰说。

"我知道你信奉的是耶稣，"老太太说，"我将来也要你陪我去教堂，不管菩萨也好，上帝也好，真神会可怜我们无辜。"

林大夫并不因受到奚落而不高兴，他怜悯地望着老太太。壁钟敲出清澈的一下，他和克璋同时站起来告辞。悦华没有听到什么新鲜的消息，不由打了一个呵欠，刚要回自己的房间，忽然楼下竟像沙漠一样地静起来，她连忙吸住那口气。

"听！"做母亲的喊了一声。

像恢复到二十岁左右的年纪，老太太轻快地站起来，但大家都没有移动步子，在壁钟报时的余音刚过的空气中，悦华听到有人在院子里走着。

"是士淳！"老太太说。

那人从大门口蹒跚地向屋门走来，好像被击伤了的逃犯，使悦华在楼上都吃了一惊。

"谁？"士沛大声问。

没有回答，士沛抢先冲到院子，接着是发出类似一种发觉被愚弄的呼叫。那人进屋子了，脸上像蒙着一张苍白中透着焦黄的冥纸，悦华没有经过思虑就跑下楼梯。

"泉青，"她跑到他面前，"你来做什么？"

"请张先生坐下。"玉兰说。

"你一定有事，泉青，"士沛跟进来，"我没有听见你叫门。"

这时悦华才想起是她忘记关门的。泉青的眼睛盯着她，白眼球上密布着的红丝，条条都要射出火焰，那种表示着洞穿一切的神情，霎时间使悦华连脖子都红起来。

"我刚才看见士淳。"

所有的眼睛都睁得更大。

"讲下去，他在哪里？"老太太说。

"刚才我在包家园吃酒，坐在邻座上的那人忽然唱起歌来，大家惊奇地瞧着他，我才发现他就是士淳，他的那身崭新的衣服已脏成了一块黑布，里面好像穿着一件粉红色衬衫。胡子蓬蓬松松，我叫了他一声，他似乎不像从前那么疯，他知道我叫的是他，但他却不认识我是谁了。他走到我面前，笑了笑，就扬长而去，伙计追上要钱，是我打发了，但等我再赶出去的时候，他已经不知道去向。"

"听得清楚吗？"林大夫问，"他唱的什么歌？"

泉青想了一会。

"好像有'那苍茫的旷野，无边的荒草'，我对音乐是外行。"

"那是一首有名的歌。"悦华说。

林大夫想了想。

"我现在要告辞了，"他说，"我的判断可能错误，因为我总要和病人共同生活一个时期才能有充分的了解，但我仍要求各位照我的话去做，如果遇见他，千万不要把他当作疯子，要把他当作一个不久之前才见面的朋友。这一点很重要，拍着他的肩膀，正色地告诉他，岳小姐在家等他，他准会跟着回来的——要是真的岳小姐能在家等他便好了。"

这是老鼠开会要把铜铃挂到猫颈上的一厢情愿的想法。

"岳政芬是一个温柔的女孩子。"玉兰说。

"狗熊温柔,"士沛怒目地注视着他的妻子,"火警后我找过她两次,第一次她只是不肯答应再继续帮忙,第二次索性告诉女佣人不见我,好像我是一个床头金尽的嫖客。"

"你嘴里总不干净。"

克璋怪笑起来。

"那个周世信是问题中心,因为周世信岳政芬才逐渐变化的,能把周世信去掉,岳政芬绝对可能回到士淳怀抱里。我也真奇怪,对士淳,岳政芬竟有那么大的魅力;而岳政芬,她也真让周世信牵着鼻子走。"

在大家谈论的时候,悦华的眼睛没有离开过泉青,在那过度激动而枯涩疲倦的眼眶上,泛着浓浓的黑圈。她逼着他站着,努了努嘴唇,用手推了他一下,泉青几乎是从噩梦中惊醒过来,但他马上了解悦华的意思,悄悄地,趁人们不注意的时候,装着去厕所的样子,走出房门,悦华跟着也走出去,电风扇的声音被丢在背后了。

他们站在院子里,悦华更把他推出大门。街上这时更是幽静,两个人影细长地摊到水门汀地上,夏天的风已含着深夜的清凉。

"告诉我,"悦华说,"你为什么说谎?"

"没有。"

"你去骗鬼,"她啐他,"看看你的脸,你以为我看不见你一直追踪着我。你利用我们家的不幸,拿我们开玩笑,三更半夜,你向我母亲报些无头公案,是什么居心?你再也不要踏我们的门了,张先生,再见。"

悦华正要转回身子,泉青已抓住她,抓她时的凶恶姿势,像一抓到手就要把她撕碎。

"我真佩服周世信的魅力,"他狼狈地嚎道,"和刚才那位先生一样佩服他,他从你哥哥手中抢走了岳政芬,如今又从我手中抢走了你,而且一点也不费力气。我已经疯一个晚上了。"

悦华恚恨地甩开他。

"不管怎么,"泉青说,"我没有说谎,我承认不是刚才看见士淳的,但却是今天中午看见他的,我在维大就要告诉你,但你听不进去,迫不及待地陪着你心爱的男人看戏去了。"

讽刺的话,对第三者,或是对广大的人群,有他振聋启聩的价值,可是,对于当事人,却往往只会使他向相反的方向弹射。在大多的情形下,讽刺是一柄两端都十分锋利的剑,不但会伤害对方,更会扎进自己的胸膛。这道理是够浅显的,没有人不明白,不过,当爱情火焰把一个人烧糊涂的时候,便只顾到伤害对方,而顾不到伤害不伤害自己了。泉青的言语态度,使悦华愿意平静下来的心头霎时间又沸腾起来。

"你真是浑得不可救药,"她愤怒地说,"我讲的话你连一句都不信。好吧,那么,不信好了,你是我的什么人?凭什么管我?我想和谁做朋友就和谁做朋友,想爱哪个男人就爱哪个男人,和你什么相干?天下人都说周世信不好,都说他坏,你以为我会在乎吗?什么魅力不魅力,你说这话叫我替你惭愧。你为什么没有魅力?你应该走了。"

悦华激动地一气喊完,跟跄跑回家门。一阵送客的脚步声和告辞声,使泉青从混乱如麻的噩梦中蓦地醒过来,急急地向侧方阴影地方跳了两步。林大夫和姚克璋们走出来,他伸直脖子,希望在送客的行列里看到悦华,却是没有。

第二天,天仍是那么炎热,早晨的清凉几乎刹那间便行逝去,天刚破晓,地面上仿佛升起一缕缕看不见的火焰。吃早点的时候,阿康从外面回来,向老太太报告他奉命去包家园打听士淳的经过。

"没有一家开门,"阿康说,"那里是有名的夜市,必须到中午才会有人,我倒有两个朋友在那一带做生意,可是不知道他们睡在什么地方,势必要到中午才能接上头。"

老太太没有说什么,除非是士淳马上站到她跟前。她决定到南天寺进香了,她指定她的媳妇和女儿陪她去,这决定使全家人都感到惊奇。玉兰和悦华都是基督徒,但惊奇的倒不是老太太非叫她们进庙宇拜偶像不可,而是李老太太和其他大多数老太太都不相同,她不打牌,不串门,不说张家长王家短,尤其是,她不信神,不管是释迦牟尼或是耶稣,但她也不反对她的子女去信。

玉兰每个星期天都要去做礼拜,老太太到时候会帮助她摆脱士沛那些一窝蜂挤满了客厅的朋友。悦华偶尔去天主教堂望弥撒,老太太还特地为她买了一本天主教专用的《圣经》,不过她从不接受教徒们的说教和邀请。

"都是胡说八道,"她向那些包括媳妇女儿在内的善男信女说,"你们能信胡说八道,能把胡说八道的东西当作神明,是你们的福气。这种福气,不是任何人都有的,你们随我吧,等我自己去信。"

老太太这种开朗的想法,自从士淳精神失常之后,便开始模糊。所以她看出家人为什么惊奇的缘故了。

"我要为我的孩子屈膝,"她解释说,"如果没有神,我又损失什么呢?如果有神,我求他可怜我们。"

她带着玉兰和悦华到了南天寺。已经中午,太阳正发挥威力,从维克市出来,沿途十几里的柏油路,像害着严重的天花似的,满冒着拇指般大小的水泡,车轮碾过,发出一种粘上去又硬撕开的破裂声。山脚底下,老太太亲自买了香烛瓜果和锡箔。

"这里有一百多个台阶,"悦华说,"是不是要轿子?"

老太太摇摇头,自己先往上爬。男男女女的香客们,有的正向上走着,有的已经下来了,其中以老太婆为多,老太婆身后总是跟着一个或几个年轻女孩子。那些年轻女孩子几乎是除了爱情什么都茫然的,她们所以到庙宇里来,和玉兰姑嫂所以到庙宇里来的原因一样,不过是陪陪老年人,借机逛逛而已。要等到她们也成了母亲或祖母,才会了解天上的神对她们的帮助是多么大——人在年轻的时候,自己有力量医治自己的创伤,到了老年,就得仰仗神灵了。

爬了四十几个台阶,三个人都出了一身汗,悦华和玉兰因为轮流搀扶着老太太,更大喘而特喘起来,不约而同地靠着石狮子坐下,用小手帕擦着前额。

"不要把供品放到地下。"老太太说。

"那有什么关系,"悦华只好又提起来,但却反抗地说,"杂货店老板还不是把它到处乱放,说不定老鼠蟑螂都爬过。我们至少也应该带个太阳伞,妈这一套诚则灵是从哪里学来害人的。"

老太太闭着眼睛养神,悦华赌气地把香烛举得高高的,整个胳膊都发酸了,心里暗暗地向上面庙里的菩萨发话。

"是你这个尊神叫我妈来跑一趟的,我也不知道她老人家能得到什么,也就是说,你保佑不保佑我们呢?天主是专门降福于人的,现在看你的吧,你如果不保佑我妈和我二哥,我就天天地咒,我就叫张泉青用泥巴糊你的眼——嗨,怎么想起他来了,呸!"

这时,她听到嫂嫂窸窣的脚步声,玉兰已走下两个台阶,伸手援引另一位老太太,她叫那老太太"赵伯母",扶到石狮子旁边,介绍和她的婆婆跟小姑见面。

赵老太太脸上堆着黯淡的笑容,寒暄过后,拉着玉兰的手。

"我们盼望你来,"她沙哑地说,"诚诚恳恳地盼望你来,你来了,美英会好一点。"

"她仍是那个样子吗?"

"我来为她问卜许愿,"赵老太太说,"她清醒的时候总想到你。李先生好吧,他——"她揉揉鼻子,"他真好,我昨天去找林大夫,还碰到他。你们家出了不幸的事,使我心里难过。啊,玉兰,李先生真好,你们是月老特别挑选做榜样的一样,你母亲是对的。"

她顿了一下,没有等玉兰提议一块走的话,便独自个蹒跚着往上爬去。

"这位老太太有点怪。"悦华说。

"她一点也不怪,"玉兰说,"她有心事,和我们一样的有心事。我和她大女儿是中学时的同班同学,感情再好没有。她三年前春天结婚,最初我们还有来往,后来,因为大概是女人之间没有友情,或是无法保持友情吧,就逐渐疏远了。"

"她丈夫做什么?"

三个人继续着往上走。

"工程师,"玉兰说,"他叫朱永藩,年纪很轻,顶多不超过四十岁,非常漂亮,身格也很壮,是美国麻省理工学院足球队里唯一非美国籍的球员,而且有钱。我真得告诉你,她丈夫是女孩子们最崇拜的典型人物,我们在高中一年级的时候,他们便认识,由双方家长做主订婚的,他那时是大学四年级,后来又在美国专学电机什么的四年,回国后结婚。"

"我现在明白你们没有继续来往的原因了，"悦华掩口笑道，"一定是大哥不准你去，再不，就是你的那位贵同学不欢迎你去。"

玉兰也愉快地笑起来。爬上最后一个台阶，小贩们抢着送上凳子，三个人喘息着并排坐下，小贩们又抢着送上来汽水，老太太坦然地喝下一杯，悦华和玉兰接过来，迟疑地喝着。两棵古老白杨树像巨伞似的紧密地把庭院覆盖着，只有从层层的枝叶间泄漏下来的点点阳光，稀疏地撒到地上，杨叶被风摩擦着，发出萧索的，又像是急雨的声音。

宝殿里人群挤着，但进去之后，却并不感到比外面更热，那大概是宝殿建筑得太结实，墙瓦太厚的缘故。在两排不知名的神像后面，是菩萨的神像，安详地打坐在那里，披着信徒们恭送的千条薄纱，香烟缭绕，全身已略微变色了。姑嫂两个异教徒闯进来，好奇地东看西看，仿佛参观一座奇异的博物馆，但那朴实的香味，和人们面孔上流露出来的虔敬表情，使她们不由得也生出一丝畏惧。

把带来的瓜果供到案子上，拈过香，老太太跪下来叩拜。玉兰躲到盘龙石柱后面，悦华也尴尬地躲到那里，直到发现并没什么人注意她的时候，才悄悄地走过来，站到母亲的旁边。

老太太严肃地为她的儿子祈求平安，嘴里嗫嚅地祷告着，最后，叩过头，站起来去抽签，签上刻着"庚未"两个字。悦华从母亲手中抢过，向签架奔去。签架像盛开着一树的梨花，一条一

条的签纸,把眼都看迷乱了。悦华弯着腰,不断地念着"庚未""庚未",而这时候,一个低哑的声音在身后说:

"姑娘,我可以帮你的忙。"

和她说话的是一个老和尚,悦华冷冷地看了他一眼,低头继续找她的签条。

老和尚的胡子剃得光光的,两道雪白的长眉从眼角那里直垂到颧骨上面,眼神坚决而和平地望着他的女施主,于是,他走上一步,熟练地把签条撕下来,举到胸前,缓缓地念道:

"庚未——盛春可惜逢秋光,消息无涯暗隐藏,往事即便重回首,难还一片旧沧桑。"

沉吟了一下,递给悦华。

"你问什么事呢?我愿和你母亲见见面,或许可以尽力,不是吗?姑娘。"

悦华扬扬眉毛,"你怎么知道我和母亲同来的。"

"这不关佛法无边,我叫虚云,凭八十七岁的人生经历,我看出三位施主是一家人,而老太太的心事比你们年轻人要重得多。"

悦华忽然觉得这个老和尚并不坏。

南天寺的方丈禅房里,李老太太带着女儿和媳妇,被接待坐在沿着古色古香椭圆窗户下的一排太师椅上。像要把人间都烧毁似的炙烈的太阳,就在院子里闪耀,只有廊前留着一条窄窄的凉荫,宝殿和山门那里香客们的吵闹,传不到这里来,只有单调的蝉鸣,在院中唯一的一棵高大的老杨上,震耳地响着。老太太默默地啜着冷茶,悦华却很快地喝了两大口,附到玉兰耳朵上悄悄地说:

"我们三个女人,而且你我又是信耶稣的,今天却跑到和尚房子里来了。"

"该打嘴,记住,你是一位千金小姐。"

"这茶真不错,清冽冽得像一碗冰,"悦华不在意地继续说,"可能是用的雪水,如果弄到维大去卖,我看比别的冷饮都要发财,维大的几千个学生,就好像没有一个不是大肚皮。"

老太太向她们使眼色,表示对她们的交头接耳和嘻嘻哈哈不满,虚云假装着没有看见,他坐在一张满堆着经卷和放着一个木鱼的桌旁,手里摇着蒲扇。

"老夫人一定有什么不如意的事。三位上山的时候,我正站在殿角上,以后,你们上台阶小憩,进殿求签,我都看得清清楚楚,我想,各位是第一次上山吧?"

"我上山好几次了。"悦华说。

"可能的,但我指的是真心拜佛的居士,游山玩景的游客不包括在内。姑娘一定是一个学生,现在学生们信佛的简直太少了,几乎都信耶稣,那是最时髦的潮流,无法拒抗的。"

"你很伤心,是不是?"

"你这个孩子!"老太太阻止女儿。

"姑娘,我并不伤心,天下事无大无小,都有神明安排,佛教能够兴起,能够流传下来,而且流传得这么广,不是偶然的,耶稣教也如此。是真的它会永远存在,是假的终要成为过去。"

"你是一个宿命论者,老方丈,"悦华笑道,"凡存在的,都是合理的,否则它怎么能存在呢,因之在你看来,杀人放火也是合理的了。"

虚云慈祥地笑了笑,太多年代的修炼生活,使他有一种特殊气质,能够依施主的身份来确定谈话的内容。对于一个大学生——那是一种自以为半人半神而实际只不过是半成熟的青年,淡淡浅浅的哲理,是最受欢迎的了。

"姑娘的口才太厉害,"他说,"我从没有说过凡是存在的都是合理的,不过你那么用逻辑轻轻地一推,我就成了那种意思了。我的原意是:存在是一个'果',这个'果',是有其'因'的,佛家的因果律拘束了人生,如果没有因果律,芸芸众生,早乱成蛇蚁一样。耶稣的兴盛,是'果',有它的'因'在,明白这个'因',还烦恼什么呢?世界的烦恼都是只看'果'而来,姑娘,你以为对吗?"

悦华还要分辩,而老太太不喜欢一个女孩子叨叨嗦嗦,再者她也逐渐感到面前这位和尚并不俗气,像一个在大海里挣扎的沉船的人,随便抓着一根稻草都不会放手,老太太心里似有似无地想,她遇到这老和尚是对了。

"你刚才帮我女儿找出那签条,方丈,真是谢谢,"她说,

"你能不能为我们解释一下？那四句诗很美，但也很深奥，我想菩萨垂鉴我们的虔诚，一定指示给我们什么。表面上看起来很好，是吗？只要能保佑所求的事情成就，我们愿重修庙宇。"

虚云欠了一下身子领谢，笑说：

"老夫人慷慨施舍，功德无量，后山还没有辟出，我想再建一院，将菩萨后移，前边专供弥勒。开山动土，费用太大，心愿立下已十有五年，都不能了，老夫人资助，怎么不感激呢。不过，最好是不要附有条件，恕我又老悖了，常常地，有些人向神乞求——你使我如何如何，我便为你如何如何，这是人对人的态度，不是人对神的态度，神明为什么要满足我们呢？老夫人，你不在意我的直言吧。"

"那是对的，"老太太肃然说，"方丈。"

"关于那签，只可意会，不可言传，诗不都是如此吗？连解释都特别困难。老夫人，你信那签上的言语吗？"

"信的，"李老太太不防有这样的一问，她惊慌地回答，"信的，我们当然是信的。"

"那么，少奶呢？"

"我不知道。"玉兰说。

"我是信的，"悦华抢着叫道，"非常非常地信，信得简直要死。可是，方丈，你信不信呢？看样子你却有点不信，那就离经叛道了，离经叛道要下被火烧滚了的油锅，对吗？"

"姑娘言重了。签不是佛教的正统，我们何必要知道未来呢？

而且，即令想知道的话，我们已经知道了。欲知前世因，今生受者是；欲知后世果，今生做者是。报应是不爽的，求签只是善男信女们自己找的一种慰藉，所以没有一根签肯定使人绝望。"

"那么我们是白来磕头如捣蒜了？"悦华尖着嗓子喊起来，"妈妈，我们打道回府吧，这简直是出了鬼，老和尚连自己的一套都不信。"

"你住嘴吧，悦华。"玉兰说。

虚云像老祖父似的欣赏着小女孩发脾气时造成的可爱的风暴，他站起来，为她们斟满了茶，这时，聒耳的蝉声陡地停住，把庭院里反衬得万籁都寂，只有后山坡上的竹林随风澎湃，那竹叶摩擦着，仿佛埋伏着千军万马。

"老夫人，"虚云把茶壶放好，回到自己座位上，"不要信靠其他任何东西，只要信靠菩萨。能把困难告诉我吗？我不能为你做什么，但我可为你念经，菩萨会重新检点安排。"

老太太决定要和方丈谈一谈，而且要深刻地谈一谈。自从士淳精神失常之后，她只能和比她晚一辈的年轻人商量，她明知道年轻人的话非常不可靠，都是用孝心来使她喜悦，相信一切都不严重，平辈中间，如赵大夫们，更是不肯讲超过界限的话了。她像一个被隔在云端的人，更像是被关到门外的人，她把一切困惑和忧虑都埋在心里，连能够一倾肺腑的神祇都没有——那是一个没有信仰的人所难免遇到的苦境。她现在从那比她还要年长三十岁以上的老人的脸上，看出爱和真挚，这是老年人最高的道德力量,她虔敬地把她所要说的,告诉了他。

虚云严肃地听着,受戒的前额被一层霜一样的短短白发覆盖着,眼睛停在神龛里的佛像上。玉兰以一个异教徒的心情来观察老和尚的表情,他那庄严的脸色使她感动,他是在听一个和他全无关联的故事,这故事和他相距太远了。玉兰想到自己,如果发生在柳城的死亡,她是一点也不关心的,而老和尚却侧耳倾听着,嘴角浮着一丝悲悯的同情。她可以听见他那深沉的、有规律的粗大呼吸,和老年人喉头不时发出的咯咯的声响,她忽然对自己说:"可怜的老头!"悦华却注意着禅房里的书架,朱红色的七层板子上,摆着各式各样的书——佛经和别的,非常整齐,其中有一册特别厚,宽大的书脊上很明显地烫着一行仿宋体的金字,"婚姻与家庭"。

而这时候,老太太的谈话在断续的询问中结束,虚云发现悦华的眼睛盯着那本书,感慨地点点头。

"老夫人,姑娘正在惊奇我的图书呢,今天我使姑娘吃惊的地方太多了,这本书应该属于其中之一。出家人没有婚姻,也没有家庭,但所接触的问题,却都是这些,我们在这方面多读一点书,应用到那无边的苦恼上,应该也是功德。"

"方丈,你是对的。"

"佛祖以为人逃不脱生老病死,其实同样逃不脱的,还有婚姻和家庭。在所有的施主中,祈求菩萨保佑,至少有百分之九十属于它,其他百分之十便差不多是疾病了。当然人世上也有为了钱而发疯的,不过他们大概也知道求财无法启齿。你家男公子的遭遇使我想到另一家女公子的遭遇,过程虽然不一样,结果虽然也不一样,本质却是一样的,这都属于孽缘。"

"我们应该怎么才好,方丈?"老太太沉吟说。

"忍耐,老夫人,多少年累积下来的问题,不能希望神明一朝一夕之间为我们解决,但他会使你心情先归宁帖。我奉劝居士能念《金刚经》,可以读出声音,也可以默诵,不要拘形式,最好在你堂中供奉起观音大士的玉像,香烟不绝。"

"我会照办的。"

"然后,等你公子回来的时候……"

"你是说你已经预知他会回来了?"

"……领他到佛前参拜。可以劝他信佛,但不要勉强他,只要他稍微有一点理智,让他也参加诵经,"老和尚转向悦华,"姑娘,你又该笑我腐朽落伍了,但是,在一切绝望的时候,你会发现宗教的力量。"

"谢谢你,方丈。"老太太说。

"老夫人,我希望你能再来。"

"我一定会来的。"

"要那修建庙的钱,是不是?"悦华说,"老和尚,我二哥如果不能像你故弄玄虚说的回来治好,再来时我就雇驴子把你驮到天主堂,叫你信天主。"

"姑娘真厉害呢。"虚云慈祥地笑。

"哼,"悦华甩一下头发,"都是瞎胡说,还是看我的吧。"

虚云送走了三位施主,重新回到院子里,踌躇了一会,站在老杨树凉阴底下,太阳穿过疏叶乱枝,投下无数圆的或狭长的颤动着的光点在他的袈裟上和光头上,一阵午后的热风掠过山坡上的竹丛,吹到他微微淌着汗的脖子上,觉得轻松了不少。

他高大,清瘦,年轻时未出家前的倔强性格和英俊神采,遗留下的已几乎没有什么了,沧海桑田的变化,他看的已经太多,以至没有一件东西会再引起他的惊奇。他唯一的感情只剩下怜悯,怜悯世人的愚昧和昏迷。他记得他四十岁那年发生的事,为了那女孩子受到可怕的殴打,他的左脚脚踝便是那一次被打断的,但他又觉得这些都和洪荒时代一样的遥远。

"人世无常,"他叹口气,"这是神明的旨意,不关乎个人的道德和愿望。而我也快要物化了,死了之后,在世间,什么是发生过的?又什么是没有发生过的?"

他从短墙外可以看到紧靠着山涧的那座如来殿,不知道什么时候斜下去的太阳,正毫无阻拦地照着殿门里的蒲团,蒲团上跪着一位老妇人。虚云认识她就是赵老太太,她是三个月前第一次到南天寺来的,每来一次都要跪到如来佛前,默默诵经,手中不断地捏着念珠。

"爱情并不每个都是永恒的,"虚云自言自语说,"爱情不过容易永恒,或容易被人相信永恒罢了。很多爱情都像从山顶上滚下来的鸡蛋,用不了跳动几下就粉碎了,苍天,苍天!"

四

弓山夏日舞会是维大同学会暑期开始后最盛大的一次聚会，之后，就要一直等到十一月，学校开学，新旧生都注了册，和欢送会同样名称繁多的各种迎新会，才如雨后春笋般地举行起来，大家才能重新聚集在一起。所以夏日舞会简直是一件大事，三个大伞篷搭成的同学会办事处，早两天便在山麓树起来，贩卖部前一天便从学校迁来开张，准备着结结实实发一点财。这个实质上属于维克市全体青年男女们的大聚会，比那古老的庙会，当然更要浪费得多，理由很明显，赶庙会的多半是中年以上的人，钱是他们自己辛辛苦苦挣到手的，用出去的时候，自然多少有点心疼。而参加夏日舞会的朋友，几乎全是些年轻人，他们的钱来得多半不太费工夫，花起来自然特别豪爽，其中一小部分年纪虽然较大，但也不会超过四十岁，他们都是社会上的独身汉，有女伴在身边，不慷慨也变慷慨了。

悦华很早就从床上爬起来，开亮电灯，在梳妆台前化妆，低低哼着最流行的《老沙河的水向东流》，她很高兴，而且心里有点跳。

"这样的生活才有意思。"她对自己说。

梳妆完毕后，她站起来，扦着腰在镜子前走动着，幻想着武侠小说中的吕四娘传授给她的剑术,只要一挥手,一道白光飞出去,仇人的头就会掉下来,滚到山涧里去了。

"真的有没有隐身术?"她想,"其实,飞檐走壁也一样可以解决问题。"

昨天晚上特别吩咐妥当的,六点钟,悦华就吃起早饭来了。下女阿珠知道小姐今天有紧要事情,准时把早饭端到桌上,并且在筷子旁边摆了一封信,悦华一面吃一面拆开看。

信是泉青写的:

"悦华:请你恕我莽撞,你要是知道我是怎么爱你,你就会知道我为什么不能控制自己。有一分爱,便生一分恨,我怎么能忍受你和周世信在一起的打击?是他使你哥哥疯狂的,你对他那种亲切的样子使人齿冷。我不是说你错了。爱情可以改变一个人的眼睛,但我要求你,星期六中午在家等我,我来了无数次了。"

"他要是知道我今天和周世信去弓山,准会气死。"悦华说。

饭后,她写了一个字条交给阿康。

"我有事不能等候,"字条上写道,"请勿再来,回去让你脑筋冷一冷再说。"

阿康大不为然地把字条举到脸上细看。

"交给张泉青,"悦华说,"不要叫他烦,有什么好烦的?"

"小姐,他很颓丧呢!"

"我知道了,我知道了,"她大声喊,"你少管闲事。"

她跑回卧房,漱过口,重新涂上口红,在镜子里照了一照,又怔了一会,思索着,急忙又写了一张语气比较和缓的便条,用封套封住,把刚才那张字条换回。然后,再想了一下,觉得并没有什么不妥,才离开家。太阳这时候从东城天主教堂的塔尖上喷出红光,她心里像一堆丛生在河畔的苇草,杂乱,但也愉快。

永利公司单身宿舍的人还都懒在床上,只有一个人在草坪上打着太极拳。悦华的声音在门房那里响第一句的时候,没有等到老陈回答,世信已衣冠整齐地跑出来。悦华光鉴照人的面貌和窈窕的身段,使那正在打太极拳满身都是排骨的瘦子大吃一惊,而世信也被她那艳丽的光彩笼罩住,觉得喉头霎时间干渴起来。

"李小姐,"他努力镇静自己,笑道,"想不到你真的来了,而且还这么早,刚才影子一出现我就看出是你,是不是先到我房间里坐一坐?"

悦华本来要马上就走,但那个草坪上发呆的瘦子注视她的那种眈眈目光,使她改变了主意。她向那人大方地笑了笑,然后随着世信到他房间。世信的紧张自在意料之中,他从内心发出只有他自己听见的欢呼,他和政芬已经相当的要好了,但她只来过四五次,每次又只匆匆地一坐便去。

"悦华一定是看上了我,"世信想,"我不知道她看上了我什么,或欣赏我哪一点,但这件事实却是敢确定了的,要不,绝不会是这个样子。"

他为她斟上冷开水,她用一种满院子都可听到的声音,和他谈天气,谈电影,以及赞扬他房间里十分整齐等等。

"哦,悦,李小姐,我……"

"你只管叫我的名字吧。"

世信马上冒出来一阵因兴奋过度而生的热汗,重新把凌晨就关好的窗子打开。

"我是五点钟便起来了的,悦华,我越想越不能相信你会来找我,我对自己说,不要当真,她那一天一定发了疯,再不然一定是受了谁的气来找我开开心。有几次我都气馁得要再睡下来,真的,你觉得我可笑吗?"

"当然可笑,我不是来了吗?"

悦华听到脚步声和咳嗽声不断地经过世信门口,她知道那些可怜的单身汉们被她搅动得起了反应,不由得意地笑起来,便提议说可以走了。没有等到世信答话,悦华就推门出去。世信留在后面锁门,她走到走廊当中,缓缓地转回身子,把四周那些充满了惊奇的面孔,都收到眼底。她今天没有穿学生服,而是穿着一件领口开得很低的大裙子的连装,一双爬山跳舞都可以用的纯白色的低高跟鞋。她对那些向她射来的目光都堂皇地领受了,然后,十分亲昵地再回到世信身旁,帮助他把那在紧张情绪下再也锁不上的锁锁好。再然后,肩并着肩,一齐走出大门。

悦华是吃过早饭了,世信声明他也吃过,因为他不敢确定悦华会不会让他去吃饭而自己枯坐一旁。九点钟左右,他们到了弓山,会场这时已逐渐热闹。

"我看,悦华,"世信说,"这不是舞会,而是庙会。"

"那就对了,你的眼光真不错。不过舞会还是有的,我们去问问办事处。"

办事处的同学们用震天的喧嚷欢迎她。

"这位男生是谁?"一个同学叫,"介绍给我们。"

"周世信,周公世世代代都有信用。我们来打听舞场在什么地方?"

"嘘,密斯李,什么时候换的新户头?"

"小心我剥你的皮,小宋,我会把你的糗事都宣出来。"

"你厉害什么,请我们吃汽水,不请我们就大闹。"

"一人一瓶,到贩卖部去拿,记到我账上。"

"我们要可口可乐。"

"就算可口可乐。好了,告诉我舞场在什么地方?"

"乌拉,万岁,"大家跳起来,小钱说,"往上爬吧,山坳那里有一块平地,我们雇工搞了两天,碾平之后,仅滑石灰就洒了十几斤,包管比黑玫瑰高级得多。上午十时到深夜十二点,有印度洋琴鬼演奏,还有维克市第一流的歌星献唱。别的去处,我劝你们自己去发现。记住,任何地方都得买票,只有女同学免费。"

"为什么?"

"以广招徕呀,有女人的地方就有男人去玩火。"

"我看你是要死定了,再见。"

"嗨,可口可乐!"

"尽管到贩卖部去拿,君子一言,驷马难追。"

"李悦华，乌拉！李悦华，万岁！"

世信像一个被牵在手里的小孩，跟在悦华身旁兜圈子，连他自己都弄不清楚当他向那些办事处起哄的一群大学生们招呼时，是不是表现得过分局促，或是有点张皇失措。看样子悦华是以我为荣的，他想，那就再好没有了。政芬当然也很美，而且端庄，真的，世信问自己，难道端庄不好吗？但悦华的灵巧和憨俏，却比端庄更有力地抓住他。

"你在想什么，周先生？"悦华捏他的手臂。

"我已经叫你的名字了，你不能叫我吗？叫我世信。"

"我还是叫你周先生好些，"悦华说，"人家要是听见我叫你世信，还以为我们在谈恋爱呢。"

一句明明是拒绝的话，听来却比满口承应还要使人心花怒放，世信对像悦华这样比他要年轻十岁以上的少女大大感到惊奇，在她那漂亮的瓜子面靥后面，竟隐藏着可人的智能。

"你读的是哪一系呢？我猜，一定是外文系。"

"周先生，"悦华说，"你根据什么这样判断，讲出来见识见识。"

世信搔搔耳朵。

"没有根据什么，"他说，"不过现在的外文系，尤其是学英文，最最的摩登。"

"那么我就是最最的土豹子了，我是中国文学系的。周先生，你先别把岔打得太远，我问你，你是不是心里有点什么放不下？"

世信发誓他除了觉得兴奋以外，什么都没有想，悦华也没有再追问下去，因为他们已走到舞场地区了。漆着红色的竹竿，把悬崖前的一片平地围起来，临时搭的音乐台上，印度洋琴鬼已整整齐齐地坐了上去，靠谷坡的那一边，摆着数不清的蒙着白布的桌子和沙发式的藤椅。悦华走到售票处买票，等到世信发现，奔上去把钱塞进窗口，票已递出来了。

"我请客，"她对着涨红了脸的世信说，"下一次算你的。"

"那么，那么，"他口吃着说，"我们现在就进去吗？"

"人越来越多了，我怕等一会没有空位。"

"一下子坐不满的，我们不妨先到后山看看，我自从离开学校便没有再来过了。"

悦华没有做声就向场子走去，世信耸耸肩膀，无可奈何地也跟着进去。悦华找了一张最靠着侧边栏杆的座位坐下。

"我们为什么不坐在最前面呢？"世信说，"跳舞的时候，一滑就滑到池子里去了；如果坐在边上，每一个舞都要过五关斩六将地挤着冲着，才能出去。"

"我喜欢这里，你反对你就一个人请坐到最前面。"

"我没有反对呀，这里最是舒服。"

人潮开始往里流了，世信这才发现他们座位的特点，几乎人们一进门便首先看到他们，而悦华相识的同学们，又是如此之多，她简直是不断地打着招呼。偶尔也有世信的朋友，他最初略微感觉到有一种只可意会不可言传的不自然，尤其是当他的有些朋友确定他一定是和岳政芬同来,而发现竟然又换了另一个美人儿的时候,世信似乎比他的朋友们还要尴尬。但悦华却坦然而大方,每次都陪同世信一齐欠起身子,用她那笑眯眯的弯成一副新月样的眼睛,帮助招呼他的朋友,以至世信不得不把她介绍给大家。他被悦华的热情深深地感动,不久就不再觉得有什么关系了,和那天晚上参加维大的平剧晚会一样,他那窘困的神经终于舒展开来。

"我怕什么呢,"他对自己说,"政芬知道了又该怎样?我不在乎!"

忽然乐队响起来,场内场外早已满坑满谷的到处都是人了,虽然没有电扇和冷气设备,但山风却更为清凉。栏杆外仍不断挤着人群,不知道从哪里来的那么多的小孩子们,在外面追逐喊叫,用小石子互掷着,而乐声和有些早已滑到场中婆娑起舞的情侣,又把他们吸引过来,团团地围着栏杆,像石头一样的一个个绷着惊愕的小脸。

世信觉得他的脚被碰了一下,那是悦华在桌下踢他示意,他几乎是中了电似的从座位上跳起来。

"悦华,"他说,"我们下场吧。"

悦华对平剧虽然一窍不通——中国的平剧似乎已退化到只供老年人欣赏了,但对跳舞却十分内行,没有等到世信滑出左脚,她便把身子倒退,几乎是主动地跳起来。世信心上却一直忐忑着,记不清楚他是怎么握着她那柔若无骨的右手,也记不清楚是怎么一下就抱着她的纤腰了。

"你跳得很好,"为了平息自己的紧张,世信先开口说,"悦华,女孩子真是奇怪。"

"告诉我什么地方奇怪?"

世信右手挽着悦华的腰际,像挽着一块柔软的大理石。

"我想到两句词,冰肌玉骨,自清凉无汗。"

"你是赞美我吗?"悦华笑笑,"你真可以去当个大作家。"

"赞美得很恰当吧?"世信也笑笑——他这两句词是有一次给政芬写信时在一本词选里看见引用的,现在第二次派上用场,他说,"按道理说,炎热的天气下,总要汗津津的,你的肌肤却滑润清凉。记得《红楼梦》上有那么一段,贾宝玉看见薛宝钗身上丰满的肌肤,心里想,能摸一下才好呢,我第一次看见你的时候,也有这样的想法,料不到我,我竟能……"

"竟能摸我一下,是吗?"

"嗯,不。"世信搭讪说,但刹那间他抓住了这个机会,把揽在悦华腰上的手上下滑动起来。

"继续发表我们女孩子为什么奇怪的高见吧!"悦华说,她感觉到世信热烘烘的手在她背上不规矩地抚弄着,只娇笑着晃着身子,世信因没有受到拒绝而兴奋起来,他说:

"我觉得,凡是女孩子做的事,有时候会做得很好,有时候会做得一塌糊涂。"

"举个例子我听听。"

"跳舞就是一个好例子,女孩子们跳舞,总是跳得很好,但打牌便不行了。"

"不见得,"悦华说,"我的一个阿姨,打牌打得最精,你忘记打牌最好的都是太太们了。"

"你指的是打麻将,麻将是单独作战的,打错了只有自己暗暗叫苦,用不着怕别人讥笑,也用不着怕别人埋怨,可是,打扑克牌便大大的不同。"

"道理都是一样。"

"扑克牌必须和朋友合作,女孩子们面子第一,唯恐怕人家笑她埋怨她,就拿不定主意,她们抓了一手牌就像抓了一只螃蟹一样,简直不知道怎么办才好,一会抽出一张说,'打红心十可以不?'等到对方干涉这种询问时,她又抽出一张说,'黑桃五没有关系吧!'那真是无论和她们做朋友或做对手,都会叫你啼笑皆非,而她们也因之永远便没有进步。"

"这是你的结论。"

"我可以这么说,没有一个女孩子打扑克打得好的。"世信忽然发觉自己在胡说八道了,不禁叫起来,"悦华,你打扑克怎么样?"

"谢天谢地,我打得果然不好,要不然你的理论怎么能成立呢。"

世信向她得意地笑着,趁势收紧右臂,希望缩短和悦华间的距离,悦华果然随着他的臂力靠上来,但在她那隆起的乳峰快接触到他的衬衫时,她停止了,世信再继续用力,她在他肩上压了一下。

"你还嫌天气不够热吗?"她说,同时技巧地嗔他一眼。

世信的攻势溃败了,脖子上立刻热辣辣的。

"真该死,"他懊丧地在心里责备自己,"我们离贴脸的地步还远,我要疯了。"

乐声停止后,他像被松了绑似的浑身感到一种恢复自由的舒适,随着悦华走回座位,他以为悦华对他的过分行动会给他点颜色看的,但悦华却像根本没有什么事情发生过一样。

"天热得很,"她用小手帕拭着前额,不经意地说,"周先生,麻烦你去问问,舞场是不是只招待喝这种把嘴唇都烫出泡的滚茶,要是有冷饮的话,请他们快点拿来。"

世信没有听完便向柜台走去,悦华用手掠着头发,举起折扇扇着脖子,她那像凝脂般的肌肤和倜傥不群的婀娜姿态,吸引了她周围所有的眼睛。她的同学,不管是男同学或女同学,都纷纷地在低声传播着关于她如何如何的话,她似乎也有点察觉,但她只在内心轻藐笑了笑。不久,世信满载而归,提着汽水、西瓜和冰淇淋。

"天啊,"悦华欢呼说,"有这么多东西,我们买的票倒真值得,早知道我们一个人买两张票,那就可以多少发点小财了。"

世信把东西放到桌子上,打开汽水。

"把茶倒掉吧,你觉得怎样?不喝茶的话,不如索性倒掉,我们好用杯子。"

"我是一辈子都不喝茶的。"

"一张票只有一杯茶,"世信一面斟汽水一面说,"别的什么都没有,这些都是我请客。"

"怪不得那么多,我应该付一半钱。"

"悦华,我看你是专寻我开心,是吧。"

"当然不,你能不能再去要点冰?嘿,"悦华急急地招手,"叶先生,我给你们介绍。"

叶松青正从她桌前经过,只好停下来和世信寒暄两句。乐声又响,悦华站起来。

"陪我跳一个,叶先生。"

"我——我不会。"

"华尔兹最简单,临时学也学得会。你以为我求你,你就端架子是不是?"

"小孩子,小孩子。"松青用一种长辈模样摇着头。

然而,悦华不由分说,拉着他仍是下去了,世信被留在座位上,对着空空的汽水瓶子发呆。

"你的朋友会揍我的。"松青说。

"胆小如鼠。"

"我倒不怕什么人,不过你找我有什么事吧?"

"住嘴,"悦华说,"天,你是怎么跳的,要踩死我。"

"我本来不会跳,这音乐是什么拍子?要跳什么舞呀?我只会三步四步。"

"那么,你算是碰上了,现在正是三步。"

松青这才稍微能够应付,而且纳入了正规后也跳得并不太坏,悦华嘉许地笑着。

"你真淘气,小心我告诉你大哥打你。"松青说,"那个男的和你怎么样?告诉我,要是找我帮忙的话,必须快点说。张泉青的妹妹考圣贞女中时,便是你找我说的情。现在请早点开口,是不是周先生的妹妹也有什么事了。"

"什么事都没有,"悦华皱着眉头说,"我只是非常担心。"

"有什么困难吗?"

"我非常不安。"

"告诉我有什么困难?"

"我似乎预料到大祸就要临头。"

"什么大祸临到你头上?"

"临到我头上?"悦华故意吃惊道,"我没有说临到我头上,我是说临到你头上。"

"你这个孩子。"

"你再端长辈的架子,我叫你有苦头吃的呢。"

松青哼了一声。

"你的那个女朋友呢?"悦华看他不屑分辩的神色,气了起来。

"我是有太太的人。"

"少说废话,"悦华说,"你以为我不知道,你只顾一味撒谎,不妨试一下我的预言灵不灵,看大祸要临到谁头上吧。下一个曲子我也不让你回去,让她一个人坐空桌子,我看你阁下怎么交代?"

松青这才明白她原来是要取闹她,对怀中这个大女孩的调皮和机敏,使他感觉到一种被误解的满足,他用嘴朝他的座位上努了努。

"大姑娘,看看和我同来的还有什么人。"

松青的座位也靠着栏杆,那并不是他也想求什么风凉,而是他来得太晚,能抢到一个座位,已经算很有运气了。一个中年人正孤独地坐在那里,桌上放着巧克力糖、瓜子和三只茶杯。

"他是谁?"悦华说。

"陆元康。"

"一定是你的同事,不折不扣的教书匠。"

"你的眼光总是锐利的。"

"不,我是用鼻子,我已嗅出他身上那股酸味了。"

"你真的欠一顿打,"松青说,"教书匠虽是教书匠,却不是我的同事,他在安陆大学……"

悦华心里跳起来。

"介绍我们认识好不好?"

松青一面摇头,悦华用她的小拳头擂他的背。

"假使我把你介绍给他的话,"松青说,"你刚才所说的种种灾难便真的都要光临到我的头上了,你的那个朋友会找我拼命,而且你所说的那个小姐去办她的事了,那小姐和你一样的精干,她是陆先生的朋友,你想,我还能过好日子吗?"

"你神气个什么呀,我不是叫你做媒。"

全场起了雷样的掌声,台上站定了一位穿着紧身旗袍的女郎,没有一丝皱纹的白缎子衣服,像雪后的冰溜一样,绕着她丰满的身子,胸脯那里颤动地隆起着,稍微嫌浓抹的红唇胭脂,乌黑的但剪得和男子一样短的头发。她浅浅地笑着,所有的风韵都从她那和衣服般一样雪白的牙齿中露出来了,职业性的柔和大方,使全场的掌声越响越高,还夹杂着把帆布篷都要穿透了的口哨。

"各位,"扩音机里说,"我们特地请维克市三大歌星之一的白蓉小姐为大家演唱助兴。"

"我想起来了,"悦华恍然大悟说,"她是你的朋友。"

"小心陆元康打破你的头。"

"他敢。"

白蓉把两只洁白的手握在胸前,回头向乐队点一下头,悠扬的《紫丁香》曲奏起,她灵活的眼睛在每个舞客的脸上似乎都停了一下。于是,所有的掌声、哨声、说话声,霎时间像被巨兽吞了似的,寂静下去,只有舞步在有韵律地响着,悦华看见陆元康火鸡一样地偏着头呆坐在那里,目不转睛地盯着台上,她觉得有点奇怪,女的是一个在风尘中挣扎,美丽而且妙龄的女孩子,多少有钱有势的人想把她得到手,而陆元康只不过是一个老老实实的教书匠,她怎么会看上他?

松青对悦华提出的问题,只没有意义地笑了笑,但悦华却不允许他含糊过去,继续用她的小拳头敲着松青的背,催他快点告诉她。

"那大概是,"松青说,"白蓉一定是一个傻瓜,她外表长得很漂亮,而且很聪明,实际上她一定是一个傻瓜,脑筋好像不太清楚。"

"你骂我,是吧。"

松青叫道:"你真难缠得很,大姑娘。"

"再说点别的理由!"悦华熟练地舞着,用眼睛窥探着世信,像一只苍鹰在窥探着草丛里的小动物,她发现世信的眉头紧锁在一起,两眼死盯着杯子里浮动着的那根麦管。

"没有别的理由了,再有的话,便是你所听不懂,或是听不进去的了。"

"你不要管我,你只管你自己的事,快说出来,我万一能领略你的高深言论呢。"

"爱情好像一团乱麻,谁都不能把它理出什么头绪来,我想大概是这样。你听说过恋爱有定律吗?怎么便一定成功?怎么便非失败不可?你又听到过爱情的定义吗?怎么样就会幸福?怎么样就会痛苦?没有!这真是人类智能最大的讽刺,我如果能写出这样一类的著作来，那我真成为大学问家了。爱情就是爱情，不能分割，也不能解释，连当事人都说不出一个所以然来，旁观者又何必忧心如焚？假如说爱情是圣洁的，不受年龄、金钱、地位的限制，社会上却偏偏多的是这方面的男女结合。假如说爱情真的并不圣洁，那就更会遇到难以理解的事了。"

"说了半天，还是没有说明白。"

"我怎么能说明白呢！我自己都不明白。"

乐声停止了，世信像一个掉在大海里筋疲力尽的水手，忽然脚踏到陆地，他把杯子放下来，准备着迎接悦华回座。刚才她拉着叶松青滑下舞池的时候，那种似乎把他一脚踢开的神气，使他大大地感到愤懑，他恨不得马上咆哮着跑出场子，即令悦华回身跪到他面前他都不屑一顾，可是，他终于忍了下来，拼命地一杯连一杯地喝他的汽水，一直到乐声停止。悦华在人丛中向他亲切地招呼，他的气不但早已消失，而且心花也怒放起来。

世信应着悦华的手势走过去，在像堤岸溃决了似的舞池口上，悦华温柔地站到他的身旁。白蓉已经回来，元康正为她斟着汽水，世信这时候才猛然发现悦华领他到这里来，竟是和元康白蓉两个人会晤。他身上的冷汗泉涌一般地往下淌，如果恰巧有一个人把他叫走的话，他会感激那人一辈子的，他分明觉得元康的眼睛不断地上下打量他，而白蓉的眼睛却一会盯到他身上，一会盯到悦华身上。

"周先生，"等大家坐定，白蓉笑着说，"我们好像是似曾相识哩。"

"是的,是的,似曾相识,白小姐,我们一定在什么地方见过。"

白蓉想了一会,她大概急于把略带沉闷的气氛打开,搭讪说:

"周先生,你是不是常去玛丽厅?"

"那是有名的歌厅呀。"悦华说。

"对的,李小姐,我就在那里献唱,为了生活,不得不如此,你不会见笑吧,周先生是我们的座上客。"

世信不自然地笑了笑,含糊地称赞了几句她的歌喉,一面瞟着悦华。悦华对白蓉的话似乎不太留意,她只是笑着,热情地,不时地望着世信,世信没有办法不陷于迷乱。

"李小姐真美,"元康插嘴说,"那一天周先生在维大等的就是李小姐吧。"

"不知道,嗨,"悦华笑说,"周先生,那一天你在等谁?"

"当然等你,就是看平剧《红鸾禧》那一天。"

"我不信,你一定等的是另外一个女孩子。"

"等的真是你,悦华。"

"反正我不信,你得发誓,发誓除了我没有第二个女朋友。"

悦华的上身像小女孩撒娇似的摆动着,不知道是天将中午,越来越热的缘故,还是真的动了肝火,她脸上比怒放的桃花还要红艳,而且带着一个妻子向丈夫盘查什么似的神气。世信不断转动着那只尚有半瓶汽水的汽水瓶。悦华不让他躲避,她握着他的胳膊,咬紧牙关捏着,这当然不会有什么痛苦,但她所流露出来的感情,使世信的喉咙火烧一样热起来。

"发誓,你不会骗我吧。"悦华说。

"你应该发誓的,周先生,"白蓉在一旁打抱不平地说,"你有李小姐这么理想的女朋友,对你又这么好,再去交别的女孩子,那就太不对了。"

"发誓,"悦华说,"向天发誓。"

"我会发誓的,"世信护痛似的推她的手,笑道,"但不要现在,很多朋友都是第一次见面,悦华,听,乐声响了,我陪你下去。"

"不,"悦华固执地说,"我不跳。"

白蓉显然被悦华的痴情所感动,她在一旁不断地向世信施用压力,松青和元康却一直没有介入他们的争执,像看一本章回小说一样,他们在等候着下回分解。

"你如果真的另外还有女朋友,周先生,"白蓉说,"那就太辜负李小姐了,是吧。"

世信觉得身子上有无数针尖在扎着,他狂饮了一大杯汽水,像是全靠着吃汽水的力量才能下定他的决心。

"上天鉴察,"他举起右手,吃力地说,"我没有别的女朋友。"

"啊,这多么好啊。"白蓉微笑着赞许。

"那么,告诉我,"悦华得寸进尺地说,"告诉我,这世界上你只爱我一个人。"

世信的脑筋被她搞得已经不太十分清楚,同时第一句话既然已经出口,第二句话出口就比较轻松。

"我再发誓,我只爱李悦华一个人,一直到永远。"

桌上的人一致鼓掌,悦华兴奋地用手在自己嘴唇上贴一下,然后再按一下世信颤动着的嘴唇,这个飞吻是他表明爱她的报酬,她显然地为他而疯狂。

"周先生,我陪你跳舞。"悦华说。

"我们是不是可以到外边走走?"

"你说去哪里?"

"我们不妨去看看九天仙女庙,你同意不?"

他们同时站起来,向三位主人告辞,世信拉着悦华,从栏杆底下钻出去。

"这是怎么回事?"望着他们的背影,元康说。

"我不知道,"松青说,"我不懂。"

只有白蓉感慨地叹口气:"他们真是幸福,你看李小姐多么爱周先生,周先生不要变心才好。天下都是痴心女子负心汉,女人天生的都愿从一而终,男人的心总是不可测的,是不是?"

她那多少带着忧郁的眼光和元康的困惑眼光接触在一起,元康低下头,他刚才脸上浮着的那种向世信嘲弄性的笑容似乎成了他犯罪的证据,自己也觉得有一种像被洞穿了肺腑似的慌张。幸亏乐队领班来通知白蓉要登台了,元康巴结着递给她皮包,白蓉不肯拿,站起来走了,元康这时候才想到,她什么时候登台还拿着皮包呢?

这时候的天正热得厉害,但太阳却突然隐没。在弓山最高峰那里传来隐隐沉重的雷声,像大海一样深广的浓云,边缘上和晴空相接的地方,被一条显明的灰白云带分开,青葱郁绿的峰和峰,谷和谷之间,阴森森地凉了起来,悦华和世信正向九天仙女庙走着。

"天恐怕要下雨。"她停住脚说。

世信抬头四下观望,那浓云正无情地吞噬着残余的青天,心里立刻升起无限对老天的愤怒,但他却故意把声音放得很平淡。

"不会的。"他说。

"我看我们回去吧。"

"回哪里?"

"这样好不好,"悦华想了想说,"我们不妨就在这谷边坐坐,或者是,周先生,我们索性去吃午饭,一面吃一面看天气变得怎么样,晴了的话,再去九天仙女庙不迟,那样至少可以免得我们中途淋成落汤鸡。记得春假时我们一班同学去古泉湖划船,划到沧浪亭,天也是忽然变阴,当时大家分成两派,有的主张赶忙回去,有的主张不如等雨过天晴再走。我发现那些主张雨过天晴再走的人,多半是来自农家的同学,他们对天候多少总有点常识,我就留下来,走的人还嘲笑我们胆小如鼠。谁知道等他们划到岸上,身上已没有一块干的了,还是我们后来赶到,把身上的衣服分点给他们,才算勉强能叫车回去,其中有几个患了感冒,躺到家里三四天都不能起床。"

"那么就听你的。"

"还有一件事你也得听我的。"

"说吧。"

"午饭我得请客,我要付钱。"

"不可以,悦华。"

"那我现在就回维克市。"

"好吧。不过我抗议,你怎么不叫我世信,一直叫我周先生呢?"

"你的心多细呀,叫周先生就不好吗?我以后不但叫你周先生,还要叫你周夫子哩,你不会不答应吧。"

趁着山道上的行人渐少的空隙,世信从背后揽腰抱住她。嘴唇顺势吻上她的面颊,悦华把头闪开。

"我要真的吻你。"世信啜嚅说。

"啊,周先生,不,不可以。"

悦华严肃地推下他的手,但接着又甜甜地笑起来,世信立刻嗅到从她那一副紧密而细小的白牙齿中间喷出来的一股芳香。他也笑了笑,带着明知道是爱自己的人责骂时的那种快意。

五

同一天的上午，海大女生宿舍乱哄哄得像一团被踢翻了的蚂蚁窝，大考昨天刚完，大家开始离校了。女生宿舍和男生宿舍是迥然不同的两个天地，一个已经读到大学的男孩子，从家里到学校时，可能尚有母亲为他照料行装，但从学校动身回家，除了少数特殊的情形，大都得靠自己动手——从捆行李到扛着行李到校门口搬上车子。然而，女孩子们就比较有福气得多，她们注定都有人接接送送，不是父母兄弟姐妹，便是殷勤非常的男朋友。据说自从海大创办以来，五十年间，还没有发现过一个女孩子是孤零零自己把行李搬出寝室的，即令她对有些东西，像小化妆箱之类，不肯让人动手，但她旁边总是至少有一个以上的亲友，在替她做较为笨重的工作。到了后来，来接她们的人，不仅事实上确有此需要，而且似乎也逐渐地演变成为一种装饰品，来的时间越早，来的人越多，那个女学生便越觉得光荣。

天刚刚发亮，就陆续有人到了，平常森严的门禁，这时完全解除，凡是穿戴像样子的人，只要向警卫报出"我是接某小姐来的"，便可昂然而入。以致甬道上，走廊上，挤得到处都是人，都是行李。喊声叫声，和告别声，不绝于耳地响着，男子们不停地呼唤着女孩子们的名字，拉着大嗓音，洋溢着亲切和激动，女孩子们也像比赛什么似的，都在叫那两位分不开身、跑得团团转的柳妈和王嫂。

"来了，小姐！"她们嘴里不断答应着。她们对头上冒着那每逢寒暑假开始时才冒出一次的淋淋大汗，和喘息着东奔西走，并没有丝毫怨言，连疲倦都被喜悦淹没了。她们不断地从那可以作她们女儿的年轻女孩子手中接受花花绿绿的钞票，那是对她们这半年来服务的个人酬谢，这些酬谢，是女工们比正式薪金还要主要的收入，有的两天前便都给了，有的却一直拖到临走前的一刹那。

"王嫂，"女学生们总是这么说，"给孩子们买糖果吃吧。"

"啊，你看，"王嫂把钱像抢也似的接过来，紧紧捏着，"我怎么能要小姐的赏赐呢。"

"小意思，王嫂。"

"谢谢你，小姐，我来帮你打打铺盖。铺盖不是包袱，不能当作包袱打的呀，先这么放，再——"

"王嫂——"另外有人喊。

"来啦。"

"王嫂——"

"是赵美华小姐叫呢，我去去就来。"

赵美华正坐在床沿上，被褥散乱地堆在床头，眼睛紧盯着桌子上唯一的一个破了的墨水瓶盖，对走廊上的喧哗，似乎无动于衷。她们这个寝室的六个人已走了三个，阮贞贞昨天晚上便走了，吴芸和陈兰芳是天初亮时被她们的父亲先后接走的，现在，只剩下她和淑敏政芬了。淑敏注意到美华失神落魄的神情，在政芬背上点了点，政芬感慨地叹口气。淑敏把桌子拉到窗前，爬上去踮起脚尖，去松动窗杠上挂窗帘的铁丝。一阵热风吹来，那带着新的被织补好痕迹的窗帘抖搂着，裹到淑敏腿上，鼓成一个渔船的小帆。

"不要动，你怎么啦，"政芬说，"不要动，真的，不要动。"

"叫什么？你是不是等周世信来。"

"嗯，淑敏，我不预备拿它。"

"那会丢了的。"

"没有关系，它已经很破了，我想下学期换个新的，而且因为我们这个窗子恰恰夕晒的缘故，我想换一个墨绿颜色的。"

"那该轮到周世信送你的了。"

"你嚼舌头，淑敏。"

淑敏只好空着手爬下来，拍拍手上的灰尘，王嫂及时赶到，美华像看到宝贝似的跳到她跟前。

"王嫂，"她低声说，"麻烦你去楼上看看丁秀云走了没有。"

"美华，"淑敏插嘴说，"我可以去看看。"

"不，不要，你去同学们可能乱猜的，你和我是好朋友，又是同一个房间。"

王嫂很快向楼梯那里跑去，淑敏走到美华跟前，母亲般地抚摸着她的头发。

"你不舒服吧。"

美华回到床前,重新坐下。

"我奇怪,你叫王嫂去看妖姬干什么?"

美华不言语。

"你刚才仿佛去打电话,给谁?武昭富吗?"

美华的眼睛仍盯着桌子上那个破墨水瓶盖。

"他不在。"她僵硬地说。

"哦——"

"公司里的人说,他十分钟前离开公司的。"

"他当然会来接你,美华。"

"我不知道。"

"你应该和我多谈谈的,烦愁和忧虑能倾吐出来,也可以消除不少,我了解你,你目前有很多困难。"

王嫂探听消息回来了,她像兔子一样地溜进来,神秘地张着嘴巴。

"丁秀云在吗?"

"不在,小姐,"王嫂谨慎地说,"一个穿白夏布西服的中年人把她接走了,他们是坐着汽车走的,刚刚走的。"

美华像爆炸了似的猛烈地跳起来。

"他是武昭富。"她尖号道。

"不会的,"淑敏把她按住,"你太神经过敏,时间还早,他不会绝情到这种地步,忍耐一点,忍耐一点!"

"会的,会的。"美华喏喏着,然后故意地笑了笑。

"我不要人接,"她说,"我也不是不认识车站。"

可是,突然间,她那两只虽然显着痴呆,但却乌亮的眼眶里盈满了泪水,她不要哭,她心里愤怒地诅咒自己软弱,她应该继续微笑才对。自尊心使她努力迫使自己把泪水收回,于是,她闭了一下眼帘,泪水却事与愿违地变成泪珠,一连串淌了下来,那矜持的堤岸一下子归于崩溃,她翻身扑到枕头上,呜咽起来了。淑敏和政芬一齐蹲到床前,拍着她的肩膀,苦于找不出一句安慰她的话。

"来了,"政芬突然望着窗外叫,"来了,"她大声喊,"你怎么才来,我猜你一定是骑着蜗牛来的。"

美华陡地仰起头,但她又急忙地把头扭转。来的是方仲音,他和淑敏约定十点半钟到,所以当他三步并作两步,从甬道绕到走廊,跳进房门的时候,壁钟正指着十时三十分,他脸上全是得意的笑容。

"我这个人就是以非常守时闻名于世的。"

"你如果早来一步,便不守时了,对吧?"淑敏说。

"那倒不,我早来了,在门口等了一会陆光正。"

"他的人呢?"

"他去买什么吃的东西了。我先来向赵美华小姐报告消息,他说他是来接美华的,他怕美华拒绝他。嘿,美华,你不拒绝他吧?"

美华不做声,那股要把她撕成碎片的凄凉和悲痛,使她的意念集中在一点上,那就是,报复,报复,付出任何代价都在所不惜,只要能够报复。她为什么拒绝陆光正呢,虽然她不喜欢他,他和她一样的同在海大读书,在一个女孩子眼中看来,所有的男同学差不多都是小孩子,不成熟的小孩子,但现在武昭富把她踢到深不见底的火谷里,就要被烧成灰烬,任何人伸过手来她都会抓住的。

光正抱着一大包冰淇淋进来,先和淑敏政芬打了招呼,搭讪着给美华送去一份。

"你要不走就好了,我们可以天天跳舞,美华,我从没有见过比你跳得更好的人。"

"你少拍她的马屁,"淑敏说,"我下次再在家开舞会,绝不请你。"

"没有关系,我用不着你请,到时候就会自动光临。"

美华接过冰淇淋,打开盒盖,她那微微露着青筋的纤柔的手颤抖着,她越是用力压制,它越是抖个不停。淑敏相机把它接过来,放到桌子上,美华撩了撩头发,试试嗓子,在确定了不至于显出咽喑的声音之后,她对光正说:

"那么,帮我打行李吧。"

"搭几点钟的……"

"只坐汽车,我回辉城。"

"多玩一天再走吧,你为什么这么急?"

"回去后我还可以再来。"

光正从口袋里掏出一本书。

"我刚才跑出去买的,"他说,"送你车上消遣。"

那是一本侦探小说,美华淡淡地翻了几页,装到手提包里,弯下腰慢慢吃冰淇淋。

"为什么不送给我们一本,"政芬取闹说,"我们都是同学,你怀着什么鬼心眼分出彼此来了。"

"你别喊叫,周世信会送给你的,我要是送给你,我这尊头不是要被打碎吗?他在哪里?为什么还没有来?"

"他说他十一点来的。"

"现在快十一点了。"方仲音说。

"他可能迟一些,"淑敏说,"谁都不能跟你方先生一样,一面看表一面走路。从前有人买酱油的钱不能买醋,现在有人对时间也这样了。"

仲音做一个鬼脸,舐舐嘴唇,把冰淇淋盒扔掉,开始替她卷行李。

"只求你稍微帮点忙,"他说,"把绳子递过来。"

"一个男人捆行李还要帮什么忙?"光正在那边说,"看我的成绩吧,方先生。"

光正已把美华的行李捆好,箱子也从架子上取下来,正坐在椅子上擦汗。

"你应该买瓶汽水慰劳光正一下,美华。"淑敏说。

美华用手帕心不在焉地当着扇子扇着。

"我会自己慰劳自己的，"光正说，走到门口，回头向大家宣布，"要吃汽水的举手。"

"我要橘子水，柠檬水也可以。"仲音说。

"你是附件，方先生，我只听两位小姐的吩咐，淑敏叫你吃什么，你就吃什么。"

"我不管，方仲音也应该自己去露一手。"

"我不会露一手的，我的主人比光正的主人心肠要慈悲得多，说不定她会请我吃西洋大餐。"

"妄想，你别打算灌迷汤把我灌糊涂。"淑敏得意地斥责。

"你去你的，"政芬说，"光正，麻烦你顺便给我打一个——"

"打什么？我包管办的妥妥帖帖。"

"算了，"政芬迟疑了一会，"没有什么，你去你的。"

光正回来后，带着半打汽水，用牙齿把瓶盖一一咬开，像松鼠啃噬着枯干的橡实一样，那声音使三个女孩子掩住耳朵，她们相信他的牙要被硌得碎成几片了。

"我的主，"淑敏叫道，"我永远想不到你这么厉害，你满可以到马戏团工作了，听说他们有一个演员可以用牙齿衔住一辆汽车，凭你怎么发动马力，它连一动都不动。"

"不用你咬汽车，只要能咬住赵美华便好了。"政芬说。

美华接过汽水瓶，默默地噙着麦管，双脚离地，摇摆着，一副不知不觉呈现出来的松懈，使人一看就知道她的心这时候并不在她胸腔里。她的眼睛仍离不开桌子上那一个破瓶盖，但她对政芬的问话却回答了一个没有意义的微笑。

仲音把淑敏的行李打好，张大着嘴喝了两口汽水，没有任何人吩咐，接着就去打政芬的行李。政芬推辞了两句，她相信世信会马上来的，但仲音还是动起手来。

"让他服务去，"淑敏说，"我们只管喝我们的汽水。"

"你不心疼吗？"

"仲音，你听到了没有，这是你拍她马屁的报酬。"

光正也走过来，政芬的被褥早已整理妥当，他们用不了五分钟便完全捆好，各人的行李分别放在各人的床上。斜射到房子里的阳光，因为太阳已升到中天，正逐渐地向窗外退去，大家没有事情可以继续去做，便退到全空的床沿上坐下来，互相闹着，笑着，只有美华没有言语，政芬的话也一句比一句减少。

不久，房间里的空气就显出异样，像一个等待着香火去点燃的爆竹，只要把香火凑到捻子上，那爆竹便会爆炸。不知道这种感觉先在谁的脑子里酝酿，但无可避免地，政芬已经发现眼前存在着这种等待的窒息，而且觉悟到关键就在自己身上。

美华忽然站起来，提起手提箱。

"我要走了。"她低而干哑地说。

像要避免什么东西袭击似的，她冲到门口。

"等一下，"光正叫，"我先去叫车子。"

美华彷徨地停住脚,把手提箱丢下来,但她并不是服从光正的话才这样的。车子两个字刺激着她,她回头茫然地看了一下,不声不响地取出墨镜戴上。

"你先坐一会,"光正说,"我五分钟就回来。"

"不。"

"何必在门口太阳底下等车子呢?"淑敏说。

"不。"

美华再提起她的手提包,在跨出房门的时候,转身向淑敏们说:"谢谢,再见,再见!"然后飘然地向甬道走去,光正急忙抓住她的行李,跟在后面。

"小心把你的宝贝牙齿磕掉。"淑敏叫。

但他们已经走得很远了。政芬注视着壁钟,指针正指着十一点四十分,现在,房间里只剩下三个人,淑敏靠着她的行李继续喝着汽水,仲音无聊地像工程师踏勘地方似的在桌旁那个狭小的空地上来回走着。

"你又吸纸烟?"淑敏喊,她看见他摸出烟盒。

"吸一支,只吸一支。"

"这是第几支了?"

"第二支,真的第二支。"

烟雾在空调的房间里缭绕起来,走廊上的人声比上午还要嘈杂,但已是出去的多,进来的少,现在的热闹只不过是即将到来的长久沉寂的回光返照。政芬的不安越发增加,她不知道应该怎么才能把这个场面打发过去,她的眼睛始终没有离开那个人们必须经过的水泥走廊。

王嫂走进来,向着美华的空床凝视了一会,叹一口气:

"她走了,我为她难过。"

"你怎么知道的,王嫂。"

"小姐,年龄固然使人老,但也使人能够看透某些事情。你不怪我老气横秋吧,事实上是这样的,当我四十年前,还是一个小姑娘来当女工的时候,还没有你们呢!我怎么能不感慨?现在的很多学生,当初她们妈妈,甚至她们祖母在这里读书的时候,也是我伺候的呢。秀云小姐住的床便是她母亲当初住的床,当然,你们会问,我怎么记得那么清楚?我不是每一个人都记得清楚的,而是,她母亲在当时也是一个风头人物,她男朋友之多和她的美丽华豪,使我昏眩,她们母女们太相像了。"

"她母亲也抢过别人的男朋友吗?"

"这是竞争,小姐,除了上帝,谁也没有办法干涉。刚才赵小姐叫我去看她的时候,她并没有走,那个常来邀赵小姐的武昭富——我知道他,他是维克市的大富翁,南华银行的大老板,他正在那里,而他带来的两个男佣人也正替她打行李。但我不能告诉赵小姐,因为过去他也是这样接她的,我希望她平静无事地离开学校。"

"她被玩弄了,"淑敏说,"她会痛苦一辈子。"

"有些人会那样,但大多数人久了便淡忘了,老人们常说,时间会办到连炸弹都办不到的事。"

外边又有人喊王嫂,她匆匆出去了。淑敏无聊地用手玩着那已被她折叠成一团的麦管,仲音大口喷出的烟雾在空中直线上升,碰到天花板,分散成几缕,密附在那里,悠游地回荡着。没有一点风,天正火一样的热,加上内心的烦躁,政芬的汗珠更是淋淋地顺着鬓角淌下来。

"淑敏!"她猝然说。

淑敏望着她。

"我和你商量一件事,"政芬说,"你一定要答应我。你能不能答应我?"

"我会答应你的,但你为什么这么严重?"

"举手发誓,淑敏,你已答应我了,再不反悔。"

仲音把烟头扔掉,一缕残烟从他皮鞋的外侧挣扎着冒出来,游丝一样沿着裤缝飘上去,他用手拂了拂,然后望着淑敏。他想女孩子们口中无意义的话果然真是很多,如果是他自己,他再也不会对他的朋友们说这么多废话,然而他发现无论是淑敏或政芬的脸色却是严肃的,女孩子特有的认真感情使他感动,他耸耸双肩。

淑敏半举起右手。

"我发誓,上帝,"她说,"我答应政芬的要求。好了,你可以告诉我要做什么事。"

"天时已经不早,你应该走了,答应我,不要再在这里陪伴我，方先生应该马上送你走才是，迟了恐怕赶不上午饭。"

政芬一句话便把爆竹点燃，那异样的几乎要把人窒息死的空气，像被洞穿了似的，淑敏感觉到胸脯上的压力松开来，原来政芬看出她是在陪她等待。

"我想周世信马上会来的，他从没有失信过，也从没有不守时间。这样好不好，我去打电话找找他。"

"绝不，"政芬嘴角颤动着，"我不等他，他不来我一样会走。"

"他或许有什么意外？你不要太固执。我以为不问青红皂白便固执下去，唯一的结果便是演出自己制造的悲剧。"

政芬迟疑着，手指交叉着紧紧扣住。淑敏站起来往外走，政芬拉住她。

"我自己去。"她说。

淑敏被按坐下，她向仲音望望，两个人都不做声，但却不约而同地倾听着。电话间里不久就响起政芬的声音，几个电话似乎都只交谈几句便被挂断，最后，政芬带着笑容，跳着回来了。

"他在公司里开紧急会议，一早便差一个工友送一封信给我，叫我等他，十二点一散会就赶来，但那工友大概竟把信送掉了。他不时跑出会场给我挂电话，没有一次叫得通的。你们先走好了，他马上就会来。"

"我们多等一会没有关系。"

"你刚才答应过我的，淑敏，你在此反而使我不安。"

淑敏握着她的手告辞,仲音拿着行李,在门外等候,她们两人不住地互相叮咛着暑假中漫长日子里要互相通讯。

"我会常回学校,会把维克市发生的事写给你的,周世信来时,告诉他我要罚他。"

"好的,好的。"

淑敏终于走到甬道尽头挥手了,政芬等到他们的背影消失后,脸上的笑容便像面具似的被撕下来。她靠到门框上,看着来来往往的人群,那些一生从没有尝过愁滋味的女同学们,撒娇的尖笑声和叫声,使她羡慕她们。她退到房间里,眼前冒起像什么地方失了火似的大股烈焰,天都完全红了,接着是一阵大风,一团一团黑球在空中升起来又跌下。她跟跟跄跄闯了几步,伸手攀住床架,扑到那硬板的木床上,她觉得她那满是汗液的手臂粘在床板上了,她用力地握着拳头,使指甲掐进手掌。

"你干什么?是不是中暑?"一个声音在她耳边喊,一面推她,政芬睁开眼睛,她是这么迅速地就清醒过来,衰弱地叫一声:

"小刘!"

"男朋友揍了你吗?"刘蕙笑说。

政芬不愿意被刘蕙认为软弱,她坐正身子,掠着头发。

"你一定哭了。"刘蕙说。

"胡说。"

"你们房间里怎么只剩下你一个?男朋友为什么不来接你?"

"他病了,刚才电话上这么告诉我的,我恐怕要自己走了。你家住在哪里?"

"就在弓山公园,我父亲是弓山公园的园长。嗨,再见,我父亲来了,他那老爷车上的喇叭我五里外都听得清楚。对了,弓山今天有维大办的夏日舞会,要玩到深夜才止呢,要不是训导长找我的啰嗦,问东问西,我昨晚上便走了。再见,我会写信告诉你夏日舞会上的趣事。"

政芬这时候才发现她坐的是美华的床,美华刚才就是蜷卧在这里哭泣,她觉得她似乎踏着坚冰,一股冷流向全身分布。

"要不要拿行李,小姐。"王嫂探头说。

"好吧,请你帮一下忙,"政芬缓缓地说,"周先生有急病入院,我要马上赶去看他。"

"我先去叫车,什么医院?"

"圣光。"

政芬握着皮包,窗帘正在悠闲而轻微地摇动着,她向它投了最后一瞥,仿佛听到自己心里的呻吟。

"圣光医院吗?小姐。"

"是的。"

然而,转过一个弯,政芬敲敲司机的靠背。

"去码头,快!"她说。

暑假,对于一个踏进社会很久的人,似乎不再有什么意义,但那只不过是把意义忘了。人生漫长的历程中，从幼儿园到大学，再到研究院，暑假像是一条台阶最显明的梯子。年轻人在学校里度过一年之后，那炎热的夏季日子，除了使他们可以大肆游泳和参加舞会外，简直别无用途，但旁观者却看得出，他们已跳上更高的一层。一直等到他们把梯子爬尽，上端紧接着的是崎岖而广漠的社会，那里再也没有暑假，再也没有显明的台阶，他们有的停顿下来，有的却仍在迈步，但那迈步永远不是一种规律地上升了。

只有肯转身回顾的人才能看出暑假给人们的启示。对一个学生来讲，暑假只是一片没有栏杆和没有猎人猛兽的草原，大家可以恣意地在上面奔驰休息，或是三五成群地围在一起悠然自得，或是孤独地小立在河边饮水长嘶。三个月似是永无尽期，青年们从来不会感觉到时间不够用，他们每个人都拥有取之不尽用之不竭的光阴，每个人都在他的小天地中，以强烈的自我为中心，去欢喜，悲愁，或是去咆哮。

政芬自从回到柳城父亲那里，炎炎的日子在焦急不安中一天一天过去。当那一天她独自一个人冷冷清清地把行李提上船舱，她努力地低着头，而且在态度上做出来十分自然。她不愿发现任何一个她认识的人，也不愿任何一个认识她的人发现她，但她仍觉得所有的眼睛都在向她问："这么一位漂亮的小姐怎么竟没有人照顾？"

回到家里，父母给她温暖的欢迎，尤其是母亲，经过一番只有母女之间才有的温柔谈话后,政芬一腔怨愤之气被消蚀不少,不过她忽然觉出她在最亲爱的母亲面前,保留了一部分秘密。那是一个成熟少女必然的现象,不肯把所有的事情都踢到母亲怀里,而要保持一点自己做主的事。那就是说,快乐时她要自己暗暗地笑,不快乐时也要自己独自去担当痛苦了。

父亲对女儿总是弄不太明白的,母亲却注意到女儿的转变。政芬大体上和过去没有两样,高兴时撒娇撒憨,好像仍是一个百事不懂的孩子,不高兴时就高声乱嚷,使做母亲的非听她的不可。不过,只要问题稍微触及到她心坎中所保留的那块方寸之地,她便不言语了,如果用父亲的权威和母亲的柔爱逼她说出的话,她说的便是谎话。

"你在维克市又交了男朋友吗,孩子?"

"没有。"

"听说姓李的那个人疯了。"

"差不多。"

"你爸爸会高兴的。"

政芬反抗地闭上眼睛。

"看你的样子,"母亲说,"听说你又有一个姓周的男朋友?"

"没有。"

"很多人都那么讲。"

"他们造谣。"

"你不要瞒我,"母亲说,"我可以替你出点主意。"

"我谁也不瞒。"

"你给中权写信吗?"

中权是政芬的表哥,母亲的嫡亲侄儿,也就是海大女生宿舍柳妈口中所说的那个"姓卢的家伙",正在美国读物理研究所,是一个任何人一见都得赞美的极有前途的青年,他只不过三十三岁,但已取得了博士学位。因为姻亲的关系,他和他表妹从小就在一起玩耍,那时当然是两小无猜的,但随着年龄的增长,他逐渐地察觉出表妹的美丽和智能,特别是她特有的那种娴静,是别个女孩望尘莫及的。两家大人们的脑筋中早把他们连在一起了,如果有谁认为他们不是天生的一对,那简直是盘古开天辟地以来最荒唐的事。

"你给中权写信了吗?"

"写了。"

"写了几封?"

"记不清楚,大概三四封,四五封。"

岳老太太挺直了腰杆。

"孩子,"一个做母亲的发觉被欺骗后的盛怒使她大声叫起来,"你昏了头,阿芬,你一封都没有写。"

"那或许是他根本没有先给我写的缘故。"

"不要瞎扯,我们两家都盼望这门亲事成功。"

政芬不再言语。

"孩子,"做母亲的叹口气说,"你现在就写封信给他,谢谢他送给你的礼物。"

"我回来后你拿给我的那些吗？"

"对的，还有他直接给你寄到学校的东西——那些衬裙、衣料、别针、口红、小手帕……"

政芬这时候才恍然大悟。

"妈，"她说，"他一定写信告诉你些什么了。"

"不要把别人都看成傻子，他接不到你片言只字，当然会给我们老两口来信的。你既有点不屑理他，为什么要收他的礼物，既收……"

"我并没有用，"政芬说，"我明天就退给他。"

母亲被女儿顽强的态度逼得难过起来，她对一向都是温柔驯顺的女儿，忽然感觉到没有把握再叫她听自己的话了，这不是一个好的兆头，她的眼睛立刻全是泪水。政芬也发觉她顶撞了母亲。

"别难过，妈，我现在就给他写信。"

"代我们问好，在这个假期里，一定要抽空去看望一下你的舅舅。"

母女们每一次谈话都不太愉快，但政芬还是给中权写信了，只不过她坚持着没有再坐八个小时的轮船去益川看她舅舅，他就是中权的父亲。她没有去的原因，与其说是她对中权不满意，毋宁说她对世信不满意。每一个人心里都隐藏着一个结，当这个结打开着的时候，万事万物都为他欢笑唱歌，当这个结一旦被扎得紧紧的，花都会为它垂下眼泪。政芬对世信的愤怒像一团火似的锁在心里，她自己都无法估计如果现在她看到世信的时候，她会有什么举动，但有一点是确定了的，那就是，她绝不会再理他了，但不久之后，她的愤怒逐渐消失，代之而起的是一种关心和渴望。

"他可能恰巧有别的事。"她想。

"他一定会有信给我，信上会讲得明明白白，那个和他早早外出的小姐是谁。"她又想。

问题就发生在这上面，世信像被地球吞没了似的没有消息。政芬向淑敏去了很多信，她当然没有说到世信没有信的事，甚至她根本就没有提起世信两个字，但她却技巧地告诉淑敏说，她巴不得这个无聊的暑假早些结束。淑敏在第一封信上，还代政芬打抱不平，政芬淡淡地回信说：她死也不会再想那些已经过去的事了。但是以后，从淑敏的来信上，政芬发觉里面似乎果然有什么问题。

那是一天十分炎热的下午，九月中旬的天气有时热起来比老虎还要可怕，像刚被海水洗过的天空，点缀着缕缕白云，仿佛水彩笔无意中在那里涂抹了几下，空气里充满着钢铁厂炼炉间那种使人窒息的闷热，浑身毛孔被一层津津的汗液封闭起来。政芬的父母都在睡午觉，她有意去洗澡，又懒得站起身子。她最初还相信世信一定会有信来的，等到始终没有信来的时候，她立志要忘掉他，但紧接着她却对他更加渴念。

她坐在一张藤靠背椅上，思虑着再过一个星期便要回到海大的事，恍惚觉得这世界上好像根本就没有暑假似的，她已记不清她是怎么度过它的了。她让电扇一直向她开着，永没有间歇的风把她的浅绿色小白花的宽裙吹鼓起来，隐约地把她膝盖以上部分露出，她手里拿着一本《康德哲学》，书是半卷着的，两个月来，她只看了两页，虽然看不下去，但她认为它至少具有排斥其他胡思乱想的功能。窗外院子里的黄泥土地，一直伸展到红砖砌成的短墙底下，墙上满爬了喇叭花和藤蔓，连鸟鸣的声音都没有，只有她母亲养的两只肥大的母鸡在墙根草丛那里抓搔着，啄着，咯咯地叫个不停。

显然是邮差来了，政芬看到大门上有一封信从信箱口塞进来，那封信在狭窄的信箱里跳跃了一下，便跌到地上。她走过去把它拿起，信是淑敏写的，她认得她的笔迹，但信的厚度使她吃惊。她迅速跑回自己的房间，一面跑一面拆，等到她坐到自己的梳妆台前的时候，一叠信纸已展在她的面前了。

淑敏在信上说——

政芬：

我想我这一次要多写些，因为或许在之后的几天里，万一没有充足的时间提笔，便不能把一切发生的事情告诉你了。而这些事情，我是希望在你重新回到学校前能够知道的。大概生命的意义太奥秘，使我一时想不起来应该怎么解释暑假中我所看到的变化，它使我对人生的认识越来越模糊。我不能劝解你如何如何，我也不知道我所讲的话你是不是有兴趣,我只是直觉地认为,你是应该知道这些的,假使你能够亲眼看到形形色色的变化,你会比靠着看我的信要有更多的感想。我本应该一开始就随时告诉你的,但我总觉得太早开口是不妥的,等于一个人在十字路口小立或徘徊的时候,我便肯定他将向东走一样,万一他是向西走了呢?你想,那不但对那个人不公平,即令对你,也是不公平的。而现在,人们似乎都已越过十字路口,截至我执笔时为止,还没有人回头改道。等你回到学校,你看得将更真切,或许有人可能会倒着退回来,但我只说目前的情况。

看到这里,政芬伸伸腰。

"这和看《康德哲学》有什么分别呢?"她心里想。

她继续看下去——

我曾看过很多书,和听过很多名言,叫人们不要介入一对恋爱中男女们的漩涡,道理是显然的,一旦他们和好如初,第三者便很难和他们维持友谊了。但我还是要告诉你,政芬,因为我的目的只有一个,那就是愿你快乐。当初你和李世淳在一起,我是这么祝福,后来你和周世信在一起,我也是这么祝福。

我不知道你接到过周世信的信没有,如果接到,我也不知道他对那一天没有去学校赴约(我知道他那一天终于没有去)做的是什么解释。我真奇怪他最近的态度,为什么竟突然间做一百八十度的转变。我不管他是怎么向你说的,我却要告诉你,那一天,他原来和李士淳的妹妹悦华去参加弓山的夏日舞会去了,直玩到深夜始返。他们好像已经结了婚，唯恐别人不羡慕似的，到处做出亲热的镜头，这件事我并没有亲眼看到，但我不怀疑，因为看到的人太多了。我曾经询问过二十个人以上，答案都是相同的，我非常盼望你返回海大后第一件工作便是弄明白这件事。

我最痛苦的是，那一天我们都先你而走，把你一个人孤零零地留在寝室，早知道如此，我们不会走的。政芬，我的好朋友，写到这里，我真愤怒起来，然而，弓山夏日舞会似乎只是一个开始，两个月来，他们形影不离地在一起，谣言像暴风一样的吹遍全市。

政芬的心弦被紧紧地拉着，信上每一个字都像铁锤一样，在那拉紧得快要崩断了的心弦上敲打，她强烈地反抗着无边无涯压到自己身上的这场梦魇，那就是，她绝不相信世信竟会和悦华在一起。

"他们认识不到三天，"她想，"而且，那是不可能的。"

但她觉得自己有点发抖，信纸上的字迹模糊地动荡着，仿佛大海上遇难的小舟。

淑敏在信上继续说——

其次告诉你的是，在一个星期前，李士淳已被他的家人找到，上身仍穿着你那件已被弄脏了的粉红睡衣，送到了维克精神病医院，我是在刘蕙口中听到的，她的舅舅赵大夫是李父在世时的老朋友，把李士淳送到日本就医，便是他的主张。听说就在我们学期考试的时候，他们曾请到一位心理分析学家，那人曾表示过他可能医治好李士淳，可惜在他们找到李士淳的时候，他偏偏到乡间度假去了。李家在一阵慌乱之际，决定无论如何，还是把他送进医院。他母亲第一个反对，但她不能提出人人都信服的保证，保证他儿子不再放火。第一个发现他的人好像是李悦华的前一任男朋友，据刘蕙告诉我，他白天晚上都要去包家园兜几个圈子。包家园是一个下流的地方，他发现李士淳正蹲在一家小摊子前面斯斯文文地吃酒，就悄悄用电话告诉他家。李士沛带了几个人，打算把他架走——他却大叫大吼着抵抗，三四个粗壮的汉子都制服不了他，警察都出动了，后来还是医院派来车子，几个人把他按到地上，注射过麻醉药，使他失去知觉，才把他像尸首一样地抬走。他的母亲闻讯赶来，攀着担架不放，路人都掉下眼泪。

　　事情既然到此，我想你也该放心了，李士淳总算找到他的归宿。

　　政芬读到这里，她想起她当初和士淳决裂的原因，不由叹了口气。那几乎是没有原因的，而只是在认识了世信后不久，忽然间有一天，觉得士淳竟是那么使人厌恶，而且同时她一下子竟发现世淳十几项不可宽恕的缺点，像他性格粗暴，做人卑鄙，在美国留学时曾欺骗过一个女同学，而且生了一个小孩。政芬巴不得马上就离开他，离开他越远越好。士淳的反应是用他所能想到的难堪字句，写信向她咒骂，那就更加证实他的粗暴卑鄙了⋯⋯政芬把淑敏的信牢牢捏着，手指上淌下来的汗水把信笺都浸湿了,她目不转睛地盯着那几个湿透了的水渍,感觉到一点凄凉。

"归根到底,我辜负他的地方多。"她芒刺在背地想。

再把淑敏的信看下去——

一个暑假,我和赵美华接触得最多了,我才知道她也是维克精神病院的老主顾——不是她有病,而是她姐姐美英有病。你一定还记得美英吧,当我们读初中三年级的时候,曾一同去参加过她的结婚典礼,她真是比哪一个女孩子都美,丈夫是一个博士,年轻,漂亮,而且又有钱,多少人羡慕她,嫉妒她。可是,现在,她疯了,已经有差不多两年岁月,美华一直瞒着我们,一直到前些时我有一天去找她,凑巧正碰上她姐姐在发病,她才告诉我原委,使我有无限感伤。

美英已在娘家住了两年,一度病重的时候,也曾住过医院,但大多时间都在家里疗养。她的丈夫爱她爱到极点,他们已有两个孩子,我去的那一天,她正坐在床上,眼睛失神地瞪着我,不断地反复说:"我也有家,我明天就去游泳。我也有家,我明天就去游泳。"浑身瘦成了一把骨头,不肯洗澡,不肯换衣服,她身上的臭味连大门外的行人都闻得到。美华告诉我,她姐姐对她的姐夫不满意,嫌他像一块木头那样没有风情,但在我们这个社会上,那却是说不出口的,即令说出口,也会被认为无关紧要,甚至是可笑的。于是,过多过久的自怨自艾,使她精神终于失常。

我再告诉你,美华将来的婚姻一定绝对自由,她的母亲早就向她说过,她愿和谁结婚便可和谁结婚,即令是嫁给一个天下最坏的坏蛋,只要她肯,她母亲都不反对。因为美英的婚事原是她母亲的主张,美英本来有一个学艺术的朋友,但她的母亲为了女儿的幸福,硬把他们拆散,而代她物色现在的这位丈夫。美英是一个懦弱的人,她一切顺从了,她后来告诉她妹妹,她当初也以为她会如妈妈所料的那样快乐起来,但不久她便发现她生命中缺少点什么。现在,做妈妈的整天到庙宇里求神问卜。不过我觉得,每一个家庭如果都得在断送一个儿女之后,才能尊重儿女的意见,这个牺牲未免太大了。

政芬打开扇子摇着,想起当年她踮着脚尖偷看赵美英端庄地坐在酒席宴前,恍然做了一场大梦。

淑敏信上最后说——

有时候,我真想为美华垂泪,她和陆光正的来往似乎很少,她从没有向我提过武昭富,仿佛从没有那些往事。她憔悴得多了,比她姐姐在表情上还要忧郁,我想她真可能步她姐姐的后尘,尤其是,武昭富和妖姬打得火一样的热。

还有很多琐碎的事情,等你回到海大,会慢慢知道。虽然短短的一个暑假,世界上却有很多变化,但我不再写下去了,我愿你就我所告诉你的这些,在心理上先有一个轮廓。不是吗,我们快相见了,你何时动身,我一定去码头接你。

政芬沉思了一会,淡淡地笑了笑,胸脯逐渐地从汹涌的鼓动中归于平复,好像尊神附体似的,眼睛里的光彩都变了样子,她从床上站起来，坐到桌前，找出信笺，给淑敏写她的回信。

她说——

淑敏：

谢谢你的信，当我捧读你的信时，天正中午，而现在，已经夕阳西下，我心中有说不出的感慨。

周世信一直没有来过一封信，这是可以思议的，世界上可以摧毁爱情的，只有另一个爱情。我内心一直盼望会有他的信，现在什么都不用谈了，李悦华比我漂亮得多，我祝福他们白头偕老，不要中途再变。

李士淳住进医院，那要比把他关闭在家里人道，只要他的病能好，我的心就可平安。越来越觉得我欠他很多，我祝福他早些痊愈，即令不能痊愈，也不要再增加痛苦。

赵美华是可怜的，自身的和家庭的苦恼，我看要把她毁了，她争取到婚姻自由，对她又有什么意义呢，我祝福她早一天跳出那厄运的泥沼。

我是白白地过了这个暑假，每天，我都不能使自己安静，中午时分，几乎是情绪的高潮，升上去又崩溃，崩溃了又重新升起。父母一心一意要把我往那远在美国的表兄怀里送，他们的坚持使我反感，但我自己又做出了些什么呢？

我打算下星期一回学校，船，大概当天下午四时可靠码头，但请你不要来接我。

我去心如箭，有很多话恨不得马上看到你向你诉说，你不会笑我写得这么潦草吧。我本来要详详细细地多写一点,但思潮澎湃,使我安定不下来,你会看出我的心是多么苦。

把信封好,政芬轻轻地站起来,桌子上留下汗水渍成的手腕湿印。她向室外走去,纱门却很重地弹回到门框上,母亲在卧室里午睡醒来了,她低声问:

"你要出去吗,政芬?"

"到邮局寄信。"

"写给谁的?"

"卢中权,你不是叫我写信给他的吗?"

"那太好了,妈妈都是为了你,快去吧,记住撑把阳伞。"

出了大门之后,政芬才忽然惊慌起来,她奇怪她怎么用不着准备便学会了脱口撒谎,万一母亲要看看信封——检查一下地址写的对不对,她该怎么办呢?一阵懊悔和害怕使她自己呆了好久。

从小巷子穿出来,安陆大学的宫殿式的大门矗立在牌楼的西侧。虽然是暑假,但仍有留校的男学生,和柳城籍在外埠读书的男学生们,这时正成群结队地在牌楼那里游荡。政芬刚跨上邮局的台阶,她便听到那群大学生们划破空际的长短口哨。

"我们请你看电影!"

"安大和海大向来是结亲的,小姐。"

政芬一直奔到柜台那里,买了邮票贴上去。

"讨厌。"她把信投进邮箱,恨恨地说。

"你在发谁的脾气?"

"嗨,陆叔叔。"

陆元康也在那里寄信,他刚理过发,微笑使他消瘦的面颊堆出几叠皱纹。

"我一直没有见到你。"政芬说。

"我到维克市去了。"

"你为什么不去学校看我?"

"我虽没有去看你,但却知道很多关于你的事,我在弓山上看到了你的男朋友周世信。"

政芬吃惊地望着他。

"别望我,"元康说,"我不能知道吗?如果不能知道,我便不说就是了。"

"看起来你今天很快乐,陆叔叔,你是不是恋爱了?"

"你为什么往那上面猜?"

"爱情可以改变一个人的,你一向沉默寡言,忽然话多了起来,不是恋爱了是什么?"

元康忸怩地搔着耳朵。

"我前天才回来,"他说,"告诉你父亲,我今天晚上去拜访他。"

"不要向我父亲谈我的事,陆叔叔。"

"你放心,政芬。"

她紧跟着元康出了邮局,那群徘徊在门口、预备拥上来搭讪的男学生们被元康看了几眼,发现形势并不是估计的那么容易,便逡巡着一直停留在牌楼那里。

"他们很坏,是吧?"政芬说。

"女孩子们口中的'坏'字有它的特殊意义,好像汽车的喇叭一样,同一个声音却包含着很多不同的,甚至相反的指向。好比,当它退后时,按喇叭是表示要后退;当它前进时,按喇叭是表示要前进;当它修理的时候,按喇叭是表示电路畅通;当它在你门口猛叫的时候,那是表示来接你了。'坏'字也是如此,有些女孩子,你如果不'坏',她还不高兴。"

"你的话今天特别多,而且不像一个叔叔,告诉我谁是你的女朋友。"

"你不会认识她的。"

"不管,告诉我她的名字。"

"白蓉。"

"啊,是不是维克市玛丽厅的红歌女?"

"政芬,你怎么知道?"

政芬掩住嘴巴,她觉得她失言了,她应该说红歌星才对。

六

海大女生宿舍正逢一年一度最吵闹的季节。学校刚刚开学，像一些从四面八方自由世界抓来，被关在监狱里的囚犯一样，经过两个多月，在那样年纪就是一种长期的别离之后，对于宿舍以外的天地，有说不尽的各色回忆，和说不尽的预期着下一个暑假便如何如何的展望。拴在一个槽头的美丽的一群小马，会自然地发出嘶鸣腾跳，和永远不断的女孩子们特有的纵情娇笑，考试和功课都没有鞭策到身上，这是她们最高兴的时候了。

一小部分今年新考取的新生，话说得最少，她们被王嫂或传达室的柳妈领到铺位上后，便像受惊的小兔似的，先悄悄坐下来，试探着向四周那些同样胆怯的面孔看过去。偶尔有相识的，好比，发现了她高中时的同学，便立刻他乡遇故知似的聚在一起，喋喋不休起来，说的不外是，某人考取某校，某人什么学校都落了榜，某人出国，或是某人已嫁给那个有钱的老厌物等等。至于那些没有找到熟人的女学生，她们的话都多少很不情愿地压在喉管里，以便等到大家都相识了之后再一齐说出来。

所以一切热闹的镜头都集中在旧同学们的重逢上了，那场面可以说够得上十分轰动的。女孩子之间的友情似乎是，分离的时间越久便越淡，五年不通信，可能索性忘个净光，可是一旦见面,用不到五分钟便会非常亲密起来。每一个提着行李或手提箱进来的女孩子,都要引起一阵骚乱,无论是同房间的或别的房间的大家都会闻声跑出来,像蜂一样围着她,七嘴八舌地叫起来。

——"你瘦了,看你的腰身比放假前苗条得多了。"

——"这长裙的料子是不是美国货?淡淡的蓝,抓到手里像抓着空气一样,是他给你寄来的吧?"

——"告诉我你男朋友的事,听说他今年考上硕士学位。对了,你们在暑假接吻了没有?"

——"我在弓山上碰见和你在一起的那个男人是谁?招出来,招出来我好帮你出主意。"

这些问话差不多千篇一律,除了第一个踏进宿舍的那女孩子,其他后来的每一个人都得受到盘查,幸好女孩子比男孩子保守,大学里男孩子有时候粗野的程度会把女孩子羞死。女孩子在男女关系上,尤其在大庭广众前,要文静得多了,所以她们的回答几乎也都差不太多。

——"哪里,我的腰身还不是和从前一样。"

——"料子好像是巴克隆,美国新发明的,你看还可以吧。"

——"接吻?没有,你这该死的小鬼头。"

——"那个人是我家的朋友,我从前根本不认识他。"

她们几乎全被太阳晒黑了,喜欢游泳的更全身都露出使那些孱弱的男孩子心都缩成一团的紫红肤色。饭厅那边响起熟悉的钟声,把大家从多彩多姿的回忆中,拉进她们同样欢喜的集体生活。大体上说，女学生的假期都比较幸运，也比较复杂，公开的喧闹不过只表示出她们的高兴和亲切，必须到了和好朋友单独相处的时候，才会真正说出内心的话。而女人们都有一个最大的特点，谈起过去事情，会连最小的动作，在一个男人早忘了的最小动作，她们都记忆得清清楚楚，而且一谈便能谈大半天。

晚上，房间里的人，都出去了，只剩下政芬和淑敏面对面坐着，电灯是熄灭了的，但其他房间的灯光和走廊上彻夜不熄的灯光，却仍把房间映得昏昏暗暗的，她们可以互相看见对方睡衣上的花纹。清风从窗口吹进来，那个从深蓝色变成淡白色的绸窗帘已经没有了，再也听不到那种被风卷着拂打着窗槛的噗噗声音。政芬一直出神地看着那敞开着的窗口，手指在藤沙发的椅臂上不自主地移动着。淑敏摇着扇子，她又陷于对政芬无助的境地里去了，在她们身后，赵美华的铺位上，还是一张床板，和其他五个锦绣床铺相比起来，显出一种尖锐的不调和的色彩。她们每天盼望美华快些回来，对那苍白床板的厌恶似乎远超过对友情的怀念，她们盼望美华的行李迅速地把那床板遮住。

"你应该再去美华家看看她，淑敏。"政芬说。

"我们为什么不两个人一块去？"淑敏想了一下说，"明天我们就去，搭长途汽车，半个小时便可到了，她看到你会喜欢的。"

"她会休学吗？"

"她没有表示过，她的话一向是很少的，如今是更少了，她只是告诉我她觉得疲倦……"

"疲倦？"

"她老是这样讲，我想可能是睡眠不足的缘故。"

"哦，不是的。"

政芬懊悔她竟说出这句话，她知道她现在便非常疲倦，那是一种医院中病人，法院里囚犯，和失恋后情人们才有的生理状态，从心底深处发现这世界竟是空前的狭小和空前的没有意义。每一根神经都松弛下来，对一个血肉模糊的伤兵而言，失败那一方较胜利那一方更为凄惨，政芬努力地笑了笑，当然她心里并没有要笑的意思。

"这人生是太神奇了，"淑敏说，"我不知道上帝当初是怎么安排的，想起来真可怕，一个人的爱情和一个人的婚姻简直就是一场赌博，赢的时候少，输的时候多。上帝如果爱他的儿女，为什么叫他们瞎撞呢？假使能一生下来就指定了谁是谁的夫，谁是谁的妻，那该多好！"

政芬安静地听着。

"不知道对不对，天底下只有爱情和婚姻是没有逻辑可遵循的，"淑敏说，"甚至连一个大体上的范畴都难划出。有很多父母依自己的观点为儿女安排婚姻，儿女们反抗，他们便残暴得像野兽一样，强迫着达到目的，因为他们自信他们的见解是对的。世人也根据'哪有父母不爱儿女'的信条，认为儿女们不听命便是叛逆，可是等到儿女为这婚姻受苦时，谁也无法付出一分补救。父母们所做的，只不过提起来便流泪一场而已。然而，自己选择对象的冒险程度，也并不亚于父母做主。自己选择时，理论上说起来先考察对方的优点缺点再决定爱不爱，事实上却不是如此，都是先爱上了之后再去考察的，到那时，不但看不穿对方的伪装——假设对方有伪装的话，便是看穿了伪装也没有用。人，一旦发生爱情，所有的缺点都变成可解释的，和可改变的，甚至索性竟是优点了。那么，谁能具体指示我们，怎么样才能找到幸福的婚姻呢。"

"这一类的名言隽语太多了。"

"但都是抽象的，原则的，像说：善良的人较凶恶的人为好，这便等于没有说了。以海大的学生而论，怎么分出谁是善良的，谁是凶恶的呢？何况和善良的人结婚就幸福吗？而世界上偏偏很多凶恶的人，爱情反而专一。"

"爱情，不过是蒙着头下山。"

"对的，政芬。"

"所以，有的跌到温柔的花茵上，有的却跌断了腿。"

两个人同声叹一口气。

"你对方仲音有什么意见吗？"政芬说。

"没有。"

"他会骗你吗？"

"你怎么这样问？"

"你为什么有这么坚强的信心？"

"不知道。"

"是不是信赖他向你说的海誓山盟。"

淑敏猝然地把扇子举到唇边,惊慌地瞪着她,不做一声。

"情侣们的海誓山盟,"政芬沉吟说,"和破鞋一样不值钱,人,谁纪念他一生中丢掉过的破鞋。"

"政芬——"淑敏为难地说。

"可是,啊,叫我们不信那些海誓山盟,又叫我们相信什么……"

政芬觉得所有的灯光都化成一张丝网,多少日子被她倔强性格压制住的泪水不可遏止地涌满了眼眶。当第一滴泪珠顺着睫毛流下来的时候,好像有千钧重量从心头一下子拿开,她被解脱了似的呜咽起来。

"你哭了,政芬。"

"没有。"

而这时候,淑敏忽然偏过头,她们同时发现门口站着一个人影,政芬第一个动作便是抓着机会用手帕把脸上擦净。

"我是陆光正,"那人影说,"谁在里面?把灯关了干什么?"

"你小心王嫂把你赶出去。"

"淑敏,原来是你,我不怕的,要到正式开课她才有那种权力。"

"等我开灯。"

"不要,"政芬叫,她怕灯光照出她脸上的泪痕,"这么热的天会把人烤死的,你不会摸进来吗,陆光正。"

"不行，快开灯，我得小心别把我的眼撞瞎。"

淑敏不知道政芬的意思，她把灯扭亮，政芬迅速地用手帕掩住双眼，但陆光正却没有看她，他几乎是十分高兴的面孔，就在电灯开亮了的一刹那，变成一块麻布似的悬在那里，他呆呆地盯着美华那张空着的床板。

"你这是第四十八次了。"淑敏说。

"她还没有来？"

"你应该去接她。"

"我去了，她不在，"光正靠着门框站着，用手拼命地抓自己的头发，"我想我要死了，我父亲从马来亚打电报骂我暑假为什么不回去，真的，我不知道我为什么不回去，大概是，大概是天气太热。"

"我真后悔。"淑敏说。

光正看着她。

"你和美华是在我家舞会上认识的，我那一次如果不举行舞会该多好。"

"这是缘分，淑敏，与你无干。对不起，我要走了。"

"你放心。"淑敏同情说，"我和政芬刚才讲定，明天便去看她，我相信我们会带好消息回来。"

光正那稍微下凹一点的眼睛从混沌中挣扎出来一道光芒，他激动地向前走了几步。

"淑敏，政芬，我谢谢你们，谢谢你们。"

"谢谢谁呀,说得那么甜,咦,陆光正,你跑到我们女生宿舍干什么?"

说话的是丁秀云,她的头发梳成宝塔样地堆在头顶上,露出像玉柱一样的诱人的脖子。眉毛是刚描过的,涂着浓而红的口红,浅绿的鲁绸睡衣,一直向乳沟那里陷下去的领口,和束紧的腰带,把她那颤动的乳房充分地显示出来。她是听到光正的声音才赶出来,所以指甲上还是光光的,而在平常的时候,她是绝对非涂蔻丹不肯出门。

"丁小姐!"光正说。

"南洋大富翁,"秀云说,"请我们吃点冰,不吝啬吧。"

"当然不,你看,你最喜欢开玩笑。"

"既然不吝啬,前天在街上为什么躲我。"

"不是躲,嗯,丁小姐。"

秀云从光正脸上看出男人们不得不向女人屈服时的那种表情,她胜利地笑了笑。

"如果不是躲的话,你为什么溜走?"

"你和武经理挽着手,丁小姐,我不愿太不知趣。"

"那么,你现在请我不能算不知趣吧。去玛丽厅,如何?"

"哦。"

"等我换衣服,我还要把刘蕙拉来。"

还没有把最后一个字说完,秀云便惊鸿一样掉头而去。光正踟躇地搓着手，淑敏忽然想起了什么似的。

"对了，陆光正，你应该对秀云好一点，如果能把她身边的武昭富赶走，武昭富可能仍回到美华的怀抱里……"

"这种设计对陆光正不适用。"政芬说。

淑敏想了想，哑然地笑了出来。

"我怎么没有想到，真是糟。"

"请你们一块去，"光正说，"二位不会说我不诚心吧。"

"我不能奉陪，"政芬向后退了几步倒到床上，"我的头有点昏。"

"不要傻，"淑敏俯到她耳朵上说，"我也知道你心情不好，但不要落到那狐狸眼睛里，她对男人的态度一向都是能吃便吃，能喝便喝的，但她刚才的态度有点不一样，可能打陆光正什么主意。你是不是记得，今天之前，她在所有的场合从都没有正眼看过他，他请她吃六国饭店的大菜她都不会去的，今天却降尊纡贵地要他请吃冰，一定有道理在里面，我们去看一下，也可以开开眼界。我知道现在没有一件东西可以解除你心里的烦恼，但说说笑笑却可以增加自己的忍受力。听我的话，站起来，梳一下头发，我会提议换一个地方。"

"不要，就是玛丽厅。"

淑敏为政芬扭亮她桌上的台灯，光正就坐在那空着的床板上，凝视着她们在灯下化妆，但他并没有留下印象，他只是看见两个漂亮的女孩子在那里画眉毛和涂口红，而没有静下心来欣赏,他警告自己,如果他仔细欣赏她们的话,便是对美华太不忠实了。

秀云来的时候已在半个小时之后,她的化妆使她站在时代的尖端,无论如何,她遍身上下已没有一点女学生那种朴实纯真的可贵气味。光正皱皱眉,问道:

"刘蕙呢?"

"她不肯来。"

秀云对光正又邀了政芬和淑敏,感到一阵惊讶,但被她欢迎的笑容迅速盖住了。到了玛丽厅之后,音乐还没有开始,座位十分冷清,淑敏和政芬坐在一面,另一面便是光正和秀云并肩坐下。

大家叫了冰,只有政芬一个人吃热咖啡。

"说话呀,"秀云搭讪了一会,叫道,"我发现你们都不开口,好像一开口舌头都要掉了似的。陆光正闷闷不乐,岳政芬也闷闷不乐,你们搞些什么名堂呀?"

"我没有什么,丁小姐。"光正说。

"你不会叫我名字?我听说华侨都很爽直,只有你,我自从入学第一天认识你起,你便好像吞吞吐吐的。"

"我们从前并没有谈过话呀,丁——"

"——小姐!"秀云接嘴说。

光正心不在焉地转动着杯子。

"你说不过妖姬的。"淑敏说。

"不要再叫我妖姬,都是那些该死的男人们杜撰出来中伤我,我恨死了这个庸俗不堪的绰号。"

"我想他们不会是恶意。"

"当然是恶意,他们为什么不叫我公主?"

"那么我们以后就叫你公主,"淑敏说,"玉面公主,因为你有像雪一样白的面庞。"

秀云斜睨着光正,光正急忙接口道:

"当然,玉面公主。"

政芬表示赞成地点点头。

"对了,光正,"秀云好像是偶尔才想起来的样子,向光正身边移了移,觉得她身上的香味充分地发挥了效用,才笑了笑说,"有件事我顺便问问,听说你最近有一笔很大的款子从南洋汇了来,啊,那是多少呀,武昭富告诉我,我却忘了,一定是真的吧?"

光正承认地应了一声。

"多少钱呢?"

"我要三百万,昨天武经理通知我,只汇来二百五十万。"

秀云失态地吸了一口气,淑敏和政芬也被光正的平淡态度和一向都是一身不惹眼的学生服装,整天赶公共汽车赶得叫苦连天的穷孩子的行动愣住了,二百五十万元似乎是天文学上才有的数字。

"你还只是一个学生呢,"秀云柔和地,声带颤抖着对光正说,"难道要在课余做生意吗?"

"我打算捐赠给一个疯人院,我父母同意我这样做。"

"疯人院?捐赠给疯人院?你什么时候疯了的,你将来预备住进去吗?"

光正耸耸肩膀,秀云仅仅靠着灯光便可看出他脸上不高兴的表情,便急忙说:

"你怎么对疯人院那么有兴趣?"

"我不是对疯人院有兴趣,而是我有一个朋友,她的姐姐精神失常,她们家没有力量为她治疗,医院里说,可能要送到日本或美国才有治愈的希望,我想我的钱可以替医院增加一点设备,或是作为医院的钱把她送出去。"

"你为什么不直接把钱给你的朋友?"秀云说。

"你以为她会接受吗?"光正困惑地说。

"只要是钱,她会接受的。"一个男人的声音。

"钱文达。"淑敏吃惊地喊。

"你吓死我了。"秀云埋怨。

文达手里端着一大杯啤酒,就在淑敏身旁挤了一个位置,下巴收拢着,两眼向上微微翻动,一副寻衅而又尽量克制着的悻悻然表情。大家不敢做声,只有政芬在黑暗中留心观察他的行动。

"介绍一下,两片皮,"文达轻蔑地说,"这位先生。"

"你礼貌一点,谁是两片皮?"丁秀云说。

"不知道。靠着她女人的原始本钱,从前单纯地为了弄钱,现在则同时又是为了出国,我想大概可以称之为两片皮了吧。秀云,亲爱的,你说是吗?"

"这里还有两位小姐,"秀云发急道,"我要请她们见识见识你这个大流氓。"

"大流氓对两片皮,不是很好吗?"

"谁请你来的?"秀云忍无可忍地喊,然后向光正抱歉说,"对不起,我想不到使你扫兴。"

"介绍一下你的新户头?"

"无赖!"

"小声点,我是没有关系的,可是你还正在读书,外表上装着很圣洁呢。"

淑敏用力拉文达一把,啤酒溅了出来,他举起杯子,汹涌地吞下两大口,喷着嘴唇。淑敏同情地劝他不要说醉话,他叹了一口气,闭上嘴。她先介绍政芬,他吃惊地望了一望,淑敏然后再介绍陆光正。

"你的福气不太好,"文达忍不住说,"你找了一个旧货,从前一百块钱便感激涕零地任你摆布,现在恐怕涨到一万块钱了。"

"你误会了。"光正说。

"你不怕陆光正揍你,是吗?"秀云大怒说。

"陆先生,记住,千万不要因她的暗示而去惹任何一个人,我真后悔我从前和人决斗,假使当初没有那些决斗,我或许可以安静一下。"

秀云狠狈地但也勃然地站起来,全盘气氛被文达破坏了,尤其当着这么多并不是不十分重要的朋友,这时候如果能把他毁灭了,她会欢呼起来,她猛地举起右手。

"千万不要打我,"文达低吼道,"我过去挨你的耳光太多了,我已决定不再挨了。时代在进步,不是吗?你如果还以为我可以忍受你虚情假意的那一套的话,你会后悔的,我不愿意在玛丽厅把你痛殴一顿,听清楚了吗?"

秀云猛地发现一向柔顺的文达对她的怨毒竟是如此厉害,她不能再控制自己了,平生第一次侮辱突兀地打击到自己头上,使她浑身像发大寒热似的抖了起来。文达的叛变把她所有的机智都冲昏了,她恨她自己偏偏选择了玛丽厅,于是,她没有说第二句话,抓起了皮包,顾不得附近茶客们惊奇的眼光,向大门那里跑去,这举动几乎是一转眼工夫完成的。文达犹豫了一会,慢慢地把杯子往桌子上放下来。

"对不起。"他痛苦地说。

然后,像一阵旋风似的,他也向门口冲去。

"把我搞糊涂了。"光正摸摸前额。

这时候,另一个端着满是啤酒杯子的中年男子走到跟前,就在秀云原位置上坐下,他向两位小姐笑了笑。

"让我自我介绍吧,我叫陈振纲。"

"陈先生。"光正说。

"我是妖姬的表哥!"淑敏和政芬的眼睛忽然一亮,即令一个久已闻名,凯旋归来的大英雄,忽然以平民的姿态出现在群众面前,也不会引起像她们现在这样的吃惊。振纲却很轻松,在听到政芬的名字之后,他目不转睛地看着她,使她窘困地挣扎着想脱开他的视线,淑敏急忙接口说:

"钱文达追你表妹去了,陆光正应该也跟上去才对,我怕有什么危险。"

"放心吧,"振纲说,"没有一点危险,我的这位表妹是个了不起的人物,记住她是永恒的胜利者,在她,只有在命运不济时倒过霉,却从没有失败过。"

"我看钱先生很恨她,"光正说,"真的,他会杀死她的。"

"不会的。"

"怎么一回事?"

"他是秀云的第三任男朋友。"

"要命,"淑敏说,"我们都以为他是第一个。"

"小姐,第一个就是在下。"

"天,第一个是你。"

"你不以为我是自作多情吧?"

淑敏张大了嘴巴。

"陆先生,你是第五个了。"

"完全是误会。"

"没有关系,钱文达把你当成情敌,我却是要和每一个人和平共存。"

"你很大量,是吗?"淑敏说。

"一点也不,而是因为我对她根本没有爱情的缘故。如果我爱上她,我会杀死她的。感谢上帝,没有叫我爱上她,这样我才可以向人说风凉话——说一些恋爱是神圣的,要牺牲自我等等大道理——我几乎要向钱文达说一遍,刚才我们在那边喝啤酒,我还大大方方地劝他,可是,那有什么用呢?"

"我没有看见你们。"光正说。

"我们先来,而且又在黑黑的角落里。"

淑敏望着振纲,紧张地说:

"钱文达跑出去了,他可能追上秀云,可能真的杀了她。"

"他说过他要杀她吗?"

"没有,但我知道他恨她,恨得要死。"

"王小姐,请放心,"振纲一面喝他的啤酒,"即令文达昨天刚在神前立过誓,我也敢保证他绝不会伤她一根毫毛,我可以和你打赌,什么赌注我都敢押。"

三个人一齐把惊讶的视线集中到振纲脸上。

"不过,"光正说,"很多悲剧都是因为太相信它不会发生才发生的,女孩子太有把握对方绝不会或绝不敢把刀子插到她肚子里,结果竟插了进去,如果她事前有一点犹豫或重视,可能化干戈为玉帛也说不定。"

"对的,你说得很对。我看到有些女孩子把男人抛掉时那么不在意,或是有些男人把玩腻了的女孩子抛掉时好像抛掉一张写脏了的字纸一样，我便觉得提心吊胆，他们不吃苦头是运气，吃苦头则是天理了。只是我告诉你，悲剧只会发生在那些对爱情十分认真的人身上。"

"钱文达是十分认真的。"

"我承认，但我的表妹并不十分认真呀。"

"哦。"

"问题就靠她这种不认真的态度才会迎刃而解。文达追上了她，她会把他重新弄得爱她的，在这方面，我的表妹从不吃亏，尤其从不吃眼前亏，因为她不把爱情当作什么严重的事。"

"可是，"光正说，"我记得好像是一个什么人说过，爱情是男人生命的一部分，却是女人生命的全部。"

"爱情是有些女人生命的全部，而不是所有女人生命的全部，有些女人的生命只不过是猎取一个既富且贵的丈夫并保有他，她们的爱情是附属在男人的金钱或权势上的，没有金钱和权势，爱情也就没有了。"

"你讽刺得真厉害，陈先生，"淑敏说，"钱文达在我父亲跟前发过誓要向她报复。"

"对不起，王小姐，我先问一句，秀云在她同学面前是不是常常提到她有一位表哥？"

淑敏点点头，政芬虽没有点头，但她也愿意听到有关别人内幕消息，这消息越坏越好，这是使她觉得自己并不是天下最不幸的人的唯一方法了。

"我相信她会常提到我的，"振纲说，"我现在是结婚了，但在我结婚之前，我便看出我如果不以毒攻毒，抱着姑妄玩之的心理和她相处，我会抱憾终身的。要知道，世界上最悲苦的事，莫过于自己付出整个的心，以为对方也付出整个的心，结果却发现对方并不把说过的海誓山盟当真的——这种悲苦能把一个人毁灭。我这种态度你们一定会责备的，但看我现在多快乐，而且秀云也快乐，她经常做我家的上宾，经常叫我开车子陪她兜风，文达便是吃亏在他没有想通。"

因为歌女还没来的缘故，玛丽厅的客人虽不断增加，但每张桌子都有属于那张桌子的谈话声音。所以振纲的谈话是不会泄露什么的，刚才秀云仓促离座跑掉，曾引起附近茶客们的一度注意，但现在他们各人又回到各人的天地里去了。

"真爱情和假爱情在当初是很难分别的，"振纲说，"一样的海誓山盟，一样的爱抚缠绵，可是到结尾便不同了。真糟，我对爱情发表的见解太多，好像我是一个博士似的。"

大家同时笑起来。

"我们喜欢听，"光正说，"你的理论很有趣。"

"陆老弟，我只是信口开河，爱情是一门除了上帝谁都了解不透的大学问，哲人们对爱情说的那些被人们时常引用的警句隽语，都不过是瞎子摸象，所以他们不得不是互相冲突的，人们引用的都是对自己有利的字句。用诗意衡量这些警句隽语倒很有趣，说它们是定律，遵行不误，便错到阿比西尼亚去了。"

振纲招招手，举起他的空杯，侍女走过来，看了一下，就袅婷地转身走去，回来时拿着一瓶啤酒，在得到他同意后，把瓶盖撬开。

"好比，你们一定认为钱文达不应该这么粗鲁，对吧？"

三个听众没有表示。

"无论男女，"振纲说，"当他抛弃对方的时候，总是希望对方能像木头似的——或者能像圣人似的默默接受，不发脾气，不说自己的坏话，只暗中流泪，祈祷上帝使他回心转意，等到他另娶另嫁，而仍爱他到底，以便将来有危险时，仍为他去死。对吗？"

淑敏不自然地看了一下政芬，政芬沉静地听着。

"却不知道这是不可能的，人类中木头和圣人是太少了，关于圣人，中国五千年只出了一个，可见多么困难。由一件事上可以看得出来，等到一旦他自己也倒了霉，被别人也抛弃时，他准丑态毕露。我早当面告诉过秀云，她所期望于人的，她自己并办不到。"

"可是，"淑敏说，"我相信有些人是为了爱而牺牲的，爱情的神圣就在此。你说的仿佛是一位老祖父讲的话，老年人恐怕都是这样的，我父亲便这么说过，他们被社会打击得已忘记爱情是什么东西了。"

"一点不错，你说得对，但我说得也对。我刚才不是说过，爱情从不合乎逻辑吗，现在是证实了。至于你说到爱情的神圣，那是没有人能否认的，敢否认的人如果不是他这一生从不知爱情是什么滋味,便是把爱情是怎么一回事忘光了。我相信世界上有为爱情而牺牲的事,我对那些人怀着最高的崇敬,但我从不希望每个人都是如此,尤其不能因为对方不如此便以为对方卑鄙。"

"你说的哲学气味太重,把我们三个人越说越糊涂了。"

"哲学?我懂得他妈的鬼哲学,"振纲把杯子斟满,"我不过绕着圈子自神其秘地讲话罢了。别怪我,对了,岳小姐,我看你自从进玛丽厅便没有说过一句话,不是喉咙有毛病吧?"

淑敏和光正再度笑了。

"我在恭听陈先生的高论。"政芬也笑了笑。

"不对,我看你有心事。我想起来了,在秀云口中我知道你出了麻烦。"

政芬一下子直起脊梁。

"哦!"她说,汗珠从手臂上沁出来。

"我不认识李士淳。"

政芬紧张的情绪松了一下,她以为他要谈到周世信。

"你们已经分开,而且李士淳已经疯去,我想我说什么都不足以影响你们了,所以我且姑妄言之,"振纲大口的灌着啤酒,"你要不要听?"

"要听。"

"不得罪人吧?"

"不,"光正笑道,"陈先生。"

"我不能说李士淳是个情圣,但我可以说他是个把爱情看得很重的人。岳小姐不理他的时候,他的反应是正常的——任何一个人在失恋时都会那样:愤怒,怨恨,悲观,忧郁,坐下来写封信向对方辱骂,然后再向对方哀求。在这里,我要指明,假设李士淳在发现你不肯和他继续友谊的时候,只耸耸肩膀便拉倒了,你对他的评价又如何?当时,周世信——我们是老朋友了,他对我天天攻击李士淳,他说:李士淳如果爱岳小姐的话,他就该尊重她的选择,他就该成全她的愿望,换句话说,他应该成为我刚才说的那种理想的情人,吃下哑巴亏,拿出胜利者最求之不得的所谓良好风度。我当时便指着他的鼻子告诉他,他的这种论调好像从留声机上发出来的,我肯定地说,一旦岳小姐和他断绝来往的话,他的反应恐怕不见得会多么高级。我的根据是,凡是忍心去要求别人做残酷牺牲的人,他自己绝不可靠。岳小姐,你不信的话可以问问世信我是不是这么说的。我说这话并不是说世信不好,一点都不,而是,我们是人,人便有人性,我们不能在爱的时候希望对方有一种失了我便非死不可的情谊,而在不爱的时候却希望对方毫不在乎。那是非人性的。李士淳做的事都很正常,对吗?"

淑敏暗中捏着政芬的手,她的手很凉。

"你要受责备了,陈先生。"光正提醒他说。

"我说的是实话,"振纲说,"不过说实话的总要倒霉,这不是我的错,这是时代的悲哀。但我得告诉岳小姐,世信当然是爱你的,但李士淳也是爱你的,他克制自己,而终于把自己克制疯了。我想,他可以说是为爱情而牺牲,他应该正是人们所崇敬,女孩子们所期求的对象。岳小姐,你已经丧失了一个,千万别再丧失第二个。"

政芬站起来,用手理一下头发。

"我要告辞了,我的头有点昏。"

"是不是冷气的关系。"光正问。

"我送她回去,"淑敏说,"她来的时候便不舒服。"

"一定是我刚才说的话不对劲。"振纲说。

"哪里,"政芬说,"改天我打算请你多讲一点呢。"

"我不能送了,我在这里等白蓉,她是玛丽厅最漂亮的歌女。"

"有什么罗曼史吗?"光正说。

"除了对我的太太,什么女人我都不放在心上,我等白蓉是为了帮一个朋友的忙。"

"是陆元康吗?"政芬忍不住说。

"那就对了,"振纲沉吟着说,"岳小姐,你怎么知道?白蓉的父母拼了老命在反对,白蓉除了登台便关在家里,就是登台也由两位老人轮流护送,元康没有法子见她。现在由我来传信,我是一个所谓肯花钱的大爷,老家伙不敢得罪我的,我到后台和她一握手,信便递给她了。"

政芬向前倾了一下身子。

"她父母为什么反对?"

"钱,"振纲说,"如果我开口说娶白蓉做姨太太,老家伙会高兴得发疯。"

政芬吸了一口气,和淑敏一同向振纲告辞。走到街口的时候,听见身后玛丽厅里传出一阵暴雨般的掌声,音乐也高起来了,知道白蓉姐妹已经上场。光正站在二人的身旁,招呼一辆好容易盼到的街车。

"今天陈先生讲的,你不会介意吧,"光正对政芬说,"他是一个倜傥不群的人,我是因为捐赠精神病院和他见过一面,他是强生工程公司的老板,他恐怕还不知道他已得罪了你。"

"他没有得罪我。"

"丁秀云知道他在背后骂她,"淑敏说,"会恨死他的。"

"陈先生说过,她不会恨他,她恨他没有一点好处。"

街车来了,淑敏和政芬坐上去,光正挥着手,等两人走远了之后,他才想起他应该再叮咛一下美华的事,于是心情立刻沉重起来,看了一会对面商店门前的浅绿色霓虹灯,若有所失地向宿舍走去。

七

四天之后，那一天正是海大上课前最后的一个星期日。从早上开始，天气便不十分好，太阳在东方滚滚的浓雾里艰苦地挣扎，眼看着挣扎出几缕光辉，却霎时又被吞没了，所有呈现着蔚蓝颜色的天际，逐渐地都被吞进翻腾澎湃的黑魆魆的云海中。有的云翳还很稀薄，淡淡地泛着鱼肚子那种银灰色的光泽，有的则仿佛刚从墨汁缸里捞了出来，好像立刻就要降下倾盆大雨，这对自七月以来便未落过雨的维克市郊的农家来说，是一个吉兆。年轻的一代，尤其是那些正在学校求学的学生，对天气从不忧虑，一连几个月的酷热，甚至可以说是最受欢迎的了，那不但能够天天游泳，而且还可以做任何消遣。在他们脑筋中，最好是永远晴下去，直到万不得已降雨的时候，也最好放在深夜，才不会发生扫兴的事。

政芬早早就醒了来，她听到王嫂在走廊上走动着，呼唤"某某小姐外找"。在过去，她习惯于自己的名字被喊出来，也从没有失望过，而且也太习惯于一个男子在星期天一定伫立在传达室翘首企盼的那种生活了。她的自尊使她并不十分热心怀念那些过去，但她却不愿在热闹哄哄的当儿自己孤单地走出去。这时候房间里很静，淑敏昨天晚上住在家里，她们约定今天去看美华，是政芬坚持着十点钟以后动身,她要避开那青年男女成双成对的浪潮。美华的床仍然空着,那阴暗的床板和阴暗的天气相辉映,政芬想到,如果她们失败,下星期便要有一个新的面孔出现在床头了。其他床位上也都没有人影,只有吴芸在临走时到政芬帐子前看她醒了没有,并问了一声为什么还不起来。看她闭着眼睛,似乎睡得正酣,才退了出去。兰芳和贞贞简直连被子都来不及叠,王嫂呼唤她们的声音还没有落地,便跳跃着奔出去了。这一切,政芬都听得十分清楚,而且在微张着的睫毛中也看出她们行动的轮廓。虽然她的年纪还轻,距离看破红尘的程度要遥远得很,但那与生俱来的宗教情感,使她进入另一个境界。人世无常,若干年后,躺在自己床上的将是另外一个女孩子,而若干年前,躺在这个床上的那位女孩子哪里去了呢?是老?是死?是庸庸碌碌地活着?

走廊很快便归于沉寂,政芬判断,要赴约会的都赴约会去了,留下来的人所发出的脚步声和说话声,像空谷中微粒一样的寞落。她幻想着她真的已经葬身空谷,落花把她埋葬起来,过去她希望的是羽化登仙的新娘礼服,和来自她所熟悉的人的口中一致的赞美,现在她却希望全世界最好都被丑恶的火焰烧毁,一直到大家都化为灰烬。

政芬的一切意念都建筑在防御思念周世信的堤岸上,但几乎是一刻儿工夫,她从至高的诗一样的境界中跌下来,把堤岸撞坏了,世信的整个身子塞到脑海里,而且塞得如此紧,把其他所有的思绪都排斥出去。她又想到了他,越是故意拒抗他,他闯进来的冲力越是难挡,他像扑向灯火的飞蛾一样,愤怒地展开翅膀。李士淳对她的干扰,使得她一度恨不得要撕裂他,她记起她那时恚恨地喊出那句她最得意的话,"他既然爱我,为什么不做出叫我快乐的事——他如果不再继续爱我,便是爱我,我便快乐了!"如今她的心房被这句话捣得粉碎。很多快意一时的话,时移境迁,会把自己灵魂都毁灭了的。她揣测世信会记得这句话的,他曾表示把它写在玻璃板下面,作为一种专门用来摆脱恋人的名言。那么,政芬想,他一定用这句话来对付我了。

政芬在闭着眼睛的幻境中,她唯一的盼望是一切都是一个梦,一个她一睁开眼便看见世信微笑着端坐在床头的梦,她将流着泪向他倾诉她梦见了什么。啊,不,她不能向他说她梦见他遗弃她,但她要好好地抚摸着自己的手臂,甚至捏一下,使那轻微的疼痛来证明自己确实已回到真实的生命中来。她将勇敢地去细细回味梦中的噩运,天底下任何事都不能比清醒时回味噩梦更幸福的了,那些历历如绘的凶恶面目竟比自己所希望的还要更彻底地被消灭,还去求别的什么享受呢?

政芬自己都奇怪自己没有哭,于是她想到使自己忍受得住的方法,那就是,她必须不断地设想着种种复仇的可能,她一时想不到其他的方法,但她热烈地构想出世信的可怜面容。他跪在她脚前,她轻蔑地向他笑了笑,不说一语,连哼一声都没有,挽着另一个英俊男人走开了。啊,那英俊的男人是谁呢?她不知道,但无论在容貌、身体、学识上，或是在品德、前程上，都比世信高出一百倍或一千倍。我永不宽恕他，政芬想，但她接着又悄悄地悲哀起来，李家没有一个是好东西的，李悦华竟像娼妓一样把世信抓去，而世信却是促使她哥哥疯癫的罪魁。

"这世界上根本没有周世信该多好。"

政芬蓦然一惊，她的眼光首先停顿在帐顶上，接着穿过窗子，盯着走廊边上不知道是谁晒在那里的一双玻璃丝袜。她似乎听到自己心头的呼喊，但她不知道她到底喊出声音没有。现在她开始懊丧，不是懊丧她不该为了世信抛弃士淳，假使没有世信的介入，她和士淳不仍是标准的一对吗？而是懊丧她自己怎么有这种想法——只有自己承认错了的人才会悔悟。到码头上去接士淳的时候，政芬还很坚强，那是当然的，因为她一直占着优势，一个占着优势的人，心里是可以装下很多东西的，现在，她却衰弱得很了。

政芬下床后便跑到盥洗室，对失恋的人而言，唯一可以防止神经错乱的药方，只有一个，就是不去思量。几个月来她镇静如恒，完全靠着她只去思索别的事情，甚至要跳到武侠小说里，把自己安排成一个可以口吐飞剑的女侠，吐出的飞剑专杀像世信那样负义的男人。至于自己对士淳那样，是不会有问题的，因为士淳是太不对了。

"我要快一点，天已不早了。"

表针指着十点二十分，她以为她是最后一个洗脸，却看见刘蕙正在那里使劲地搓着内衣。

"这一次我猜得非常之准了,"刘蕙向她叫,"你和周世信约会的时间是九点五十分整。"

政芬没有意义地笑了笑。

"你一定要告诉我猜得对不对。"

"小刘,你成了仙吗?"

"没有,但我有观察,也有根据。"

政芬扭开水龙头,水注在盆子里咆哮。

"要不要我告诉你?"刘蕙说。

政芬做一个肯定的表示。

"是丁秀云讲的,"刘蕙说,"她说女孩子总是故意叫臭男人多等半个小时。"

政芬避开这个问题,但她知道她必须表现得很轻松愉快。

"我看你星期天总在宿舍。"政芬说。

"我从不单独赴男人的约会。"刘蕙说。

"告诉我你男朋友的名字?"

"我没有男朋友。"

政芬的耳朵很润滑地接纳了这句话,对刘蕙的戒备和对任何有男朋友的人那种隐约的嫉妒消失了,她亲切地望着她:

"为什么呢?"

"我和你们不同,"刘蕙一面搓着肥皂,一面说,"我的家境比你们穷得多,所以我对事情的看法和你们多少相异。"

"即令你说的穷是真的,那也并不妨碍你恋爱,小刘。"

"但却妨碍学业。"

"想不到你还有严肃的一面,你看起来只不过是一个调皮的小鬼。"

"那就冤枉人了,我和我妈妈的意见是一致的。"

"你妈妈和你谈过这些问题吗?"

"是的。"

政芬用羡慕的眼光看着刘蕙,一个女孩子最密切的人就是母亲,失去母亲支持的女孩子比失去父亲支持的男孩子要悲惨得多。政芬的母亲对女儿充满了爱,但除了爱以外没有别的任何东西,她曾试探着倾诉过她和士淳间的纠纷,母亲给她的不是开导,不是安慰,也不是帮她决定主意,而是女儿永远听不进去的埋怨和诉苦,以及对她远在美国的表哥中权的种种宣扬。从那次之后,她再不和母亲谈什么了,她只凭借着自己的智能和还没有十分成熟的感情去决定实行。

"你妈妈怎么说法?"

"我们同学都以为比自己大五岁以上的男子就已很老了,我妈妈却不是这样的,她主张不应该在年轻人圈子里去找,她以为丈夫应该比妻子长十岁,十五岁,甚至二十岁。"

"那不叫嫁丈夫,那叫嫁爸爸了。"

"这正是一般人的看法。"

"那是什么道理?我想她不是老糊涂了吧。"

"我想我妈妈比任何人的妈妈都年轻，"刘蕙说，"她才四十三岁，比有些年纪大的同学都漂亮呢。"

政芬从刘蕙娇憨的眼睛里看出崇拜和骄傲的闪光，她惭愧自己对母亲的感情不够分量。

"妈妈认为，"刘蕙继续说，"年纪大的人经济比较稳定……"

"有人会指责你拜金主义的，小刘。"

"错了，除了经济比较稳定之外，情绪也比较稳定，喜恶也比较稳定。妈妈说，嫁给一个二十五岁以下的丈夫，简直跟嫁给沙滩一样，嫁给从没有恋爱过的人也和嫁给一个从不知稼穑艰难的纨绔子弟一样。我妈妈并不反对纯洁的年轻人，而只是说，纯洁的年轻人不一定比有过罪恶的年纪大的人更好。很多人是这样的，年轻时像一个圣人，用显微镜都看不出毛病来，可是，到了年纪稍大，碰到罪恶便跌进去了。所以我得等毕业之后再说，我看你们的恋爱有时候神圣得和儿戏差不多，真恨不得用照相机把你们一个个的神态照下来。告诉我，你的男朋友怎么啦，听说有点动摇的消息。"

政芬笑了笑，漱洗完毕，把漱口杯归还到盆子里。

"你们母女很怪，小刘，听你的理论，好像是一个离经叛道的危险分子。不管那些吧，我问你，那一天陆光正请客，妖姬接你你不肯去，又是根据的什么理论呢？"

"该死的老丁，"刘蕙把满沾着泡沫的两只玉石一样的手挥动着，"她穿了衣服悄悄地溜出去，我第二天才知道她恐怕我去碍她的事,才临时改变主意。"

政芬到了淑敏家里,已超过她们约定的时间。在天下的女人,包括年纪大的老太婆和年纪轻的女孩子,对时间观念都有点不太清楚。所以,当政芬进门之后,淑敏才刚刚打扮完毕,两个人嘀咕了一会,淑敏便一桩桩一件件地把她父亲对她说的话转告给政芬,政芬口中承应着。等她们刚拿起皮包要走的时候,淑敏的父亲把她们唤住。

"岳小姐,"老人说,"淑敏把我的话告诉你了没有?"

"告诉我了,我们一定听话的,老伯。"

"爸爸真是奇怪,"淑敏抗议说,"还要亲自考察一番,其实我向她什么都没有讲,只讲了一句:等爸爸问你把他的话告诉了你没有时,你就回答:'告诉我了,我们一定听话的。'嘿!"

老人对被他宠坏了的女儿笑了笑,但又郑重地阻止她们匆忙就道。

"坐一会,"他说,"我是怕你们两个黄毛丫头心直口快的有什么说什么,尤其是去别人的家里,面临着人生中最复杂的难题,一切都要谨慎,不要一番好心被当作恶意。你们要特别小心,因为连世界上最伟大的哲人都不能个别地解决问题,他们只会原则性地呐喊呐喊。"

"老伯,你的意思是不叫我们管?"

"当然不,你们管是对的,但千万不要去下手解决,好比说,千万不要劝赵美英和丈夫离婚,也千万不要劝赵美华去南华银行找那个姓武的家伙大哭大闹。"

"爸爸把我们说成什么啦,"淑敏叫道,"我们去只是邀赵美华上学。"

"那我就放心了,但我怕你们的话题会离不开她的爱情烦恼。我再说一句,一个人在恋爱,尤其是在失恋的时候,是一生中最愚蠢的时候,二加二等于五都会深信不疑的,所以你们千万别乱出主张,只图一时的快意,闹得遗恨终身。即令她自己有什么这一类主张,也应该劝她最好不要去做——你想,一个愚蠢的人会有什么智能?"

"再见,爸爸,"淑敏说,"全部是老生常谈。"

"凡是老生常谈的都是真理,否则老生怎么能常谈下去。"

两个人没有听完便跳出了大门,老人望着女儿和女儿同学亭亭玉立的背影,不由想到钱文达,他是老人最喜欢的学生,所以老人特别关心他。治疗失恋的药只有死,或是另外一张美丽而又热情的脸,再不然便是疯狂了,但大多数却都是被时间医治好的,老人希望钱文达也会如此。

从维克市到辉城要坐一个小时的火车,但政芬淑敏却是坐汽车去的,汽车班次最多,每十分钟便开出一辆,用不着久候。汽车站就在弓泊公园的对面,在夹道的柳荫尽头,可以望见因映着阳光而闪烁着五彩颜色的一片喷泉。游人们从旋转大门那里走进去,马上分别消失在公园的广大绿丛中去了。政芬淑敏没有心情去欣赏景致,只在公园门前嘈杂的果瓜摊上买了一篓香蕉菠萝之类的水果，便上了汽车。

一路上两人都没有谈什么，政芬本来就比较沉默，淑敏试探着说了两句，也自动停住。一直到了辉城，她们才恢复讲话，淑敏虽然来过美华家一次，但她只依稀地记得大门的模样，女孩子们做事似乎永远不肯把握数目字，她宁靠那依稀的记忆而不肯用点心思去记住街巷门牌号码，幸亏她们没有找好久便找到了。美华和她的姐姐刚从外面散步回来，发现她们在东探西问，惊喜地向她们叫喊，经过一阵手拉着手不放的欢迎，由美华带路，领她们到家。政芬一直在注意美华的姐姐美英，美英那始终没有转动过一下的眼珠使她暗暗吃了一惊，这种眼神仿佛在什么地方见过，如果不是在什么庙宇里，便是在别的什么地方。那垂直的目光停留在自己身上，像刀穿过她前胸似的，她感觉到一股同病相怜的悲痛，恨不得也立刻失去知觉。

到美华家里，赵老太太正和一个瘦削的中年人在客厅坐着。经过一阵寒暄，政芬知道这位客人便是林大夫，不由得多看了一下，然后用手推了一下淑敏。淑敏茫然地不知道政芬指的是什么，只瞪了瞪她，林大夫却没有特别注意她们两位，只亲切地握着美英的手。

"赵小姐，"他说，"你一天比一天漂亮了。"

美英木偶似的站在门口。

"孩子，"老太太怜惜说，"回答林伯伯呀。"

"我要回家。"美英说。

"我送你回家，"林大夫说，"去把口红擦起来，我当你的保镖，谁敢碰你一下，我就揍他。"

"我要脱衣服。"

"孩子！"做母亲的叫。

"脱吧，赵小姐，"林大夫说，"我用天鹅绒织成的杏黄被子把你包起来，献给张之祥——常叔平——刘耀——武兴纲——文克金——"

林大夫严密地注视着他的病人。

"再不然我把你献给——王约翰——赵清吉——赵文章——郑幼江——"

"不要提郑幼江！"美英尖叫道。

"我偏要提郑幼江，他是个好人。"

"闭嘴，"美英陡地向林大夫走过去，政芬看见她那痴呆的眼睛冒出火光，她在林大夫面前站住，冷笑道，"郑幼江是坏蛋，流氓，地痞，狼心狗肺的东西，他会被汽车轧死的，轧成一团泥。"

"他不会被轧死的。"

"他会被轧死的。"

"他一直到今天都活得很好，我和他是老朋友。三个月前我在弓山维大的夏日舞会上看到他，你知道，他对于跳舞，对了，他对于跳舞是——你看，那一天，跳舞的时候，他对于跳舞……"

"他最喜欢跳舞。"

"可是他那一天却不肯跳,他告诉我一件他的往事。那是好几年之前,他认识一个漂亮的女孩子,他们相爱很深,经常一块游泳,一块婆娑起舞。但是,他对我说,他对不起她,他说,'林伯伯,是我不好,我先疏远她的,我没有别的希望,只希望我能再看到她。她虽然已结了婚,但我还是爱她。'所以,赵小姐,由这一点看,他是一个好人,我正在为他访查那位小姐的住址呢。啊,我真老糊涂了,他只告诉我那小姐姓赵,却不肯告诉我名字,我会再找他谈谈的。"

美英不声不响地向后面自己房间走去。

"孩子!"老太太唤她,林大夫使过眼色,老太太才没有加以阻止。美华追上去扶住她的姐姐,政芬和淑敏自然也跟在后边,美英很疲惫地躺在床上,像一个受了委屈的小孩子似的把脸朝着墙壁。淑敏顺手扭开电扇,美华招招手,拉着她们走到甬道那里,把耳朵贴到窗子上。政芬淑敏受到暗示,也忘掉自己是客人的身份而照做了,她们首先听到的是赵老太太的叹息,接着便是林大夫的声音:

"老太太,我的工作已向前更进了一步,令嫒显然一直把她的第一个恋人埋在心中。"

"我们当初把朱永藩介绍给她时,她并没有反对,一直都是高高兴兴的。"

"这是少女们的典型心理,"林大夫说,"不要以为女儿必须闹得脱离家庭才算反对,她可能向你表示过她不肯结婚,那就够了。要知道,非有绝大的勇气和在绝大的鼓励下,女儿轻易不反抗母亲的,做母亲的只要鼻涕一把泪一把地痛哭一顿,女儿便屈服了——付出的代价是一生幸福。我相信你当初不会重视她的反对,因为你和赵先生自信你们是爱女儿的,你们的选择要比年轻人自己摸索可靠得多。"

老太太不做声。

"而且,"林大夫说,"一个少女,满脑筋都是根据童话书,或是根据自己一厢情愿的想法而编织五光灿烂的婚姻前程,把许多不可能同时兼备的条件一齐集中到她幻觉中那个男人的身上,那男人通常都是:年轻,有钱,长得很帅,社会地位很高,有很多人围绕在他的身旁向他献媚,性情温柔,但在恰当的时候又会暴烈起来,那就是说,既安全而又够刺激。他对她更有专一爱情,不仅仅有专一的爱情,而且懂得如何去表达这专一的爱情。反正是条件太多了,假使那男人一方面是万众景仰的科学家、文学家,一方面又是个身率百万雄师的大将军,或者有胆量和老虎搏斗,那就更好了。任何一个少女在婚后总多多少少有点失望的,只不过有些人永远压在心中不露出来,有些人的反应很轻微,过些时也就算了。"

"那么,美英呢?"

"客观看起来,她和朱永藩先生是理想的一对,我虽然不认识朱先生，但我可推测他是一个比较喜欢静，而在闺房中没有什么风趣的人。我也不认识郑幼江，不过我想，令嫒和郑幼江在一起要比和朱永藩在一起愉快得多了。这是爱情，没有办法写在纸上或用计算尺衡量的。普通情形下，老年人都把自己年轻时候所发生的事忘掉，或是率性地认为那简直是荒唐绝伦。因为人一开始进入老境，他脑筋里第一个想到的便只有钱，认为爱情不过是一句废话罢了。我在这里不评论爱情到底是不是废话，而是说，爱情竟能引出像美英这样的悲剧，做父母的如果仍然硬不重视它，甚至有些看起来很有学识很有见解的父母，竟会把儿女当成奴隶，如果不按照老人的意旨去和某人结婚，他们便迫害自己的儿女，那便更应检讨了。"

"我们没有迫害她，"赵老太太抽噎说，"是她自己愿意的。"

"女儿们最容易听母亲引导，赵太太，你和赵先生都没有错，我只是向你说明那种现象而已。同时我也要提出，美英对郑幼江仍在怀恋，这种怀恋，依我初步的推测，并不是仍深爱着他的人，而可能是仍憧憬着他的那股劲，也就是说，朱永藩在她心头上留的那一块多少年都折叠在那里的皱纹，有赖郑幼江那种缠绵的刺激把它烫平。我敢打赌，朱永藩起码在婚姻生活上是一个平淡无味的人。"

赵老太太又叹一口气。

"这是慢性的精神忧郁症，潜意识中压制着一种不应该表示不满的悲愤情绪，长久之后，便成为绝望和暴怒，可能使那压制的力量麻痹,而发生令嫒这种精神分裂的现象。我想,她的治疗当然靠药物,但也靠心理。"

"我们应该怎么办?"

"最好是找到郑幼江和我们合作。"

赵老太太沉吟起来。

"赵先生反对吗?"

"他再也不会管了,但我怕对不起永藩,他是一个好女婿。"

"但他不是一个好丈夫,坏就坏在这种观念上,这就是你们不疯而你们女儿疯的缘故了。"

赵老太太含糊地咳嗽着。

"况且我的意思不是把郑幼江当成女婿,让令嫒再嫁给他。而是把他当作药品,让他活在她的身旁,先使她逐渐恢复神志。"

稍微停了片刻。

"记得元好问的《雁丘词》吧,"林大夫继续说,"'问世间情是何物,直教生死相许?'真正的爱情,在人的一生中顶多只有一次,甚至一次也没有,爱情和结婚无关,有些人结到第五次第六次婚才尝到爱情的滋味,有些人没有结婚,便享受到了。而且是越到老境,那真爱情便越显现得清楚,这是人生的恨事,人们却常常陷于这种恨事。"

客厅里好久没有声音,林大夫喝着茶,赵老太太闭着眼睛,泪珠像崩裂了的珍珠一样落下来。三个悄悄地把耳朵贴到窗子上的女孩子互相看了一下,交换了眼色,轻轻地离开甬道,退回房间。美英仍是最初那个姿势躺在那里,手臂上的汗珠像雨点一样淌着,政芬和淑敏坐在藤椅上,美华打开电扇,又为她们端上冷开水,不安地说:

"我看见我母亲哭了。"

"老人家自然为女儿伤心。"

"有点不对,"美华思索说,"我母亲一向难过时都要哭出声音的,刚才我在纱窗上看她只在默默流泪,她不是一个不坚强的人,可能因为别的什么。"

美华的大眼睛嵌在她焦黄的面颊上,像两盏时至半夜的油灯嵌在神龛里一样,微弱地闪动着,她似乎被自己的情绪抓住了,眉梢上的阴影和她那不安宁的手指,简直跟她的姐姐在外形上不差分毫。淑敏担心她也会猛地跳起来,向她们满口胡言,她希望政芬赶快开口说明来意,政芬却呆在一旁不响,她焦虑地搓着满是汗液的手。

"你为什么不去注册?"

淑敏说了这句话便恨自己没有口才,原来她决心要把话说得婉转一点,但既然一下子脱口而出,便也仿佛完成了一种突击任务似的,十分轻松。

"我想休学。"美华回答。

"为什么?"淑敏追问。

美华双手抱着后脑,半仰着脸注视着天花板,木然地笑了笑,淑敏等了半天没有反应,就又追问了一句。

"不谈这个好不好?"美华躲避地说。

淑敏向政芬逼了一眼,政芬只好接口道:

"我们来找你就是谈这个的。"

美华摇摇头。

"美华,"淑敏走过去,在她身旁坐下,把她那雪白的手举起来握住,"不要把困难闷在心里,应该说出来,让好朋友帮你解决。这个暑假变化真是太大了,我知道你的痛苦,我父亲常和我谈到你,他说你是一个内向性格极严重的女孩子,甚至严重得有点孤僻,遇到不如意的事会消化不了的。你姐姐也是那样,她假使能有别的方法排遣她的忧郁,她不会成这个样子的。美华,我知道你,让我告诉你。"

"不要谈了,淑敏。"

"我父亲早就料到你会这样讲的,他真是活神仙。我告诉你两件事,第一件是美英可以进医院去了,我父亲前天去市政府开会时,市长告诉他最近有一个华侨巨商捐了一大笔款子给精神病院,可以接受免费的病人,给予特别治疗,如果病症疑难的话,还可以送出国外诊治。我父亲一时想起你姐姐来,便把她的名字开给市长,我想顶多三五天,医院会来通知的,这对于你们家人心灵上和经济上,都会减轻不少负担,你一个人在家又有什么好闲下去的呢……"

"你这条项链真漂亮,什么地方买的?"美华问政芬说。

"一个亲戚上个月才从美国寄来。"

"别往别的地方拉。"淑敏说。

忽然美英坐起来,起初是把她那完全被汗水湿透了的脊背对着她们,慢慢地转过身子,衣服从乳房那里解开了。美华上去为她结住,但那赤红一片的痱子仍被两人看到,政芬就在梳妆台上捡起扑粉送过去,美华用手示意她并不需要。

"她不肯洗澡,"美华说,"粉擦到她身上像和泥一样。"

"谁在和泥?"美英问。

"你一定要去注册,"淑敏说,"你要是不自己努力,就是今天你死了,连一声叹息都换不到,我父亲说……"

"你们不去游泳吗?"美英说。

"我父亲叫我告诉你,恨有时候比爱还能使人坚强,一个人要是被恨毁灭,那才是懦夫。"

"我们常去箭潭,"美英说,"箭潭比弓山好得多,弓山不能划船的,它没有水。"

"美华,你不是可怜虫吧。"

"嗨!"美英无缘无故地尖叫了一声。

"政芬还没有讲话呢。"美华说。

"妈去南天寺怎么还没有回来?"美英说。

"她没有去。"政芬插嘴。

"她去了。那个老和尚摸着我的头,他还哭了呢,我看他一定不是好东西,说不定他会吃人,吃人的人常常都是看起来非常慈善的。"

淑敏和政芬惊讶地瞪大了眼。

"这是前两个月的事了，"美华解释道，"我母亲带姐姐去南天寺拜佛，后来她的病反而更重，怎么今天忽然明白起来。"

"有人不是要叫郑幼江来吗？"美英说。

"你不要讲话了。"美华喊。

"他住在怡保路二段一百四十一巷十九号之一。"

"你要休息了。"

"我不会叫你们丢人的，我再苦，只是说说。你想，我和他生气，我能去找他吗？"

"睡下去。"美华推她。

外边有喧哗的声音，赵老先生带着两个外孙从礼拜堂回来了，那个五岁的老大飞也似的跑到妈妈跟前，他对妈妈那种奇怪的态度和奇怪的表情是看惯了，只靠在妈妈膝上用两只大眼睛骨碌碌地观察客人。弟弟早在门口高声喊叫着控告哥哥打他，把他推到地上。疯妈妈似乎只有在自己亲生儿女面前才正常一点，她用手擦去老大的鼻涕，走到门口把早已被政芬拉起来的弟弟，抱到怀里。

客厅传来赵先生中午留客的声音，淑敏和政芬本来计划要赶回维克市吃小馆子的，现在也被美华留下。

在回维克市的汽车上，因星期天乘客特别拥挤的缘故，淑敏和政芬没有能够坐在一起，她们被人潮冲散，好容易两人找到前后座位。淑敏在前,政芬在后,天气本来燥热,车厢里更像一个可怕的烤炉,比来的时候使人难耐得多了。她们起初沉默着,但仍是淑敏忍不住先开口,这一次圆满地完成任务,使她对自己的才干重新估价,自然高兴非凡,她扭回身子,对着不断擦汗的政芬皱起眉头。

"糟,"她说,"方仲音会去家里找我,看我不在,一定要多心起来。"

"他不是一个糊涂人。"

"这一趟,你的印象怎么样?"淑敏满意地笑了笑,她问。

"美华还是有福的。"

"福在哪里?"

政芬没有回答,她好像没有听见。

"你是不是指的是,"淑敏说,"一个本不值得爱的男人刚刚离开,另一个更完美更爱她的男人立刻补充上来。"

政芬不安地向她的四周张望。

"没有人注意我们。"淑敏保证说。

果然没有人注意她们。车上一半以上是妇女,而妇女最大的特征便是很少使用听觉,整个车子被她们的谈笑声,孩子们的哭叫声,和车轮的隆隆声淹没了。淑敏政芬又幸运地靠着窗子,唯一有被听去危险的是政芬的邻座一位老太婆,但车子一开动她便睡了,满是枯干白发的头无力地悬在胸前,政芬一直担心她会撞到前座的椅背上。

"其实你忘记你也是有福的了,"淑敏说,"一个人为你陷于疯狂,听林大夫刚才吃饭时谈的话吗?他从'君山号'一下船我便认识他,幸亏他不认识我们,不然的话,我们会窘死了。他举出李士淳的病例,说他有痊愈的希望,只要他心目中的那个女孩子能回到他的身畔。政芬,我真想当时便说出你就是那个女孩子。"

"不要谈了,你的腰不酸吗?"

"真的,假如真的照林大夫所讲的,你考虑不考虑?"

"不要谈了,淑敏。"

政芬把淑敏的身子推正,她现在与其说急需要安静,毋宁说急需要思量。在美华家午饭时,林大夫自然是上宾,席间,林大夫顺口提出士淳,淑敏在桌子底下捏了政芬一下,政芬立刻不能下咽,但她却没有离去。林大夫把士淳的情形向赵家老夫妇介绍,政芬担心他会把"那个女孩子"说得不值一钱,但是他没有,一个凡事都观察两面和探索隐情的人,绝不会用恶毒的字眼去肯定一个人的。政芬在暗中感激他。林大夫讲得很多,但政芬却只记得在她看来最重要的一段,那就是,美英和士淳都是有救的。她看一下桌上每一个人的面孔,似乎没有几个有真正的快乐,不是为自己忧愁,便是为他人忧愁。美英有时候悄悄走过来,林大夫便像老朋友一样和她招呼,她也点点头,站一会又走了,嘴里哼着谁也不知道是什么调门的曲子。看起来她倒像是最快乐的了,政芬胸中像被一个什么东西塞着,只希望那顿饭马上结束。

"你是不是有这种感觉?"淑敏二度转身说,"赵家很紊乱,气氛也很凄凉。"

"唔。"政芬思绪被打断了。

"你猜那个捐款的华侨是谁?"

"连三岁的孩子都知道。"

"真不可思议,美华不上学只是为了心情不好。"

"我也是这么想,"政芬叹口气说,"不但读书没有什么意思,整个人生又有什么意思呢?"

"又伤感了,你没有听林大夫的话吗?爱情是一个里面有扣的结,只有自己去解才能解开。政芬,我忽然想替你出点主意了……"

"淑敏,求求你不要谈这些。"

世界上有很多事是可以把别人的经验当作自己经验的,唯有失恋的经验,再大智能的人都不能吸取。没有失恋过的人永远不会知道那痛苦是如何可怕,它可以使人比在恋爱高潮时,更没有理智,更为疯狂,和更自暴自弃。美华被她们说服了,答应明天便去注册,但只有政芬知道发生作用的还是陆光正的爱——她们把他对她的倾慕以及捐款的事一件一件告诉了她。

回到维克市,一下车,淑敏便提议吃冰,车上的热度把嗓子都要烤焦,她们就在附近一家冷饮店坐下,要了两杯冰咖啡,慢慢地喝着,电扇从侧面吹来,顿时凉爽不少。

"我们现在就应该打个电话给陆光正，"淑敏说，"对于好消息，应该传递得越快越好。"

"你有他的电话号码？"

"有的，他第一次就写了给我。"

"公园门口就有电话亭。"

"我去一下就来。"

"你有铜板吗？"

"我到亭子那里再换。可是奇了，你看，好像出了什么事，一个人拿着手铐在追赶什么？"

公园门口本来游人如织，而现在却像被掘翻了巢穴的土拨鼠一样，乱成一团，显然发生什么事情了。人群跟着一个拿手铐的人拼命向公园挤去，那用来阻挡车辆的旋转铁门，已无法适应那些争先恐后的群众，有人索性从冬青树做的短墙上跳过去，一种比平常要大两倍的嗡嗡的人声，在纷纷谈论着，她们隔着窗子，隐约地听到在追捕逃犯。

"我们也去看看。"淑敏试探说。

"小心那逃犯碰上你。"

"那么多的人，我们怕什么？"

"我们会热死的。"

"对了，"淑敏说，"我们看了捉犯人，就去荷花池休息，那是个好地方，游人又少，我们就在垂杨底下席地而坐，慢慢地吃橘子水。"

政芬只好同意。

"我们最好站得远远的。"她说。

两人走到公园门口,立刻被人潮汹涌地推进公园,当大家聚集在门口的时候,看起来好像万头攒动,可是一旦挤进了公园,却像河中沙粒涌进大海一样稀稀落落了。她们顺着大家移动的方向,横着草地走过去,希望看个明白。一直走到荷花池那里,政芬抢快几步在一条临池的长石椅上索然地坐下来,自己都听见自己心跳的声音。

可是,就在她要开口告诉淑敏,她们简直和一些游手好闲的太保太妹没有分别了,她们同时发现大家追寻的那个逃犯——就在距她们不远的地方,也是一张长石椅上,坐着一个头发又长又乱,面庞瘦削得像一个快要熔化了的蜡人,穿着看起来和花衬衫已没有什么分别的白衬衫。虽然天气已热到九十度,但衬衫的长袖仍紧紧地扣在腕端,那条脚管已破了一半、膝头也快磨透了的裤子,松懈地系在腰际,皮鞋上的灰尘很厚,而且不时地像音乐家打拍子似的敲着地面上的石子,他正在看着一份当天的报纸。拿手铐的那人既然已经确定他们的目的物正确无讹,便一直走过来,手铐还发着叮当的响声。他的姿态很有精神,更因戴着黑眼镜的缘故,谁也看不出他脸上的表情,身后紧跟着两个臂膀上肌肉显著隆起来的壮汉,他们在瘦子面前站住。

"喂!"戴墨镜的人喊。

"你看,"淑敏轻声说,"他终于抓到那逃犯了。"

"逃犯吗?"

"当然。"

"喂!"戴墨镜的人说。

瘦子扬起脸,至少有二十天没有剃过的胡子蓬草般地堆在下颚,他把报纸平放到膝盖上,不耐烦地注视着前面的三个陌生人。

"我们终于找到你了,"戴墨镜的人玩弄着手铐说,"快跟我走,你不会想到我们会回头再找吧,我们是老朋友,乖乖地跟我走吧。"

那瘦子轻蔑地笑一笑。

"看他的样子就不像是好东西,"淑敏说,"说不定是杀人的凶手。"

"他要发脾气了。"

那瘦子果然在一笑以后,怒目地瞪着他的对手,戴墨镜的人已上前一步抓他的手臂。

"你们是干什么的?为什么对人竟这种态度?"瘦子推开他,冷冷地说。

"你真是不可理喻了吗?"戴墨镜的喝道。

两个壮汉这时闪到前面,一人抓住一只手臂,但他们仍打算说服他。

"朋友,"其中一个婉转地说,"我们知道你想来公园散散心,老是守着一间房子有什么意思呢,可是,散散心总不能没有个完。快跟我们走吧,朋友,明天我一定陪你再来,以后我们天天都要来。刚才有电话通知说,你的女朋友——那位姓,姓,姓什么的小姐呀,最漂亮不过的,她给你送来一大篓水蜜桃,这是你最爱吃的。你不是常常说信件吗,她还给你带来一百封挂号快信。不要发蛮劲,李先生,我讲的话你都听见了吗?"

瘦子这时候才真正地开始大吃一惊,叫了起来:

"我想这里有误会。"

"一点都没有误会。"戴墨镜的人说。

"你们弄错了人。"

"你跳到火炉里化成灰我都认得你的,你要是以为你可以骗我们的话,我们还能干这一行吗?朋友,你总知道我是待你很好的,你每天都要寄信,我不是替你去买邮票吗?你已经三天没有吃饭了,再跑这么半天,真的,安安静静地站起来。"

"这是怎么回事?"淑敏困惑地说。

"让我们看下去。"政芬答。

她们不得不一齐爬到石椅上站起来,踮着脚观望。人们发现了他们追踪的热闹场面就在眼前演出,便迫不及待地把当事人包围起来。任何围成一团而且发着声音的人群都具有像蜂王对群蜂那样的吸引力,被分散在各角落的人都向这里集中了,包围圈逐渐地缩小,到处都是起伏不停的头颅和各样的议论。

忽然间人群向后退去,那瘦子跳起来。

"你们要干什么?"

"你仍是不听劝吗,李先生?"

"我不姓李。"

"那我们只好强制你回去了。"

三个人用老鹰俯冲下来攫获雏鸡的速度,在人们没弄清楚是怎么回事之前,那副发着亮光的手铐已铐到瘦子的手上,那瘦子被这一铐逼得大吼起来,同时浑身也抖起来。

"我们逮捕你,李先生。"戴墨镜的人说。

"逮捕"两字喊得声音很大,分明是理直气壮喊出来的,围着的人群和远远站在石椅上的淑敏政芬,早已判定他们在缉拿凶手,这时不过由当事人加以证实罢了。但那个瘦子却仍不马上屈服,他口吐着白沫,晃动着双肩,以图摆脱挟制他的那两个壮汉的掌握。

"静一点。"戴墨镜的人说。

"我犯了什么罪?"瘦子发狂似的叫。

"安静点,朋友,不要乱喊,没有人杀你的。"

那瘦子虽然和一根脆弱的麻秆那样被握在两个人的手中,但那无端加到他身上的屈辱使他暴怒起来。在观众们惊讶地呐喊了一声以后,他已从两人的掌握中挣脱,举起带着手铐的手,冲到戴墨镜的人面前,泰山压顶般地砸去。戴墨镜的人对他的突袭似乎丝毫不感到惊异,他只仅稍微侧一下身子,双手接住打下来的拳头,肩膀往前一顶,那瘦子已像被击毙的野犬一样,从高空中跌下，跌在他背后。

"带他走。"戴墨镜的说。

这时候，观众中对躺在地上呻吟着的瘦子起了一阵嗡嗡的同情，一个中年人在众人的支持下走到戴墨镜的人跟前。

"先生，你是要逮捕他吗？"

"是的，怎么？"

"你有逮捕状？"

"逮捕状？什么逮捕状？"

"先生，你应该持有法院的逮捕状。"

"我这一辈子从不知道什么是逮捕状。"戴墨镜的人不耐烦起来，一连串不顺利的事情发生和人群的围绕，使他火气上升。但人群立刻被他这种无理的回答激怒了，没有逮捕状而逮捕人，简直是不敢使人相信的暴行，大家像中了原子弹一样震天地喊叫起来，大声向那三个人提出愤怒质询，有几位热心青年更跳到圈子里，握着拳头。

"那三个流氓要挨打了。"站在椅子上的淑敏说。

"原来不是捉拿凶手。"她接着叹了一口气。

人群的喧嚷吼叫招来更多的观众，大家被一种义愤的力量支配着，包围圈越来越小，倒在脚下的瘦子已挣扎着爬起来，两个人再跑上去把他抓住。

"松开他！"人群轰然地喊。

"为什么给他戴手铐！"一个青年人抓住戴墨镜人的领口。三个人显然处于劣势,戴墨镜的知道,面对着已经激动起来的群众,和面对着丢了崽子的母熊一样危险,他惊觉到他只要一句话不恰当便会招来大祸,起码是一顿揍——想到这里,他只好掏出一张卡片。

"你们闹什么,"他说,"有识字的吗?看一看便知道我们为什么要逮捕他。"

"念出来!"有人喊。

"我是维克市精神病院的医师冯鉴全,"他高声说,"我要捉回中午时潜逃出来的疯子,你们听谁讲过医师捉拿疯子还要逮捕状?"

观众中发出"哦——"的一声,像皮球泄气时发出的那种声音一样。那抓住冯医生领口的青年的手软软地垂下来,冯医生悻悻地调整了一下领结,吩咐他的助手。

"我们走吧!"

那瘦子在挟持下继续挣扎。

"我不是疯子。"他申辩。

"凡是疯子都是认为自己是圣人的,没有一个疯子会承认自己是疯子,朋友,你已为我们带来够多的麻烦,该回去了。我不是告诉过你吗,你如果要证明你不是疯子的话,便好好跟我们走。"

"听,政芬。"淑敏说。

"你老是逃跑,"助手中的一个摇撼他,"我警告你,你再逃跑的话我就给你戴上脚镣。"

"我逃跑?"瘦子声嘶力竭地说,"我刚从图书馆出来。"

"对的,我们也到过图书馆。"

"那么,告诉我,我叫什么名字。"

"朋友,你叫李士淳。"

这三个字送入政芬的耳朵,即令是钢矛刺进去,也不致使她更不能承受,她摇摇欲坠地一把抓住淑敏。淑敏大概也听到了,她回顾一下她的老友,老友脸上像晚霞一样的浓红,她怜惜地把她往自己身边拉一下。

"他不是李士淳。"她说。

政芬六神无主地点点头。

果然,那瘦子大笑起来。

"那么,你们错了,"他纵声说,"我叫刘可勤。"

"真的抓错了人!"淑敏说。

"抓错了人?"政芬从梦中惊醒似的失声说,"他们为什么抓李士淳?天啊,他从疯人院逃出来了。"

"他们应该放了他。"淑敏说。

但他们并没有放了他,以冯鉴全为首的三个医师大概是太信赖自己的判断,再加上围得水泄不通的人群的嘈杂声,使他们早已失去耐性,便不由分说地带起他们的俘虏往外走,但那俘虏像鳝鱼一样扭动地挣扎着。

"我叫刘可勤,你们可以调查。"

"用不着调查,"冯医生说,"我说过你化成骨灰我都认识你是谁。"

"救命呀,救命呀!他们把一个好好的人硬当作疯子逮捕。"

这是瘦子发现他已陷于绝望时第一次向观众呼救,但观众报给他的却不是刚才那种热烈的支持,而是一阵震天的嘲笑。经过医生的宣布,他们早已把他确定是疯子了——医生还会有错吗?这纯粹的是一个医学问题,任何人都插不上嘴的。自然也有同情他的,有几个人向医生发话了,但谈的却不是根本问题——不是讨论他到底是不是疯子,谁能批判医生的判断,说他不是疯子呢?他们只站在人道立场,建议把他的手铐取下来。

"有时候,"冯医生用很悲哀的神气答道,"疯子比你我想象中最聪明的人都狡狯,各位由刚才经过的事实,就可看出这份工作的繁重。他是吃过午饭后逃走的,院里派出三个小组追踪,我虽然不是他的主治医师,但我对他有相当印象,他刚才说我抓错了人,岂不是存心开玩笑,他住在莱西街……"

"我住在金鱼街。"

"闭嘴。"一个助手大喝。

"如果去掉手铐,"冯医生继续说,"他发起疯来,制服他便更困难。为了全体市民的安全,我们不得不忍痛出此下策,他曾经在他自己家里把链子和栏杆都弄断过,而且还放火烧过房子,但是幸好他疯病不是常常复发,最近比较安静一些,不然的话我担心我们三个人都无济于事。现在,走吧,朋友,你把我们弄得臭汗淋漓了。"

"真是不允许我说话了吗?"瘦子狼狈地问。

"你可以说,但我们需要一面走一面说。"

"我求你答应我打个电话去叫朋友来保我,我是圣贞女中的教员,一辈子都想不到我会倒楣到这种程度,无缘无故地被人当作疯子看待。"

冯医生和他的助手们大笑了。

"我们只听说过有保犯人,却从没有听说过有保疯子的。走吧,到院里再打电话,你的那位心爱的女朋友在等你等得要自杀。对了,你一向都是听到她的名字就安静下来的,老天,还有你们二位,"他转向他的助手,"帮我想想他的那女朋友的名字,她真的在会客室等你,我敢发誓,她会叫你吻她,我想那个该死的婊子也真她妈的,她只要一星期来看你一次,你也会痊愈起来的。"

"你们真是蛮不讲理地硬逼我走!"

"挟住他。"

那可怜的瘦子再度号叫着和三个平空迫害他的人搏斗,他明知道叫救命没有用,但他仍是高叫着,希望有一个相识的朋友听见前来把他救出魔掌。但他失望了,尾随在他身后的人群回答他的是更多的笑声,他们对自己能有幸看见疯子的奇怪动作感到非常满意。当然不会有奇迹援助他的,假使有人出面援助他,即令仅仅是表示怀疑他不是疯子,他便差不多也成了疯子了。而且还有两三个顽童捡起石子照他身上投掷过来,像投掷动物园里猴子似的互相叫喊威吓着,他简直真正成了疯子了。他佝偻着被冯医生用柔道把他摔伤的脊背,乘两个助手稍微松懈的当儿,挣脱他们,转身狂奔而去。

不过,他并没有跑几步,在人群大声斥呵和阻拦之下,又被助手狠狠抓住。他狂号着声明他不是疯子,要观众同情他,要医生去圣贞女中问一下。在挣扎中,一个助手的衣服被撕开了一条大缝,而那戴着手铐的手又撞到冯医生的面孔上。冯医生躲开之后,决定拿出最后一着了,他掏出用绳子绑成的软棍,熟练地跳到疯子背后,向他脑后敲去。瘦子正在舞动着的四肢突然垂下来,眼睛向上翻了翻,在要倒下去的时候,被助手架起,一直架向停在公园外面的精神病院的救护车上。人们照旧潮水样地跟着,也向那个方向奔去。

于是,公园里突然冷落下来,刚才那一桩打闹像幻景一样在烟雾中消失了。下午的阳光驱开那眼看就要降雨的无边浓云,更酷烈地照到地上,沿着水沟过去的那一带草坪几乎全都枯萎了,蝉声重新震耳地响起,更增加空气中的燥意。淑敏先跳下石椅,伸了一个懒腰,招呼政芬:

"你还呆什么,让我扶你下来。"

政芬觉得两眼还在模糊,汗珠不停下淌,连眉毛都浸透了。一面擦着,一面觉得胸中壅塞着的那块东西更加沉重,也或许是她在后悔她没有挺身而出证明那被抓走的瘦子并不是李士淳,但她知道那不过是其中的一点一滴,她还有更大更广的负担在自己心上,却一时说不出来。

"我们走吧,"淑敏说,"政芬,你沉默得太厉害了,你也会疯的。"

"我希望我疯。"她木然说。

"走吧,"淑敏挽住她的手,"我们本来不应该来看热闹的,谁晓得他们是捉疯子呀。"

两个人沿着荷花池向公园另一端的侧门走去,各自听着发自脚下的吱吱的踏碎焦土时那种响声。

八

就在池畔的柳荫底下，悄悄地坐着一个人，谁也不知道他是什么时候坐在那里的。并排着的两株粗大的柳树，像喷泉一样地喷出万缕枝条，把那人和他坐着的那张石椅笼在里面。他穿着和刚才被逮捕的那瘦子相差不了多少的服装，也是瘦削而长满了胡子的面庞。人声的喧闹没有惊动他，他安闲地靠着椅背，双臂摊开着放在椅臂上，目不转睛地注视着池子。一个比斗笠还大的莲叶上正伏着一只青蛙，对着那只青蛙，那人忽然间哧哧地笑起来了，哧哧的笑声在酷热的空气里震荡着，幽灵一样传播开来，霎时间又沉寂了。

淑敏政芬被那蓦然发出的哧哧的笑声惊住，接着发现那笑声就发在她们身旁，便不知不觉地停下脚来，于是，她们看到了他。他的目光虽然仍停留在那只青蛙上，但他的面貌已分明地呈现出来。

"士淳，你，你在这里！"政芬心窝像中了枪弹一样，痛苦地喊。

那人果然是士淳，和四个月前从"君山号"下来时的样子没有什么分别，只是衣服更褴褛，人也更枯瘦了。他趁着午饭后散步的机会，大摇大摆地顺着草坪旁一条直通后门的水泥小道走出去，他连想都没有想到他是在"逃"，他那变了态的神经细胞只告诉他"走！走"，至于走到哪里，他不知道。巧的是他一出门便遇到一辆停在站上的公共汽车，更巧的是，他没有票也照样在人群中挤了上去。他已记不得搭车是需要票的了，他只记得搭车是一件很有趣的事，下车后——他不得不下车，车已到弓泊公园终站，大家鱼贯着都往车下走，他觉得随着别人动作是没有错的。不过下车之后，他便感到孤独了，人群散尽，再没有一件吸引力很强的行动使他遵从，他最后才坐到荷花池边，一动都不动，他根本不知道有一个倒楣的人被误认为是他而竟叫那理直气壮的冯医师逮捕了去。他一开始就发现蹲在那大荷叶上的青蛙很是面熟，毫无疑义的是在美国读书时见过的。那一年暑假，对了，也是暑假，他在伊利诺城蓝顿街尽头，一只青蛙带着它浑身泥水跳到他崭新的皮鞋上，那时候他正等一班巴士去钻石堡参加夏令会。他狠狠地一脚踢去，青蛙却在他动脚之前跳到草丛里，跳得无影无踪，但是，即令再隔一百年，他也记得它，它现在像一团泥似的伏在那片荷叶上，眼睛斜斜地瞧着他。士淳知道它打的什么主意，它显然第二次引诱他踢它，它好一跳便跳到水里去的，他绝不再上这个当，何况这一次它不是爬到他脚上，想到这里，他得意地眯眯笑起来了。政芬淑敏蓦然的出现没有使他震惊，他把一直注视着青蛙的眼光转移到二人身上，像欣赏两座雕像似的默默地看着，看得她们毛发都竖起来，他才微微笑一笑，用手在眼前拂了拂，淑敏机警地拉了政芬一把。

"他要发作了!"她低声喊。

但他却没有发作,他只是不敢确定是不是自己眼睛昏花罢了。等到他拂了拂,发现竟没有把二人拂去,他收敛了笑容。

"我好像在哪里见过你。"他对政芬说。

"李先生,"淑敏说,"你不认识岳政芬了吗?"

士淳惊讶地直起脊梁,两个高贵的小姐似乎从没有想到李士淳会是这么丑陋,尤其是政芬,她记忆里保留的一直是一副英俊潇洒的影子,他精神失常了之后给她的印象从没有生根,在码头上和在李家扑向她的一幕,她已记不起来是怎么回事了。今天她面对着被她一手摧毁的过去恋人,往事像油画一样地重现在眼前。跟码头上和李家的那个时候不同,像一个大彻大悟的败家子一样,她在那要焚烧的炎暑天气下浑身颤抖起来。一种严肃的意念使她不能支持,她真想跪到那疯子的面前,抱着他那污秽的双腿,放声痛哭。

士淳呆看了一会之后,弯腰从地下捡起一块小石子,朝那青蛙掷去,碰到石栏杆,落到草坪上了。

"士淳!"政芬说。

士淳重新捡起一块石子,手里玩着。

"士淳,"政芬说,"我是政芬。"

"你不是日夜都在想她吗?"淑敏说,"她现在来到你的身旁,你却糊涂起来了。"

疯子再把她们看了半天。

"咦，奇怪！"他说。

"说呀，士淳！"

"看吧，"他对政芬说，"你的影子怎么会说话。"

"她不是我的影子，她是另一个人，王淑敏。士淳，你稍微清醒一点的话，你会认识她的，我们是两个人，你听懂我的话吗？"

士淳点点头，表示他听得懂，但二人知道他不会听得懂的，他脸上没有一丝听得懂的表情。

"他们在找你，士淳。"

这一次他忽然听得懂了。

"他们找不到我的，"他像一个躲在椅子后面便自信不会被捉迷藏的伙伴找到的儿童，神秘地嘶哑着嗓子说，"他们说我有精神病，你说我有精神病吗？"

"没有，一点没有。"

"我怎么能有精神病呢？世界上的人能有我头脑一半那样清楚，天下就早早都太平了。你看见那青蛙没有，它以为我看不出它是谁，那它就错了，我一石子就能把它打死，可是我不打，你们能这样仁慈吗？你们刚进来的时候，看见门房里有没有一位小姐在那里坐着？她穿的是白纺绸衬衫，领子上有一朵蓝丝线绣的兰花，黑裙子，大大的像跳舞会上穿的那样。她的头发又多又亮，长长地披到肩上，下巴和胸口之间有一个小痣，那是她小时候被蚊子叮抓出来的。还有，她穿着平底鞋是不是？还提着一篮水蜜桃,她知道我不舒服,天天都要来看我。"

"对的,有这么一位小姐!"政芬说,她不知所措地,用手掩住胸口。

"她是我最好的朋友,是我最心爱的人,"疯子郑重地说,"我们最近就要结婚了,可是我被关了起来,那一定是那一次我杀人的那个案子犯了。那一次,我五岁的时候,我母亲领我去看戏,一辆汽车把我撞了一下,我就决心要杀那个坐汽车的人,后来就把他杀了,要不怎么能坐牢呢。我看见有很多人戴着脚镣走来走去,可以说再可笑没有。"烈日把两个人晒得要发昏,她们往柳荫浓密的地方移动了一下。

"不要动!"疯子大怒说。

"一点也不要动,"他再重复一遍,但他接着忽然呜咽着喊起来,"不要走,不要走,苍天啊,不要走,我不愿意醒,我又看到她了,又看到她了。"

"我们不走的,士淳!"政芬走近他,轻轻地抚摸着他那满是汗液的肩膀。

淑敏的心像悬在刀尖上,她是亲眼看见过码头上那一幕的,而且从政芬口中也听到他是怎样几乎把政芬撕碎。现在,公园里在视界所及的范围内寂无一人,假使他粗暴起来,连呼救都没有人听见。她脑筋中一直酝酿着用什么方法安全地离开疯子,想不到政芬却贸贸然走到疯子身旁去了。淑敏几乎连口水都咽不下去,她准备着疯子随时发作,她就随时拔腿向大门狂奔,一面狂奔一面喊救命，她不相信车站上熙熙攘攘的人群会充耳不闻。

疯子这一次却没有突然的举动，反而很安静地任凭政芬的手在他肩膀上抚摸。他大概脖子太硬的缘故，一时转不过头来望政芬，便目不转睛地望着淑敏，呆呆的眼珠像一头老牛那样微微地眨动着，仿佛已经了解它可以休息了似的，疲惫中充满了安静。

"我们怎么办？"淑敏焦急问。

"你去打电话。"政芬低声说。

"给精神病院吗？"

"不，"政芬说，"打给士淳家，叫他们接他回去。我看李家既请了林大夫，一定会单独治疗，病院医生竟是那种样子，住进去不疯也会变疯的。"

"你呢？"

"我在这里陪他。"

"我不能把你留在这里，他不是过去的李士淳，一个疯子和一头野兽一样，他会伤害你的。"

"不要紧，我不怕。"

"我们一齐溜走吧，政芬，别傻。"

"我离弃他的次数太多了，"政芬说，"从今后我要和他在一起。淑敏，他会好的，他现在比从前似乎就好得多了，只不过是糊涂而已，你快去吧。"

淑敏只好答应。

"你往哪里走！"士淳像恐龙似的伸出两爪。

淑敏连号都没有敢号出来,她掩着自己张开了的大口,面无人色,不断地用眼神向政芬求援。

"放下手,阿淳,"政芬像拍抚婴儿似的有节奏地拍抚着他的肩膀,用对孩子们的儿语腔调,温柔地说,"你最乖不过,放下手,让她走,去叫车子送你回家。你日夜想念的那个爱人就是我,阿淳,看我呀,好好地想一想,你不是想念我吗?怎么见了面又不认识我了呀?对了,对了,看着我,闭上眼睛,靠着椅背也可以,不要担心,我再也不会走的,以后就不再是梦了。一切都是真的,不信的话,你可以摸摸我看,啊,闭眼吧。淑敏,你可以走了,轻一点,叫他们快来。闭眼吧,把手中的小石子放下来,对了,对了。阿淳,你还记得吗,我们是在满天红霞的傍晚认识的,是不是?你去美国时我送你到飞机场,你想起来没有?你真是好孩子,对了,淑敏走了,她是我的好朋友,难得她一副侠义心肠,她一直帮助我。你不觉得热吗?让我替你擦汗,啊,阿淳,你已被折磨得不成样子……"

淑敏这时已跑到那个叫刘可勤的瘦子被硬生生拖走的大榕树底下了,她跑几步都要回头看一下,随时准备着听见政芬救命的声音。在快跑到大门的时候,她看见周世信和钱文达迎面走过来。

"你跑什么?出了什么事?"他们问。

"没有听说你们二位是朋友?"淑敏停住脚。

"你忘了约峰林场是属于永利公司的了。"

"那很好！"淑敏说，她故意上下打量世信，世信局促地笑着，他觉得她如果破口痛骂他，反而使他更容易对付。

"李悦华小姐好吧？"淑敏说。

"好，好，谢谢你，淑敏，谢谢你。"

"钱先生！"

"嗯。"

"你觉得奇不奇怪？"

"怎么？"

"周先生真是神通广大，把哥哥气成疯子，把妹妹又一下子俘虏到手。"

"不是这么说，"世信搭讪道，"都是误会，我想你一定有什么事。"

淑敏很想上去给世信一个耳光，但她觉得她不屑理他，只向钱文达挥挥手，然后一直穿出大门，飞奔到电话亭。一分钟后，她已在电话簿上查出李宅的号码，她听到中年人的声音。

"我是李士沛。"

淑敏上气不接下气地告诉他士淳的消息。

"好极了，"士沛在电话中叫，"我们马上就去接他，麻烦你了，王小姐，并请你代我母亲向岳小姐致意，仅是谢谢都不能表达我们的意思，真是感激不尽。"

放下电话，虽然没有另外急迫的事情，但她仍不顾路人的注目，一直向荷花池跑去。等她跑过一个转弯，望见池畔两个静静的人像并肩地坐在那里,不但没有发生事故和惨剧,反而像一对热恋中依偎不舍的情人,不禁大大地松了一口气。

当政芬挽着任何人都会一眼看出神经上有点蹊跷的士淳,巍巍地走向公园大门的时候,世信拉了文达一把。文达本来还打算迎上去问淑敏一下,需要不需要什么帮助,恰好淑敏因为累了的缘故,远远地落在后面,而他也因这一拉而恍悟到世信不得不躲开的道理,于是,他跟着世信迅速地跳到一排密密的冬青树后面。他们的视线在枝叶的缝隙中透出去,一直等他们走到很远,三个人的背影转过石柱,被街道上的喧哗声和人群吞没之后,他们才直起腰来。

"看见没有,"文达说,"一棵水仙花。"

世信知道他指的是政芬,一霎时他觉得政芬在他心头上的分量突然加重起来,他看见政芬一直仰着头望着士淳,脸上露着只有慈母和情人才有的那种怜爱交集的表情,他微微有点妒意,同时也发现他已是另外一个漠不相关的人了。自从他和悦华相识以来,他还是第一次鼓起勇气正式想到政芬的问题,一种本能的冲动,使他不得不承认是他辜负了政芬。

"政芬一定会恨你的。"文达说。

"唔——"

世信像生根了似的站着,这时候他看到一个熟悉的裙角从假山后边闪出来,那裙角的主人果然是悦华,还有她的同学邹雪琳。雪琳一身红颜色的衣裳把天气衬得更为燥热,世信高声喊悦华的名字，悦华像一头吃惊的小鹿，驻脚听了一下，然后拉着雪琳沿着小径向世信站的方向跑来。文达大大地张着嘴巴，他从没有看见过一个热恋中的女孩子，对男朋友竟是如此的顺服。

就在榕树树荫底下，他们团团坐下，不相识的人只用略略地一介绍便谈笑风生了，这是年轻人最大的优点，不像中年人在介绍了之后，还要考虑对方的社会关系和社会地位。雪琳从她手提包里掏出四盒冰淇淋，又掏出两瓶汽水，世信对这位老饕客是见过一面的，他望着她那仍是很细的被红裙子白皮带紧束着的纤腰，不禁暗暗奇怪。

"不要看，"悦华笑道，"雪琳一天吃十公斤猪肉都胖不起来的，别说冰淇淋了。"

"邹小姐减瘦一定有妙方，你如果告诉别人的话，真要万家生佛呢。"

"她什么妙方都没有，"悦华说，"只是得天独厚，上帝偏爱她罢了。"

文达吃着，忽然面对着悦华：

"我刚才看到李小姐的……"

他本来要告诉她看到她的哥哥，但他瞥见世信正用一种激怒的眼光注视着他，只好陡地停住，而改为大大地咽下一口冰淇淋。

"看到我的什么？"悦华问。

"看到你，"文达一面咀嚼，一面含糊地说，"看到你跑过来，我真羡慕你们的相爱，世信只叫了你一声你就……唉，李小姐，爱情，真是想不通。你失恋过吗？"

"你怎么乱问起来？"世信抗议。

"没有关系，"悦华说，"我听说过你和那野狐狸的事情，周先生告诉我的，钱先生，我们都同情你。"

文达举着纸杯，两眼死死盯着脚前那一株几乎快被他踏死了的潦倒小草。

"不要谈这个，"世信说，"我们就是为了开开心才来散步的，文达早就把姓丁的忘掉了，谁也不认为那种恶棍似的女人值得用真心去爱！"

"秀云不是恶棍。"文达不耐烦说。

"钱先生，"悦华瞟了世信一眼，这一眼像香槟酒一般使世信禁不住舐着嘴唇。悦华对文达说，"我知道你是真懂得爱情的人，你是不是想过，爱情的破裂，双方面都有责任？这种事我本来也弄不清，而且也不曾想过，有一次一位姓林的大夫在我们家说了很多，我记得一点，转告给你，真的，钱先生，还有，周先生！"

"你怎么老不肯叫我的名字？"世信说。

"我向来不叫别人名字的，"悦华说，"等我叫他名字的时候，那便是说，我真的爱上他了。"

"老天啊，你对我原来是假的？"

"当然！"悦华回答，提起被瘦瘦尖鞋装着的美丽的脚照世信脚上踩了一下，世信得意地咧开大口笑起来，他用肘端顺便照悦华腋窝推了一下,她闪开了,倒在雪琳肩上尖笑着。文达被他面前这对情侣的亲热行动刺激得要昏眩了,世界上最使人承受不住的莫过于一个从没有享受过,或一个失去爱情的人,竟面对着热爱的镜头。在场的三个人谁都没有了解他心底深处所酝酿的苦楚,这不能怪他们,一则他们根本不知道,一则有些对他说的话似乎还不是为他而发。

"有些话或许不太中听,但林大夫是这样讲的,"悦华接着说,"一对男女感情破裂,不管他们是夫妻也好,情人也好,主动的一方一定会遭到非议,被动的一方一定会得到同情,这几乎是千古以来最普遍的现象。好比,报上刊载出一条新闻,说某男士把某女士遗弃了,那女士哭哭啼啼,我们一定会骂那男士丧尽天良,对吗?其实,如果深入而仔细地考察一下,把那男士为什么要遗弃那女士的原因弄明白,便往往恍然大悟,里头果然曲折的很呢!反过来一个女士如果抛弃一个男士,道理也是一样。"

"对的,对的!"世信附和说,而且像得到解脱似的想到他和政芬的一场分离上,对那些可以想象得到的责难,觉得已有学理上的武器可抵御了,刚才还浮出来的对政芬的一丝歉意,倏然间一扫而空。他不断向悦华微微地笑着,以致雪琳高声喊起来:

"我的小姐,你可以去当大学教授了,我明天就要替你大大地宣传一番,有些人把你看成纨绔太妹,真是狗屎糊住了眼。"

悦华耸一耸她美丽的肩胛,把冰淇淋纸杯连同小木匙向身后摔去,世信像被巫师用什么魔法提走了魂似的,眼睛直直的环着悦华的身子旋转。他不能不拿悦华和政芬比较,政芬娴静得像条金鱼,悦华却简直和一只美丽黄莺一样。有些男子是希望占有的,有些男子却希望被占有,不管是怎么吧,世信宁愿消受从悦华那里得到的火辣辣的和俊俏俏的爱情,他已经完全相信他和政芬绝交,他是没有错处的了。

"这没有什么不公平,"他告诉自己,"她当初也是这么对付李士淳的,我不过如法炮制而已,假如责备她的话,也可以叫做报应,不是吗?"

世界上很多不可告人的事,便是这样形成,一个人一旦对自己的行为有了理直气壮的解释,就再也没有改正的机会了。世信现在便是这么理直气壮,他想如果政芬当面质问他的话,他也会用这样的回答封住她的嘴。

文达似乎感到十分没趣,一个失恋的人需要的是同情,而不是责备,不但对责备自己的话感到愤怒,即令是责备对方,也不能忍受。他需要人帮助他,使他反败为胜,任何暗示他作罢或放弃的意见都使他生出陷于绝望的痛苦。文达把纸盒缓缓地放到脚前,站起来,他渴望着单独休息一下。

"对不起,我要走了。"

"你答应我去棋社下棋的,"世信说,"等一会我们就去。"

"我改变主意了,我想回去。"

"你不要再傻下去了,文达,徒叫大家看笑话。"

"我已经成了一个丑角,大家也已经看够笑话了。"

"你便是自杀,能把丁秀云争回来吗?"

"我谁也不争。"

"忍耐点,文达,大丈夫何患无妻。像丁秀云那种女孩子,值不得你这么爱她,你已为她付出够大的牺牲了,如果再为她继续牺牲的话,上帝都不会宽恕你的。"

文达不耐烦地把手插到口袋里,世信如果说,"像丁秀云那样的女孩子,我要是你的话,我会痛苦得更厉害",文达可能逐渐地冷静下来,但世信却相反把丁秀云说得一钱不值,效果便恰恰相反。文达用鼻孔稍微哼了一声,向仍坐在地上的三个人点点头,跟跄地走了。"还有汽水,嗨,"雪琳着急叫,"他姓什么呀?"

"钱,钱,钱文达。"

"喝了汽水再走,钱先生,我担心你会栽倒在地上的。"

文达头也不回地走下去了,雪琳殷殷情意的呼喊和世信追上来的脚步,他都没有听见。他那不过斗大的脑子里似乎装着一架发着隆隆巨响的轧路机,沉重地碾过来又碾过去,而且一阵一阵地,那被压缩成一块干饼的脑浆在不停息地剧痛,他猛然想起刚才几乎倒到政芬怀里的那个疯子。

"我恐怕也要疯了。"他想。

"难道我疯了,秀云能回到我的身边?"他又想,"如果真的能回到我的身边,我宁愿疯。"

"不可靠,"他嗫嚅地说,"不可靠,真的不可靠。"

世信从背后抓住他的领口。

"让我走,再见。"

世信没有再打扰他,他的背影从荷花池的另一端转过去了。世信伫立了一会,回到悦华跟前,向她们解释他让他走了的原因。

"天下痴心的男士真多,"雪琳一面开汽水一面感叹地说,"你们把他们的疯当作笑料,我就宁愿有这样缠绵的男朋友。"

"他会自杀吧?"悦华说。

"绝不会,"世信保证说,"他可能遇到一个更满意的。"

"那不见得。"雪琳抗议道。

"我得提醒你,"悦华笑着说,"你如果万一有那么一天,一定要照着自己的话去做才对。周先生这一生真的幸运,还没有尝过失恋的味道,我相信你一辈子都不会被女孩子抛弃的。不过,我们不妨假定一下,真的有那种事发生的时候,周先生会不会……"

"我不会再去找别个女孩子,我只说某一部分人是那样,悦华,你还不太十分清楚我。"

"好吧,我现在开始对你研究研究,如果是——索性说吧,如果你被女朋友丢掉,你会像我二哥那样疯了吗?"

"我想一定会疯,"世信忧伤地说,"提起你二哥,我心里便十分痛苦,那真是一场可怕的误会。我和岳政芬不过是泛泛的关系,我并不爱她,甚至说她也并不爱我,我们只是被谣言传说所包围的一对罢了。不过,话又说回来,即令换上我,我也会受不住那种刺激。"

"我只问你,你一定不一定疯?"

"一定疯,当然一定疯,好比有一天你不爱我了……"

"我的好朋友,"悦华挑起眼角叫起来,"现在趁邹雪琳小姐在座,我得声明,我从没有爱过你。"

"我向来不管人家的闲事。"雪琳嚼着汽水吸管说。

世信得意地耸耸肩膀,悦华越是否认,他越觉得他是在跨进一步了。

"措词我可以改,"他继续说,"好比,有一天我失恋了,我可能和你二哥一样神经错乱,但我绝不会把对方攻击得狗血喷头。"

"难道岳政芬不该骂吗?"

"当然该骂……"

"看你的口气好像很是心疼。"

"不是这样的,"世信解释说,"我只是说,换了我的话,我绝不会有伤害对方的任何举动。"

"你不像有些人那样,写信去诅咒吗?"

"当然不。"

"你不会每见一个人都要宣传她没有良心,甚至她是妓女吗?"

"当然不。"

"你不会到处现身说法,说你和那女孩子睡过觉,连她身上什么地方有疤痕都知道吗?"

"我的天,"雪琳插嘴说,"你满口说些什么呀。"

"当然不。"世信说。

"你不会把你和她合拍的照片寄给她的新朋友吧?"

"当然不。"

"你不会往她脸上洒硝镪水吧?"

"你把我说成什么人了?"

"那么,你要做些啥子事呢?"悦华俏俏地白他一眼,用四川话问,"你哥子的话很像是一个正人君子。"

"爱情就是牺牲,"世信庄严地注视着他面前的两位妙龄的女听众,"一个人不能忍受痛苦,爱情就不是真的,他应该心平气和地检讨自己,有没有什么错处和有没有什么缺点,如果有错处或有缺点,他还有什么理由发怨言呢?如果没有缺点或没有错处,那更不应该发怨言了。发怨言只会伤害对方,那不是爱,而只是恨。"

"你说得很对。"雪琳说。

"我如果真正爱一个人,"世信说,"我会爱她到底,爱她到海枯石烂,当她接受我的爱的时候,我固然愿为她牺牲一切,就是她拒绝我的爱的时候,我照样仍愿为她牺牲一切。她既以为和我见面是一种痛苦,我绝不要求硬和她见面。我爱她,就尊重她,以她的意见为意见,以她的好恶为好恶。"

悦华用一种难以察觉的动作,推了雪琳一下,雪琳也回推了一下，表示她也深深地受到感动。

"真正的爱情是圣洁的，和眼睛一样，不能容纳些许灰尘，爱情也不能允许一点邪恶，男女相爱，目的固然是结婚，但不一定非结婚不可……"

"你说什么？"雪琳说，"周先生，恋爱不结婚，那不只是玩玩人家吗？"

"不能这样解释……"

"听下去，小邹。"悦华说。

"我的意思是说，恋爱的目的当然是结婚，但万一不能结婚的话，像悦华讲的，女孩子把男朋友抛弃了，他也应该继续爱她。爱情不是占有，更不是独占，凡是存着我得不到也不使别人得到心理的人，最为卑鄙。像钱文达所表现的——我们是多年的老朋友了，但他对丁秀云的态度我最反对，我几乎把舌头都说焦了，他似乎缺少一种大丈夫应有的风度。"

"他要干什么？"

"天晓得他要干什么，他曾经找丁秀云闹过，被朋友劝开了，他把凡是和她在一起的男人都看成仇敌，以为只要把他们打倒便仍可以把她得回来。我认为他应该闭门思过，不但不应该寻上门，即令和她在街上和公共场所不期而遇，也要大大方方地招呼，和没有发生过事情一样。我屡次地对文达说，你不可以对你最爱的人冒犯，你应该以她的快乐为快乐，不过我的话收不到什么效果，我想他可能做出傻事来。"

"他似乎也要疯了。"

"我们大家都在安慰他。"

"不过,"雪琳说,"我觉得随便把人丢开也不应该,谁要是把我丢开,我决不和他干休!"

"你怎么?杀了他吗?"

"差不多,不杀他也不叫他好受。"

"哎哟,"悦华叫道,"想不到小邹这么厉害,我得赶快告诉夏维桐,叫他无论如何小心一点。"

"说曹操便来曹操。"

夏维桐果然从荷花池那里走过来,汗珠在他帽檐下凝结着,他听到了喊声,发现正是雪琳,脚步便飞快起来。走到跟前,他脱下草帽,轻轻地扇着,一面向雪琳埋怨找遍了学校都找不到她的经过,他说他刚才还恨不得天最好是塌下来,把全世界的人统统压死。

"现在呢?有什么感想?"悦华说。

"现在我得好好感谢上帝,幸亏天没有塌下来,但我仍保留我的请求,万一我发现小邹有了别的男朋友,我还是要祷告天塌下来的。"

"你和小邹真是一个锅里煮出来的蛋。"

"我们刚才正在说你。"雪琳说。

"一定是骂我!"

"不要做声,"悦华抓起一瓶汽水塞到维桐手里,又递过去一根麦管，大声说，"让周先生说下去。"

"没有一个人不知道《圣经》上记载的所罗门王和示巴女王的故事的，两个妇人争一个孩子，甲妇说孩子是她的，乙妇说孩子是她的，孩子本身不会说话，又没有人证物证，所罗门王便生办法了……"

"这故事连幼儿园的学生都知道。"悦华说。

"我不是说这故事的，我是说从上面引申出来的道理。你看，不是亲娘的女人，和是亲娘的女人，她们之间，该有多大的差别。不是亲娘的女人宁愿孩子死，也不愿对方得到，亲生母亲却宁愿别人带走，也不愿使自己的孩子受到伤害。爱情也是如此，我便是宁愿使她去嫁别人，也不愿去伤害她。"

维桐因为嗓子都要快干焦了的缘故，他正含着瓶口，仰起脖子大口喝着，听到世信的话，不由得忍不住了。

"阁下，"他舐舐嘴唇说，"所罗门王的事是亲情，不是爱情，你把它们混成一体了。"

"夏先生，"悦华叫，"喝你的汽水吧。"

"亲情也好，爱情也好，我看不出有什么分别。我们刚才在谈钱文达的事，你不认识他。"

"但我却听说过他，他在约峰林场当工程师，女朋友把他敲骨吸髓，弄干了不要他了。"

"我们便是在谈论他，认为他不应该对丁秀云太过分。"

"过分？"维桐说，"一点也不过分，对那种忘恩负义，朝秦暮楚,并不知道爱情是什么,却硬说爱情是神圣的败类,我却嫌他打击得太轻。"

"你闭上嘴好不好。"悦华着急道。

"我主张……"世信说。

"你主张,世信兄,"维桐说,"你是不是主张一个失恋的人,索性结实一点说,一个被抛弃了的人,一定要把痛苦放到心里,眼泪往肚子里流,却在表面上装得笑容满面,才叫做真正的爱,对不对?"

"你说得太快了。"

"只求你回答对不对?"

"啊,对的。"

维桐把右手里的瓶子递给左手,然后把右手伸出来,"来,我们握手,我向你致敬。"

"不要和他握,周先生,"雪琳说,"夏维桐的论调太可怕了,证明他一肚子坏主意,你要是有周先生一半正派便好了,我真希望天下男人都像周先生,不过我却是只愿人家对我那样,我可是不愿那样对人的。"

大家都大声笑起来,悦华拉着雪琳站起来说:

"我们要走了。"

"哪里去?"世信失望地说。

"回家。"

"邹小姐不会回家的,维桐不是来找她吗?"世信说。

维桐向雪琳提议一块去看电影，世信迫不及待地声明请客，但悦华激烈反对。她向世信说，你不是陪着钱文达出来走走的吗？怎么只走了一半便不顾人家了呢？世信被逼得不得不答应马上再去找他，不过他坚持着晚上要有约会。

"我们也看电影。"

"不，我晚上可能有事。"悦华说。

"你告诉过我，你从来没有什么事的。"

"那是从前，现在情况变了。"

"你一直要有事到很晚吗？"

"好吧，这样好不好，听说我二哥曾把海大女生宿舍的自来水管都拗断过，明天带我去看看，总可以吧。"

"我——"

"你怕岳政芬看见是不是？"

"什么话。"世信叫，"我正要她看见呢。"

约会这样定好，雪琳和维桐并肩走了，悦华在婉拒世信送一程的请求后也走了，只剩下世信一个人在树荫底下站着，暗自回味他刚才发表的那些言论。他发现每一句话都很有哲理，都很有力量，没有一个女孩子不愿意听的，他自己也相信他说的话全是出自肺腑。世界上只有真正失恋过的人才知道失恋者的心情，悦华主动付给他的爱，虽然最近一个月来似乎不如一开始时那么热烈，但他仍觉得他没有失恋之虞。于是，他认为那一番话除了使悦华更爱他外，还会敬他，佩他，他自然地就十分满意自己了。

就在莱西街李家的客厅里，士淳像一具刚刚断了气的尸首那样，被他的家人不停啜泣地围绕着。他端坐在沙发中央，很神气地仿佛一个新贵凝视着锦绣前程似的凝视着窗外的那唯一的一棵芭蕉，对他四周所发生的事，因他专心凝视的缘故，丝毫都没有什么察觉。他的母亲，那双鬓全白的李老太太，坐在他旁边，一面看着，一面抚摸着他那满是泥垢的脖子和手腕。

"我的儿，我苦命的儿！"她断续唤着，手指在士淳肘上那被疯人院用绳子捆伤了的创口停下来，猛烈地颤抖着。

士沛和他的妻子傻子似的站在一旁，他一时决定不了应该怎样安排才好。政芬和淑敏像送逃学的孩子回家一样，满口念念有词地把士淳送了回来，使全家上下大大地起了一番震动。士沛不能像母亲那样一味拥着弟弟流泪，他还要考虑到安全问题，如果士淳竟向母亲殴打起来，应该怎么制伏他呢？如果精神病院派人来找他，他会不会让他们把士淳带走呢？不过这一点现在他已不再烦心了，做母亲的见了她的小儿子后的第一句话便对疯子声明：

"我宁愿死也不叫你去住院了，妈妈对不起你！"

等看了士淳遍身泥垢和肘腕被捆出的伤痕，她更肝肠痛断地发誓绝不准许他离开她。士沛这时不安的只是怎样安排他弟弟的住处，玉兰似乎不能替他分担一点思考，她被士淳陷于白痴的那种神色刺激得也伴着她婆婆同时哭泣。她悲伤的是，一个人竟是这么毁了，她努力在脑海中搜集记忆，却几乎再也找不到士淳当初那种英俊少年的影子。

"我认识你!"疯子忽然扭头对老太太说。

"那太好了,孩子,我是谁?"

"你是我妈妈。"

"对了,对了。"老太太悲喜交集地重复着。

"你不是死了吗?"

"胡说,孩子。"

"你骗不住我的,"疯子笑道,"我去年在强湖游泳,看见你死的,我说你不要死,我从小没有爸爸,你死了谁管我们呢?你却死了,我还记得那枯干的眼睛,"他突然压低声音,"没有人再给我做饭了,我就哭,天天哭,有一个穿制服的就打我。"

老太太每听一句便拭一次泉涌样的眼泪。

"我不怕。"士淳结论说。

"怕什么呀,孩子?"

"我不怕。"

"告诉妈妈。"

"你看见我的窗帘了没有?"

"什么窗帘啊。"

"嘻,嘻,你把窗帘放到什么地方去了?"

士沛一把没有按住,士淳已挣脱母亲的双手跳起来,于是,像从天花板上掉下一条毛虫似的,客厅里人们发出一阵尖叫。玉兰迅速地投身到她丈夫怀里,士沛伸手阻止疯子向母亲袭击,一直坐在小茶几两侧的政芬和淑敏——尤其是政芬,她拉着淑敏,向门口飞也似的奔去,连茶几都踢倒了。茶几上两只茶杯,跌到地上,里面满盛着的冰水连冰块统统倾到老太太的脚上,玻璃杯的粉碎声,更使得空气随着紧张。阿康在上次二先生回来时,曾因没有在跟前照顾而大吃斥责,这一次他一直在外守候着,听到声音立刻三步并作两步奔进来,几乎和政芬淑敏撞个满怀。

"小姐,出什么事了吗?"

"没有,没有。"两人仓惶地跳出门限。

房里只有一个人没有动,而且还没有一点惊恐,那便是李老太太了。她只用伤心的眼光在她那疯了的儿子身上搜索,希望搜索出他并不疯的证据,世人最痛苦的,莫过于父母们发现儿女不可挽救时心碎的情况。李老太太不顾士沛的声音,伸手去拉士淳的衣襟,像对一个小孩子似的柔声叮咛说:

"坐下来,我的儿啊,好好地坐下来,听妈妈的话,我不会害你的,我要替你洗澡,替你换新衣服,看你把岳小姐王小姐都吓跑了,是她们二位把你扶回来的呀。"

士淳并没有像大家所预料的那样发作起来,他静静地听着他母亲的话,像倾听一个异国基督徒的祷词一样。他最熟悉的"阿门"声音出现了,母亲说出的那一个"岳"字,像一道闪光从天际下降,穿过他的脑海,一种只有精神错乱的人才会有的兴奋感觉,使他忍不住大叫起来。

"我认识岳小姐。"

"你刚才和她面对面坐着呢,"士沛走到他弟弟面前,放开胆子说,"还有王小姐,她们都是你的好朋友,你把她们吓坏了,应该向她们道歉才对。坐下来,士淳,你坐下来她们会高兴的,你难道不怕她们耻笑你吗?"

"奇怪得很,"士淳说,"她送给我的水蜜桃呢?"

士沛含糊地支吾着,一面向政芬使眼色求援,他以为政芬会懂得这句话应该怎么回答。

"告诉她们,"士淳正色说,"叫她们把水蜜桃放到门房,说我谁也不见,回去转禀她们小姐,你知道那小姐是谁,是一位公主呢。你大吃一惊了吧,她总是天天派人给我送……送……送什么?天天派人给我送,送,苹果来,可是我不收,我不爱她,我恨她。"

"我已经叫她们走了,士淳。"士沛叹口气说。

疯子像挨了一棒似的,身子左右摆动着想倒下去,但在士沛伸手想扶住他时,他已站稳了,一双非常艰涩地转动着的眼珠,朝着士沛看看,看得士沛头发都往上竖。

"我知道你不爱她的,是吧?"士沛拙笨地补充说。

士淳高傲地昂起头,把双手插到口袋里,像企鹅一样地,迈着摆摇的大步,在客厅里急速地走动起来。他是绕着沙发走的,矗立在沙发背后的那落地灯因为挡着他的去路,他握住灯柱,像握住敌人脖子似的发出尖声的吼叫,但他没有如大家所预料地把它打碎,而只轻轻地移到墙角,接着再继续走着。

这是一场艰苦的走动,汗珠从他前额上像利箭一样一直穿过眉毛,滴到地板上,仿佛一头围绕着石磨的驴子。现在的士淳却奇怪而寂寞,他心里隐隐约约地想去找他的母亲,他有一个最悲伤的消息要告诉她,而她却住在那满是云雾的深山里,他再也走不到。

"我会走到的!"他说。

大家习惯了他这种没头没脑的话,老太太颤巍巍走到政芬和淑敏跟前,分别拉住她们的手,把她们再领到客厅,坐在她们中间。

"岳姑娘,王姑娘,"她说,"难为你们。"

"请不要再客气了,伯母,"政芬说,"刚才你已声明过再不提这件事的。"

"王姑娘,我知道你是岳姑娘的好朋友,也是士淳的好朋友。"

"是的,伯母。"

玉兰把阿康新送来的冰水亲自送到两人面前,士沛担心疯子会向她们打扰,一面嘱咐阿康在门口警戒,一面劝她们楼上去坐。

"楼上有冷风机,比下边稍微凉快一点。"

"我不想去,"老太太说,"你们两位姑娘想去吗?"

两位察言观色的女孩子急忙声明也愿意留在这里。

"我们也该告辞了。"淑敏说。

政芬向她斜看了一眼,淑敏立刻明白她的意思,所以当一家人异声同口地留她们无论如何多坐一会的时候,她们便重新坐下来,不再说去了。淑敏困惑地看着那团团走动的士淳,她不知道疯子这样无聊而单调地走下去,要走到什么时候为止。玉兰悄悄地坐在政芬身旁,像一位久别重逢的密友似的,双手攀到政芬肩膀上。

"你这衬衫的料子像是进口货?"她说。

"对的,"政芬说,"我的一个亲戚在美国。"

"阿姨家吗?"

"姑姑家,我的表兄在那里。"

谈话只四句便接不下去了,在这个凌乱的气氛中谈衣服衣料似乎显得非常突兀。玉兰从她婆婆和丈夫眼睛里读出他们对政芬的感激之情,使她不能不找出一些话搭讪,但士淳不停的走动使她心绪比滚水都要沸腾。

"我去打电话。"士沛皱眉说。

"士淳,"老太太说, "不要再走了,坐下来,孩子,坐下来。"

士沛指了一下阿康,阿康从背后追上疯子。

"坐下来吧,二先生,坐下来吧,二先生。"

士淳没有理会。

"坐下来吧,二先生,"阿康拉住他的膀臂,"老太太为你眼睛都要哭肿了,听我的话,坐下来吧。"

士淳被阿康拉住了,他慢慢地转回身子,脸色像生铁一样靛青,咬着牙齿——那牙齿的摩擦声音使在座的人几乎是同时打了一个寒颤,以为一场搏斗是不可避免了。士沛已上前一步,准备帮助阿康,而阿康的汗珠也像檐水般地顺着脊椎流下来。

但士淳一动也没有动。

"我去打电话。"士沛发现暂时没有危险,他说。

"打给谁?"老太太问。

"我想打给林大夫。"

"那也好,"老太太呜咽说,"只要我有一口气在,我绝不叫我的儿子再住精神病院,他们把他糟蹋了。"

"对的,对的。"淑敏应着。

"也给赵伯伯打一个电话,请他们快来,现在士淳这个样子,看他们有没有办法。儿啊,都是为娘的罪孽太重,使你受尽人世的苦……"

士沛走出房间,疯子却忽然笑了笑,那是一种神志清楚的人在尽释前嫌时所发出的那种笑,没有等到阿康弄清楚是怎么回事,他已像枪弹似的跳出房门,向士沛追赶过去,而且迅速地抓住哥哥的后背,士沛吃惊地回头看着他。

"大哥!"士淳说。

士沛啊了一声。

"我和你有仇吗?"

"没有呀。"

"没有就对了，"士淳恍然大悟地点着头，"那么，告诉我你害我的原因吧，原来你和那家伙是一党的，不要以为我什么都不懂，不要以为说我是疯子便可骗过人，那窗帘你弄到哪里去了。"

"回屋子里去，士淳。"

"你为什么叫她们走？"士淳向他哀号。

两行泪珠从士淳眼睛里淌出来，他环顾一下尾随他狂奔出来的家人，他的母亲，嫂嫂，和已经不太认识了的他的旧日恋人政芬，以及她的朋友淑敏，他像一个受尽委屈的孩子，放声哭起来了。

"回屋子里去，士淳。"

士淳叹了一口气。

"回屋子里去，士淳，妈叫你。"

"我一点也不疯，大哥，"士淳说，"你看错人了，你不妨照照镜子，便会知道你眼睛里射出的都是绿光。你不该叫她们走的，有一天，天下着大雨，平地的水都涨有三尺多高，她们来找我，我拒绝了，她们双双地，啊，不，只有她一个，她跑到门前痛哭，告诉我她后悔了，对不起我，求我饶恕。我用鞭子打她，打得她像一条蚯蚓一样在地上翻动，我一点也不心疼，天知道我已经早不爱她了，所以我就拼命地打她。"

比盛夏还要强烈的秋天的阳光，正无遮拦地照着庭院，老太太唯恐会再失去似的，紧紧地拉着政芬的手，政芬的另一只手挽着淑敏的胳膊,玉兰和阿康跟在后面。士淳向她们这一群张皇失措的家人看了一眼,然后在政芬身上不停地打量。士沛趁着这个机会,小心翼翼地溜了出去,电话亭就在巷口,只要一分钟就可走到,但他一溜出大门便看到张泉青。泉青正靠着电话亭站着,长而且乱的头发蓬松在瘦长身子的顶端,活像一棵憔悴的棕榈树。他在那里一直向着李家的大门眺望,蓦然地发现士沛,而且士沛又直接地向他走来,使他立刻像炸蜢一样一跳而起。

"为什么不到家里去?"士沛说,"好久没有看见你,我昨天还问悦华……"

"她说什么?"

"她说你这些时忙得很。"

"哼。"

"她说你这些时忙着吃醋!"

"大哥,求求你向天发誓,她是这么说的,你不会故意骗我吧。"

"我的好朋友,我骗你干什么。"

"可是,"泉青像一个听到大赦谣言的囚犯,一阵狂喜之后,一万种疑虑都一齐涌上心头。他痛苦地说,"告诉我,大哥,我想我要和士淳一样陷于精神崩溃了,我会弄出人命案子的,这比凌迟还可怖。昨天开董事会议,叫我做实验报告的时候,我什么都说不出,要不是同事临时替我撒谎,说我病了,我会被疑心神经不正常的,但我恐怕是真的病了。"

"想不到悦华把你惩得这么惨,我一定要好好地问问她。"

"不要问她,问我就可以了,我有说不出的痛苦。"

"我要打一个电话。"

"等一下,大哥,"泉青抓住他,"我只说一句,告诉你,我刚才在公园看见悦华,她和周世信在一起,世界上再也找不到像他们那样亲密的情侣了,我亲眼看着悦华把冰淇淋喂到他嘴巴里去的,"他喘息着,汗珠流进他那已成了灰色的香港衫领子里,他说,"大哥,我当时便想冲出去,可是我还是悄然走了,答应我,帮帮忙,我要见她。"

"好的,等我叫过电话,我家里要闹翻天了。"

士沛正要跨过电话亭,却发现林大夫刚转过巷口,他立刻用最迅速的三级跳,一面跳一面大声呼喊,终于把林大夫喊住,上气不接下气地告诉关于士淳的事,请他往家里去一趟。

"他打人了吗?"林大夫问。

"没有。"

"骂人了吗?"

"没有。"

"认得家里的人吗?"

"好像认得。但他过去是不认得的,这是不是好现象?"

"要实际诊断后才敢确定,他说了些什么话?"

"说了很多。"

"最主要的?"

"他一直说他不爱她,不爱那女孩子。"

"他从精神病院逃出来便一直回家吗?"

"有什么不对?"

"你不要问我,李先生。"

"是他过去的那个女朋友,就是那位使他精神失常的小姐把他送回来的。"

"听起来像一篇传奇小说,走吧,我已经有个初步印象,到你府上再继续观察。"

士沛侧过身子介绍泉青。

"我们要先走了,"他指着远处一辆迎面驰来的出租车说,"悦华是我们这个小街道上唯一的出租车阶级,我上班都是挤公共汽车的。你不妨在这里稍微等一下,如果出租车上果然是她,你就可跟着她到家里谈谈了。可是千万别吵架,对女孩子不可太死心眼。爱心越重,痛苦也越大,我觉得夫妻间可以殉情,爱人之间还是收敛点好。往往如果一个人付出得太多,另一个准付出得太少,甚至把对方付出的感情,装到荷包里,拍拍屁股走了。"

"李先生,"林大夫说,"你是有道理的,但问题就发生在这里,失恋比爱恋更使人盲目,再有道理都没有用。"

悦华被泉青追到大门口拦住,士沛和林大夫两人已进了家门,悦华走到泉青身旁,严峻地哼了一声。

"你对我大哥讲些什么?"

"我发誓，什么都没有讲。"

悦华环绕着泉青走了一遭。

"你什么时候成了大诗人啦？"

"我怎么会是大诗人？"

"可是你的派头，硬是大诗人派头，对吗？"悦华说，"头发像一堆乱草，胡子也像一堆乱草，衣服大概三年都没有洗，我远远地就闻到你身上那股臭味。"

泉青涨红了脸，他那因见了意中人而消散得无影无踪的愤怒，重新聚集起来。他想他如果有勇气，他一定耸耸肩膀，很潇洒地告辞而去，那该是多么好，但他没有这份勇气，只有再把那要使自己爆炸的愤怒压下去。

"真没有和我大哥讲什么？"她追问。

"真的没有。"

"我如果查出你讲什么，我们之间便完了。"

"悦华，看样子好像我们之间还没有完似的。"

"我的老师，"悦华笑道，"你一直在担心什么？"

"我们在一起的时间太少。"

"我有我的事。"

"你刚从什么地方回来？教堂吗？"

"对的。"

"哪个教堂，仁尧路浸信会？"

"对的。"

"可惜得很,我想去找你,却没有去成。"

"今天是刘牧师讲道。"

"我去找你便好了,偏偏我心里难过,一个人像游魂一样地跑到弓泊公园,看见周世信和一位漂亮的小姐在那里亲亲热热地有说有笑。"

泉青预料悦华会因为谎话被拆穿而挥他一个耳光,或是老羞成怒,悻悻而去的。却料不到随着她脸上故意装出来的那股煞有介事的表情,竟得意非凡地大笑起来,露着微开着的上下两排小而整齐的白牙,和染在牙根上的口红残屑,她没有等他把话说完便笑得前仰后合。

"想不到你现在很有些计谋了,"她掩着嘴说,"兜了这么多圈子,掘了个陷阱让我跳。我果然是和周世信在一起的。"

"悦华,你爱他吗?"

"我谁也不爱,你疯了才问这种话。"

"我不会饶他。"

"你要杀他吗?"

"不知道。"

"你弄清对象,这和他无关。"

泉清蓦地又暴怒起来,悦华的话分明显示出她和周世信已成为一体,所以她才这么维护他。

"你够不要脸的了,"泉青冷笑道,"只认识了不到三天便要好的像一对夫妇,我想世界上再廉价的东西都不过如此。好吧,再见吧。"

悦华顿时板起面孔,向前走了两步,照泉青脸上啐去,她想不到他的反击是这么尖锐和无情,使她连嘴唇都抖起来。

"你活像一头脑筋不清的猪。"她嘶哑说。

"啊,悦华,"泉青抹着脸,懊丧地恳求道,"对不起,我不知道我为什么说这些话,原谅我,你如果知道我心里万分之一的痛苦,你会原谅我的。"

"我一辈子也不会原谅你,你这头脏猪,疯猪,瘟猪,丑猪,我瞎了眼才认识你。"

悦华把秀发往后一甩,撇下那个虚弱昏迷的情人,用飞也似的细小步伐向家跑去。

"悦华,听我说。"泉青在背后喊。

悦华当然不会停下来听他说的。她一面跑一面迸出眼泪,她需要马上扑到母亲怀里痛哭一场。她一向认为自己可以旋乾转坤,有无比的坚强,但是受到泉青几句话的刺激,便溃败下来,她需要母亲慈祥的和赐给她安全感的手。

所以当她跑进大门,穿过庭院一直跑进客厅,张口要叫妈妈的时候,她那张开了的嘴巴便再也合拢不住。政芬,那个她不知道应该怎么评量的使二哥发疯的女孩子,也是被她从周世信身旁驱走的女孩子,正坐在母亲的身旁。

"傻丫头,"母亲说,"到我跟前来。眼睛红红的,看起来你好像哭了。"

"没有。"

悦华和政芬四只眼睛蓦地接触,双方都微微地一震。之后,悦华先和政芬招呼一下,政芬就介绍淑敏和悦华相识,悦华彷徨无依地要回卧室换便鞋,她叫了一声妈。

"嘘!"老太太往外指一下。

悦华好奇地望出去,就在院角那用泥土堆成的小假山上,蹲着两个手执雨伞的人。那是一幅非常不调和、非常滑稽的图画,假如是两个孩子蹲在那里,人们会觉得他们顽皮得可爱,而现在蹲在那里的却是两个大人。一个是满面胡须,骨瘦如柴,眼珠都不会灵活转动的士淳;一个却是他们的贵宾林大夫。林大夫穿着一身像盖着雪花似的白色西装和白色皮鞋,一本正经地举着黑布雨伞,目不斜视看着前方,医生和疯子肩并肩蹲着,庭院里鸦雀无声。大家隔着窗子,分明看到林大夫灰白的头上的汗珠像雨一样地往下流。

"天,那是二哥。"悦华惊叫道。

"小声点。"

"他们在那里捣什么鬼?"

"坐下来告诉你。"

"他们做什么?"

"傻丫头,"老太太低声说,"他们是菌子,你不要惊了他们。"

就在士沛去打电话的当儿,士淳的态度忽然非常悠闲起来,他像一个道貌岸然的老教授一样，把手交叉着背到背后，在众人惊愕的视线和连一点风都没有的阳光下，迈着似乎要跌倒的步子，沿着墙根，走了一个圆圈，把那为他哭枯了眼泪的老母，和那为她才发疯了的爱人，统统丢到脑后。他的记忆和智能仿佛是一部遭霉了的影片，顶多只有刹那清楚，其他时间全是一片模糊。每一个刺激都像投进泥水里的一块明矾，即令一时澄清，接着终于仍会恢复混浊。士淳连自己都不知道为什么要沿着花墙大踱方步，他只觉得一种力量叫他非走不可，当他走到佣人住房时，门口正放着一把雨伞，那是阿康用来遮太阳的，士淳顺手把它撑起来，觉得自己简直像是一个菌子了。而菌子都是生长在土堆上的，那个小假山真是再好没有，他兴奋地爬上去，蹲在那里，于是，他不仅仅像是一个菌子，而且真正的是一个菌子了。

既然是一个菌子，菌子就有菌子的特征，无边无涯的汗珠穿过浓眉流到眼眶里，再流到脖子和身上，他都不肯去擦，世界上从没有哪个菌子会自己擦汗的；一只苍蝇大概被他那久不沐浴的体臭所吸引，发着嗡嗡的声音飞过来，恶作剧似的直落到士淳的鼻子上，他没有动，世界上从没有听说过菌子会赶苍蝇的。家人们围绕着他苦苦劝告，老太太亲自爬上去拉她的儿子，她怕她儿子被太阳晒昏过去，士淳还是没有动，同样的道理，世界上也从没有听说过菌子会说人类言语的。

就在大家闹得乱糟糟像一群受到袭击的火鸡，团团旋转着，此落彼起地呼唤着的时候，林大夫匆匆赶到。他制止住那种以女人嗓门为主的喧哗,把她们统统都请进屋子,老太太是舍不得离开的,她不能把她的儿子孤孤单单地丢在阳光底下。

"都得请进来,老太太,"林大夫说,"院子里不要逗留一个人,即令有事非出来不可,也千万不要去理会疯子,就好像根本没有他这个人存在。"

"你要做什么,大夫?"做母亲的问。

"我要让他自己留在那里,无疑他自以为他是个菌子,我要叫他确定他是菌子的信心,菌子生长在高山深谷,都很寂寞,你们见过闹市上有菌子吗?"

"我要留在他身旁陪他,他已傻到完全不中用了。"

"你这样做是害了他,"林大夫威胁道,"如果病人的家庭不肯和医生合作,医生只有告辞,让病人自生自灭好了。你必须听医生的,我已经看出他现在干些什么了,但我还是和在座的各位谈谈,多获一点资料,好决定我们应该怎么办。"

老太太没有被说服,她不认为母亲在身边会对治疗儿子的病有什么妨碍,但她却不得不向那掌握着她儿子命运的林大夫低头。玉兰把老人扶回去,老人仍牵着政芬,政芬也仍牵着淑敏,两个人像被大人领着向黑暗探险的孩子,满怀都是想挣脱逃走的冲动,但也被强烈的好奇心和回心转意后更炽烈的爱心所阻止。政芬顺服地让老太太牵着,她对她现在的处境——看起来她已是这个家庭的一员,没有一个人责难她,使她心里升起一种被允许忏悔和被允许赎罪的喜悦。淑敏是为了政芬才留下来的,她的性格使她永远地分担着朋友的忧愁，也分担着朋友的快乐。

"我们刚在辉城见过面，是吗？"林大夫说。

"我当时便想告诉你。"政芬说。

用不着更多的言词，也用不着介绍，林大夫已明白一切。他从政芬的和全家人的脸上已读出全文——抛弃士淳的女孩子就在眼前。像一个大将军突然发现一场很困难的战争一下子面临胜利一样，林大夫高兴地搓着手，把面前的冰水一饮而尽，接着又把第二杯也一饮而尽。

"再来一杯，"他解释说，"我一向有睡午觉的习惯，不睡的话会痛苦得要死，这几天却不得不例外，我感觉到社会越复杂，病人也越多。"

"都疯了吗？"玉兰说。

"疯了的虽是最重的，却也是最明显的，似乎还好办，问题是那些根本没有疯，而且还常常指责别人是疯了的人。面对着这些病人，除非他肯合作，便是神仙都救不了。"

"这样说来，普通人简直看不出谁有毛病，谁没有毛病了？"

"事实上却不是如此，一个有毛病的人，任何人都可看出来，只不过弄不清他为什么害那种毛病而已，世界上害心病的人恐怕至少和害身病的人一样多。"

"这太可怕了，"淑敏说，"说不定我们在座的都有毛病。"

"请放心，一个人要想心理不正常，也不十分容易，好比说，有些人有时候巴不得自己疯了，或变成白痴——一个承受不住痛苦的人,往往是这样企求的,谁又能达到目的呢?好了,我们谈得太远了,菌子正在假山上晒太阳,老太太急得要打我耳光了,请哪一位先扼要地告诉我一下经过情形。"

听了简单的说明,他望着政芬,眼睛里闪耀着一种不容许误解的询问表情。政芬躲开他的视线,心头突然跳起来,她连老太太把一块冰放到她杯子里都忘记谢谢了。

"岳小姐,"林大夫开口说,"用不着我再说什么,我盼望你能帮忙。"

政芬点点头。

"那我会成功的,"林大夫说,"今天或许马上就需要你,但也或许要等他神志稍微清醒的时候,由你把他稳定住,和他谈一些除了你们自己外人根本不知道的话,努力使他的清醒时间延长。"

"我会这样做。"

"那好极了,我几乎是一个最幸运的医生了,现在第一步我要去叫他喝一点水,他那样大汗淋漓,不到半小时就会中暑的,第二步再把他弄回房子。"

"要人架他吗?"士沛问。

"不,"林大夫说,"永远不要用暴力对付他,那虽见效最快,却会使他更疯,我们得想办法说服他。"

"天知道有什么办法说服一个疯子。"

"让我试一试,请再给我找一把雨伞,我还不知道会不会成功，等我过一会再告诉你们怎么办，我会用纸条通知你们的。"

当悦华像小白兔一样从大门那里几下子便跳到房子里时，两个菌子已僵持了很久，谁也不理会谁，谁也不说话，土淳只惊奇地望着另外一株和他一模一样的菌子，似乎有点大惑不解。林大夫却回望一下都没有，他知道土淳正在研究他是不是和自己一样也是菌子，土淳如果能在研究一番之后，把他当作同类，事情便好办了。

土淳看着林大夫的眼珠，一点也不转动，和一个发现新奇事物的婴儿的脸一样，严肃而无邪。林大夫的汗珠不久便开始向下流，为了避免土淳的戒备，他忍受着那种蚂蚁样的侵蚀。酷暑和蹲下来的滑稽姿势，对一个虽是满面红光，但已进入老年的人来说，是一个沉重的负担。全家人隐蔽在窗口那里，用充满了感谢的眼光望着他，阿康早已溜到两个菌子的背后，躲在一块凸出的山石底下，准备着随时听候林大夫的吩咐。

悦华和政芬现在是第二次见面，假如第一次见面仅政芬一个人感到非常尴尬的话，这第二次见面应是两个人都感到非常尴尬了，悦华想起来她竟真的把政芬的男朋友一下子就抢到手，不禁想大笑起来。

"真想不到，岳小姐，"她用一种最刺耳的声调说，"你竟肯赏光到舍下来。"

"唔。"

"王小姐好！"

"好。"淑敏说。

"我真傻,"悦华说,"我还以为永远见不到岳小姐了呢,你看,我二哥真是头脑不清。你不知道,我对死心眼的男人一向看不起,我交男朋友的时候一定事先说明,将来我不要他,不准他疯,他不要我,我也保管不疯,这样子大家才感觉到轻松,你说有道理吗?"

"啊,有的。"政芬不安地说。

"对了,你们二位看见过猫吃耗子没有?"

政芬和淑敏摇摇头。

"我看见过。"悦华说。

"悦华!"士沛叫。

"猫吃耗子真是世界上一大奇观,猫把耗子玩来玩去,玩得它头破血出,然后再雍容华贵地放它逃生,等到它逃得差不多的时候,却又跳过去抓住它,看样子除非活生生地咬它,便是永不肯罢手呢,对吗?"

"对的,对的。"政芬说。

"我刚才就看见这么一只猫,正在耗子洞愁眉苦脸地假慈悲哩,我就蹑脚蹑手地走到它后面,捡起一块石头,照它脊背上掷去,它惨叫一声,耗子也跑了,它的脊椎骨也几乎被我打断。我当时就大声对它说,嗨,耗子,你要明白一点,天下事是有报应的,若我生起气来,你的脑浆都会砸出来,这块小小的石头,不过是警告而已。岳小姐,你觉得我的话如何?"

"悦华，"士沛说，"是岳小姐和王小姐把士淳搀回家的。"

连老太太都听出她的女儿在指桑骂槐，她板起面孔向悦华喊：

"不要在这里胡说八道，去换你的衣服。"

"我陪她去，"玉兰站起来，"我也要换双平底鞋，高跟鞋只有活受罪，我马上就给客人带拖鞋来。"

悦华像被人呵了胳肢窝似的，在大获全胜后，嘻嘻地耸着肩膀，向后面去了，玉兰跟步追上去，捉小鸡似的把她捉回房子。

"今天不像上次那样，上次她为善不终，早早地便走了，这次有很多机会可以走，她不但留下来，而且还拖着同学，连林大夫都感觉乐观。"

"我不信她会这么好。"

"你要想一想，你抢走了周世信，已闹得无人不知。"

"我抢周世信？"悦华冷笑说，"他配我抢。"

"不管怎么吧，反正外面都这么说，岳政芬如果稍微有点想不通，她不会来的，她会知道她到我们家将遇到什么，我们正需要她帮助，请都请不来，林大夫说她是'最宝贝的药引子'，你三言两语得罪了她，妈妈会气死的。"

"好吧，但我要叫她开开眼界。"

就在姑嫂两人谈得起劲的时候，阿康溜了进来，拿着林大夫写的一张纸条——

"快送一杯冰水给士淳，他快要昏倒。"

老太太亲自动手去洗杯子，阿珠要接过来，老太太不肯，她怕她弄不干净。还是玉兰勉强夺下，老人监视着洗过，烫过，放上冰块，把凉开水倒进去。士沛主张挤一杯橘子汁的，老太太坚决反对，医生叫送去一杯冰水，如果送去的是橘子水，士淳可能喝出毛病。在阿康端着杯子要走的时候，她叫住他，尝了一下，便命把那残余的冰块捞出，她恐惧过冷的饮料会使她那在烈阳下已晒得很久的孩子爆炸。

一家人都拥到窗口，静静地看着阿康向假山走去，他一直走到士淳身旁，士淳才蓦然地抬起头，但他马上又恢复他一直保持着的那种作为一株菌子所必有的直挺挺的僵硬姿势。

"二先生。"阿康把杯子举到他面前。

他没有理会。

"喝下去吧，"阿康说，"看你的脸色和蜡纸差不多了，你会中暑的。"

阿康的声音像透过纱窗的风一样没有回响，他把杯子凑到疯子唇边，凉凉的冰水使疯子陡地一阵清爽，几乎本能地大口咽下去，但他忽然被一种名字叫理智的东西所提醒，他是一株菌子，而一株菌子只能从根部吸收水分，从没有听说菌子会用口喝水的。虽然他的喉咙早已干成一团，足可以把箭潭的水都一口气吸光，他还是闭起嘴唇，对那冒着细细冷雾的杯子，一眼都不去看。他希望从他的脚上吸取营养和清泉，他这株菌子似乎已经听见他脚上的毛细管正在往头上输送着清冽冽的柠檬水，于是霎时间他觉得精神好了起来,身子动了动,表示菌子正在成长。

"二先生,"阿康努力地劝他,"你最好心肠不过,好心肠的人都一定不叫人吃苦的,你要是不喝下去,老太太会开除我,你总不会那么残酷吧!喝下去,喝一口就可以,你是一个最好心肠的人……"

疯子显然在发怒了,像一个被误会为窃盗的骑士一样,他用他那喑哑的声调向阿康咆哮说:

"我不是人,谁告诉你我是人?"停了一下,他得意地笑了笑,咕哝着,像是一个很谦虚的人在叙述自己官衔时那样地压低声音,"我不过只是一株菌子。"

但菌子是不会讲话的,他察觉到这一点以后,便立刻改正他的错误,他立志要做一个顶天立地的好菌子,那他就必须遵守菌子的规范,因为血管被压制过久以致双脚双腿逐渐麻木起来,他以为大量肥料已把他的根部淹没,迟早他会茁壮成世界上第一名最大的菌子的。他偷偷地看他身旁林大夫那株菌子,林大夫发觉疯子看他的时候,立刻把眼睛移到别处,士淳便更端庄地蹲着,任凭阿康千方百计,他都不答复一句话。窗子里所有的眼睛都注视着阿康,阿康向林大夫乞援地望着,林大夫悄悄的向他做了一个手势,他只好端着满满的杯子退下来。

"二先生不喝,"他向老太太报告说,"我看他快被烤干了。"

"你怎么不灌他呢?"

"灌不进去,他牙齿咬得连炸药都不会炸开的,我看他快流不出汗了。那个林老头子大概也发了疯,他蹲在那里干什么,我想还是把二先生架回来。"

老太太立刻赞成这样做,但受到士沛和政芬的反对。阿康仍被派去守着林大夫听候指示,老太太坐下来,望着被她小儿子拒绝喝下去的满是冰水的杯子发怔。悦华已换上宽衣大裙,摇着精致的小团扇,跟在嫂嫂身后,一摆一摆地走出来,神气好像因她的报告而她的敌人被老师揍了一顿的小学生。她的眼光和政芬相遇了,政芬迅速地低下去,悦华大大方方地向政芬身旁的淑敏笑一笑,淑敏只好也勉强回她一笑。

"王小姐,"悦华说,"你是岳小姐的好朋友,你觉得我们俩像姐妹吗?"

"啊,像的。"

"从前常有姐妹俩嫁给一个男人的,像娥皇女英,便是一个好例子,你看我将来会不会跟岳小姐共有一个丈夫。"

淑敏无可奈何地笑着。

"岳小姐,你说!"悦华问。

政芬支吾地摇摇头,这摇头不是表示不会,而是表示不知道。

"不说丈夫吧,那似乎太严重,咱们谈得轻松一些,你看我将来会不会跟你共有一个男朋友?"

"阿华,"士沛喝道,"你太放肆了。"

"我这个人就是有点不放肆的学问,"悦华说,杭绣的拖鞋和她那光滑的脚掌成一个三角形,一只手摇着团扇——她说她不敢吹电扇,电扇吹起来和一股劲儿追求的男人一样,会把一个女孩子吹昏的。悦华举着一杯不断溢出来的汽水,脸上红红的像刚从胭脂缸里钻出来,她用一种别人足可以听见的声调自言自语说,"我不像有些驴子,本来在槽东头吃草的,吃着吃着吃到槽西头去了,我可能因槽东头没有草才去槽西头吃,但绝不会因为好奇,或是因为槽钉上生了一点锈就掉头不顾。"

"你说些什么呀,"士沛发怒说,"女孩子不像女孩子,倒像个老疯婆。"

"我能疯就好了,可是越有人想叫我疯,我越是不疯,我的男朋友爱我爱得紧哩,即令我疯了他也不会变心,不信试试看。"

"闭上嘴!"老太太哀号道。

淑敏看了政芬一下,便站起来告辞,并向政芬说,政芬可以多坐一会,天快黄昏,自己已经在外边整整一天,事前没有告诉方仲音,他一定在她家等她,会把他气死的。政芬对悦华的高谈阔论似乎比淑敏的感受要少得多,一种未曾把事情办完和逐渐趋于成熟的心情,使她没有理会悦华在说些什么。在今天以前,她一想到悦华心都要烧成一团,她无数次描绘出和悦华见面时她要如何对付她的图画,有一幅图画是她要撕碎她的衣裳裙子,痛痛快快责骂一顿;有一幅图画是她要忍住怒火,冷言冷语地对她讽刺;另有幅图画是她假装着根本不在意这件事,像一头小猫不在意被它弄掉地下的线团一样,和悦华亲热异常地谈天说地;还有一幅是她要表示她的气度和她根本不爱他,主动上前和她打招呼,然后轻松地,最好是笑嘻嘻地问:"喂,密司李怎么样,听说你和周世信很好,什么时候请我吃喜酒呀?"这些图画一幅一幅地都在她脑海中涌出过,却独独缺少一张,那就是她今天和悦华见面时所呈现出来的这一张。她从刹那的窘困中挣扎出来后,觉得恰恰和她设想中相反的是,发动攻势的竟然成了悦华,好像受损害的是悦华而不是自己,想到这里,一切都想不通了。

淑敏提议告辞,政芬迟疑了一会才发现她不能让淑敏一个人走,她便也站起来告辞。老太太双手拉着她,留她和淑敏一定要吃过晚饭,玉兰也上去挽住淑敏,士沛大声斥责他妹妹不懂事,悦华端着杯子一溜烟跑掉了,丢下被她搅乱了的摊子,让老太太不停地向两位女客人道歉。正在这时候,阿康闯进来,拿着林大夫的字条。

"最好请岳小姐亲自送两杯冰水或牛奶来,带两小块面包更好,来时不要开口,只站在我们面前。"

用不着老太太和士沛苦苦请求,只说了两句,政芬便答应做完这件事再走,淑敏也主动表示她愿意留下来陪伴政芬。在一片欢喜紧张的气氛下,老太太调出两大杯冰牛奶,又切了两片面包,由政芬端过去。这时太阳已经西斜,苍白一团的白光从墙头上横扫下来,政芬一步一步走到假山上,阳光使她眼花缭乱,两株菌子似乎都不注意她,好像她只是一个影子。

她遵照林大夫的嘱咐,不说一句话,为了看清楚两株菌子的面孔，她便也蹲下来。三个人滑稽地互相对看着，政芬为自己的行为感到奇怪，十分钟前她还想不到她会像演文明戏似的和菌子为伍。她望着林大夫，那位并不是疯子，却不得不疯子一样地也蹲在烈阳下装着菌子的老人，汗液也快淌尽了。他在沉寂了很久以后，趁着士淳向他张望的一刹那，从政芬的盘子中拿起牛奶喝了一口。

疯子的反应神速，他张大嘴巴，对林大夫的举动感到震惊。

林大夫第二次拿起杯子又喝下一口，喝下后仍把杯子放回原处。疯子在震惊后，瞪起眼睛，看一下林大夫，再看一下政芬，从表情上可以发现他的困惑。

林大夫接着吃了一口面包。

又过了三四分钟，在疯子的困惑越来越严重的时候，林大夫旁若无人似的又喝了一口牛奶，这一口很大，在通过咽喉时发出很大的声音，使得士淳像马一样地昂起头来。

林大夫不久就又啃了一口面包，反复地咀嚼着，他虽然没有看士淳，但他知道士淳在考查他，所以他把面包都塞到朝着士淳的那一面腮帮子里，使士淳可以看到它在翻动和听到故意弄出来的足以充分表示香甜的那种声音。

"你是谁？"疯子猝然地问。

林大夫慢慢地扭回头。

"你是谁？"疯子说。

"我是菌子。"

政芬对这答话感到意外。

"我也是菌子。"疯子说。

"我知道,我们都是菌子。"

"她是谁?"疯子指着政芬问。

"她是仙女,"林大夫又喝一口牛奶,"仙女专门送东西给菌子。"

"菌子能吃东西吗?"

"当然能吃,"林大夫嚼着面包说,"不相信请仙女给你一杯牛奶试试,牛奶是仙女送给天下最好的菌子吃的。"

士淳心安理得地接过杯子,一口气喝光。

"你可以吃面包。"林大夫说。

"菌子不会吃面包的。"士淳舔嘴唇。

"你问仙女菌子会不会吃面包?"

"会吃面包的,吃吧,吃吧。"政芬说。

疯子在吃面包了,这个期间无论院子里和屋子里都鸦雀无声,只听到两株菌子默默地吃喝。阿康奉老太太之命补充上来大量牛奶,被林大夫愤怒的手势赶回去,在盘子全被吃空之后,菌子又不做声了。

林大夫向政芬示意,她缓缓地站起来,缓缓地向假山下走去,林大夫也缓缓地站起来,用细碎的步子跟在后面。

"你往哪里去?"疯子说。

"我要跟仙女。"

"为什么要跟仙女?"

"菌子都是离不开仙女的。我们仍是又饥又渴,仙女会供给牛奶,我们要睡觉,仙女会摸着我们的头。"

士淳也站起来,两把雨伞被阿康接过去了,政芬在示意下一直走到设在二楼的为士淳布置的房间,林大夫和他重新蹲在床前,政芬悄悄退出来,老太太满脸泪珠地捧着她的手:

"姑娘,姑娘,谢谢你,谢谢你。"

九

那一年的冬天来得非常之早，不知道实际上是这样，抑或人们在心理上感觉是这样。就在林大夫和政芬像演出一幕庄严的闹剧，使士淳真正从精神失常以来第一次随着自己的意思做出正常的举动，他终于安静地睡了，没有用绳索也没有用栏杆，只不过房间里十分简单，凡是可以抓起来摔打的东西，统统被撤了出去。政芬像从井里捞出来的一样，除了鞋子，几乎全都被汗浸透，她被淑敏扶着，坐着林家给她们叫的街车回校。——就在那一天之后，不久天便开始冷了。十月初，树叶一片一片由黄而枯、由枯而落，每月中旬在弓山举行的月光会也停止了。这其间不断降着雨，秋雨就像气候的闸板，一阵雨过去后，天便一阵地凉，一直到某一天，落下的不再是雨，而是鹅毛一样的雪花，大地被冻成一块敲打不碎的顽铁，才会忽然发现身上穿的衣服，虽然几个月来不断的加添，仍抵挡不住严寒。

士淳在假山上装菌子的时候，已是秋初。现在他的情敌周世信在他的永利公司办公室专心诚意等悦华电话的时候，大雪已封锁了维克市。这是星期六的下午，办公室和当初悦华第一次来电话时一样，只剩下世信和杨天卿，不过那时正在沸暑，如今冬正深沉，人们对夏天是个什么样子都记不清了。世信斜歪在藤椅上，两肘靠着椅背，手指互接着，怔怔地望着屋门旁边那具电话，侍女就坐在那里低着头仔细编织着一件深灰色、一看就知道是男人穿的毛衣。天卿三步并作两步走到柱子跟前，扭开电门，电灯亮了。

"雪已经够晃眼的，"世信说，"你要干什么？"

"我要写信。"

世信知道他写信给谁，他一定写信给他的妻子罗梅丽，那个用陪坐咖啡馆为武器，终于使自己不花一文随着林大夫到了美国——林大夫上个月去美访问去了，她自己不花一文地在美国进了据说是非常贵族的学校。

"梅丽来要钱。"天卿说。

世信笑了笑。

"你不信吗？"

"我为什么不信？我当然信，"世信说，然后他心里喊，"鬼才管她来信说什么，我倒希望她找到一个外国老公。悦华应该有电话的，除非她和她二哥一样有精神病，不过看样子她真的有精神病，昨天在街上碰见她时，她亲口答应今天打电话给我，不可能忘记的，也不可能……不过也说不定，她像是变成另一个人，她忘记并不是我追她的了。"

"你又是满肚子心事。"天卿说。

"写你的信吧，兄台。"

世信连眼珠都没有转动，他脑子里正塑着悦华的雕像，她那穿着高跟鞋的美丽足踝,一直在他眼前不停地俏伶伶地抖着,以至她那轻盈的身体燕子一样地随时都可以扑到他怀里来。他不安地扭动着手指的关节,他想,政芬还是可爱的,她曾让他拥吻过,虽然每一次都要经过一番不太认真的挣扎,但那已经说明她对世信的心了。

"可是我却抛弃了她,"他抱着头,没有注意到天渐渐黑下来,"我怎么这样傻,我应该两个人都保持关系的,一定是有什么鬼迷了我的心,要不然我不致弄到这种地步。"

他把桌上摊开着的公文夹合起来,往桌角那高高的一堆公文夹上一扔。

"下星期再办吧。"他叫出声音。

天卿忽然抬起头,"维克市精神病院进口的那最后一批器材,星期一早上一定要办结汇,本来是今天就要结汇的,你已经拖了一天……"

"我知道了,天塌了还有比你我身子高的顶住。"

世信脚下有点冷,便站起来来回踱着,眼睛不时地从电话机那里移到白茫茫的窗外,他在潜意识中认为悦华可能会亲自冒雪来找他的。他记得他们第一次约会时的情景,那像掉到蜜缸里一样,甜而且浓;也记得他们最后一次聚会——和悦华、文达、雪琳在公园里那次邂逅,从那次之后,悦华便再也没有和他在一起了,想到这里,他像赤足踏了一个钉子似的跳起来。

"她为什么突然变了心?"他心里喊,"一定是我什么地方得罪了她，但她既不告诉我，也不肯接受我的解释。如果是政芬的话，她会听我解释的，悦华是一条任性惯了的小母牛，我惹火了她。我要找她，天都不能阻挡我，啊，悦华，悦华，悦华！"

电话铃蓦地响起来。

"电话。"他吼道。

"喂，对了。"侍女拿起耳机回答对方。

世信心都要跃出腔子了。

"找刘先生吗？"侍女说，"他提前下班走了。"

世信眼睁睁地看着侍女把听筒挂上，像他的心弦也被挂断了似的，他听到一种希望破灭时所发出的声音。

"她不可能变心的，"他靠着门框站着，视线停在侍女低下的白白颈子上，"是她先向我表示好感，问题也真奇怪，她爱我爱得发狂，我可能有她特别欣赏的或她特别欢喜的某一点。"

世信急忙看了一下天卿，天卿正写得沉醉，显然没有人发现他在失神地咕噜着，他觉得安心不少。

"她是爱我的，"他想，绕着一排办公桌迟钝地走着，"假使她不是爱我的话，便不能解释她为什么那样对我了，即令我们这个世界发生男人荒，她也不需要那样。我固然不一定比别的男人高明，但我也不见得比别的男人差，在学历上，我是美国的硕士；在地位上，全国数一数二建筑公司的会计师；在经济上，每月的收入抵得普通公教人员苦干半年；她承认她过去另外还有一个男朋友，叫张什么，张什么的，一个没有出过国门，连太平洋的水是红的抑是黄的都没有见过,而且是一个穷教员。我没有见过他,但他不应该是我的情敌,她和他认识在我之前,她是不满意他才找我的啊。老天爷,电话,电话——"

侍女惊惶地再抓起耳机。

"对不起,这里不是市政府,你拨错了。"

世信摇摇头,街灯这时也亮了,走廊上传出清晰的下班铃声,侍女把毛线衣装到纸口袋里,开始收拾办公桌上放着的茶杯。天卿也把信写好,想用糨糊封住。糨糊已经冻硬,他呵了两下,那当然呵不开的,但是却把一个简陋的人的形状无遗地呵了出来。

"你预备寄多少钱去?"世信说。

"一百美金,不一定,也许两百。"

"你很有钱。"

"没有办法呀!"天卿没有听懂世信说话的语气,所以他很谦虚地回答,但也因此高兴起来,发出一阵洪亮的笑声,他把信塞到怀里,叫道:

"老周,你认识林大夫吧。"

"干什么?"

"可惜他去了美国,要不然我真负责介绍给你,老周,我看你需要医生看看你是不是要发疯,你一直坐立不安,必定有点什么问题。"

"我看不出我有什么坐立不安。"

"真的,这两三个月,似乎没有小姐给你打过电话,过去都是经常有的,而且很多,对吗?我想你是被女人玩了。"

每个人心灵深处都有一个隐秘的小房子,藏着不可告人和不愿别人知的意念和情感,如果贸然把它打开,那对双方都是一件不幸的事。天卿料不到他的话会使世信如此愤怒,世信和每一个阴私被挑穿了的人一样,愤怒地反对说:

"收下你那种没有出息的想法吧,和你杨某阁下一样,便是老婆陪人家睡觉,只要能去美国,我也不认为她玩了我。"

天卿那小房子不但被突然打开,而且被掏了出来最难堪的东西,他英雄似的站起来,用一种决斗的神色看着世信。

"你嘴里干净点,朋友。"

世信倒真希望天卿能像西洋中古时代那种被侮辱了的骑士一样,用手枪或用利剑把自己杀死,但侍女在一旁说话了,她已做完她在下班后应做的工作,在看到两位平日神色岸然的职员竟要像流氓一样大打出手,不禁感到很是满意,但她仍笑着阻止道:

"二位先生要是打出来血,我是不管擦的,明天冻成一大块,就让大家参观。"

"莫名其妙!"天卿说,他等待世信的答话,世信却没有看他,也没有听他,而只中了风似的从对天卿的愤怒转为对悦华的愤怒,又转为对电话机的愤怒。他走到电话机跟前,希望在最后一分钟听到铃声,终于他昏乱了,抓起帽子,把衣领拉起。

"我特地来找你。"振纲闯进来叫。

"你有车子吗?"世信说。

"有的,你要干什么?"

"送我去个地方,你找我的事在路上谈,我知道是精神病院的款,下星期内一定结汇。"

"下星期内不行,最好下星期一。"

"可以。"

"往哪里去?"

"莱西街。"

车子在雪地上奔驰着,积雪被轮子轧得发出的吱吱声,一路上像冤魂一样地纠缠着世信,他坐在车厢里一动也不动,即令在急剧转弯的地方,也僵持着身子。振纲吸着烟斗,默默地看着他的同伴,欣赏着他面部细胞的跳动,不禁叹一口气。

"世信,"他说,"现在该你说话了。"

世信颓丧地摇摇头。

"我劝你还是说出来,"振纲说,"说出来是对的,老年人常劝年轻人不要多说话,理由往往是,上帝给我们两只眼睛,是叫我们多看,给我们一张嘴,是叫我们少讲。可是,一个观念如果不及时说出来,而装在自己脑袋里左思右想,那会钻牛角尖的。越是考虑,越是觉得只有一条路可走,其实那条路硬是不通,假使能和外人谈谈,就可能发现到处都是康庄大道。"

"我的事一点也不复杂。"

"我举个例子如何。"

"说吧。"

"好的，但有点不伦不类，你要发脾气便不够朋友了！"振纲吐了一口烟，这一口烟引起世信的烟瘾，他也燃起一支，车厢里立刻烟雾腾腾起来。振纲接着说。

"世界上很多莫名其妙的或是稀奇古怪的事，都是闷声不响的人做出来的。我有一个朋友，他和他的亲妹妹谈恋爱谈得不可开交。你知道那是怎么回事吗？你如果和他论到兄妹不可通奸和不可结婚的道理，他可以写十大本书，他比你明白得还要多，无论从血统、人性，甚至从哲学、社会学等等上，他都会告诉你了不起的理论。可是在做起来的时候，他却糊涂了，并不是他真糊涂了，而是他只在自思自想，没有能够推心置腹地和朋友商量商量的缘故。"

"你不知道你说了些什么。"世信像老虎一样咻咻地说。

"我告诉你我是举例，我这个人最喜欢哇啦哇啦乱讲，便是勉强一点，也不放弃帮助朋友的机会。我看出你有问题，便忍不住要说几句，你既然大发其急，我就闭口。"

"你看出我有什么问题？"

"只有恋爱和失恋是掩饰不住的，那比咳嗽还要瞒不了人，而当事者似乎也无意瞒人，那大概和他希望别人分担他的情绪有关。"

"我不希望什么人分担我的情绪。"

"兄台，"振纲说，"你失恋了。"

世信故意做出不屑的表情，他想耸耸肩膀，觉得肩膀忽然变得沉重，好像有一块巨石在上边压着，只有一口连一口地深深吸着烟，再细细吐出去。他努力排除振纲加给他脑子里的紊乱，他要独自设计他的行动，他必须找到悦华，找不到悦华宁可——没有什么宁可的，今天是星期六，他一定要找到她。

"莱西街到了。"振纲说。

车子在李家门口停住，司机像伺候主人回家一样，长长地按了一声喇叭。世信皱一下眉头，但他忽然又觉得按一声喇叭也很好，在一个工业落后的国度里，汽车除了是一种交通工具，也同时的是一种示威性的摆阔工具。他一鼓作气地跳下来，在喇叭声刚住的时候，按下电铃。

大门应声开了，阿康把脖子缩到领子里，两个陌生人面对面站着。

"我找李悦华小姐。"

阿康上下打量着世信，慢慢地说：

"你贵姓？"

世信满怀希望地告诉阿康。

阿康立刻把眼睛眯成一条缝，像发现新大陆似的，他要看清楚这位大小姐一再吩咐拒不接见的人到底是什么模样。他虽然不认识站在面前的客人，但他倒是久仰他的大名，阿康知道他这种看法是不礼貌的，不过他的本意似乎也就是故意要表示不礼貌，所以态度就更加恶劣了。

"小姐在家吗?"世信在阿康脸上看出不祥的阴影,不安地问。

"不在家。"

"她什么时候回来?"

"不知道。"声调像机器人。

"在维大吗?"

"不知道。"

"那么,她在哪里呢?"

"不知道。"

"我可以进去等她回来吗?"

这一次回答不是不知道了,而是一声猛烈的门响,阿康毫无预告地闪电似的把门关上,门框上的积雪都被震下来,撒满了世信的前胸。等世信弄明白是怎么回事的时候,眼睛看到的只剩下一块朱红色的门板了。虽然身后的汽车引擎仍在隆隆地发出声响,但他似乎仍听到从李宅里传出几声男人的叫骂,所以假使不是振纲喊他上车,他简直会僵在那里。不过等他爬上车子,双手和面孔恢复了温暖,也同时恢复了愤怒。

"你不是马上有事吧?"他说。

"你可以用车子,"振纲说,"问题是——"

"那么,我们去维大。"

司机锲上离合器,车子又开始转动,世信双手搭在前座上,用牙齿咬着烟屁股,半截纸烟都湿透了,一缕烟雾在鼻端袅绕着,他忽然发出一声冷笑。

"碰了钉子?"振纲说。

"嘿。"

"这是谁家?"

"李悦华。"

"我听说过你们的事。"

世信惊讶地仰起头。

"我如果早知道你是找李悦华,兄台,"振纲说,"我会劝你不要来的,现在我还来得及劝你不要去维大,我敢保证你找不到她,她要是肯和你见面的话,她早和你见面了。我告诉你,她在家里。"

"你怎么知道?"

"那是写在刚才开门那个人脸上的,只因为你心慌神乱,没有留意罢了。"

"我还是要去维大。"

天已经相当黑了,大雪的反光,映着维大女生宿舍会客室,以致电灯光都觉得有点暗淡,寝室里的喧哗声很高,在门房徘徊不宁的男士越来越多。不久又越走越少,有些是双双离开的,有些便只好再重新独自一个回去了。世信填好单子递上去,孙妈本来正在愉快笑着的那张略微有着几粒麻子的脸,忽然起了一种奇异的变化。

"啊，李悦华，她不在。"

"请你进去看一下，拜托你，孙妈。"

"我刚从里面出来，她下午就出去了。"

接着又是一连串的"不知道"，孙妈仍是在笑着，但那笑使人不舒服。世信回到车子上，拂拂肩头的雪片，像泥滩上的鳄鱼一样，显得既蠢又僵，振纲同情地说：

"你可以证明我不是事后圣人吧，这种结果原来在预料之中的。"

世信身上每一个细胞都在对振纲嗤笑，他不了解悦华和我的关系，我只要能和她见到面，我就有办法与她和好如初，把误会解释开的。世信现在相信悦华之所以和他疏远，一定是她听到关于他的什么闲言闲语所致，但他没有法子向振纲发作，起码目前的事实是支持振纲的。

"我想再回莱西街。"他说。

振纲向司机做一个手势，车子回头行驶，世信微微地驼着背，从挡风玻璃向马路两旁人行道上搜索，希望能搜索到什么迹象，当然最好是能看见悦华正在一个人向家踽踽地走着，如果他这时候在路边发现她，那才是上帝赐给他的良缘。

果然，车子一进莱西街口，一个少女正如所期地在人行道上走着，虽然厚厚的冬大衣把她紧紧裹住，看不出她的曲线，但她走路的动人的姿势，却充分显出她有一副婀娜的身材。她脚上穿着大红色长统的小巧绒靴，每一步都在雪地上留着一个使人看了都会发狂的纤细脚印。

"开到她前面停下,"世信紧张地对司机说,"对不起,快一点,开到她前面停下。啊,她停在李家门口了,一定是悦华,趁她还没有按电铃的时候赶上去,我要在门口向她解释。快,天啊,她已经按下去了,没有关系,我会向她谈个清楚的,悦华!悦华!"

没有等到车子完全停稳,世信便跳下来,要不是振纲伸手拦住向后冲击的车门,他的脚会被门狠狠地砸住。

"悦华,悦华!"

他狂喊着向李家门口奔去,那女郎应声地回过头,大红色的围巾把她的头部从上到下地包着,戴着黑绒口罩,只露着两只睫毛上挂着雪片的大而且美的眼睛,和鲜红的几乎滴出血来的双颊。

"悦华,你……"

那少女把口罩取下来,露着一个公主对侍者们常用的那种严肃冷淡,但却是无懈可击的笑容。

"周先生,你认错了,我不是悦华。"

"政芬,政芬,啊——"世信狼狈地喊。

"悦华在家,请到里边坐吧。周先生,半年来,士淳的病痊愈得很快,神志也一天比一天清楚,可是不知道什么缘故刚才忽然又大哭大叫起来,这是几个月来没有的现象,悦华打电话叫我来的……"

门又开了。

"请进去吧，周先生，悦华在家的。"政芬说。

"岳小姐——"阿康说，但他的笑容像变魔法一样很快收回去，龇着牙向世信低声地咆哮道，"姓周的朋友，小姐在家，但是不见你，快走吧。你已经把我们二先生搞得够惨了，我阿康不像你们有学问的人那么文明。"

政芬在阿康恭敬的伺候下一直走进去，世信又被砰然地关到门外。霎时间他觉得他正在受最残酷的苦刑，不过他愿意受，只要这个世界能够马上毁灭，埋葬了那些使他受辱的人。那当然是办不到的，他也知道办不到，于是，他恨恨地走回车子。

"我要回去了，"他说，"振纲，送我回宿舍，我要休息。"

"我可以帮你研究一下情况，兄台。"

"不，我要自己想一想。"

车子又走了，天已入夜，振纲一直看着世信，世信的嘴角不时抽搐着，那就是说，他脑子里正酝酿着重要的思潮。

永利公司单身职员宿舍的大门紧闭着，冬天的最大特征就是家家关门闭户，那些在夏天一定敞开着的公共场所的门窗，一旦下雪，也会合将起来。世信跳下车子。

"我去陪你聊聊。"振纲提议。

"不要了，我用你的车子太久，"世信说，为了表示他没有什么，就又加上一句幽默，"今天是周末，妖姬会等你的。"

"她有她的户头，我对女人一向是姜太公钓鱼，从不去找她们，只让她们来找我。"

"你有办法，振纲。"

"我的办法是——我永不爱她们。唉，兄台，你要知道，爱这种东西最能坏事，它坏起事来的力量远超过一头撞进瓷器店里的蛮牛，连最贵重的东西都会撞个稀烂的。"

世信向他挥挥手，目送着振纲的车子像滑车似的滑到街口消失，他举手敲门，那铁门环被零度以下的气温冻得像煮沸了的滚水一样，几乎把肉皮都粘上去。他急忙缩回，改用脚踢了两下，门上的小方窗子打开了，露出门房老陈通红的脸，然后，大门开了。

"有客人在等你，周先生。"老陈说。

世信看到他房子里的灯光，一股强烈的希望又燃起来，他心头猛地一跳，可能是悦华，一定是她，是她在邀过政芬之后直接到宿舍里找他解释这一向的误会的。他慢慢地一步一步走着，努力不表现出来他的兴奋，刚才所感觉到的重压刹那间无影无踪，他一直走到门口，拉门进去。他看到了钱文达，文达像被埋葬了一般蜷卧在沙发里，小茶几上烟缸的烟屁股已堆积如山。

"我已来很久了，"文达说，"我从一位老师家出来，他本是非留我吃饭不可的，我还是告辞，觉得找你谈谈可能好一点。你喜欢平剧吗？我们可以去听听戏。"

世信的愤怒几乎使他扑上去扼死他的客人，但他到底是忍住了，而只含糊地答应着，脱下外套，刷去雪花。老陈跟着走进来，把炉子添满，坐上水壶，世信倒到另一个沙发上，逐渐熊熊的炉火使他身上觉得温暖，这温暖虽然只是来自炉火，而不是来自爱情，但他的愤怒已渐渐地可以控制。

"我不喜欢平剧。"停了很久之后，他说。

"你喜欢的。"

"嗯。"

"你喜欢的。"

"这没有什么重要。"

"你和李悦华的定情戏是《红鸾禧》，对吗？"

"文达，"世信直起脊梁，"是谁告诉你的？"

"对吗？"

世信非常欣赏"定情"两个字，这两个字的含意包括着性行为，那就是说，任何用"定情"去形容的爱情也是说那一次是他进入她里面的第一次——一种使人想入非非的和猥亵的句子。

"你和李悦华睡过觉吗？"

世界上没有一个做丈夫的会承认他在婚前和他妻子睡过觉的，也没有一个真正的以爱为基础的情人会炫耀和他情妇如何如何做偷情——假使他竟那样做的话，那就是说他们之间有了恨，有了轻视，或是有了一种破坏的和复仇的冲动。所以，对于文达的这句问话，世信肯定地点点头。

"真想不到，"文达叹口气说，"有些女人竟是这样不值钱。从前的女人，为了保持贞操，宁愿牺牲性命。我绝没有顽固到那种程度，但我对于那种一旦发现对方有利用价值便脱裤子，变心后又轻松地提起来，而竟然面不改色的女人，充满了轻蔑和怨毒。"

"你和丁秀云怎样，搞过她吗？"

"不知道。"

"说实话，文达。"

"真不知道。"

"看样子你存心要保持她的名节。"

"不能那么解释，"文达说，"我总觉得一个女孩子如果连身子都给了你，应该是——哦，我改个方式说就很明白了，一个男人对一个连身子都给了他的女孩子，如果仍不能忠心，那男人就未免太无情了。可是这观念却会害死人的，我以为那件事就是爱情的保证，才把精力财力毫不保留地用到秀云身上，我如果一开始就存心骗她该多好。"

"就当作你嫖几场姑娘吧，嫖姑娘也要钱的。"

"问题就在我不是嫖姑娘，我是真心爱她。不要谈这些，谈起来我会杀人，还是谈些风花雪月好。你和李悦华的情形怎么样？她和岳政芬是两个典型，她像公主，岳政芬像女王。你真是有福，我不知道你当初是怎么搞的，忍得下心丢掉岳政芬。"

世信脸上挂着没有任何含意的笑容。

"李悦华和你要好，真不可思议。"文达继续说。

世信不做声，他觉得他的嘴巴被一种无形的东西堵住。

"你有约会吗?"

"没有。"他呻吟说。

"我们去听京戏吧,我心里比一团麻还乱。"

世信疲惫地摇摇头,人们消除烦恼的方法总是不一致的,他需要的是寂静,不了解文达为什么忽然要到那锣鼓喧天的地方去。

"我那位老师谈到岳政芬……"文达语无伦次地说。

"他怎么说?"

"没有什么。"

"他怎么说?"

"他说,她似乎跟她从前那个叫李什么的男朋友和好如初了,几乎是一下课便跑到他家里。老人家对这件事很感动,他是个宿命论者,认为真正的姻缘是怎么也打不散的,他用这件事安慰我,我觉得那比南天寺里的那个大鼓还空洞。"

"跟那个疯子和好如初吗?"

"对了,就是那个疯子。"

"他不疯了吗?"世信说。

"快要不疯了。"

"那么他现在还在疯着?"

"是的,啊,不。"

"我不相信政芬会傻到重新爱上一个疯子,在他不疯的时候,她已经是连理都不理他了。"

"他如果不疯,她可能还不爱他。"

"原来是她怜悯他。"

"我想是。"

"怜悯不是爱情。"世信尖刻地号叫。

"我那位老师另有解释,怜悯不是爱情,犹如性欲不是爱情,崇拜不是爱情一样,那是一种象腿不是象的说法。实际上爱情却是包含着怜悯、性欲、崇拜以及其他什么的。"

世信忽然觉得浑身都不舒服起来。他嗫嚅说:

"她原来是恨李士淳的。"

"那我就不知道了,我只不过在我老师那里间断地得到些不完整的消息。"

"她只不过玩玩他,"世信说,语调中充满了因希望过度而产生出来的自信,"这是炫耀她仁慈心肠和伟大人格的最好机会,我想她绝不会嫁给一个疯子。"

"听说疯子就要痊愈了。"

"我不相信,那疯子去了一趟日本,似乎病情更为严重,回到维克市后,几乎连房子都烧起来。精神病不是伤风咳嗽,说痊愈便痊愈的。"

"但是听说他真的快要好了,"文达暂时忘掉了他自己,他为他最敬爱的老师的尊严而分辩,"事情是这样的,精神病一大半都起因于心理的异常,不是先有什么细菌跑进大脑里才病的。过去那种绳捆索绑的办法,只能使病更重,和对一个愤怒的人一样，打他的耳光只有使他更愤怒。岳政芬的那个男朋友后来接受的是另一种治疗，一个心理分析专家和岳政芬合作……"

"吃什么特效药吗？"

"没有，我老师说，他们主要还是靠心理矫正，顺着疯子那矛盾而紊乱的思路发展，慢慢地导到正轨上，像太极拳一样，完全是柔功夫，也像对一根扭曲了的铁条一样，不是用钢钳把它硬生生拉正，而是先用火把它烧红烧软，再一分一毫地拉，直一点算一点。"

"岳政芬很惬意了吧。"

"也不见得，前几个月她着实吃了些苦，疯子有时候像对奴隶似的虐待她，她就和他对打，常常带着一身青斑回到宿舍。有人劝她不要去了，可是她似乎决心要牺牲自己，第二天又照样前去。"

"很好！"世信喊。

"现在应该是很好了，那位姓李的朋友居然逐渐好转起来，清醒的时间一天比一天增加，最近两个星期来几乎连一次疯都没有发，他已经可以站起来走走，和家里人谈笑风生。啊，这是一个奇迹。"

世信身不由己地也站起来，绕着炉子踱着，他想向他的客人喊，"那家伙今天又变坏了，又在大哭大闹了！"他不能忍受这种变化，他不一定希望李士淳一直疯下去，但士淳在这种情形下痊愈使他五脏六腑都要裂开，"我愿他今天下午复发的疯病一直发下去!"他心里叫,紧握着拳头。

"他们会结婚的。"文达不知趣地说。

"不。"

"我老师说,她曾和他的女儿,也是岳政芬最要好的同学谈过,岳政芬会和他结婚的。但她父母反对得要死,她的学业既没有完成,对象又是一个精神病患者,尤其是,她父母属意于她的表哥,那个现在还在美国的工程师。不过,闹过很多次之后,母亲拗不过女儿,似乎已经软化了,只有父亲还在坚持。大概是这样的,她从医生那里听说,她如果嫁给他,便是救了他,他现在虽然已经逐渐复原,但医生一再提出严重的警告,他不能再受刺激。任何过度的悲哀、恼怒,甚至快乐,都会使他再度神经错乱,那就再难医治了,而岳政芬也相信和他结婚就可以保护他。"

"你知道得太详细了,你这位老师是谁?"

"王路华,就住在你的附近。"

"他有个女儿在海大,是吗?"

"对了,她叫王淑敏。"

世信在烟雾中打量文达,文达那像被利斧劈过的双颊,在灯光和火光底下,像是贴着一张蜡纸。他盲目地走到桌前,在那他原来压着全是政芬照片的玻璃板底下,现在压着全是悦华的照片,她那秀丽的和如玉的光艳神采,几乎一招手就可以跳到他的怀抱。他低下头来一张一张地看着,忘记了他和客人都还没有吃晚饭,也忘记了客人的存在,而只是在想……

一〇

政芬被阿康迎接进去，那砰然一声关起大门的巨响使她一惊，她再也没有料到和世信竟是这样地见第一次面。世信把她当作悦华，她从声音上听出是他，她本来可以不应声的，不知道是什么缘故她竟应了一下，以致在毫无准备的情况下和他短兵相接。

男女之间，如果从没有过爱情，友谊可以建立，如果有过爱情，一旦爱情枯萎，那情形比根本不相识还要糟，有时简直和仇人差不多。政芬在暮色中看见世信向自己飞奔而来，觉得全身的血液都冲到大脑，一个魔鬼的声音在她耳畔叫，"抓住他，殴打他，辱骂他，最好是杀掉他！"但她受的教养把这声音掩盖住了，没有经过考虑，竟大大方方而又非常得体地应付过了这场尴尬的重逢。但当她进了李宅之后，像一个从山崩中逃出来的旅客一样，开始感觉到自己在上气不接下气地发喘。世信和振纲的对话声她都听得清清楚楚，接着是汽车的消失声，她由愤怒变成了悲恨，连睫毛上的雪花都忘记拂去，让它们融成水滴，悬在上面，再结成米样的小珠。

"岳小姐，真抱歉，我一听见电铃就跑出来了，想不到还是出来得太迟。姓周的那小子得罪你了吧？"

这是阿康的话，他为了没有及时赶走世信而道歉，一面提醒政芬说院子里太冷，请她赶快进去，一面向她报告悦华告诉过他的话。

"我们家小姐说，她最讨厌这个人。你不知道，那一天小姐把我叫去，对我说：'阿康，记住有一个叫周世信的无赖，别让他进门。'我说：'你放心，小姐，我连门槛都不叫他踩，他踩一下门槛，我就打他满脸流血。'其实也用不着打，我哪有闲心打他，只要一瞪眼就把他瞪跑了。他真不是一个好东西，也没有买把镜子照照，竟癞蛤蟆想吃天鹅肉，追起我们小姐来了。小姐这个人向来不像时下那些姑娘们一样在外面乱跑的，她的朋友我都认识，像那位张泉青先生，我们都恭敬他不得了。"

"张泉青？我常听说他。"

"张先生真了不起，他一面教书一面还在念博士呢，明年得了博士，就要周游全世界。"

"我从没有见过他。"

"他的脾气不好，"阿康缩缩脖子说，"和小姐经常吵架，两个人在一起就好像放在火炉上两根炮仗，不知道谁会先爆起来，只要有一个先爆，另一个也是非爆起来不可的。"

"吵翻了吗？"

"天晓得年轻人捣的什么鬼，一向都是吵吵好好的，这一次却拉得时间特别长，听说还是为了姓周的那小子，张先生以为小姐变了心，其实小姐再变也变不到姓周的头上。"

这时候客厅里的灯亮了,老太太披着斗篷探头出来,一迭声地唤着政芬,一面埋怨阿康不该说起来没完,使岳小姐在外边受冻。悦华从母亲身后跑到政芬跟前,挽着她的臂膀。

"快进去吧,"她叫,"看你身上的雪足有一尺厚,远远看起来活像南天寺里的白无常。"

"悦华,"做母亲的说,"你是不是存心要气死我?你这么大的孩子,比岳小姐只小一岁,人家什么都懂,只有你傻子一样整天不知道说些什么。"

"好了,政芬,你听见没有,女儿已开始不值钱,老太太又爱上媳妇啦。"

客厅和庭院虽只一门之隔,却和室外有着迥然不同的气氛。炉火在燃烧着,窗玻璃上结着隔着窗帘都可以看见的厚厚的冰板,阿珠走来接过政芬的大衣,老太太母女帮她拂去头上积雪。

"士淳怎么样?"政芬迫不及待地问。

"什么人叫我的名字?"一个嘶哑的声音在楼上说。

话音刚落,疯子在楼梯上出现了。他显然和半年前不一样了,衣服相当整洁,裤缝像一个站在阳台上接受欢呼的人那么笔挺,头发是刚理过的,下巴没有一丝阴影,而且双颊也丰满了很多。几个月来一直都是清醒的缘故,眼珠也显得灵活和光彩,但他现在又重新跳回那个他已经跳出来的深井里了,他觉得只一会工夫天地都变了颜色。

"政芬,孩子,"老太太说,"他找你找得发了病。"

"怎么回事?"

"我找到你了。"疯子忽然纵声大笑。

士沛夫妇本来是跟在身后照顾士淳的,疯子声明他会照顾自己,不允许任何人走近他。他对于想搀扶他的人深恶痛绝,他独自步下台阶,大大的一步越过了第二个踏到第三个的边沿上,于是,像被人从背后重重地一击一样,身子悬空地往前栽了一下,就连滚带滑地跌了下来。女孩子们同声发出可怕的惊呼,阿康闻声赶进来,和士沛把跌到地下的士淳架起,但士淳不肯把身子站直,他双手扶着地,仰头向阿康叫道:

"我是牛,你骑不骑?你骑吧,骑吧。"

"二先生,我,我不……"

"阿康。"悦华阻止他。

"……我不,我不骑。"阿康已说了出来。

这句话使疯子这头牛觉得有人用鞭子在猛烈抽他,而阿康分明就是那个手执鞭子的人。他记不清阿康是什么时候当牛郎的了,他想求他不要打它,但刚才从楼梯跌下来撞伤了的脊背和手腕上急剧的痛楚,使他感觉到那鞭子是不可免的,他就自然不停地跑跳而且不停地号叫起来了。

"老天,老天,"老太太抽泣,掩着面孔,她不忍看下去,"他已经完了,他再也不会痊愈了。"

"昨天他还跟一个好人一样,我走的时候他还说他要看书,我就劝他宁可闭着眼睛听收音机,这几天星光管弦乐团正在演奏交响乐，一天到晚都有实况录音播出，那是他最喜欢听的，"政芬说着，迟疑了一会，自言自语地低声说，"啊，问问大哥就可以知道了，他是不是喝了酒？"

士沛转身上楼去察看他的酒厨，全家只有他喝酒的。老太太吩咐去请赵大夫，悦华反对请他，认为他是一个了不起的好内科医生，但不是一个了不起的精神病科医生，更不是一个心理分析医生。老太太却坚持着请他来，有医生总比没有医生要好一点。阿康应声打电话去了，冷风顺着骤开的房门吹进来，士淳正爬到门口，忍不住发出一阵遏止不住的咳嗽。

"我的儿，我的儿！"老太太走过来，一面喊着，一面为她的孩子捶背。

"不要碰我。"疯子大声叫。

"我是你的妈妈，孩子，你下午还好好的，怎么一下子连我都不认识了？我是你的妈妈，仰起脸看我呀，你看清楚了吧。"

疯子果然仰起脸。

"妈！"他说。

"对了，对了，你明白过来了吗？"

"我的腿被人打断了，"疯子说，那刚才还光洁照人的头发，现在凌乱地披散到眉梢，"古人说，任重而道远，正是为我说的。他们把那么多东西压在我背上，又那么用力打我，我的腿断了，你看我连一步都走不动，而且肺也打破了，不然我是向来不咳嗽的，连喘气都不。"

"你不是牛。"

"我是牛。"疯子愤怒地说。

"士淳!"政芬叫。

"我是牛。"

"我知道你是牛,"政芬说,"看你的身子多壮呀,角又磨得那么亮,哪头牛也没有你漂亮,连全世界最有名的墨西哥牛都没有你漂亮,你到过河套吧,那里的牛群千千万万,都挑不出一只像你一样的牛。"

"我就是从河套来的牛。"

"你在河套干些什么?"

"我在那里吃草。"

"对了,我告诉你,你趴着不嫌冷吗?"

"我趴在草地上。"

"这不是草地,"政芬弯下腰,抚着他的面颊,"士淳,站起来吧,看见妈妈了吗?还有哥哥、嫂嫂、妹妹。阿珠也下楼来了,你昨天不是还说她很漂亮吗?站起来,听我的话。"

"我站不起来了,"疯子悲哀地说,"我的腿被打断了。"

"你试试看,会站起来的。"

"请个医生来给我上绷带吧,求求你,我已经流了很多血,恐怕我要死了。"

"医生真的来了。"玉兰说。

赵大夫果然推门进来。这时,士沛正从楼上走下。

"他恐怕是喝了酒，"士沛对赵大夫说，但也是对全体家人说。他望着政芬，"大概喝得不多，阿珠看见他举起我那一瓶白兰地往口里灌的，她喊了一声'二先生'，他放下酒瓶便跑了出去，不久就闹起来了。"

赵大夫走向疯子。

"他睡午觉睡得正甜，"士沛说，"却忽然惊醒起来喊岳小姐的名字，不知道他做了什么梦，阿珠告诉他什么话他都不相信。"

赵大夫走到疯子身旁，拉着他的手。

"起来，士淳，你坐到水门汀地上会把下身坐成麻痹的。我是赵伯伯，你不认识了吗？"

"我是牛。"

"士沛，帮我搀他起来。"

疯子的牛性，使他对明明是医生却不肯先治他的断腿，反而逼着他站起来继续驮那些过重的东西，生出一种火烧般的反应，他立刻牛鸣了一声，双手按地爬起来，用他的角——实际上他只有头，向赵大夫撞去。赵大夫没有防着疯子会这样对付他，所以那凶猛的一头正好撞到他肚子上，他的皮包脱手而飞，落到炉子旁边，而他自己则一屁股坐到地上，肚子上和屁股上的剧痛使一个上了岁数的人无法承受，他感到一阵要呕吐的昏眩。

赵大夫呻吟着，他想不到他的病人会凶手似的对他，他在家人千万声道歉中被架起来。老太太连连询问他有没有跌着，他是跌着的,他觉得尾巴骨那里像是已经碎了,连吸一口气都会剧痛。于是,他只好躺到沙发上,躺下之后,他才发现疯子正蹲在墙角向他虎视眈眈地凝视着。

"孩子,"他说,"你还是牛吗?"

士淳没有回答,但从他脸上的表情,看出他对这种问话有强烈的厌恶。

"我的药箱里有镇静剂,"赵大夫说,"想办法让他服下去,不要让他坐到地上,那会使他的肌肉受伤。你们打电话不是说他一向都很好吗?他使我困惑,林大夫是怎么治疗的?我不懂他的新式疗法,但士淳的神色不太好。林大夫告诉你们了吗?我想他一定说过的,士淳不能受任何刺激,一点小小的不对劲都会使他那好容易澄清的脑子混乱。"

那包镇静剂——实际上是包安眠药片,从药箱中找出来了,但怎么使士淳服下去呢?士沛几次走过去,一只手端着水,一只手举着药,都被那已经化身为牛的疯子拒绝。等人一走近他,他就发出一种低低的咆哮,和一个行将发动攻击的动物一样,在地上刨动着双蹄。假使观众们只是一群路人,大家会感觉到滑稽而笑出声音来的,现在却没有人笑,有的只是眼泪,士沛试探着几次都无法走近他的弟弟。

——"吃下去吧,吃下去你就会好的。"

——"你不是找岳小姐吗,她已经来了,就在你面前,为什么不和她说话呀,她冒着大雪来看你。"

——"你把赵伯伯撞伤了,士淳,他把你从小抱大的,你怎么能不听他的吩咐呢。"

——"把这一杯水喝掉,你不怕妈妈伤心吗?喝掉吧,喝掉了之后,你想要什么就有什么。"

但一切话都等于白说。疯子已记不起他曾找过政芬了,他在午睡的时候梦见他和政芬在旷野里并肩散步,跟他们最初相识时的情形一样。一个是初回国门的留学生,一个是情窦初开的少女,他们被羞怯和好奇混杂着的热情驱使着,他想揽着她的腰,但又惶恐不敢伸出手臂,后来到了一棵独立在田埂间的枯干了的老松树底下,他们坐了下来。但一转眼间,政芬竟像幽灵一样,轻轻地纵起身子,跳上树梢,这个意外的举动使他惊醒,浑身冷汗雨一样地淌下来。那时,太阳光正照满了窗子,他认为他已看见了不祥的预兆,政芬的影子似乎就在屋檐上晃动。他吃力地唤她,哀求她归来,他胸膛里有点壅塞,必需喝点酒压制一下。就这样的,他开始觉得他是一条牛,而且觉得到处都是桌子椅子十分不舒服。他唯一的希望是休息,他不想撞人,他知道牛从来不撞人的,撞了赵大夫使他后悔,他只希望快一点走出这屋子,回到牛栏里去。只要没有人阻拦他,他就不会发脾气,母亲、爱人、兄弟、朋友,他都不再认识了,过去所有的记忆和知识都像附在脑子上的微粒一样被激流冲洗了去,剩下的只是他自己牢不可破的幻想。

就在大家陷于束手无策的时候,政芬重新站出来。她对她的做法并没有信心,不过她觉得刚才如果不是赵大夫打断她,她可能已把士淳安排妥当。她把士沛唤回来,提议叫大家都散去,她说她可能把他骗上楼安睡,像上次林大夫骗他上楼安睡一样。老太太迟疑了一会,对从前曾经诅咒过的女孩子感激地望着,大家决定只好由政芬试一试,不过谁都不能走开,他们决定躲在疯子看不见的角落,防备发生什么意外。

在众人躲去了之后,政芬轻轻地走到距士淳不远的地方,仿着他的模样,也蹲下来,偷偷地向他看着。果然,意料中的,他向她打量起来了,士淳对于一个似乎相识的女孩子奇形怪状的姿势感到惊异,他仔细打量她,这么一位漂亮的大白兔不去吃菜,却沉默不语地坐在这温暖的房间里,使他大惑不解。

"假使她能到郊外奔跑该多好。"他想。

"你是谁?"他终于问。

又是意料中的发问,政芬高兴得恨不得向老太太发出欢呼。

"我是牛。"她答。

"啊——"士淳长长吐了一口气,这答复使他起了戒备,他刚才看出她原是一只大白兔的,一只大白兔竟自以为是一头牛,其中显然有别的阴谋。

"你不是牛。"

"我是牛。"

"你不是牛,"士淳说,"我们不是同类,你只能吃人们辛辛苦苦种下来的菜,你们白兔总是非常运气的,我如果不耕田,就什么都没有得吃,你们只要有人领养就不怕没有上好的菜——菠菜,空心菜,那都是我想吃却吃不到的。"

"士淳!"

"你叫谁?"

政芬觉得像被扔到烤炉里一样燥热起来,事情发展得不太顺利,日光灯强烈的光线使客厅如同白昼,士淳狐疑地密切注视着他的同伴,政芬也注视着他。从他那滞涩的黑眼球中看见自己蹲到地上的狼狈形状,看见自己几乎竟也像真的牛一样把头垂到颈前,甚至她还可以看见自己鼻尖上密积的汗珠,想到角落里许多眼睛在观察着自己的一举一动,"我母亲看了我这个样子,会羞死的!"她简直要哭了出来,决定马上结束这一场闹剧。

"我要吃草去了。"她说。

"我也要吃草。"士淳说。

政芬小心地向楼梯那个方向爬去,故意慢慢地掠过士淳的面前,秀发上的蝴蝶结恰巧拂到他的睫毛上,在这种强烈的暗示下,疯子果然跟着她走了。客厅里空洞而寂静,只有两个人影在火炉和椅子桌子之间蠕动着,所有的眼睛都盯在那两个黑影上,随着他们的进展而逐渐将心弦松弛下来。

可是当政芬到了梯口要上楼梯的时候,疯子不再跟进了。他那可怜的脑子里死死记住大白兔是去沟边,而牛一定要去牛栏里的。牛栏就在大门之外,他必须走自己的路,所以等家人发出一阵焦急的呼喊,政芬回头看他的时候,士淳已爬到门口,将近半个小时以上的努力全付流水。她叹了口气，直起腰来，用手帕擦去灰尘，迅速地追了过去，家人也纷纷走出来。

"不要拉他，"赵大夫忍着痛，向她警告，"他可能把你撞跌的。"

政芬犹豫了一下。

"我的儿，我的儿！"老太太绝望地叫。这时疯子已拉开屋门，冷风像一排子弹一样猛烈地射进来，雪花被狂风怒搅着扑到沙发上和火炉上，立刻发出嗞嗞的悲哀的响声，而士淳就要投向那种冷酷的天地中去了，母亲的心都要碎了，老太太哭着奔上去：

"儿啊，儿啊，让我替你吧，你还年轻有为，我已老了，我替你疯，我替你死，你爸爸地下有知，也会愿意的。"

政芬再度走过来，拦住老太太。

"跟我上楼去，"之后，她抓住疯子的手臂，"所有的牛都上楼去了，你往什么地方跑。"

疯子蓦然地把身子转回，发出和赵大夫阻拦他时同样的愤怒，他滑稽而又凄凉地歪着头，鼻孔中呼呼地低吼。

"政芬，政芬！"悦华叫。

接着是家人全体的呼喊，疯子的牛角已撞到政芬躲避不及的腰肢上，她向后踉跄了一下，如果不是士沛抢上一步把她抱住，几乎就碰到那被烈火烧红了的炉筒上。她站稳了，再度走到疯子跟前，过度的激动和恚恨使她像恶鬼附体一样抖成一团，牙齿撞击着,她抓住疯子的领口。

"起来,我叫你起来,"她喊,"不管是牛也好,是人也好,你给我起来,回到房间休息。士淳,我知道你已失去神志,这是我对不起你,我并不是不爱你,我如果不爱你我不会在你疯成这个样子的时候回到你的身边。你为我成了废人,我知道,但我也为你成了这个样子,我的神经虽没有疯,我的心已疯了。正当我庆幸你好不容易康复的时候,你又旧病复发,你叫我为你做什么事才好?士淳,求求你,回去吧,回去吧!"

一向沉默的政芬忽然讲出长长的一段话,她哭了,她的话像从泪水里拉出来,老太太和悦华也跟着抽噎着。但疯子完全不了解她在说什么。他只对抓住他领口的那只大白兔感到心烦,他再度向她撞去,撞到她小腹上,她向后退了两步,终于坐到地上,她痛苦地呻吟着,索性抱住他的头:

"你为什么疯?士淳,你为什么那么想不开,为了失去一个女孩子就错乱到不能救药。啊,我承认是我先离开你的,但你为什么要做出种种使人不能原谅的事?你只管恨我,为什么不给我留一个回转的余地?我第一次听见你精神失常,就有几天的失眠。你从日本回来我去码头接你,我当时不知道为什么去接你,后来我才知道,我仍在爱你。这些话在你神志清醒的时候,我一再和你说过的,你为什么还要疯?"

士淳不再是牛了,他也不知道他现在是什么,他抬起头看了政芬一眼,就一拳打过去。大家一阵骇叫,政芬已被击中,但她跳起来向士淳身上扑去。

"打吧,打吧,士淳!"她狂喊。

"岳小姐,"老太太叫,"士沛,阿康……"

"打吧,"疯子又击中政芬一拳,政芬嘴角流出一缕鲜血,她再扑上去抓住他,"士淳,我和你同归于尽。你恨我,我知道,士淳,我用我的生命来赎,一个人一生中能有这样痴的爱死也无恨了。但你不能这样虐待我,你打吧,我和你拼命,我们今天就死在这里。"

疯子咆哮着,用力抓住政芬的手臂,政芬狂咬着他的手指。一个疯子对这一类创伤是不在乎的,他另一只手抓住她的头发,一霎时客厅里成了一个短兵相接的肉搏战场,疯子和政芬互相冲击着倒到地上。一个女孩子是无法和一个男人对抗的,更何况那男人是疯子。但政芬显然也疯了,她哭喊着和士淳拼打,等到士沛、阿康和玉兰、悦华姑嫂,以及阿珠一拥而上,把疯子强行按住,她还用软弱的拳向他身上雨点一样捶下。

"我的儿,我的儿!"老太太又哭了,她把政芬拉到身旁,抚摸着她的乱发和脖子上、耳朵上、手上的伤痕,口中低低地亲切地呼唤。

政芬从李家回到学校,已是深夜一点,士沛把她送到宿舍门口,叫了半天才将大门叫开,一个光着头的警卫用他那冒火的但却是无可奈何的态度迎接他的客人,他倒宁愿喜欢那些调皮的跳铁栏或从铁栏间挤进去的女学生，士沛看着她跑上甬道之后才钻进汽车。政芬拍掉身上的雪花，轻轻走回自己的房间，扭亮电灯，发现每个人都睡得正熟，淑敏几乎把头全缩到被窝里，在那猩红色的被面和藕荷色的枕头之间，披散着她浓云般的长发；美华的脸正朝着外面，蓦然的亮光使她略微皱了皱眉，但显然她仍在梦中，她这半年来一直丰满不起来的面颊，在灯光下看起来更单薄而焦黄；吴芸头发上夹满了发夹；贞贞的白缎面被子像瀑布一样垂到地下，政芬把它拉起来。她解下围巾，脱下大衣，靠到椅子上坐着，重新环顾一下她的同伴，她们都睡得正静。

这间寝室虽没有火炉，但因为窗门紧闭，又有六个年轻人挤在一起的缘故，有一种自然产生的温暖。谁也不知道她们在做着什么梦，或许她们什么都没有，而只是酣酣地一味沉睡。政芬想，一个人如果能永远沉睡下去，那应该是最大的幸福了，连梦都不做一个，更不会有什么欢乐悲苦。她们不会知道，就在她们酣酣地在温和的被窝中辗转舒展的时候，外面发生的事情——天降着大雪，一个疯子在大闹特闹之后终于被抚安睡，一个本来是充满了欢笑的女孩子，却像一个孤儿似的去挑她挑不动的担子。汽车的隆隆声，世信喊悦华时她的心跳声，老太太唤儿子的伤心声，士淳嘶哑的牛叫声，都已经消失了。政芬摇摇头，她想不到世界上竟还有这么寂静的一个角落。

虽然是深夜，而且经过一段漫长时间和疯子的纠缠，政芬还是不觉得疲倦，她本来打算回来就要倒头大睡的，进了房间后却反而清醒得多了。她觉得浑身都酸痛难忍，大概也是这种酸痛驱走了她的睡意，士淳的牛角和拳头使她简直也要发疯，她像对付一个仇人似的和他厮打，老太太首先参加援救她，士沛、阿康，连悦华都拥上来制止疯子肆虐，大家混乱到后来，不知道什么缘故，士淳忽然间有一点清醒，竟答应政芬扶他上楼，一家人都像刚救过一场大火一样地，倒在沙发上喘息。

士淳回到房间便睡下去，李家坚持着要政芬留下，老太太一迭连声叫阿珠在自己房间中加一张床。政芬不肯，她觉得她必需回到宿舍，即令是天要大亮，也还是回去的好。她到悦华房里重新梳洗，悦华在一旁跳来跳去地尽力讨好政芬，政芬也知道她在讨好自己，但自己是一个失败者，好几次她都想问她——

"悦华，"她如果说，"最近看到周世信了吗？"

不管悦华用什么态度回答，她都要告诉她刚才大街上周世信喊悦华名字的那一回事，她要看看悦华有什么反应。可能阿康讲的话是真的，悦华已经把周世信甩掉，但她为什么甩掉他，政芬要听听悦华的说法。政芬是一个厚道的人，悦华那种带着歉意的无邪笑容，使她有点原谅她，而且开始有点喜欢她。现在，政芬回到寝室，她仍觉得悦华从她身边把周世信抢走是不可思议的，尤其是只轻轻一夺便夺走，也实在无法想通。她承认她没有悦华那样娇憨活泼，大概周世信就是欢喜那种类型的。政芬想到她和世信猝然相遇的那一刹那，一直积郁在心头，要羞辱他、要质问他、要揭穿他假面具的报复性愤怒，竟然出乎意料化为乌有，只是陡地对他轻视起来。恨和轻视不过一纸之隔,爱成为恨,爱的种子潜伏在恨的深处,还有机会生芽成长,可是一旦成为轻视,爱情便是死了。

"周世信是一个可怜虫。"她唏嘘着对自己说。

政芬这时候看到美华的那皱着的眉头已经展开了,一个精巧的领口别针就放在枕边,一本厚厚的书压住了它的一半,那露出来的一半正发着浅蓝色的使人看起来十分舒服的微光。政芬知道那是陆光正送的礼物,一个女孩子似乎天生下来就是叫她恋爱的,一个没有爱情缠身的女人,她的生命就好像纸灯笼一样不实在,而且一不小心就会自己燃烧起来。美华在武昭富离开她后,曾发过重誓,也曾确确实实下过决心永远不交任何男朋友,因为所有的男人都不是好东西,但她拒绝不了光正。光正的爱情像药粉一样撒在她感情的血淋淋的伤口上,以至于她以为永不会痊愈的伤口,竟慢慢痊愈起来。她和她父母都没有理由拒绝把姐姐美英送到精神病院治疗,姐姐的丈夫朱永藩正希望有这么好的机会,他妻子的病使他无论在感情上或在颜面上都感到难堪。假如他不爱她的话,他可能会放弃她的,但是他非常爱她,所以他不愿意让她走开。他唯一的盼望是她住在医院,他对精神病院在一次门诊后竟答应免费住院治疗感到意外,虽然全家人都明白那是怎么回事,但都没有告诉他,很多事隐藏着较公开起来更要相宜。

政芬再看吴芸、兰芳和贞贞,政芬叹了一口气,人们往往以为任何一个少女都是平安宁帖的,只有她们自己知道,事实上正恰恰相反的,少女是最不平安、最不宁帖的阶段。在这个阶段之前,她们信赖母亲;在这个阶段之后,她们信赖自己,或信赖丈夫;但在这个阶段之中,和一个初学游泳的人爬上悬岩跳水时的心情一样,好奇、恐惧、徘徊,又暗中渴望着跃跃欲试。平安宁帖只是表面,少女的心要比任何年龄都充满了猜疑和困惑。

墙上那座光正送给美华的挂钟,时针正指着两点,在这夜深人静,白天根本听不到的秒针跳动声显得分外响亮。政芬抽出纸笔,她想她必需写封信给她的母亲和她的表兄。一副扑克牌就放在信纸上,她把它拿出来,一张张翻看着,人像上的胡子八字一样滑稽地向左右翘着,她觉得有点可笑,简直和世信那副尴尬的嘴脸一样可笑。她把扑克牌洗了洗,三张一叠拿下来,用大学生们最喜欢的那种方式为自己卜卦。她反复地数着,最后摆在桌上的十三张牌中,每样都是三张,只有红心是四张。"还不坏!"她安慰自己说,然后把牌仔细收拾起来,开始给母亲写信。

"妈,"她写了一个字,觉得有很多话一下子都涌到笔尖,反而不知道应该先写哪一件。

"我还是先写给卢中权。"

"中权表兄,"她撕去上一张信纸,在下一张信纸上写道,"谢谢你寄来的貂皮大衣,同学们都羡慕我有这么大的福气——"

政芬想起来貂皮大衣初寄来时的情形,同学间互相代拆包裹是最普通的一件事。她刚从教室回来,发现那件发着悦目光泽的貂皮大衣已经从精致的不锈钢匣子里取了出来。大家围绕着,像观看一顶皇冠似的屏声静息,每一个人眼睛里都充满了敬意。秀云不知道什么时候也挤了进来,像一个孩子抚摸着一只陌生的小狗似的,用她那涂满了鲜红蔻丹尖指甲的雪白手指,在那细而且柔的兽皮上抚摸着,口中失态地发着不停的喘息。

"我的天,"她如醉如痴地问,"我想它想了好几年,武昭富答应送给我一件的,我没有要。啊,这一件至少也得五千美金。"

这个巨额钱数像毒龙巨爪似的抓住每个人的脊椎,大家都僵在那里。

"物主回来了,物主回来了!"淑敏在写她的笔记,不耐烦地喊。

"政芬,"秀云说,"谁寄给你的?"

"不知道,"她说,"我刚刚下课。"

以秀云为首的人群立刻把包装纸拿到她跟前。

"美国,麻省,波士顿,"有人用英语念,"钢铁公司,密斯特查理卢。"

"我的表兄。"

"他结婚了吗?"妖姬说。

"没有。"

"那你有福了,"秀云理了一下头发,"政芬,你前途无量,他能送你这么贵重的礼物,真是走遍天下都找不到的情种。你毕业后马上到美国去,他会供你读博士的,那时候,夫唱妇随,恐怕理都不理我们这些老同学哩。"

"秀云,你说得太远了。"

政芬把貂皮大衣接过来,看着足有一条棉被那么重,拿在手里却轻得像一张纸。

"我不敢当这么重的礼,"她继续写道,"我想你应该送给我未来的表嫂用。"

于是她忽然想到周世信。

——"政芬,"当时秀云赞扬她说,"我真佩服你的手段,轻轻松松就把周世信甩掉,有些人简直是胶皮糖,要甩真得费很大的手脚。"其实政芬倒是相反真正佩服妖姬,不在于她有什么手法去猎取男人,而在她——像那一天,她见了赵美华,好像根本没有发生过武昭富那回事一样仍十分亲亲热热。

政芬接下去写——

对一个学生而言,貂皮大衣是太奢华了,我已带给我的母亲,由她老人家暂时代为保管,将来转送给你的新娘。

自前月起,你的十一封信,我都接到,知道你一个月可收入美金两千元,那是一个很大的数目,特地恭喜你。你谈到周世信,我们早已不再来往。我母亲是爱我的,没有人否认,但她不太了解我,犹如我不太了解她一样,周世信离开我她老人家很高兴,不过我恐怕终有一天仍是要做她不孝的女儿。父亲常斥责我,说我谈爱情还太早,但我已觉得有点太迟,母亲也是在我这么大年纪嫁给他的,我觉得做父母的如果在年老时仍记得他年幼时的往事，做子女的才真正地算有福气。

恕我没有马上复你的信，我被李士淳——就是你信上提的那个疯子（他的一切，母亲都告诉了你吧？）忽轻忽重的病情，累得我精神恍惚。我们过去闹过别扭，无数小误会和小错误铸成一个大错，但上帝可怜他，也可怜我，他已经在好转途中。

"能在严冬来临的前夕，接到一件世界上最好的御寒衣服，真有说不出的感谢，"她继续写道，"我曾把它放在我的枕边一个星期之久，回想起不少历历如绘的往事。记得那一次吗，那是十年之前了，我随着妈妈到府上小住，也是严冬的天气，你们后门口那条小溪已结上厚冰，我和邻居的小朋友在上边有趣地走来走去，一不小心，摔倒到冰上，鼻血流到围巾皮手套上，我本来还不太害怕的，可是大家却被吓得惊叫起来，我才跟着哭了。你第一个跑过来，用你那新做的浅灰色缎子棉袍为我拭去我满脸满身的血渍……"

政芬把笔停住，她想这样写下去，恐怕是非写出情书不可了。她觉得有点不对劲，就把写好的信笺撕去，捏成一个小团，投到纸篓里，重新再写——

中权表兄：你寄来的貂皮大衣收到已快一个月，本来早就要写回信的，可是恰巧逢到月考，我最近因为心绪不宁，听课的时候太少，请假或溜号的时候太多，不得不临时抱佛脚。我现在真恨不得明天就毕业，想起来还要再过半年才能戴方帽子，才能离开学校，真使人有度日如年之感。至于毕业后如何打算，还没有想到，很多同学都羡慕你为我安排去美国的那一条路……

政芬又想起秀云那张漂亮的脸来了，三年半的同窗，秀云从没有把老实而平庸的政芬看到眼里，所以她很少和她单独谈话。不过，自从听说政芬毕业后有人负担旅费让她赴美的消息，她便对政芬刮目相待，她悄悄地对刘蕙说，"女人和男人不同，女人只要有个有钱的丈夫，再死板都没有关系。哦，我看岳政芬这个人有点阴森森的，恐怕表面上故作老实，有那么好的男朋友把大家瞒得死死的，好像有人会把他抢走。谁能把我弄到美国，便是阿猫阿狗我都肯嫁，岳政芬反而说她不肯接受，简直是骗活鬼。"

刘蕙把妖姬的话告诉了政芬，她结论说：

"你也算有办法，你如果早透露出来，说不定丁秀云真要抢了去。"

"她抢不去的。"政芬说。

"赵美华就是一个例子。"

"我的表兄远在美国。"

"这我是太清楚了，"刘蕙笑道，"她会千方百计弄到他的通讯地址，自己介绍自己地通起信来。"

"对这种冒昧的举动，男人是怎么个看法？"

"怎么个看法？"刘蕙叫道，"看样子你真是有点孤陋寡闻，对男人的常识一点都没有了。我和丁秀云几年来一直在一起，似乎并不算浪费，男人都是贱骨头，漂亮的女孩子如果走向他表示好感——无论是友情也好，爱情也好，不但不会看不起你，反而会骄傲你慧眼识英雄呢。"

政芬用笔杆轻轻地敲着桌面,觉得信还是不能这样写,这样写下去也非写成情书不可。

"我还是直截了当,"她想,"虽然显得拙笨点,但要写得曲曲折折,实在太不容易。"

"中权表兄,"她再从开头写道,"接到你隆重的礼物已数月之久,一直迟到今天才写回信,真万分抱歉。一则是我的功课太紧,毕业在即,深怕功亏一篑,不得不随着同学们日夜加油。二则是几年来我一直受着感情上的困扰,这一学期已到顶峰。我的事情你是知道的,用不着再重复述说了,我真不知道我当初是什么缘故,和李士淳一言不合就断绝来往。我不能怪别人挑拨,心灵上如果没有缝隙,挑拨便没有力量。一连串几个人,甚至包括你,都向我证实他在美求学的时候,曾和一位也是中国籍的女孩子同居生子,最后却抛弃了她,孩子也不要了,狼狈地折返台湾。我想这件事是真的,没有经过询问,没有听他的解释——其实,在那个时候,他解释也没有用——便和他一刀两断。他那暴烈得像炸药的性格,不等待我的冷静,也不寻觅我的答复,就向我辱骂起来了。一切恶毒恐吓的话都出现在平常看起来温柔严肃的人的口中,使我更相信他的粗暴和忘恩负义。我当然不知道他的凶蛮不过仅限于此而已,接着他开始精神失常。在这个时候,周世信一直和我很要好……"

政芬思虑着怎么谈周世信,她真希望周世信能看到她现在对他的淡漠心情，但她决定还是不谈他，她用浓墨把后两句涂去，再写——

不过经过两年来的治疗，他已逐渐痊愈，目前虽时发时好，但医生讲，他会终于不再复发的。所以我已决定一等我毕业，就和他结婚。一个女人和男人不同，一个女人只要能得到终生不渝的爱情，她才真正是有福的人，名誉、事业、学问，都可以凭努力获得，唯有爱情靠的是缘。我知道爸妈会反对的，但我将用我的生命去争取我的自由。

政芬发现她忘记把貂皮大衣的去处告诉中权了，这是很重要的，当她接到那件贵重的礼物后，就在当周星期天回家，转交给她的母亲。

然而，在把这桩事加进去之后，政芬仍觉得不太合适，应该比这更婉转些才对，在那进入后半夜就由淡黄变成银白色的电灯光圈里，她隐约地也欢然地看到她表兄的轮廓，那大耳朵和略粗的眉毛，眼睛里蕴藏着兄长和爱人交织的脉脉光芒。他是她读初中时候的家庭教师，他们肩并肩坐着，从算术一直学到代数、几何。

"假设没有士淳的话，我可能爱上他的。"

政芬沉思着，把写好的信一折一折地叠起来，叠成一个长条，然后再把它撕成粉碎。她决定还是先给母亲写信。淑敏大概被政芬撕纸的声音惊醒，微微地睁了一下眼睛，含糊对政芬说：

"什么时候回来的？"

"回来了半天。"

"还不快睡。"

没有等到政芬回答,她又转身朝里,重新入梦了。房子里似乎有点冷,政芬搓搓手。

"妈,"她另外写道——

中权表兄有信吗?我好久没有接到他的信了。

政芬瞥一下案头日历,仅这一个星期,中权就来了两封。

但请您不要催他,您是他的姑母,为了不违反您的意思,不得不写来的信,实在没有价值。世界上有很多这样的事,别人都看他们是理想的夫妻,只有他们自己知道他们不是理想的夫妻,那就尊重他们自己的意见吧。婚姻是要儿女们愉快,不是要父母们愉快,我有一位同学的姐姐,就是为了满足父母的支配欲嫁给了她虽不厌恶但也不喜欢的人。现在,她住进疯人院,留下两个孩子,和任何人都指责不出有半点瑕疵的标准丈夫。

妈,这个疯子的妹妹和我同住一个寝室,我到过她家,亲眼看到惨相,求您和爸说……

政芬把笔支着面颊,像雕像一样坐在那里,把自己写的信重新读了一遍,再读了一遍,觉得她面前的阴影简直和山一样沉重,不是一封信可以扭得回转。她想起她送大衣回去的那一天,因她是临时决定、临时启程的,码头上没有人接她,但她却碰到陆元康。他正要往维克市来,裤缝和大理石棱角一样垂直到雪亮的皮鞋上，但他那刚剃过胡子的面颊却仿佛敷着一层薄薄的灰。

"陆叔叔，"她喊，"你什么时娶陆婶婶？"

元康礼貌地笑笑。

"我听到不少你和白蓉小姐的传说。"

"什么传说？"元康用一种紧绷的声音问她。

政芬发觉她陆叔叔的神色和平常不太一样。

"你一定有困难，陆叔叔？"她说。

"对的，"元康呻吟说，"她父母不同意，她的兄弟姐妹反对，而且外面风声很大。"

"白蓉呢？"

"她和我同生共死。"

"那你还愁什么？陆叔叔，只要两个人一条心，至死不变，没有力量可以分得开的。"

"是的，政芬。"元康似乎是在自言自语。

政芬不再回忆了，她发现不如给陆叔叔一封信，请他向父母面前说情，他们是平辈，说话自然方便些，而且，他会同情她的处境。想到这里，她再把给母亲的信撕碎。

"陆叔叔，"她又开始写——

您的婚事如何了？我听到不少关于您的消息，不过都是些风言风语的传说，盼望您早日克服困难。

我有一事想求求您，那是您最熟知的，我自进入大学，感情上便一直不平静，但我现在平静了。李士淳的精神病总算痊愈有期，我决心和他结婚，就在我毕业之后。只有我结婚才能救他，我如果再离开他，只有使他疯狂致死，他需要我比我需要他更切。结婚后我可以好好服侍他，他只有靠我才能创造出来伟大的前途。

我想求您的是，您能不能向我爸妈把我的要求提出？您是知道我爸的固执的，我真怕我提出这要求所发生的后果。我如果在家，他会打死我的，但我决心非和士淳结婚不可，即令背上不孝的罪名，也只好如此了。我不能如他二老的愿望嫁给我表兄，他是一个好人，您不知道我内心多么尊敬他，但除了尊敬之外，没有别的东西了，而爱情却是很复杂的。

政芬这一次没有停顿，一直写下去，因为给元康写信顾忌少的关系，她畅所欲言地写了一张又一张，在最后一张写完后，看看手表，已三点钟了，这才觉得有点困，而那暂时被遗忘了的腰部的酸痛和手腕手臂上被击伤的疼痛也复发起来。她伸了伸懒腰，听到走廊上轻碎的脚步声。

"小姐，"王嫂伸进头来说，"熄灯吧，天都快亮了，舍监要说话的。"

政芬把她打发走，一连串打起呵欠，她想到明天还要到李家去，又可以看到士淳，忧愁和喜乐同时涌了上来。

她扭熄电灯，爬到床上。

一

　　大雪早已停住，四个月后，春天的太阳闯进了世界，屋瓦上的残雪快要消尽，维克市东北一带的弓山上也只剩下雪帽，像一个即将退隐的圣诞老人，在悲哀地看着这好不容易被美化了的城市，逐渐露出原来那种赭黄色和喧嚣烦躁的面貌。

　　陆元康穿着藏青色西服，双手插在裤袋里。初春的冷风比严冬还要细而且劲，他在琼安路上徘徊着，觉得耳朵和脖子像被片片割掉似的痛，如果穿上大衣，或戴上围巾就好了，但他想不到会在这里等待这么久，来来往往的行人像刚从笼里跑出来一样，从他身旁不断滑过。他尽量低着头，希望不要碰见什么熟人，他在眼力所及范围内慢慢地走动。心里的时间比手表上的时间要快得多，手表上这时正指着下午四点，但他心里早已经五点了。他谛听着柳梢上的鸟叫，那是一种不知名的小鸟，似乎在欢迎春天，也似乎在为这个洁白的世界被春天破坏而悲鸣。太阳混混沌沌的，像被掘出地面的一头土拨鼠，一直挂在西方天际，可怜而无助地被苍白色的云吞去，一两家商店亮起了灯光。

　　就在他两脚快要走出火来的时候，他从人流里看到了白蓉。她身穿长仅及膝的短大衣压着同样长度的旗袍，尖尖的平底鞋包着肉色丝袜，一条素黄色的宽大围巾裹着她的长发，只露着那张俊俏的但却戴着口罩的面庞。她和元康在路旁相遇了，和两个陌生人相遇一样，互相交换了只有当事人才懂得的一瞥，元康装出偶然的姿势，跟在白蓉背后。

"我们哪里去？"她问，但并没有回头。

"就进南国喝咖啡吧。"

"不行，万一有人认出我。"

"我们坐上车子谈。"

"好，快叫一部，你先上去，到前边几步远的地方等我。"

元康照她吩咐的话做了，计程汽车在最不惹人注意的地带停下，车门打开，元康从后窗遥望着他的情人走过来，有几次都要被道上的小石子绊倒。她走到车子旁边，向四下张望了一下，然后飞奔着，抢上两步，跳进车厢，车门在身后关起了。

"我们没有目的，"元康对司机说，"到郊外兜个圈子再折回来。"

用不着加以说明，司机已明白他遇到的是一对遭到困难的情侣，接触过形形色色的人，每一个计程司机都成了卜卦术士。车轮滚动起来，白蓉把大衣脱去，全身纵到元康的怀里索索地抖着，元康用一种足可以抱断一根柱子的力气抱着她。

"轻一点，"她呻吟说，"我遍身是伤。"

元康急忙松开。

"我告诉妈我必须去玛丽厅一趟。"她喘息说。

"今天你不是不当班吗？"

"不当班,所以一定要告诉妈。"

"她会查出来你没有去的。"

"阿康,"她跪在坐垫上,双臂环绕着他的脖子,"我实在忍受不下去,顾不得那么多了。"

汽车轻微地颤动着,元康用他那粗糙的生着胡子的脸摩擦着白蓉像粉揉出来的面颊。

"昨晚回去,"她继续说,"妈又和我大闹,两个姐姐也帮她,爸回来了,他一听说我又出去了半天,便用门闩打我。"

她卷起袖子,镶着红边的青斑一块接一块向胸部延伸。

"背上全是。"她说。

"蓉儿,"元康说,"他们是亲生父母吗?"

白蓉点点头。

"假使不是你的生身父母,我会杀了他们。"

白蓉泪流满面地望着他,那年龄几乎比她大两倍的情人,在她的泪珠里像一个骑士一样,她恨不得揉进他的身子。

"安大的事情不成了吗?"她说。

"学校已正式通知我不再续聘。"

"都是我父亲。"

"我不怪他,"元康说,"如果我是做父亲的,或许我也会如此。但他的想法恐怕是有点错了。他如果只是为了泄愤,那他达到了目的,但他如果想用这种手段逼我不爱你,那他得到的效果就恰恰相反。不过也可能他这样做是使你不爱我——你总不至于爱一个无业游民吧。"

"因为我使你受这么大的苦,阿康,对不起你,我更加倍地爱你,直到永永远远。"

"安陆大学没有办法续聘我,你父亲的信像雪片似的飞向校长,走廊上都有他的呼冤书,说我诱奸他的女儿,只有正在学校教书的人才知道这一个控诉是多么有力,我只好走了。在聘约没有期满前我便得走了,我曾经去过海大、维大,但你的父亲像苍蝇一样盯在身后,攻击的信件每一次几乎都和我的脚步同时到达。"

"找别的工作有把握吗?"

"没有。"

天已黑下来了,车灯在前面像两条巨蛇,牵引着车子向黑暗的深窟奔驰。

"告诉你……"她衰弱地附到他耳朵上。

元康闭着眼睛。

"我自己有点积蓄,背着父母存在银行里,你可拿去用,我们结婚后,我还可以照常唱歌,你不嫌我的职业不好,是吗?"

"蓉儿,"元康说,"我爱你,爱你。"

"带我走吧,这样下去,我父亲终有一天会打死我。"

元康再去抱她,但她满身的创伤使他只能像跳舞样地用手臂松松地环绕着她。后座上那盏小电光灯正照到她那俏丽的脸上,她看到元康目不转睛地注视着自己,这才蓦地想起她的提议竟是要求男人和她私奔。私奔两个字在脑际一出现,她那雪一样的面颊便立刻飞红起来。

"对不起,对不起。"她把脸埋到他怀里,不知所云地说。

元康搓着她的面颊。

"我一定带你走,蓉儿,"他说,"我不敢开口,却让你先开口了。你使我感动,为朋友死易,找一个值得为他死的朋友却难,我愿为你死……"

"不许你说死。"

"我没有先开口的原因,是怕你嫌弃我,我现在几乎是除了两肩一口外,什么都没有了,我不配。"

"不要再酸下去,我如果图的是钱,图的是地位,你岂止现在不配,根本一开始就不配。我只是爱你这个人,我如果不爱你,那一天维大毕业晚会,我便不会去看京戏,又陪你去公园坐那么久,我向来没有和人那样过,我以得到你的爱为荣,阿康。"

车子转回市区,车外已经逐渐灯光点点,最后街灯已是白昼般的耀眼辉煌。这对情人头并头肩并肩坐在后座上,四只手交叉地握着。

"你的手一直很冷,"她说,"放到我袖筒里都暖不热。"

"也可能是太紧张。"

"你应该爱惜自己,怎么连毛衣都没有穿。"

元康结结巴巴说他根本没有。

"我现在可以问你了,"白蓉说,"一个大学教授一个月多少钱。"

元康告诉了她。

"天,"她忍不住大笑起来,"想不到十个教授也抵不过一个歌女。"

"这话使我难堪,但我不得不承认。"

白蓉立刻叫出租车停到百货店门口,她坚持马上就买一件毛衣送他,但元康拒绝了。他不是为了表示大丈夫气概,而是为了他们一起走进百货店,可能被人发现,而且他告诉她,他所以没有毛衣,并不是因为买不起,而是他一向有大衣的,维克市的春天,一件大衣足可以应付了。

"也好,千万不要让我父亲看见你,"白蓉说,"他会要你的命。"

"你说得太严重了。"

车子在市区漫无目标地行驶着。

"我不知道该怎么说才好,"元康不能抱她,只能把她那白而纤细的手捧到胸前握着,"我们可以租一间房子,堂堂正正地结婚,或者到法院公证,这是最合法最无懈可击的了。结婚后,我想你父母会慢慢对你恢复亲情的,我可以再找到一个工作,那时候你父亲总不至于再去把我闹垮吧。然后,我再教你意大利文,我们一块去意大利,你继续研究声乐,不要以唱流行歌曲为满足,我愿你成为世界上最闻名的声乐家,那不仅需要歌喉,还需要修养。以你现在的储蓄,我们到意大利住四五年不成问题。四五年后,我们将是另一番天地,以你歌喉之好,会有大成就的。唱流行歌曲屈没了你,你应该在艺术界有地位。如果经济情况不允许我们一块去,我可以留在国内,一直等你学成归来。"

"我要你一块去。"白蓉像就要失去他似的再攀住他的脖子,把脸贴到他胸脯上,听他心脏像装着怀表样地跳动着,她就抱得更紧了。

"我们能融化成一个人该多好。"她乞怜地说。

"我们会融化成一个人的。"

闹市的灯光和从几家唱片店传出的震天歌声把他们从沉醉中惊醒,十字街口标准钟已指着九点。

"我要回家了。"她说。

"那么,就是明天?"

"明天。"

"我在巷口等你。"

"明天是我当班,他们不会疑心什么的,你先雇好出租车,我唱罢第一场就从后门溜掉,没有人注意,他们永远想不到我会跟你逃走。"

"我一早就去下一站买当天晚上的火车票,他们发觉了一定会往车站去追,却料不到我们已从下一站上车了。"

"你计划得真周到,吻我。"

车子在暗处停下,白蓉付了车钱,再和元康捏了一下手,步行走到附近玛丽厅门口,连往里看一眼都没有,就另叫了一辆街车回去。元康仍在僻静处立着,他一直没有离开白蓉的背影,街车就在他面前经过,白蓉扭着头向人行道上张望。他站了出来,站到灯光底下,白蓉几乎要从车座上跳起,她向他挥着手,他也挥着手,他在表面上没有表露出那么激动,但他的血管都在沸腾。

"蓉儿,"他双手举到胸前,用只有上帝才能够听到的声音,嗫嚅着说,"祝福你,祝福你。"

然后,他一步一步向叶松青家走去,向他们夫妇报告消息。

午夜,松青的孩子们都已经睡了,松青和他的太太靠着沙发,松青太太腿上还盖着毛毯,而且把脚也盘到毛毯底下,用惊骇的、惶然无主的眼神望着元康。元康从柳城来维克市后,便一直住在他们家里,没有任何打算,也没有考虑到下一步要做什么。他没有积蓄,离职时领到的一个月的薪水,也快要用光,但他忧愁的却不是金钱。现在,他和一个刚穿上新衣服的孩子一样兴奋着,一面吸烟,一面在房间里不断地走动,告诉他的老友他和白蓉会面的经过。

"坐下来,元康,你要把我走昏的。"松青说。

元康在门口那里站住,门紧关着,他轻弹着门玻璃,玻璃发出清澈的响声。

"一定要带她走吗?"松青追问。

"告诉我,大嫂,"元康说,"你去白家的经过如何。"

松青太太摇摇头。

"老人家仍不答应?"元康说。

"不,我根本没有去。"

元康失望地把弹着玻璃的手放了下来。

"我不愿意和她私奔,"他说,"我知道那是下策,所以我多少还希望你能成功,大嫂。"

松青太太看了一下她的丈夫,虽然只有三个人,但这房间却同时并存了两个世界。一个世界里,爱情像火山爆发时滚热的岩浆一样,把人的性格烧成了灰烬。而另一个世界里,却是冷冷静静,站在黄鹤楼上,看着一叶渔舟,在可怖的巨浪里挣扎前进,心中兴起的是一种悲剧的喜悦。元康的脑筋已浑了,但松青夫妇却是清醒的。

"本来我是要去的,"松青太太说,"衣服都穿好了,松青和我又做最后一次商量,决定还是以不去为宜。"

松青接过他妻子的话:

"我们就是再去一百次,恐怕都无法挽回老头子和老太婆的决定,上一次已碰了一个相当大的钉子,怪我们不该把白蓉介绍给你。从前我们去时,他们总是以上宾相待,即令去年陪白蓉去维大看京戏,使你们相会,后来不知道谁打了小报告,但对我们的礼遇仍没有减少。可是,自从你们谈到婚嫁,情形便不同了,我们成了你的帮凶,何况你现在又住在我们这里,如果再去请他们答应这桩婚事,假设换过来是你,元康,你肯吗?"

"肯。"

"你已经糊涂了。"松青叹口气说。

"只有和白蓉出走这一条路。"

"决定了吗？"

"她父母逼我们如此。"

"你知道会有什么后果吗？"

"知道。"

"你不知道的。"

"我已经在脑子里描绘出轮廓来了，"元康说，他一支接一支地吸到第十支烟，"两位老人因为她女儿的反叛，严重地伤害了他们的自尊心，又因为我摧毁他们的摇钱树，而会愤怒得像两头面对着红布的斗牛，对我固然恨入骨髓，对女儿也再没有感情了。他们会撕破脸皮向社会宣扬起来，使我找不到工作，使我们陷于饥饿，我们一旦陷于饥饿，老人就快乐了，那正证实他们当初说的'嫁给那小子有罪受'的预言，不是吗？这些我已尝到了，我佩服他们，他们看准了一个教书的先生最受不住爱情纠纷的打击。"

"白蓉的父亲已有信给我的校长。"松青说。

"关于我的事吗？"

"嗨。"

"对不起，松青，"元康跌到沙发上，他知道圣贞女子中学对他这种事的看法，"好在我明天便走了，我为你们平添了不少麻烦。"

"他们会解你的聘吗?"他又说。

"也不是我去追他的女儿,"松青愤怒说,"我本来不打算告诉你,想了想还是告诉你为宜。尤其你既决定明天要走,我祝福你顺利,不过我相信你走了后我会有脱不了手的麻烦,你住在我这里,又把他女儿拐骗跑了。天,大学教授诱奸歌女,中学教员从中拉皮条。不要不高兴,这是白老头子给校长信上说的。"

元康看着他的老友,觉得留给他们的担子竟是如此的重。

"我不在乎压力,"松青继续说,"不过,元康,我还是建议你,不要决定得太早,假爱情有什么意义呢?而真爱情是经得起考验和经得起折磨的。你为什么不等下去,让他们的怒气缓和一下。"

"我的婚姻违反老头子的基本利益,他永远都不会缓和的,何况我等不下去了。"

"怀孕了吗?"

"胡说。"松青太太责备她鲁莽的丈夫。

"当然不是,"元康说,"而是我已被他们搞得身败名裂,我不知道还有什么资本等下去,凭我一介任何地方都找不到工作的身子?他没有给我留一寸退步,松青,我想后悔都不可能。"

"然而,你也应该满意,白蓉还爱你。"

"因父母的阻拦而造成爱情上的悲剧,这题材是太古老的了,我永没有想到我自己会成为这种悲剧的主角。"

"这不是悲剧。"松青说。

"也可以说——"

"你这是喜剧，元康，"松青对他的老友竟讲出不祥的话感到不安，他大声说，"没有几个人能获得你这种际遇。"

"我前些时候还为一个年轻的女孩子解决了一桩类似我这样的事，这使我得出了错误的观念，认为父母的心总是可以挽回的，现在才知道，有些父母的心硬得相当坚固。"

"这一类事，为别人说话容易，为自己说话难。"

"她是一个杰出的女孩子，"元康说，"父母非叫她去美国嫁给她那有钱而又有学问的表兄不可，但她却坚持着要嫁给一个疯病刚复元了的人，老头子和老太太仅有这一个女儿，他们反对得激烈是在意料之中。女孩子托我去疏通，任何人都会被骂回来，我也挨了骂，但我终于使他们答应女儿的要求。"

"你讲了些什么？念咒语吗？"

"讲了很多，而且不止讲一次。最主要的是我问老头子叫女儿嫁给他选择的人，他能写一张保单，保证女儿一定幸福一辈子吗？反对女儿嫁给另外一个青年，他能写一张保单，保证女儿一定不幸福吗？结果他们同意了，当然，同意得很勉强。"

"你遇到的是一个理智能控制感情的对手，"松青笑起来，"假如你遇到的是白老头，白老头还好，假如你遇到的是白家老太婆，你就会发现上帝造人用的模子是太多了。"

元康向松青夫妇告辞，为了避人耳目，他明天将很早离开这栋圣贞女中教职员宿舍,行李箱子他会捆起来,暂时寄存在这里,他明天必须轻装出动,等住址确定后,再请松青寄去。

松青夫妇送他们的客人到门口,松青握着他的手。

"再见,元康,你为白蓉牺牲了一切,我知道你会善待她的。但你比她年龄大得多,四十对二十,盼你把烟戒掉,为她保重身体。"

元康感动地道了谢,向他的房间走去。

"仿佛有一种永诀了似的感觉。"松青说。

"随他便去搞吧,"他的太太说,"住在我们这里,已够我们吃不消了。"

元康走进他的房间——松青的写字间,再燃上一支烟,就开始整理行装,除了明天一早立刻可以卷起来的被褥外,他把箱子装好,只准备带一个并不刺眼的大型手提包,里面放着两件换洗的内衣,和一些他找职业时必需要用的学历文件和经历文件,另外还有一张火车时间表。一切都准备妥当之后,他从手提包里拿出他的日记簿,那紫红色封面在灯光下像血一样灿烂,这是他自从写日记以来的第十五本日记簿了,其他都锁在大箱子里。世界上最好的情人可以代替母亲,也只有日记簿可以代替情人。他摊开它,再吸上一支烟,坐下来,在簿子上写道:

今天我做了很多事,我觉得天地像被装在黄澄澄的大气之中。明天此时,我将在罗城写我的日记,蓉儿的轻俏身躯将坐在我的腿上,向我一个字一个字诉说她逃出来的经过。我们会在第二天便正式结婚，一想起我竟然真的有那么一天可以向朋友介绍："她是我的妻子！"我便压制不住我的激动，我真怀疑上苍为什么这么恩待我。

多少人为我惋惜，说我不应该为一个女孩子冒着被社会摒弃的危险，尤其是我的年龄和知识，似乎不应该为此发傻。朋友警告过我，他们引用那一句最普通的话："上帝要毁灭谁，先叫谁疯狂！"不过我想这句千古名言对于有纯正情操的人是不适用的，否则的话，世人可以用以讥讽岳飞，也可以讥讽罗密欧和朱丽叶了。起码在爱情的领域里，这句话的分量应该大减，芸芸众生，而我找到了我的知己，我愿为她死，为她受比找不到职业更大的苦难。

蓉儿，宝贝，我爱你，爱你，海枯石烂，永远爱你，纪念我，纪念这一日。

元康停住笔，嘴角浮出一丝观察不出的微笑，春寒袭击着，他两只脚都冻得有点痛了。明天，一想到明天他那好容易静下来的心便加速跳动，他在水泥地上踱着，聆听着自己的脚步声和案上马蹄表的秒针走动声，忽然他把日记掩住。

"看起来我像是在写遗嘱。"他想，摇摇头。

等他把日记簿放回到手提包之后，他那一直埋在潜意识里的恐惧显露出来，白蓉如果变了心呢？是的，如果是她变了心呢？

"我为什么这样想？"他向自己喊，"我原来不相信她，也不相信自己。"

他把窗子打开，让冷风照他吹着，一直吹到他打起寒颤，才重新关住。把所有的不祥想法驱走后，他眼前又浮起白蓉那张漂亮的鸭蛋脸庞，他把烟头掷掉。

"我明天开始戒烟。"他说。

然后，他脱下衣服，躺到床上，已是三点钟了。

第二天一早，天还没有亮，元康便起了床。他仔细刮着脸，他一向不太注意仪容，和白蓉结识之后，他才一下子讲究起来，似乎连一根较长的胡子都会影响她对他的爱情。尤其是今天，一件空前的转变在他面前等待，他修饰得就更加留意了。这时候整个教职员宿舍还在梦中，松青房子仍淡淡地亮着夜灯，他们夫妇也没有醒，元康在案头留下一张告辞的字条，掩住屋门，轻轻地把院门打开。走到街上，冷风扑来，觉得春寒和冬寒同样使人承受不住。他将大衣领口翻起，呵气凝结在鼻子底下，像一团苍白的小精灵，逐渐向上升起，也逐渐消失。

这一上午他做了很多事：到郊区车站购票；发信给远埠的朋友，预告可能去住几天；再向几个感情比较更好的朋友去信，询问可否借一点钱。他早饭没有吃，一直到中午，才有一点饿。胡乱在摊子上吃了一些，他希望不要碰见熟人，果然什么人都没有碰见。在摊子上吃东西的时候，一只豆大的蜘蛛从梁柱上吊着一根游丝垂下来，正垂到他的面前，他要拂去它，手几乎触及到它时又缩回来。他想起了古老的传说，那分明是一只"喜蛛"，象征着吉祥和如意，他笑了笑，特别加付了一块钱的小费。

从吃过午饭到约定的时间，是一个漫长的距离。他本想去公园里消磨，但他现在已无心欣赏什么景色了，他也曾想早一点去玛丽厅，又怕白蓉的同伴们会发现有什么不对。于是，他想起了南国，一辆出租车把他带到那里。南国属于一入黑夜便只有鬼火样灯光的咖啡室，高高的靠背把每一张沙发隔成一座小天地，情侣们就在那几乎伸手不见五指的小天地中谈爱。现在正是白天，高靠背椅给元康一种丑陋的感觉，他找了一个向墙壁凹进去的孤独地方坐下来，侍女递上单子，他指了指热可可，热可可不久就送到面前。

元康靠着椅背，那桌椅之间狭窄得只可勉强容纳一条腿的空隙，使他只好把腿拿到沙发上。阳光在黑幔帘的窗子上淡淡地映着，他把报纸打开，从头条标题往下看，一直看到分类广告。他把头向后仰到靠背上，像一个在炮火掩护下登艇中睡着了的战士一样，他也睡着了。倔强的头发在鬓角那里竖起一小撮，似乎向它的主人表示愤怒，滑到地上的报纸堆在椅脚，苍白而晦暗。可可在杯子里冒着热气，如果元康能一口气喝下它，身子可能会舒服些，但他疲倦过度，已顾不得喝了。突然他觉得一股微凉，白蓉已悄悄地站在他的面前，满脸泪痕地望着他，他想跳下椅子，四肢却像得了风瘫似的举不起来。

"怎么回事，"他双眼昏花地喊，"是不是有什么变化？"

"我逃了出来，"她咽噎道，"快走，票买好了吗？"

元康勉强站起来，白蓉扶着他。

"出租车在外面。"她低声说。

"你为什么哭？"

"快走，车上再告诉你。"

街上刮着暴风，出租车像一片落叶一样，单薄地傍着马路停着，他们钻进车子，发现坐在方向盘那里的竟是松青。

"你是司机？"元康说。

"傻瓜。"松青说。

"开车，松青。"

"你们决心下定了吗？"

"废话，"白蓉叫，"快走，他们要追上来了。"

松青不再说话，车子在暴风中前进，白蓉在后座指着路径。元康看不清经过些什么地方，只见白蓉的泪珠渐渐没有了，脸色也渐渐转红，三十分钟后，车子在一栋房子门口停住。

那是一栋精致的带着相当宽大花园的小楼，白蓉在前边领着。元康狐疑不安地跟进去，一股油漆味道在微寒的空气中荡漾，下女送上两杯茶之后退去了，屋子里只剩下白蓉和元康两个人。白蓉脉脉地望着他，扑到他怀里，踮起脚尖嗫嚅地说：

"我的夫，元康，我总算逃出了魔掌，我们到了我们的家。"

"从头到尾告诉我这是怎么回事，天啊，这一定是一场梦。"

"不是梦，元康，不是梦。"

两人并肩坐下来，白蓉像孩子一样，温柔地跪在元康身旁。

元康显然一时应付不了这么大的变化,他白痴般地盯着他的情侣,觉得无数要说的话一齐涌到喉头。

"我从法院后门溜了出来,"白蓉摩擦着元康的面颊说,"谁也想不到妈今天早上临时决定要我嫁给那个华侨,听说他在美国独资开了一家饭馆。他对我倒很客气,我发疯了似的反抗,可是没有用。你会知道我心里是怎么着急,恐怕是等不到我们约定的时间了,他们马上就逼着我去法院公证结婚。啊,元康,你说我应该怎么办,我只好忍耐着,假装着忽然想通了似的,就在要办公证手续的时候,从后门逃了出来。外面的风是这么大,我逃到桥头才堵住一辆出租车,可是他们已经发觉了,我亲眼看见我姐姐和那华侨沿着河找下去,一肚子委屈没有人知道,元康,元康。"

"这房子呢?"

"这是我们的,我拿自己的钱把它买下来,你不反对吧?我昨天没有告诉你,是因为我想叫你大吃一惊。"

"你把我搞糊涂了,我不知道应该怎么做才好,所有的计划被你搞得粉碎。我脑筋里沸腾着很多问题,像我们的结婚问题,你的出国问题。"

"听我讲,元康,一切还是按照原计划进行,我只不过把躲藏的地点事先布置好了而已,我们仍要结婚,我们也仍要出国,我有足够的钱供我们使用。你不嫌我的钱来得不名誉吧?不要发愁,你大概忧虑我会变心,我如果变心,会这样待你吗?"

"松青呢?"

"大概走了。"

"他今天的举动很奇怪。"

"不要理他。"

白蓉领他到他的房间,那张绣着五彩鸳鸯的双人床正摆在窗前,透过深红灯罩射出的灯光像落花一样撒在四周,那正是一种洞房的气氛。元康挽着白蓉,挽到床沿坐着,顺势把她推到床上。

"不,"白蓉说,"我的房间在隔壁。"

元康不理会她的挣扎。

"我爱你,可是……"

元康伸手到床头摸索,电灯啪的一声熄了,他整个地拥着她,听到从她鼻孔中发出来的丁香花味的喘息,她向他倾诉着她反抗家庭的经过,他也告诉她为她所受到的痛苦,于是,声音渐低,他们睡下去了。

大概是午夜的时候,元康在梦中听到走廊上的脚步声,虽然那脚步故意在轻轻移动,但显然是男人的脚步,而且至少有两个男人。他小心地摸摸他的身边,白蓉已不知什么时候走了,那鬼鬼祟祟的脚步使他不安。幽灵一样的月光,把僵直的一棵松树照到窗玻璃上,院子里的风声更厉,被吹成弧形的电线发出凄惨的鬼啸,他毛骨悚然地爬下床来。一个人影在窗外掠过,紧接着,隔壁房间里响起轻微的人声。

——"他睡熟了吗?"是松青说。

——"像猪一样。"是白蓉说。

元康把耳朵贴到墙上。

——"你不应该找他来的。"另一个男人说。

——"斩草一定要除根,"白蓉说,声音压低,"我如果不把他骗到这里,他会死缠不休,最糟糕的是他以为我爱他,愿意为他牺牲我的前途、享受、青春,而去跟一个穷文人、穷教授,那都只是小说上才有的事,他大概看小说入了迷。"

——"现在可以下手了吗。"松青说。

——"尸首放在哪里?"

——"地下室有一缸硝镪水,"白蓉说,"连骨头都会给他蚀光。"

——"你决定了吗?"

——"这房子就是那华侨买的,我再傻也不至于傻到放着光明大道不走,而去嫁给一个既老且丑而又穷的陆元康。他太天真了,有他一天在,我的婚姻就受威胁。"

——"我已准备好无声手枪。"松青说。

——"我们可隔着窗子发射。"

元康的嘴巴再也不能合住,就是一条毒蛇咬住他的胸口都不致使他感到现在这种惊恐,他把手指塞到口里咬着,黑暗中他都看得到鲜血一滴一滴淌下来。他冲动地想擂动墙壁,向白蓉指责;他又想跪到她面前求情,她总不至于像豺狼一样扑杀他的;但他觉得还是趁人不备,悄悄逃掉为宜。他光着双脚,轻轻把门拉开,可是,就在把门拉开的时候,三个凶手赫然地站在那里,向他发出磔磔的怪笑,手枪正对准他的鼻梁。他看到子弹在跳动,抽搐着的嘴巴还没有来得及喊什么,头已像一个掉在地上的茶杯一样被击得粉碎了。

"救命!"他迸出一声哀号。

"元康,元康。"

元康被身旁的白蓉推醒,他的手在她光滑的面颊上蠕动着,自己还听见自己心头在剧烈地跳。

"这是一个噩兆。"他叹息说。

"你做梦了吗?"

"一个不好的梦。"

"梦见什么?"

元康告诉了白蓉,白蓉甜甜地在他怀里笑了,一个元康有生以来最短的一夜在他们说不尽的谈话和接吻中度过。第二天,他们起床不久,侍女就把早餐送进来,稀粥、油炸馒头片、咸蛋、肉松,元康狼吞虎咽地吞下去三碗之后,白蓉才吃一碗的一半。

"不要用这种眼神看我,"她说,"我必须保持我的三围。"

"我不是看你吃,我是看你的人,啊,你真美。"

白蓉报然地回报一个感激的笑容。

"我们得赶紧结婚。"元康说。

"吃过饭便办,他们总不会再到法院了,我们正好可以去,公证结婚更使我结结实实嫁给你。"

"我去漱口。"

"别忙,还要两个证人。"

"我去找叶松青和他太太。"

"小心他有无声手枪。"

"再要有这种机会,蓉儿,你自己动手吧,不要再委托别人,我宁愿为你死,也宁愿死在你手。"

白蓉离开座位,绕到元康背后,从头发一直吻到他敞开着的胸脯,一股温馨的奇痒使他大笑起来。白蓉更热情地吻下去,他更笑得厉害,白蓉弯腰吻他的脚,元康连骨头都要松了似的大笑而狂笑。于是,他的肘节碰到桌角,杯子向桌沿移动了三寸之远,可可几乎都要泼了出来。

元康睁开了眼,手臂麻木得像一段木头,他还睡在南国的高靠背椅上。可可已冷,阳光早退下窗子,黄昏正无边无涯地压下来,约会的时间就要到了,元康浑身冷成一团,叹了一口气,仿佛还听见他自己刚才在梦中所发出的笑声。

付过茶钱,他一步一步走向玛丽厅。

玛丽厅和往常一样在窗玻璃上亮着浅绿色和粉红色繁星般的灯,可是,暗淡并没有被驱走,衬托得更为迷茫神秘。元康远远地在恰好可以望见后门的一家百货店玻璃柜那里站定,装作一个非买不可的顾客,徘徊着仔细端详柜橱里放置的那些女人用的耳环、项链和其他别的首饰之类。那些珠光宝气的外国奢侈品,是绝对不准进口的,但它们还是进口来了,海关严厉禁止,不过帮助私枭发财,所以它们的价钱都贵得吓坏人。元康在一个小小金盘子里发现一个手镯,和白蓉手上戴的一模一样,它的定价牌上写着八千元。白蓉曾经和他讲过她的那副手镯不过是低等货色,看起来这低等货色便够一个教授半年的生活费了。元康感慨地摇摇头,但他仍在窗前徘徊着,徘徊的范围控制在保证玛丽厅后门在他视线之内。

可是,他一直没有看到白蓉进玛丽厅。时间已经七点,初春时候,七点算是很晚了,白蓉至迟六点半便要到的,元康的两脚在鞋子里发烧,而这时玛丽厅的音乐响了。他听到隐约传出来的掌声和歌声,歌声不像是白蓉的,也不像是白兰、白莲,那是另一位小姐在唱,一股焦急的感情使他再也不能看玻璃橱,他瞪着呆子似的眼,什么都不再顾忌地盯着玛丽厅后门。

"她一定是从前门进去了。"他想。

"可是她为什么不唱?"他又想。

不过白兰却蓦地出现,而且朝着他径直走来,身旁跟着一个青年男子。元康没有躲开,他们也没有容元康躲开。

"等我妹妹?"白兰微笑着招呼,"陆先生,是吗?"

元康分辩说他不过想买一点东西,白兰冷冷地盯着他,像一条巨蟒盯着一个自以为够大的青蛙。

"她约你在后门口相会的,你站得那么远干什么?"

元康向后退一步,惊觉地说:

"你是反对我们，或是帮助我们？"

"我当然帮助你。"

"白蓉在什么地方？"

"在家。"

"她不能出来吗？"

"当然能，"白兰说，眼睛中冒着一种基于神圣缘故的光彩，"但她叫我来告诉你，马上到我们家去，我父亲和你有话要谈。"

"老人家会不会答应我们的婚事？"

"不知道，我只知道通知你马上就去。"

元康吃惊地望着他未来的大姨，希望在她脸上找出这件事情所以发生突变的真正原因。白兰回报他的只有一双闪动不定的眸子，她身旁那青年微微地靠着她，从他那件并不高贵的呢料的夹克外套上，可看出他不会是一个有钱的小开或小老板。他留着长长的和小学女学生留着的那样的头发，发梢被凡士林贴到耳根上，摆着一种被占有者的姿势。

"好吧。"元康茫然地说。

出租车把他们载到白蓉家。车子停下了，那青年先白兰跳下，虎视眈眈看着元康付过车钱，才去按电铃。他们走进客厅，客厅的门本是敞开着的，在他进去之后关上了。沙发上坐着一个几乎是浑圆的老头和一个眉毛都会说话的老太婆——白兰介绍那是她的父母，另外还介绍了白莲。白莲身旁也坐着一个中年男子，他们只略微地欠一欠身，让元康在那个为他预留着的沙发上坐下。元康正考虑他应该先说些什么话,老头儿开口了。

"陆先生,我听说你要和白蓉今天晚上私奔,是吗?"

"老伯,我想……"

"不要叫我老伯,你我的年龄差不太多。"

"……"

"你足可以做白蓉的父亲了。"老头微笑着加上一句。

元康咽一口唾沫,白家对他没有任何招待,客厅里像一座冰窖,他搓着手。

"陆先生,你的薪水够吃饭吗?"

"差不多。"

"告诉我,是你约我女儿今天私奔吗?"

"我愿两位老人家同意我们的婚事。"

老头发现元康的态度不太理想,他向后靠了靠,吩咐白兰和那青年也坐下。

"陆先生,你认为你和白蓉结婚是幸福的吗?"

"我想是幸福的。"

"我的看法恰恰相反,"老头说,他穿着深灰色的粗线毛衣,三个都没有完成学业的女儿为他带来满身肉,现在他那过肥的肉在他后脑勺颤动着,"你知道白蓉是我们最得力的女儿,她要养活我们全家,你那可怜的几个薪水能担得起吗?"

"担得起。"

"但你现在却是一个无业游民。"

元康心里所残存的那一点畏惧和歉意被他未来岳父的攻击扫荡得精光,他冷笑了两声。

"元康,"老头以一个见风转舵江湖老将的本领,亲切地喊,"我真是诚心劝你,元康,放弃她。"

元康侧起耳朵听着。

"原谅她年轻,"老头向前倾着身子说,"你要比她大上一倍,而且你的经济环境可以预见将来也不可能有发展,她将来会后悔的,我不能看着她受罪。"

"您以为嫁给她自己选择的丈夫一定要受罪吗?"

老头严肃地点点头,老太婆没有点头,但她那充满了鄙夷的马脸样的面庞上却流露着肯定的颜色,元康怀疑她真的不是白蓉的母亲。

"那么,"元康等老太婆的表情过去之后,对老头说,"你能保证白蓉嫁给父母为她选择的丈夫就一定终身幸福吗?"

"那当然是的。"

"你回答得太快了,"元康说,"除了上帝,没有一个人有资格保证别人的婚姻如何如何——无论是说它幸福或不幸福。"

"我们的心全在女儿身上,你以为我们会害女儿吗?"

"没有人否认这些,但因做父母的个性、人格、教育和修养的不同,爱的方法也不一样。以女儿为例,有些人以为她应该嫁给她心爱的人,有些人以为她应该嫁给有钱的人,有些人以为她应该受相当教育,有些人以为她只要能卖唱赚钱,使自己舒服,便心满意足了。"

老头陡然间发出震动屋瓦般的纵声大笑,这大笑像爆竹一样地一发而不可遏止。

"拿茶来……"他叫。

老太婆往后边去了。

"我欣赏你,我答应把女儿给你。元康,有见识,有胆量。"

"还有引诱良家妇女私奔的阴谋。"白莲狠狠地说。

老头又是一连串大笑,凸出的大肚皮在窄皮带下耸动着,像一块多余的、放在包袱里以便带回家喂狗的废肉。

"白蓉在吗?"元康说。

"她会出来见你的。"老头咧开嘴说。

"你果然很厉害,"白兰笑说,"你得庆祝一下爸爸回心转意,请我们吃点什么?"

元康被这种像是从魔法师手巾里飞出来的鸽子弄昏了,一时不知道是不是应该跳起来拥抱那些刚才还充满了敌意的家人表示感谢,还是应该仍静静地坐在那里,独自享受一下经过万劫而终归胜利的滋味。老太婆适时的走出来,端着一盏厚玻璃杯子的浓茶,放在元康背着灯光的那一侧圆桌上。

"请喝。"老太婆柔顺地说。

"谢谢您。"元康欠身起来。

"一个朋友昨天下午送来的龙井,"老头说,"真正的龙井。"

元康觉得老头脸上那本来横生着的肌肉现在竟特别和蔼可亲

起来,他不让女儿念书而送到风月场中定有他的苦衷,他不像白蓉形容得那么可怕,他是一个充满了人情味的老人。

"请喝茶,"老头说,"是凉的吗?"

"温的,"老太婆说,满脸堆下无可置疑的微笑,"请大口喝下吧,元康,这茶是雪水泡的,另有一种清香味道。"

"喝呀,"白兰催他,"怕塞牙吗?"

这话使得全体都笑起来,元康把杯子举到手中,他想他今天的遭遇简直和时下最畅销的小说情节一样传奇,不禁也笑起来,但他是哑然的笑。

他说,"能不能请白蓉出来。"

"喝下去,元康。"老太婆说。

元康发现所有的人面前都没有杯子。

"你们自己为什么不喝?"他说,"一定是把好茶留在后面了。"

"你错了,我们把好茶留给你。"白莲说。

"你是客人,你应该先喝。"站在白兰身旁的那青年说。

元康忽然感觉到这一家人渴盼着他喝茶。

"喝呀,"老头叫,"元康。"

那玻璃杯里的茶呈现着微青的颜色,无力地向上袅绕着一缕白烟。元康刹那间怔住,对一个在大学教化学的教授而言,他立刻看出那是什么,这个比刚才还要惊人的巨变,使他再一次在那一转瞬工夫失去应变能力。

"喝下去,元康。"老头做最后努力。

元康被这声音惊醒,他放下杯子,奔向门外,白兰却已先他开门出去,老头和两个青年扑上去,抓住元康的领口。白兰飞一样跑到巷口电话亭,拨着预先背熟了的号码。

"警察局吗?"她气急败坏说,"我们家在双龙路七巷四十八号,是的,有人自杀在我们这里,一个姓陆的家伙,来向我妹妹求婚,我妹妹答应了,可是我爸爸不同意,他就从怀里掏出一瓶事先准备好的硝镪水当场喝下去。天,快来吧,谢谢您,谢谢您。"

十五分钟后——这是警察局出动最迅速的一次了,两个刑事警察来到了白家,那一盏厚厚的玻璃杯早已换成一个香水瓶子,老头和两个青年的双手、胳膊、鞋子上,都受到灼伤。老太婆和白莲相偎着,当警察进来的时候,立刻发出不知道是由于恐惧,或是由于良心发现的哭泣。

"人怎么样了?"一个警察问。

他们走到元康身旁,元康躺在被踢翻了的圆桌旁边,脸部朝上,嘴唇鼻头,以及部分下颚脖子,都毁在硝镪水之下,但地下却没有洒着什么。大部分都被硬生生倾到口中,喉咙一被封闭,便只有任凭他的仇人摆布了。但元康的眼还在那里睁着,似乎还在往外流着泪,为它的主人轻轻洗涤着眼角。

"他已经死了。"一个警察说。

"早知道他这样痴心,"老头悲哀地说,"我会答应他的,我只是反对他们马上结婚。白蓉太小，她还不太懂事，他误会了我的意思，拿出瓶子就喝，等我们发觉去抢救时，徒弄了自己一身，已来不及了。元康，你哪里知道我心里一直都喜欢你，老三能配一个大学教授，我们做父母的，还有什么不满意？"

"悲剧，"那警察诗意地叹息说，"一个因失恋而引起的悲剧。这种男人是弱者，不值得同情。"

一二

对一个因求婚不遂而服毒自杀的新闻，虽然因男主角是大学教授，使人大吃一惊，社会上也着实起了一阵剧烈的震动，不过还有别的新闻取而代之，犹如灰尘落尽，风沙停息后的碧蓝天空，一点也找不到什么痕迹，人们渐渐把陆元康是谁都忘记了。只有记忆力特别好的人，在谈起日正走红的歌星白蓉的时候，才想到他。

元康的死使白蓉的声誉和身价一夜间上升百倍，大概任何名女人，她们之能够成为名女人，一定都要有若干男人做她们的肥料，像地蜂一定要产卵在被它刺死的地蛛肚子里一样，幼虫赖那腐烂的地蛛尸体而茁壮成长。名女人也是如此，她们靠着腐烂的男人尸体和腐烂的男人灵魂而茁壮成长。

白蓉在决定和元康出走，如约赴玛丽厅的前一个小时被她母亲看出形迹可疑。母亲想不到女儿会叛变自己，她只觉得有点不对劲，就开始质问她。白蓉当然不会告诉她要私奔，但经不住妈妈抱着她流泪，向她保证一定和她站在一条线上向老头力争，她终于讲出实话。她以女儿对母亲的崇敬去信赖妈妈，妈妈不会欺骗她的——妈妈欺骗女儿，比太阳从西方出来还不可思议，然而她不知道她所做的事简直使任何母亲都要吓昏的。

白老头把惊惶失措的女儿锁到后院放零乱东西的房子里,温柔地告诉她,两位老人将找陆元康谈判。

"乖孩子,"老太婆抚摸着白蓉的头发说,"我们叫姐姐去玛丽厅把他找来,和他好好谈一谈,假如他是真心爱你,我们做父母的绝不阻拦,但他得堂堂皇皇地名媒正娶,这对你不好吗?"

然而,元康终于死在白家。老太太到后院告诉女儿,白蓉跟跄跑到客厅,残余的硝镪水还在被腐蚀的地板上冒烟,元康脸上盖着一条毯子,她猛扑上去。

"不要动。"老头喊。

陪伴白兰的那青年跳上去抓住她。

"放手。"白蓉说。

"阿蓉,你会吓死的,而且毯子上全是浓硫酸,沾到身上就不得了。"

"我不相信他会自杀。"

"你难道以为爸爸妈妈会害死他吗?"老头说。

"我只知道他不会自杀,"白蓉牙齿像发疟疾一样地咯咯作响,她浑身都在抖,"他为什么自杀?"

"妈没有和你说过吗?"老头吼道。

"我不相信,我要去报案。"

白莲走过来用臂环抱着她的妹妹,拥她到沙发那里,但她发狂了似的挣扎着向她号道:

"我要看他。"

"三妹,"白莲说,"天下事往往有很多出人意料的,爸爸只略微表示一下拒绝,他就从怀里掏出一个瓶子来,谁都想不到他要做什么,我当时还以为他要喝点酒壮壮胆子呢。"

"你竟然还有心说笑话,证明你们都很高兴他死。我要看他。"

"孩子,"老头装作歉然地说,"我原来本是决定答应他的,但我不能马上就答应他呀,他性子急躁得似乎不容有一点曲折。"

"他不会自杀,"白蓉哭号道,"你再严厉的拒绝他都不会自杀,因为他不绝望,我爱他。"

"让三妹看他一眼吧。"

两个姐姐保镖型的男朋友为她揭起毯子的一端,白蓉俯下身子,一股昏眩打到她后脑上,她猛地向前栽去,几乎要栽到尸体上,幸亏两人把她托住。眼泪泉水一样地涌下来,她喊:

"阿康,我害了你。"

白蓉从此便没有再看到元康,在警察来的时候她已被扶到她床上昏迷不醒,所有的供词都是肯定的,白蓉不能说出她那些怀疑的话去出卖她的父母,实际上一个少女也很难担当复仇雪冤的责任。她卧病了一个月之久,元康的笑脸时常在梦中对着她,但有时候她也梦见他那被毁的模糊的面孔,连桌上放着的一瓶花,都在她睡眼朦胧中化成一个死人的脸。她常常狂叫着惊醒,母亲就搬过来和她同榻而眠,一家人对她由愤恨、防范、歧视,突然间作一百八十度转变,变成无微不至的关切,母亲把她当作婴儿般照料，姐姐们每天都要到她房间里报告玛丽厅所发生的事。她们不给她看报，她似乎也想不起看报，连一向凶神附体一样的父亲，也时常坐在她的榻畔，和她有一搭没一搭地说些闲话。她对他们最初是一言不发，但爱能融化一切，尤其是有计划的爱，她终于和家人和解了。接着是一个有汽车的中年男子来看她的父亲，而且很自然地和她相识。他叫庄宝鼎，一个经营进出口的贸易商，当他知道白蓉的惨痛遭遇后，马上表示出来万分的同情。

在元康死后的第三个月，一场人命官司告一段落，报纸上说白家在受到这么久无妄的困扰后，对那位自作多情，根本不配为人师表，辜负了教授身份的无聊男人陆元康，仍表示惋惜。一天，宝鼎中午无事，留下来吃午饭，白老头在饭桌上对白蓉说：

"老三，听妈妈说你最近打算回玛丽厅，是吗？"

"我没有这样讲。"

"不管你讲了没有，现在想一想，是不是愿意再去？"

"我想再过些日子再说。"

"玛丽厅的人希望你早些回去，"白莲说，"你现在和从前不同，妈和你讲过吗，老板愿把聘金提高两倍。"

庄宝鼎很少吃菜，他几乎全部时间都在打量白蓉，他插嘴说：

"钱还是小事，提高聘金，却是表示敬意，似乎拒绝了不太好。当然这是普通人的看法，艺术家和声乐家有她的观点，我们不能勉强三小姐做什么，不过我可以这么说，你没有权利使大家失望,使大家再也不能听到你的歌喉,现在电台上固然时常有你的录音,总不如亲口唱出的亲切。"

家人不再追问她,饭后白老太太提议去南天寺进香。

"当那臭男人死在我们家时,"她说,"我怕得要死,这种事最容易叫人跳到黄河里都洗不清,倒不是怕人疑心我们谋害他,是怕玷污了女儿们的名誉。我们老两口面软心善,一辈子没有做过亏心的事,当时我就在观音大士前许下愿,只要官司了结,我们全家就去南天寺拜佛。"

"今天的天气倒很清爽,"白兰说,"正好我和二妹都休班。"

"谁去买车票?"老头挺着肚子喊。

"不要买车票了,"宝鼎说,"我有车子,我送你们前去,让我也瞻仰瞻仰那里的大佛像。"

结果全家接受了这份盛情,妈妈催着三个女儿快去化妆。

"我不要去,"白蓉说,"我头晕。"

"你非去不可,你是火首呢。"

一个小时后,全家总算出发了,宝鼎打发走司机,自己开车。白老头很艰难地爬到前座上,那工具箱的铁门正好顶着他那脂肪过多的肚子,口中还咬着一根已剔了半天的牙签。宝鼎对这一家除了白蓉一人之外,都不欣赏,但他也只有忍受老头的粗俗举动。白蓉穿着和她两个大红大绿的姐姐完全相反的淡淡装束,一袭纯黑色的旗袍,因没有滚边而更显得大方高贵。同样颜色的平底鞋,她的脚纤细得像一个竹叶那样俏不盈握,宝鼎被她的双脚吸引住了，以致连放在倒车上的排挡都忘记换过。

仲夏的南天寺和任何时候的南天寺一样，用它那种特别庄严的气氛迎接它的香客和游子。白家一行六人往上爬台阶时，自然分成三组，老夫妇一组，白兰白莲一组，剩下孤孤单单的白蓉，宝鼎就顺理成章地陪伴着她。爬到一半时，女孩子们便汗流浃背起来，偏偏天没有风，宝鼎及时在小旅行袋中拿出一把檀香扇子。

"我怎么一个人用？"白蓉踧踖地说。

"准备好的，每人一把。"

"你倒是非常细心，"白蓉笑着接过来，"你不是没有来过吗？"

"如果都必须亲身经过才知道，那岂不要糟，南天寺台阶是远近有名的。"

白蓉这才开始打量站在身旁的她父母的客人，刹那间她觉得庄宝鼎并不怎么讨厌。进了大佛宝殿后，白蓉跪下来默默祷告，大概经过了一番净化的缘故，她内心里的痛苦迅速地往下减轻，但当她要站起来，宝鼎伸手挽她，她迟疑了一下还是侧着身子把他躲开。

就在另一个草墩上，一个青年男人搀起一个年轻女孩子。

"我不知道你信佛，美华。"

"其实我并不信佛，而且什么都不信，只是见了神仙便不由得要下拜，不由得要祷告，神灵有知，会垂鉴到我的心，神灵无知，我也觉得好过得多。"

"你祷告些什么?"

"为我姐姐的病。"

"你认为精神病院没有办法吗?"

"这是心病,只有我知道姐姐想着什么,那是一个根本不可能解决的死结,即令现在她和郑幼江结婚都不能治愈她。那时她会为孩子没有亲生之父而发疯,还会为朱永藩和她这么多年夫妻之情而发疯。最好是上天显一个奇迹,使她还是十年前那个还没有结婚的少女。光正,姐姐是个苦命的人。"

"你姐夫的命岂不更苦。"

两个人沉默着,目送着白蓉和宝鼎擦过他们身旁,并肩走出去。

"他们是一对恩爱的情侣。"美华说。

"和我们一样。"

美华轻轻地踢着草墩,光正觉得这时候说这句话并不合适,他搭讪着走到她面前,思索了一会。

"他们真是幸福的一对。"他说。

"幸福不幸福只有他们自己知道,你有什么根据,竟这么肯定地发表你的结论。"

"根据我的观察和分析。"

"爱情,婚姻,都不是试验室的东西。"

"所有女同学中,以你的理论最多,你应该专门读博士学位的。"

美华忍不住笑了笑。

"抽签吗?"光正建议说。

"不,我们去找妈。"

两个人沿着圆石子铺的甬道向禅院走去,那唯一的一棵白杨树仍静静地矗立在禅院里,笼罩下来比三间房子还要大的树荫。光正在前,美华在后,顺着墙根走着。快要到虚云方丈禅房的时候,光正忽然停住脚,把身子蹲下,美华在他的暗示下也弯腰挤过来,两个身子挨在一起,光正可以感觉出来吹在他耳根后的美华那带着一股异香的细细呼气。

"怎么回事?"她低声问。

"你猜是谁在里面?"

美华睁着大眼睛向他摇头。

"岳政芬——和她在一起的还有一大家人。"

"啊。"她说。

禅房里的人没有发现窗外有人窥探他们,大家在很平静地谈着话,虚云和尚用茶水和瓜子招待他的施主。李老太太率领着她的儿女媳妇前来还愿,带着一份重礼和一颗虔诚感谢的心,士沛、玉兰、悦华还有那经过千辛万苦终于恢复正常了的士淳,以及那位未来家庭一员的政芬。他们来到了方丈禅房,虚云正在打坐,比上一次见面时似乎要衰老得多。连佛法都不能使人免于衰老,这是人类天生注定的悲剧,即令对于跳出红尘的人也不例外。但他的精神仍很饱满,他向从未见过面的士沛、士淳和政芬打着问讯,为他们祝福。聆听着李老太太感谢的话,脸上堆下来一种做父亲的那种笑容。

"老和尚,"悦华说,"妈给你送修庙钱来了,开价吧,最好狮子大开口,狠狠地敲上一笔。"

虚云笑道:

"姑娘的嘴还是那么厉害。修庙是一种功德,没有价目表的,一元不算少,一千万元不算多,只看你们的力和你们的心。大姑娘,我知道你不信佛,虽然佛和耶稣都是外国的神,但信耶稣却更为流行,你一定信耶稣,是吗?"

"我什么都不信,我只信吃,吃饱便不饥了。"

"不准乱讲。"老太太说。

"你以为我二哥病好是你念佛念的吗?"

"悦华!"士沛说。

"不管,"悦华说,"这里也不修金字塔,难道会把我的舌头割掉不成。老和尚,我问你,你看一下我这位未来的二嫂漂亮不漂亮,福气不福气,值得不值得我二哥为她发一场疯。"

"你要挨打了。"大家阻止她,但跟着是哈哈大笑起来,政芬恰好坐在她的身旁,就迅速地抓住她的一只手,用力地捏了一下,她立刻尖锐地大喊了一声。

"你又在胡说。"士淳说。

"我胡说什么,你少护着她,拆穿你的西洋镜吧,这句话说到你心窝里去了。包管金子都不换。"

"方丈，"士沛说，"请多原谅，我们是太兴奋了才吵吵闹闹的，我承认我们都不信神的，但最近我自己也逐渐有点儿信了。士淳的病能渐渐地好起来，固然是医药的功效，但能够找到医治他病的那个医生，却仿佛冥冥中有主在安排。太多的痛苦产生宗教信仰，今天我们来，一则家母还愿；二则我们想轻松一下，几年来都好像过着被绳子吊着的日子；三则我们来求方丈再为我弟弟和岳小姐祝福。"

老太太领头向佛像参拜，虚云焚上炉香，跪在垫子上，一面诵经一面敲磬。老太太先跪下去，她本来是应该最欢喜的，但当她叩谢上苍恩典的时候，不禁流下眼泪，大难已去，她像突然踩空了的举重选手似的，她呜咽着，悦华和玉兰勉强把她搀起。接着是士沛，再接着是政芬和感恩案中的男主角。

"方丈，"在大家都拜过佛，各归原座之后，那过去的疯子士淳结结巴巴说，"我对方丈有无限的景慕，听说早在去年我出走的时候，你便预言我仍会回来。年初我本来就要来的，可是病情一直反反复复，不敢走动，现在总算大好，才随着家母向方丈叩谢。"

"不敢当，李先生，可能是老太太听错，也可能是我词不达意，我并没作任何预言，除了佛祖本身，谁也不敢作预言，即令是佛祖，我想他也不会对特定的事项作预言。我只是信，并请老太太也信。"

"方丈,你是个高僧。"

虚云叹了口气,用拂尘驱着苍蝇。

"我还有困难,方丈。"士淳低声说。

"只要我有力量,一定帮助你。"

士沛想不到士淳会提出那个一言难尽的问题,那问题具有极大的冲力,所以士沛接过来插嘴说:

"并不算什么困难……"

"大哥,你不能说它不是困难。"

"事情是这样的,方丈,"士沛说,"大家都希望他们马上结婚,转眼就是暑假,岳小姐也大学毕业,经过多少波折,有情人应该终成眷属,问题是岳小姐的父母仍不大同意。"

"为什么不同意?"虚云说。

"他们只有这么一个女儿,几年以前便决定把岳小姐嫁给她的表哥,他是他们心目中最理想的女婿,现在正在美国。士淳曾去拜见过二老,都是我陪去的,第一次谈得很不愉快,第二次被赶了出来,从前也曾拜托一位老人的同事斡旋过,那同事来信说老人们原则上已答应了,但距离仍然很大。"

"停一下。"虚云说。

士沛的话被打断,禅房里像无人一样沉寂,只有悦华嗑瓜子的声音很不调和地在空气中响着,她也不由自主地停下来。全家都在注视着虚云,政芬更是焦急地望着,她还是有生以来第一次处身在这种奇异的场合,她感情上起了神秘的变化,她发觉士淳的手正绕到背后，紧紧地抱住她。

当了和尚并不能逃避婚姻的烦恼，施主们几乎千篇一律地提出这些问题——婚姻不自由和婚姻不满意，他不知道应该怎么回答他们，如果他知道，他便不出家，现在已儿女成群了。提出这些问题的不仅限于下一代，年老的一代也常有人在他面前表示困惑，子女在婚姻问题上的叛变，使他们不能忍受。有的做父母的一味哭泣，有的做父母的咬牙切齿地要报复，这都是人间的悲剧，虚云也解决不了。但他不能不说几句话，年龄和佛经使他对这些过去曾使他疯狂过的刺激，能缓缓地放在面前。

在沉寂了好久之后，他说：

"没有人能回答这个问题，便是释迦牟尼都不能指出一条被各方面都心悦诚服的道路。"

"做老人的，为什么这么固执地干涉子女的婚姻呢？"士淳说。

"这话说得很轻松，我看到很多人年轻时是一种论调，到年老时却变成另一种恰恰相反的论调。做父母的人一旦上了年纪，差不多都会认为有钱才有幸福，女儿嫁人，当然希望嫁给一个有钱的人，这是无可厚非的，你将来对你的女儿恐怕也会如此。老年人没有把'爱情'计算在内，因为爱情是太抽象了，没有钱那样具体，而老年人多半受尽经济上的困难，自然把钱看得很重。每个做父母的差不多都把子女的婚姻用金钱织成一幅美丽的远景，而做子女的破坏了这个远景，父母怎么能顺服地接受呢？"

"照方丈这样讲,做父母的婚姻观点全对,我们五千年来的父母之命、媒妁之言是再正确不过的了。"

"并不如此,"虚云说,"假使做父母的都是全对的话,便根本不会发生自由恋爱的事。父母的意见,固然造成很多幸福的婚姻,但也造成很多不幸福的婚姻,这些无情的事实使'父母绝对是对的'那句话发生动摇。不过,反过来说,很多年轻人自以为钢铁一样的爱情,到头来竟是一场闹剧。"

"说了这么多,方丈,"士淳说,"你还没有给我们指示,告诉我们,我们该怎么办?"

虚云沉默着,悦华嗑瓜子的声音又起了,脸上泛着一种不耐烦的表情,虚云没有理她,也没有看他的施主,于是,士淳再重复一遍他的询问。

"我不能答复你,李先生,爱情的和婚姻的幸福与否,是没有定律可以遵行的,只有凭你的知识和智能去做吧,未知数能有几个人掌握得住呢、这未知数就是运气,一个靠运气的人绝不肯相信运气的,我不知道你相信不相信,我只能说,我不知道应该怎么办。"

悦华终于忍不住大笑了起来,以致一个瓜子卡在嗓子上,使她咳嗽了半天。老太太给她拍着背,一面责备她不懂事,没有礼貌。

"大姑娘一定笑我没有见识。"

"谁说你没有见识?"悦华笑道,"你的见识太大了,说了半天，兜了天大的圈子，所答非所问，甚至简直是连个答案都没有。你真可以去当外交官了，外交部长最近和你通过电话了吗？"

"丫头！"老太太说。

"而且，妈，你先别骂人，听我告诉你，上次我们来问二哥的病时，老和尚一脸仙气，说话也像颇有禅机，好像上帝的天使一样。"

"咳，"士淳说，"你检点一点，悦华，基督教才有上帝。"

悦华更尖声地笑起来，"那么就观音菩萨的天使吧。但老和尚这一次变了，变得像一个道貌岸然的老教授，和那个在歌女家求婚不遂自杀的陆教授一样。"

"胡说。"老太太制止她。

"你不是说那个陆元康吧？"虚云问。

"你认识他？"

"不认识，也不知道他和那歌女相恋的经过，只听说一些攻击他的新闻。不过我想天下事恐怕不会那么单纯，仅从外表上下判断，不但有亏公正，也有亏阴骘，我相信陆元康起码不会像人们说的那样坏、那样贱。"

"对的。"士淳凛然说。

大家都望着他。

"政芬父母反对政芬和我结婚，"士淳大声说，"就是因为我太卑鄙，政芬和我闹翻的那个阶段，我写了很多信去骂她，威胁她，侮辱她，这就是我卑鄙的证据。"

"那些信写得都很过分吗？"虚云说。

"啊。"士淳的脸乍红起来，政芬急忙握住他的手。

"但你的心并不如此。"

"方丈。"

"任何事情，"虚云说，"一到自己头上，便非常恕道起来了，盼你们对岳小姐的父母也用这个恕道，盼二位老人对你们也如此。我准备了一点素面招待各位，就在西房，请到那里去，一面吃，一面仍可以谈。人生的烦恼，一半以上都来自爱情和婚姻，我们可以慢慢谈。走吧，老僧在前边领路。"

玉兰扶着老太太，大家也站起来，跟在背后走去，士淳和政芬走在最后，走到月门的时候，两人不约而同地停住脚。

"我们何必去谈禅呢，阿淳？"

"对了，我们到后山走走，那里好像有一片竹林。"

从禅房到后山有一段路，如果到竹林还有一段路，那路很狭窄，仅可以容纳两个人擦肩而过。太阳这时正悬当空，政芬双手挽着士淳的手臂，士淳身上没有留下他曾是精神病患者的痕迹，只有被疯人院脚镣手铐磨破的那几块疮疤，永远不能消去。政芬的尖尖手指正覆盖在他手腕的创疤上，她怜惜地抚摸着，两人同时都感到一种柔软的舒适。士淳的身体正在迅速复原，也正在迅速强壮，他那本来枯瘦得像一根木炭一样的手臂，已隆隆地充满了高度弹性的肌肉。政芬把头靠在他肩上，山风迎面吹来，吹起她的长发,轻拂着后背,她前额被吹散了的鬓髻,挣脱夹子,恰恰扫着士淳的鼻孔和下颚。他便低下头来,用左颊把它压住,两个人紧密地挤在一起,在窄径上,就更像是一个人了。

"我似乎很热。"士淳说。

"已经夏天了,还是全副装备。"

"等我解开领带。"

"解开也好,"政芬说,"夏天打领带,真是男人的一种苦刑。"

士淳解开领带后,又往下脱上衣。

"你会受了凉的,"政芬说,"山上不比平地。"

他把已褪下半截的袖子重新穿起,笑道:

"我现在再不怕病了。"

"你千万别病,"政芬也笑道,"我见过的病人很多,听说过的病人也很多,却没有一个像你害得那么精彩绝伦。"

"精彩绝伦到什么程度?"

"实在过度的高明,可惜没有为你一一拍照留念。"

他吻着她的乱发。

"看着路,"在士淳被石块颠了一下之后,政芬喊他,"等你摔破了头,没有人来服侍你。"

"你简直把我说得好像是一个玻璃人,随时随地都有粉碎的危险。"

"你比玻璃人还要糟呢,三年时间,再碎的玻璃早都粘得恢复原状了。"

"我现在还不是恢复原状了吗?"

竹林从半山上像瀑布般降下来,一片翠绿,整整齐齐地一直垂到脚前。竹叶摩擦着,发着可以和松涛比美的声响。竹子大概只有在稀疏的几株时是美的,一旦成为海样的竹林,便似乎有点寡然无味。满地堆着枯叶,叶尖在山风下颤抖,竹笋像陷阱里的暗桩一样密布着,士淳和政芬走了十几步光景,便逡巡起来。

"我们最好就在这里坐坐,不过我又怕。"政芬提议。

"怕什么?"

"蛇。"

"我保护你,你算是找到天下最勇敢的男人了。"

他们并肩坐在一块没有落叶碎笋的地面上,士淳把他的手帕给政芬垫着,握着她的手,她默默地任凭她的手被他不停地搓揉。

"你怎么不说话,"士淳说,"你以为我不能保护你吗?"

政芬笑笑,把手抽出来,抚摸着他的前额。

"你干什么?"

"谈什么保护我,你自己都需要别人保护呢?"

士淳做了一个得意的鬼脸,稀疏的竹影洒到她苗条的身上,她穿着一件鹅黄色的短袖毛衣和浅灰色的窄裙,窄裙的底边勉强地盖着她那紧紧并拢在一起的美丽的膝盖。

"告诉我,阿芬,我发病的时候,到底是什么样子?"

"我已告诉你一百遍了。"

"天，"他叹一口气，"我再也想不到。"

"想不到你要精神失常吗？"

"是的，我再也想不到我会抵抗不住失恋的刺激，而我一向自以为是很坚强的。啊，阿芬，我问你，你当初为什么那样坚决地对付我？"

"你也问过一百遍了。"

"但我还是要问，"士淳说，他将自己的手指交叉握着，"现在回想起来，有些已经很模糊了，好像一场什么都记不得的噩梦，但有些还历历在目。我接到你退给我的第一封信时，那滋味不是用口舌所能表达的，我的头像被按到锅子里煮着一样，好久好久才看清楚眼前的东西。"

"阿淳，"政芬反转来握住他的手，"对不起。"

"你当时为什么那样？"

"所有的人都说你的坏话，包括那些你自以为是你最要好的朋友在内。"

"你为什么不告诉我他们的名字。"

"求你不要计较，耿耿于怀一定会形诸于色，我们何必如此。"

"但我永远不会原谅周世信，有一天，他到我办公室，约我去吃咖啡。"

"他认识你吗？"

"不认识，是他自通姓名来的。"

"周世信从没有告诉我他拜访过你。"政芬一惊说。

"我想那一次的会晤,恐怕是他一生最得意的杰作了。他像一个坐在宝座上的胜利者,欣赏一个敌人被拉到斗兽场被狮子撕得血肉狼藉的惨状。我当时并不知道他的目的是什么,其实即令知道也没有用,我日夜都在希望上天赐给我奇迹。"

"他说了些什么?"

"他说了很多,"士淳说,"都是置诸四海皆为准,百世俟诸圣人而不惑的话,那就是,他说的全是一些爱情的至理名言,其中使我印象最深的是他告诉我:至高的爱情就是牺牲。

"'李先生,'他这么说,'我们都是受过高等教育的人,也见过更多的恋爱场面,你假设真正地爱政芬的话,就不应该使她痛苦。'

"'我没有使她痛苦。'我说。

"'我的意思不是指你主动地给她痛苦,而是她和你在一起的时候,她便感到痛苦,这不是你爱她的本意吧!假使你爱她的目的是要使她痛苦,那未免太卑鄙了。'

"啊,政芬,周世信的话像鞭子一样抽着我。

"'爱情是至神圣,也是至纯洁的,'周世信接着说,'我们必须有高尚的人格去享受它,只有禽兽在争偶的时候才表现得穷凶极恶,人类不是这样的,人和禽兽恰恰在这上面显示出区别来。我们对拒绝接受我们爱情的女子,不能像禽兽一样使用暴力,对吗?更不能像禽兽一样得不到对方就毁灭她,对吗?假使是我,李先生，我会很大大方方地退让到一旁。我不但不会恶言相加，我还要像妹妹一样地待她——那是更崇高的爱。我绝不致自私地想把政芬独占，我曾再三再四地劝她和你见一面，我绝不在意她去交别的男朋友，甚至她嫁给别的男人我也一样爱她，将来的事实可作证明。我愿把我的看法提出作你的参考，李先生，是吗？"

"'是的，是的。'我嗫嚅说。

"'你不再打扰政芬了吗？'

"'不再打扰了。'

"我像死囚一样地回答着，声音衰弱得连我自己都听不见。阿芬，你知道，我当时恨不得地球爆炸，周世信已喝了两杯咖啡，而我却一口都未下咽，我只努力地装着很潇洒，我说——

"'她为什么不见我。'

"'我不知道，或许是她觉得不如不见。'

"'我了解她，她——'

"我那时大概是要指责你的，阿芬，我的话已经带出悻悻的口吻，但周世信却打断我的话头。

"'李先生，'他说，'你的话很对，男女之间往往是这样的，因错误而结合，因了解而离开。'

"他那时的表情很严肃，像终于光明正大地杀死了敌人的剑侠一样，正襟危坐在那里，小指在他的巨掌上摇动着。我最初还没有弄清楚是怎么回事，后来我才忽然明白，他的话等于判决我虽然在接受一顿辱骂之后，仍是失恋定了，再看不到你了。我颤巍巍地站起了。

"'请带回去,李先生。'周世信说。

"他递给我一个小包,那是过去我写给你的信——从第一封到最后一封。

"'希望你也把政芬的信退回来。'他说。

"我走了,茶钱也忘记付,我最恨的一件事是让周世信亲眼看见我狼狈不堪,我像猩猩一样垂着双臂,踉跄着走到街上,信也没有带,叫了一辆街车。我就跪在街车车门那里,再也爬不上,而且忍不住流下热泪。"

"阿淳,"政芬颤抖地偎着他,痛苦地说,"恕我,恕我,这些我全不知道。想不到还有这一段可怕的往事,你为什么迟到今天才告诉我?"

"假如你当时便知道呢?"

"我会来看你。"

"你不会来看我的,那是骗鬼的话,"士淳叹口气说,"后来,我回到家里,母亲问我为什么脸色紫得像猪肝一样,我只记得我回答了一句我要睡。"

"吻我,阿淳,阿芬对不起你。"

士淳没有吻她,两眼忽然湿润起来。

"不要再提往事了,"政芬歉疚地攀着他的脖子,"每一提起,你我都十分痛苦。"她用她那细嫩的鼻尖和士淳满是汗珠的鼻尖摩擦着,"往事已经成为过去,我不是又回到你怀里来了吗?过去全是我的错，是鬼叫我迷了心，使我相信了他们的话。我不怪别人从中挑拨，我只怪我自己。幸好是上天保佑，你已复原，要不然我将遗憾终身。不过我可以发誓，在我内心里，却一直爱着你。"

"我不信，阿芬。"

"信不信由你，你以为我现在是什么？"

士淳从地上拣起一个小石子，在坚硬的土地上画着，政芬看不出他画的什么字。

"热吗？"她说。

"不。"

政芬疑惧地看着他。

"我们可以回去了。"她说。

"不。"

"那么，谈点别的？"

"阿芬！"

"嗯。"

"一个人会疯，真可怕。"

"你病中做的事，一点都不记得了吗？今天再仔细想想。"

"我倒但愿我记得，你们告诉我的种种，简直叫人难以置信，疯子是一个可怜虫。"

政芬感觉到士淳忽然充满了伤感，她坚持着到竹林外继续散步，二人沿着林边，向断崖那里踱去，政芬照旧双手挂着他的手臂。渐渐向山巅下坠的太阳开始没有力量了,西天是一抹预告着明天仍是晴朗天气的火样的红霞。

"好久不见这种景色了,"士淳说,"人生像一部影片,只有我的被剪去一段。"

"记得吗,这红霞?"

士淳眨着眼皮思索。

"红霞你都不记得了。"政芬埋怨说。

"不要讲出来,让我想想,我会想起来的。"

政芬看他又在皱眉。

"让我告诉你吧。"

"不行,看情形这件事很重要,我一定要自己想起来。"

"那是——"

"不要打岔。"

政芬不让他想下去,医生的话刻在她脑子里。士淳的病虽已痊愈,但不能再承受任何刺激,包括过度的思虑和过度的忧伤,搜索记忆虽不是刺激,更谈不到过度,但政芬仍不愿他去用脑。看着他苦思的表情,她的心像绞断了似的疼起来。

"告诉你——"她说。

"等一下。"

"我还是要告诉你,"政芬说,"我们第一次见面时,西天正燃满了红霞。"

"啊，对了。"士淳失声叫道。

"那一天，我们学校在弓山举行月光会，记起来了吧？那时候我还在圣贞女中念书。我拿着校长的介绍信去你们公司找总经理借钢琴，总经理很是和气，叫工友引我去见你。你一本正经地叫我坐下来，打电话去仓库问有没有可以迟一天运出去的货，回答说没有，你就向我抱歉。我一再请你帮忙，不知道忽然发了什么毛病，你一下子变得非常热心起来，说你可以帮我去乡下仓库借借看，当下就叫了一辆街车陪我前去，一路上问长问短，我紧张得要命。"

"怕我把你载到土匪窝吗？"

"我们从乡下回来的时候，天上晚霞像着了火一样红。阿淳，你说这应该不应该是个吉兆？"

"你永远不知道我是怎么爱上你的！"

"一定不是因为我漂亮，因为我根本不漂亮。"

"我真愿意你不漂亮。"

"假使我是一个猪八戒，你也会为我的缘故而弄得精神失常吗？"

"这种问话太咄咄逼人，把人逼到悬崖边缘。美本身便是至高贵和至神圣的，没有一个男人不喜欢自己的妻子、自己的情人和自己的女儿貌如天仙。那些声言不在乎美丑的人，不是他没有得到，自己欺骗自己，就是用以欺骗他的妻子、他的情人和他的女儿。小贝贝，对吗？"

"听你的话,真叫人寒心。"

"不过谁也不能否认爱情和母爱根本不同。母爱的奇异是,越是弱者,越是被爱,假使有两个以上的儿子,母亲所最担忧最关心,连卖血的钱都会给他用的,不是最能干的儿子,而是那最不能干,甚至是白痴的儿子。爱情就恰恰相反了,男女间相悦,是悦对方之强,假使我当初害着三期麻风,又不识一个字,恐怕即令我陪你去月球一趟,我们也恋爱不起来呢。"

"可是,当你疯得似乎永不能痊愈的时候,阿淳,我反而回到你身边。"

"那是在我们有了爱情以后的事呀。我想,爱情是因美而发生的,女人有面貌身材的美,男人有体格才华的美。爱情发生后,有很多方面就和亲情差不多了。啊,让我再问你,你为什么回来?"

"不知道。"

"又是不知道,我觉得你的感情有点不着边际。"

"你以后少这么动不动便刺伤人,什么着边际不着边际。"政芬说,"有些人一遇到困惑,不由分说地便先烦躁起来,从不肯心情平静,从不肯往各方面想一想,更是从不肯稍微深入地想一想。一旦不太愉快,就好像先买一包狂药服下去,结果除了更不愉快外,别无什么收获。你就是这一类人。"

"老天爷,我这次大病后,发现你的学问真是大得多了,士别三日,当刮目相待,你倒像一个老学究,不像一个黄毛丫头。"

"老实对你说,学校里学不到这一套。"政芬抿嘴说,"林大夫告诉我的。"

"我不知道怎么报答他才好,他是我的恩人,可惜他到美国去了。"

"如果仍请赵大夫治,恐怕你今天仍锁在栏杆上。"

士淳停住脚,重新打上领带。

"明天,"政芬说,"我送你一个领花,看你结领带的吃力样子,旁观者浑身都不舒服。"

"我打领带时总是打不齐,领花一定好结得多,先谢谢你了。你真好,简直和我的娇妻没有什么分别。"

政芬脉脉地笑着,她没有看他,而是看着自己的鞋尖。她用鞋尖不经意地在杂着碎石子的土径上仅复写着"李太太"三个字。那是一种不容置疑的姿态,一个女孩子只有在决定属于一个人的时候,才会有这种温柔和顺的表情。

"赵大夫的医德很好,"士淳说,抓住政芬的纤手,"他和我父亲是老朋友,我们都叫他赵伯伯。你看,他的外甥女也在海大,不知道你认识不认识?"

"谁?"

"刘蕙。"

"我知道她,我们同一个大宿舍。老天爷啊,原来她是他的外甥女。"

"看样子你吃了一惊。"

"真的吃了一惊，怪不得那位老先生对我在学校里的情形了如指掌，刘蕙竟是一个暗探呢。"

"赵大夫的医德很高，否则他不会对林大夫如此不介意，一个庸医一定对天下所有的医生都敌视的。不过他的方法确实有点太陈旧了，你记得上个月妈妈请他吃晚饭时他说的话吧，他举小儿麻痹症为例，他刚学医时，医学上还是主张硬生生地用夹板夹住病腿的，可是现在发现那办法不行，而改为用热水袋敷了。你看这差别有多大，他自己承认他落伍，我因此更佩服他。"

"治不好病，当然让位。"

"你说得太轻松了，"士淳说，"问题在于有些贪狠庸碌的家伙，他明明做不好某一件事，却硬是咬定他一定可以做好，坐定板凳，连欠一欠屁股都不肯。遇到这样的人，那才是悲剧。所以赵伯伯是值得敬佩的，你想，他如果霸占着我这个病人不放，我还有什么救呢？"

"我还是佩服林大夫。"

"我当然也佩服他，"士淳说，"不仅仅是因为他救了我，还有别的原因，这个社会，大家只看表面的病态现象，很少往生理上根本上探讨，林大夫是第一个人。"

"你和他还有同船之谊，他也是乘'君山号'从日本回来的呢。"

士淳在政芬眉角上吻一下，紧抱着她那柔若无骨的细腰，政芬被他强大的力量攫住，毫不挣扎地蜷伏到士淳的臂膀里。

"赵美英的情况怎么样？"士淳说。

"那应该感谢陆光正，他捐了笔巨款给精神病院，条件是专辟一个小院子，由林大夫会同院方医师治疗。不过自林大夫出国后，一直没有什么起色。听说最近好一点，清醒的时候渐渐地超过糊涂的时候。"

"人有幸有不幸，我是幸运的。"

"她比你的情形复杂，而且复杂得厉害，"政芬说，"你想你多么简单，你想念一个人，那人如你盼望地来到。而赵美英呢？林大夫说她的个性和你恰恰相反，懦弱而内向，她可以承担比你更多的忧愁和痛苦，但如果堆积得太重，她会变的。对付断了的，只要用钉子在紧要处钉下去，对付变了的就必须用细细的火去烤，工夫就费得很久了。"

"小宝贝，你真是了不起，明天我非写信去瑞典，建议颁发你诺贝尔奖金不可。"

政芬再靠紧他。

"你要把我挤到山谷里去了。"士淳叫。

"我要和你一块跳下去，你死，我不能独生。"

士淳把她抱住，政芬仰着脸：

"我已辜负你一次，我的淳，我绝不再辜负你第二次，你叫我做什么我都肯，生死都是一样。"

士淳眼眶湿润起来，他怕政芬看见他掉下眼泪，急忙低下头，把嘴唇压住她的嘴唇，但刚刚吻在一起，却被脚步声惊开了。一条水牛走了过来，牛背上骑着一个赤脚的孩子，呆呆地望着那对被他的牛惊开了的男女，天真的脸上露着做错了事的神色。

"真糟。"士淳说。

政芬狠狠地捏一下他的手指。

"我想问你，阿芬，赵美英真正爱郑幼江吗？"

"她清醒的时候是非常爱她丈夫的，而朱永藩爱她也爱得入骨，一直到今天，他去医院看她，两人在一起时简直是一对理想的恩爱夫妇，可是一旦病发的时候，她总在想念郑幼江。"

"姓郑的真是一个幸运的家伙。"

"他现在恐怕不太幸运，他隔几天就得去看一次她。"

"她丈夫愿意吗？"

"他是一个忠厚的人，而且她住的是病院。"

"他对她的病有帮助吗？"

"不太大，"政芬说，"那不是郑幼江单方面可以解决的，只能靠天，人力已不可能为她再做出什么了。林大夫说过，像你这样很快痊愈的病例很少，一般都是像乱麻一样千头万绪，一时无法整理。"

士淳叹息着。

"我想去看看美英。"政芬说。

"明天或是后天，我陪你一块去。"

"要故地重游吗？"

"是的，但也要看看周世信是不是也在里面。"

政芬没有答话。

"我想他不会发疯，"士淳说，"发疯的人都是缺一个心窍的傻瓜。而我再也不会疯了，再痛苦的刺激我都能忍耐，都把它净化，升华……"

"淳啊，上天垂鉴，你一定要如此。"

"我会如此的，但我又恨起你来，你当初竟像扔掉一只破鞋一样扔掉我。"

"你太不大量了，看样子你随时都要提起那些我已向你请恕，而你也几百次表示恕我的往事，你现在要报复吗？"

士淳捉住政芬恰恰盈握的双臂，摇撼着嘶哑地喊：

"不要在意我胡说，你不在意，是吗？"

"你急什么？"政芬也摇他，"看你两眼都直了。对不起，阿淳，我也说不清楚我当时是什么心情。对了，我得问你，你为什么写那么多破口大骂的信？简直把字典上所有的恶劣字眼都用上了，更增加我对你厌恶的程度，你为什么那样做？"

士淳再一次解下领带，咽一口唾沫，他努力使政芬不看到他脸上的表情，而且避开她那带着督促而并没有一点责备的眼神。

"对不起，阿芬。"他吞吐说。

"你太过分了。"

"你永远不知道一个陷于绝望的失恋者的痛苦。失恋像一条无情的鞭子在不停地抽打,把人打得麻木,或打死,或打疯。阿芬,原谅我,我是被打得像一条在捕犬队围捕下的野犬一样,狂吠狂奔,没有理智,没有仁慈,我如果有力量毁灭世界,我会毁灭这世界的。我想的只有一个,那就是:伤害你,伤害你。但我总算没有变成真正的野兽,没有做出更不堪设想的事。阿芬,宽恕我,你会宽恕我的,是吗?"

政芬再纵身到他怀里,踮起脚尖,把红唇附到士淳耳边。

"我当然原谅你,我爱你。"

"那些信还在吗?"

"傻孩子,早就烧掉了。我写给你的信呢,也烧掉了吗?"

"那都是大哥干的事,我原来一封一封像扎雷管一样小心翼翼扎在一起的。大哥没有偷走前,我每天晚上都要看一遍,从头到尾看一遍。我承认你的字写得不好,但你的字使人有一种缠绵的感觉。我可以猜想你写信时的姿势和当时的感情,我一面猜想,一面品味你每一个字的用意和每一句的用意,像一个教徒研究他信奉的经典一样。你写得太好了,可以叫情书圣手。"

"你却是骂书圣手。"

"我这污点落到你手里,恐怕一辈子都洗不清。"

"对不起,"政芬吻他,"我又惹你了,讲下去,阿淳。"

"自从我们决裂之后,我在当天晚上,把它拿出来,放到桌子上,一张一张看,把你写的那些永不变心、永远相爱的话用红铅笔画出来。我没有哭,甚至连叹气都没有,只是睡不着,一直到了午夜过去之后,我才发现那就叫着失眠。我连鞋子都不脱倒在床上,熄了灯再打开,打开后又再关住,我渴望着睡,最好是能一下子睡死过去。我告诉自己:你这个混蛋,傻瓜,蠢徒,为什么不睡?你以为不睡就可以改变什么吗?失眠只不过徒增加笑柄。我打自己的头,深夜叫阿康去买安眠药,结果只睡下了不到三分钟就又惊醒,那是被自己的心跳惊醒。这样一直到天亮,我把那些信重新包好,放到衣箱里锁起来,以后我每次看罢就锁起来。"

"为什么要锁起来?"

"怕你偷走。"

"天啊,结果偷走的是你大哥。"

"不要笑我,"士淳说,"那是我唯一的生命了,千万种爱都落了空,只剩下那些信件是实在的。"

"你爱它,是吗?"

"听我说,"士淳说,"我一想到我失去了你的情书便痛苦不堪,我受不了那种痛苦,我要等待着有那么一天,我要和你肩并肩坐在窗前,重读你当日的蜜意誓言。"

"阿淳,我愿意坐你的膝上,你抱着我读。"

"可惜大哥鲁莽,把它烧毁了,这是梦吗?"士淳说,凝望着对面深绿色的山峦。

"不是梦,看着我,我告诉过你多少次,不是梦。"

"我想恐怕是梦了,每逢我以为是梦的时候,我就照着小说上说的那种办法,用力掐一下自己,每一次都感觉到疼痛。你看,我现在掐得这么厉害,却没有感觉到什么,这和小说上说的一样,一个做梦的人是没有知觉的。你是真实的吗?我知道等一会梦醒了,却是我一个人躺在床上,夜灯惨淡地照着床头,你早已和周世信结婚了。我竟然不痛,我是用力了的,我怕,我觉得恐怖。"

政芬大叫着从他臂弯里挣扎出来,因为她叫得太厉害的缘故,一个发夹钩住他的领带,另一个发夹钩住他夹在小口袋上的笔帽。

"看。"她举起她修长的手掌,举到他脸前。

士淳最初没有弄懂是怎么回事,但一会工夫他就看出来了,在她那赤红而微薄的左手掌心,有两道深陷下去的指甲掐印。

"我的手,阿淳,你掐的是我的手,天底下只有搞自然科学的老教授才会如此心不在焉。"

"天啊,"士淳也哑然大笑起来,"爱情也可以使人心不在焉,怪不得怎么掐都没有反应。"

"你如果掐在石头上,恐怕更没有反应。"

"这不是梦,阿芬。"士淳从伤感里跳出来,重新挽住政芬,一步一步离开那头煞风景的水牛,走到一棵横倒在那里的枯木跟前坐下来。政芬的背半靠着枯木,半靠着士淳,她双手不断往下拉她的窄裙,去盖她那即令是拉上三天也盖不住的双膝。黑而亮的高跟鞋衬得她那交叉着的小腿特别雪白,仿佛一座肉色的大理石的雕像，士淳把她全身拥到怀里。

"不。"她言不由衷地低声说。

"这不是梦了，我要你。"

政芬震惊于他最后一句话，迅速收回那正在往下拉裙子的双手，按到士淳那阔大的胸脯上，她那姿势本来是要推开他的，但她只象征性地挣扎了一下，就从双肩上滑了过去，滑到士淳的背后，紧紧地抱着他的脖子。

"嘘——"那牧童喊，他站在转弯处向他们做出怪脸。

"小鬼。"士淳放开手，把一个小石子捡到手里，那孩子早已转身逃掉。

"宝贝。"

政芬觉得脸上烧得难过，没有回答他的话，只低着头，士淳发现她耳根那里都呈现红潮。

"我们对过去谈得太多了，"他说，"让我们谈谈将来。"

"这是对的，人是为将来活着。"

"可是我几乎不敢谈将来，我怕它。"

"又怕了，你为什么怕？"

"我忧虑。"

"又是忧虑，你的心像眼睛一样，什么都装不下。"

"我总觉得，上天不会白白赐给我这么多恩典的，一定还有别的困难，每一个困难都比我的病还要不可克服，好比说，目前我们最大的障碍……"

"你指的是我父母反对吗?"

"很严重,阿芬。"

政芬把下巴放到弯起的膝盖上,磨动着贝壳般的牙齿。

"天有点凉,"她说,"把领带打上吧。"

士淳照办了。太阳这时已经相当偏西,落日总是无力的,即令在仲夏也是如此。几个山峰连在一起,被血一样的晚霞含住,士淳脑子里泛着一片红光。

"我们怎么办?"他带着询问的口吻。

父母反对子女的婚姻大事,对一个儿子而言,不过意味着经济来源的断绝,只要经济能像爱情一样站得住,很少有人对父母的反对有严重的考虑。但对一个女儿,不仅仅是意味着被关起来和被赶出来,而是,女儿比儿子要有更重的感情负担,政芬一时想不出有什么办法可以使目前的僵局打开。

"老糊涂。"士淳说。

政芬满脸不愉快向他望着。

"对不起。"士淳说。

"对不起的地方太多,而且说的次数也太多了,结果并不能解决问题。"

"我有个主意。"

"说吧。"

"阿芬,"士淳说,"你已经成年了,可以自主,不管两位老人愿意不愿意,我们先悄悄结了婚,然后等时机成熟再请朋友便饭。"

这是不可思议的，政芬摇摇头。

"我们这样做是合法的。"

这不是单纯的合法不合法的问题，她再摇摇头。

"我们可以旅行结婚。"

"不。"

"简单地先请少数亲友。"

"不。"

政芬蓦然感到一阵哀伤，她挺身站起来，用纤长的手指拂去粘到身上的碎草。她怪李士淳，他竟不知道女孩子的盼望——任何一个女孩子都盼望有一场庄严与排场的结婚典礼，她穿着浑白的新娘衣服，在乐声悠扬中，拖着巨大的裙子和长纱，缓缓走向讲坛。这和一个野心家盼望站在阳台上接受万民欢呼一样。女孩子们不知道男人为什么羡慕那种不切实际的荣誉，犹如男人们不知道女孩子为什么那么注重婚礼。所以，政芬没有愤怒，而只哀伤。

"我们可以去法院公证。"

"不。"

"阿芬，告诉我，我应该怎么办？"

"上天保佑我父母明天回心转意。"

"假如他们一直不回心转意呢？"

政芬抚摸着他那新刮过胡子的面颊。

"假如陆元康叔叔在世就好了，"政芬说，"可惜他为了一个不值得一爱的歌女殉情，他会把爸妈彻底说服，他们能回心转意的，而如今成了我和父母短兵相接了。"

"你可以找亲友，你说过，他们对你一向都很好。"

"那都是过去的事了。站在他们的立场，他们都希望我嫁表哥，然后靠着我的关系把他们的孩子也弄到美国去留学。但，请你千万放心，我不负你，真正到了没有父女之情的时候，我们什么方式结婚都可以。但我不想太狠毒，我父母只有我这么一个女儿，我想他们终于会转向我。"

"什么时候我们可以结婚？"

"你说。"

"等你毕业之后，夏末？秋初？"

"对的，你很急呢？"

"夜长梦多，迟则生变，我怕。"

"你总是怕，我永远属于你，阿淳。"

"你怎么进行？"

"我想毕业考后，空手一人回安陆商量，顶多半个月，母亲会先同情我——我表兄虽然是她的侄儿，因为我可以扬言自杀，母亲一同意，依样画葫芦，她也扬言自杀，父亲就不由得不肯了。"

"我要吻你。"

政芬接受他的吻，这时候有人在竹林那一端呼唤他们的名字，那是士沛和悦华。

"快走吧，"政芬说，"有一次你病重之极，你们一家人都这样大叫，说是'招魂'，招你的魂呢，快答应他们一句。"

"嗨——"士淳喊，"马上就来了。"

一三

对于位置在北温带边缘的维克市，夏天似乎一刹那便降临了。和往常一样，商人热心做他们的生意，学生开始他们的学期考试和毕业考试，公教人员晚上在外边活动的时间逐渐增多。冬季五点钟天便黑下来，而现在到了八点钟伸手仍见五指。

世信吃过晚饭，回到他的房间，房间里仍十分整齐，只有烟缸中的烟头和火柴梗堆积成一座小山。他一直很少出去，因为他没有那种心情，主要是他自觉无颜见人，朋友们对他几乎是一夜之间丧失了所有的女孩子这件事，感到惊奇。尤其是一向对他十分羡慕佩服的光棍，频频向他探询原因，他们最初还疑心是他另外找到更好的对象，但不久就发现情形恰好相反，失恋是掩盖不住的。

文达在七点钟的时候来看他，两人最近常常见面。没有什么寒暄，文达在长靠椅上躺下，从口袋里抽出纸烟吸起来。同一境遇的人最容易接近，但反应不一样。文达心情有无限沉重，但世信却因文达的心情沉重，而感到自己负担轻得多了。

"时间反而使我更痛苦。"文达猝然说。

世信没有回答。

"我发现我们很可怜，"文达说，"我们连一个女孩子都把握不住。"

世信厌恶地看着他，文达不再说下去，他的情绪比从前平静得多，但还是和过去一样忧郁。这时候，陈振纲大踏着脚步走进来，手里提着一架晶体管收音机。

"礼物，"他说，放到桌子上，"老板酬谢贵会计师。"

"我怎么能接受？"世信说。

"这是规矩，你不要也没有人表示感谢。这一次陆光正的捐款没有浪费，但我怕他的感情要浪费了，赵美华似乎仍念念不忘从前那个男人。"

"请坐下，振纲，站客最难招待。"

振纲坐下来，拒绝了世信递过来的纸烟，自己掏出烟斗烟丝。

"我表妹最欣赏我这种潇洒姿态，"振纲一面引火，一面用那含着烟斗的声音说，"她说这才叫做男人，女人看见男人吸烟斗的派头，心都会跳。"

"你最近见到她吗？"文达低声问。

"常看见她，怎么，你还放不下？"

文达艰涩地笑了笑，脸上像刚被一队骑兵踩躏过。

"老兄，"振纲说，"我又要批评了，你实在有点窝囊，大丈夫做事顶天立地，要拿得起，也要放得下。你放不下，对吗？老兄，你为什么放不下？"

"你放得下吗？"

"当然放得下,"振纲朗笑道,"我交过的女朋友比你认识的女孩子都多,无论主动被动散伙,我向来都不在意。"

"我相信你的话,不过,那大概是你并没有碰到一个你真正爱的人。"

"爱是招祸的事,一个人,最好不要去爱——很多人都是因为爱得太深而爱掉了性命的。让我告诉你们一个消息。"

两个人望着他。

"你们猜我怎么知道赵美华还念念不忘武昭富那个家伙的?"

振纲继续说:

"过去武昭富写给她很多肉麻的信,她都保存得再妥当没有,用丝线一束束扎着,而且带到学校里来,常常抽出其中一封,躺在床上,看了又看。这是瞒着同学的,更瞒着陆光正,可是,前些时瞒不住了。"

"被人发现了吗?"

"不是人家发现了,而是她发现武昭富写给她的信上,字迹一天比一天模糊。"

"这没有什么稀奇,日子久了,字迹自然模糊。"

"废话,"振纲说,"照你这样一说,还能发展到我预告的那种结果吗?老兄,你说得太快。"

"呃。"

"最初仅是模糊不清,赵美华并不在意,可是后来竟一个字都没有了。检查所有信件,封封如此。原来是这样的,武昭富当初用的根本就是褪色墨水。"

世信啊了一声,文达张开了大口,但没有喊出什么,紫青而厚的嘴唇张开了之后剧烈地抖着,眼睛看看振纲,像是向他求救。振纲急向他叫:

"文达!"

文达的手指在椅臂上微微动了一下,世信和振纲同时走上去,拉住他的双臂,猛烈地摇动着。

"文达!"

文达叹了口气,世信递给他一杯冷茶。

"我心里烦躁。"文达说。

"把茶喝下去。"

"我不喝。"

"不管,喝下去。"

文达一饮而尽。

"怎么回事?你有羊痫风吗?"振纲故意轻松说。

"不。我也警告过我自己,为什么要这样?可是没有用,我刚才觉得眼睛猛然间一亮,仿佛看到了冰天雪地。振纲,你讲的话使我不能控制感情,丁秀云过去写给我的情书,一共一百七十一封,一模一样也是用的褪色墨水。"

振纲霍地坐起来。

"我那里,"文达说,"只剩下一堆褪了颜色之后的苍白信纸,和仅有邮戳的苍白信封了。"

"世信，你手边情书有变化吗？"

"和当初接到时一样清楚。"

"谁写给你的？"振纲说，"岳政芬还是李悦华？"

"当然是岳政芬。"

"李悦华呢？"

"啊，"世信沉吟道，"我手上竟没有她一个字。那个骚货有问题，对了，我听说她又和姓张的那小子要好起来。我曾一度讥笑过他，也曾向他表示过我的大度，和对他无限的同情，那时我是以优胜者自居的。我想我真是一个大傻瓜，我扮了一个丑角。"

世信说完这段话之后连自己都呆住了，他站到窗口，垂下头，看着双臂上一层亮晶晶的汗珠。竹篱上天际那里密布着几乎结成一片的星光，但那并不能挡住市廛的声音，世信感觉到失魂般的烦躁。

"爱情不美满的男女，"振纲说，"往往责备对方欺骗，其实并不是那样，很少一开始便心怀叵测的。当他说'我永远爱你'时，他是真心的；当她说'我永远爱你'时，她也是真心的；不过后来因为种种原因，不能实现罢了。像一开头便用褪色墨水写情书的人，世界上还很少见，我却有福气一下子碰到两个。"

"我要把岳政芬的信拍照下来。"世信说。

"拍照下来作什么用？向她敲诈吗？还是凭情书支取她当时允诺的爱情？"

世信双手反复握着，像要把它捏碎。

"何况,"振纲说,"据我所知,是你舍弃她。"

"算了。"世信说。

"李悦华比岳政芬更媚。"

"说她比岳政芬更骚才对,"世信说,"我饶不了她,她看错了她的对手,她在玩火。"

"我们去吃冰,好吧,也借机散散心。"振纲说。

两人先后站起来找自己的香港衫。

"我好像听谁说,岳政芬要结婚。"

"可能。"文达含糊说,他希望世信没有注意,但世信注意到了,他果然陡地转回来,等一阵惊奇过去之后,以责备的口吻更正文达的说法:

"不会的。"

"听说是要跟李士淳结婚了。"

"他病全好了吗?"

"是的。"

"她像拉磨的驴子一样,又绕到了开头的地方。"世信说。

文达说,"事情虽然涉及到世信,但我是指原则而言,恋爱可能有儿戏的成分在内,但并不全是儿戏,发现错了应该有勇气回头,否则便不知道把磨拉到哪里去了。"

世信说:

"只有驴子会那样,好马是从不吃回头草的,谁见过好马吃回头草?"

"我见过,兄台,自尊心有时候是爱情的最大障碍。"振纲说。

房间里很是沉寂。

"事情是这样的,"振纲说,"当和自己毫无关联的时候,任何人都可以信口开河,一旦涉及到自己,便各人站到各人的观点上了。"

"我不怪岳政芬。"

"好吧,现在出发,我们去玛丽厅。"文达说。

"好像全维克市仅仅只有一个玛丽厅可以吃咖啡。"

"白家三姐妹的生意比从前更好,你知道白蓉的包银多少钱?是从前的五倍,今天我听说还要涨。"

"那五倍是建筑在陆元康的尸体上,"振纲说,"连叶松青都想不到他会自杀。"

三个人在街上并肩走着,从永利公司宿舍到玛丽厅要穿过一条巷子和两条马路,振纲走在当中,文达和世信走在两侧,两个人的心情使他们的步子也显得沉重,只有振纲无牵无挂,于是,从外表上看来,就仿佛一个快乐的差官一只手抓一个待毙的囚犯。

"你们说话呀,"振纲说,"不要垂头丧气,好像唯恐怕别人不知道你们正在失恋。"

文达笑一笑。

"我根本就没有失恋。"世信说。

"我抱歉不认识李悦华，假使我认识她，凭我三寸不烂之舌，准把她说得回心转意。"

"但是你认识丁秀云。"文达燃起希望说。

"天下只有三个人是没有办法的，一个是我，一个是武昭富，另一个便是丁秀云。我们的共同特点就是，对爱情而言，竟浑身都充满了理智，他们两个似乎比我还要高明，从敞表妹用褪色墨水写情书一点上，可看出除非你把金条摔到她脸上，空口说白话是没有用的。"

文达忽然停住脚，用手掩着眼睛。

"你干什么？"振纲说，"吹进灰沙了吗？"

"我看见满街都是霓虹灯。"

"要再走过一条街才有霓虹灯，我们现在仍在黑巷子里。"

"请稍停一下，振纲，"文达呻吟说，"我觉得眼睛和脑子里一阵一阵刺痛，所有的霓虹灯都爆炸了，大概破片飞了进去，我还感觉出来那些破碎片在我脑子里搅动。"

"你做什么梦？"振纲拉他的手。

"不要碰我。"

振纲和世信困惑地凝视着文达，文达弯着腰，像有谁在他脊椎上击了一锤，他的头几乎挨到地面，振纲和世信分别挟住他的胳膊。

"你病了，文达，告诉我你什么地方觉得不舒服？"

"脑子痛得很，"文达低声说，"像滚水一样沸腾，仿佛要溢出来。"

"你刚才不是说霓虹灯——"

"现在没有霓虹灯了，只眼眶仍在发胀，但比刚才好得多。"

"我叫车送你去医院。"

"不。"文达挣扎说。

他慢慢把头抬起来，看见振纲和世信像两棵着了火的圣诞树一样在那里熊熊燃烧，火焰和红光逼着他倒退，振纲用力地拖住他，才使他逐渐看清楚原来不是圣诞树，也没有燃烧。

"我们走吧，"文达勉强说，"玛丽厅拥挤得很，迟了可能找不到座位。"

"你还是看看医生，我们陪你一块去。"

"我的病已经好了。"

"应该回宿舍休息一下，文达。"

"我不疲倦。"

他们再继续前进时，文达觉得整个世界都在改变，人行道上的垂柳泛着血一样的红，他知道是他的视觉有毛病，所以他瞪大他的眼睛，所有的东西只有在他瞪大了那双已经开始失去光彩的眼睛之下，呈现出来的才是原状。

"你过去有这种毛病吗？"世信问。

"没有。"

"是不是身子虚弱的缘故？"

"不知道，"文达叹口气说，"我倒想死了才好，我觉得我的担子太重，实在再担不下去了。"

"你的心情不好，"振纲说，"到玛丽厅我负责去后台找白家妞儿来玩玩。"

然而，刚走到闹市上，文达又忽然停住。

"天啊，看我的手，"他喊。

文达把他那奇怪的手举到胸前，那是他的右手，五个手指被鞭打了一样颤抖着，拂动着扣子，像在那里弹着无弦的月琴。

"我怕要瘫痪了。"文达恐怖地说。

振纲抓住他的手，放在自己两手间搓着，痉挛才终于被搓消失，世信在一旁呆呆地扶着他的肩头。

"我想回去了。"文达衰弱地说。

"我们送你回去。"

"不用，我可以坐出租车。"

振纲为他喊了出租车，扶他上去，文达向他的朋友挥手，振纲也向他挥手，只有世信没有动作，在车子驶出视线以外的时候，他转向振纲说：

"我看文达有点不对。"

"病了，他一定是病了。"

"他想念丁秀云想得太过分。"

"你想李悦华呢？"振纲笑道，"想得恰到好处吗？"

"我们处理感情的方法不同。"

两人不久就走到玛丽厅,在不远的地方就听见传出来的隐约歌声,那正是红透半边天的歌后白蓉的歌喉,唱的是《雪山盟》。窗子上泛着灯光,玛丽厅正在使人沉醉。

"我怕碰见熟人。"世信说。

"有熟人更好,我们就不必自己付账了。"

在玛丽厅的门前,世信抓着自己的头发。

"请进去呀。"振纲说。

世信的眼光顺着街道向右望过去,像闪光一样,一个像他这种人最容易想出来的主意掉到他脑子里,只踌躇了一下,他就决定他要怎么办。

"请进呀。"振纲催他。

世信恍然大悟地跺一下脚。

"糟糕。"

"你也和钱文达一样发了什么病吗?"

"忘了一件急事,天,"世信焦急说,"我必须马上赶回去。"

"是不是要抢银行?"

"我答应今天晚上陪陈小姐看电影的,幸好没有超过时间,如果超过时间,那我就未免表现得太过分了,再见。"

"陈小姐?从什么地方冒出一个陈小姐?新斩获的吗?"

"她叫陈建芝,也是海大的学生,比岳政芬低一班。"

"你真有一手,兄台,那么多漂亮的大学生爱你。"

"爱?爱她娘的爱吧。"

振纲只好一个人去听歌了。世信等振纲消失在玛丽厅深垂着的窗帘后面,他就转过身子,向那灯光最少也最阴暗的街道走去。十分钟后,他在一家贩卖蛇羹蛇药,也贩卖活蛇的小店铺前停下。店铺前面摆着一排墙一样高的铁丝笼子,每个笼子至少容纳一二百条蛇,但实际上只不过装着半数。世信向笼子里凝视着,群蛇像链条一样重叠盘旋,面对着那些没有眼睑的眼,和伸缩不停狡狯而阴险的血红的舌尖,不禁打了一个寒颤。

"先生,"店老板出来招揽主顾,"吃蛇羹吗?"

世信跟他走进铺子。

"先生,"老板补充说,"蛇羹是世界上最大最奇的补品,冬暖夏凉,一千西西的荷尔蒙不抵一条蛇。"

世信不顾老板的推荐,只管自己寻觅。他本来分不清什么的,但书本上给他的知识已经够用了,他指着一个更阴森的笼子。

"卖吗?"

"啊,"老板吃惊说,"那是毒蛇。"

"我只问你,卖吗?"世信说。

"啊,先生,当然卖。现在只有眼镜蛇了。如果要竹叶青或百步蛇,必须等到冬天。"

"试试它们的脾气。"

老板从网孔中伸进去一根筷子,那油光的东西显然把两条眼镜蛇激怒了,它们举起菱形的头,本来和身子一样圆一样粗的蛇颈,刹那间成为一只黝黑而滑溜的扁平汤匙,前后摇动着,丑陋而恶毒地发着打气筒打气时那种嗞嗞的声音,然后,闪电一样向筷子啄了一口。

"那筷子如果是人手,"老板解释说,"那人已经死了。眼镜蛇拥有所有毒蛇中最浓的毒汁,别的毒蛇咬人,如果幸而不死,还可以活下去;眼镜蛇咬人,如果不死,也会残废。"

老板说的似乎和书本上有相当距离,但书本上说的什么,世信已记不清了,他只记得眼镜蛇好像并不是最最有毒的,竹叶青和百步蛇似乎还要更厉害。他真想指斥那老板说谎,要他一定找一些更厉害的出售,夏天是群蛇活动的时候,蛇店里应该有各式各样的蛇。但现在世信对这些都不追究了,他像一个病人相信医生的许诺似的,专心盼望眼镜蛇真的能像老板宣传的那么最最有毒。

"一条多少钱?"

"很便宜。"

"我问你一条多少钱?"

"三百元。"

世信把三百元堆到桌上,老板点了又点,收到抽屉里,然后取出一根铁钩。

"先生,"他说,"你买这东西有什么用处?"

"你问得太多了。"

"对不起,先生,我不是在查根盘底,而是替你着想。如果你要为了烹饪，我们可以代杀，你在旁边看着，这手艺普通厨师没有会的，我可以把蛇胆及蛇鞭取出来另外包扎。如果为了捉老鼠，那就要先把它的毒牙拔掉，有毒牙便有危险……"

世信接受了老板的忠告。

"我是国际毒蛇研究会会员，老板，他们需要一条在维克市生长的毒蛇，用作比较研究，看看能不能制出一种对任何毒蛇咬伤都可以解毒的血清。现在的毒蛇血清太简单，某种血清只能中和某种毒蛇的毒，岂不是太笨？国际毒蛇研究会将不辜负医学界的期许，会员只有义务而没有权利，只是纯为了造福人类。我的名字叫孙遵福，孙子的孙，遵照办理的遵，有没有福气的福。等有了回信我还要再来谢谢你。"

"那太好了，真是功德无量。先生，你要指定哪一条吗？"

"拜托你挑最凶恶最暴躁的一条。"

"怎么装法？"

"我要邮寄，有什么盒子吗？"

"有现成的木匣，先生，"店老板说，"装进去后用钉子钉死木盖，就是寄到天王星上都万无一失。"

"木盖盖上就好，不要钉死。"

"使不得，先生，你看，开包裹时万一不小心，蛇会猛地蹿出来，那就糟了。"

"主顾是我，而不是你，"世信不耐烦说，"我只要你照着我的吩咐去做。"

老板只好照着他的话做了。那是特制的木匣，有通风口，并且还跟那条凶恶的眼镜蛇同时装进去三个煮熟了的鸭蛋，作为邮寄途中蛇的食粮。世信在一旁监视着包扎完竣，他走出店铺时，腋下夹着那个木匣，脸上露着预见胜利到来时才有的那种满意的笑容。

一四

　　八月天应该不是理想的结婚天，太阳像崩裂了的火山口一样，向大地倾泻着浓烈的火浆，炎热正达顶峰，仅只这一点便不适合结婚了，只有爱得发疯的人才迫不及待想结婚。

　　士淳和政芬的婚礼在没有太大的波折中举行了。

　　他们所担心的是政芬父母的反对，这担心几乎使士淳几个月来都忧心忡忡，但这个困难终于在政芬的坚持下有限度地克服了。所谓有限度地克服，那就是，她父母仍然反对她的这场婚姻，只不过不再采取阻挠行动。淑敏顺理成章成了她的伴娘。不过天确实是太热，幸亏新娘和伴娘都是天生的凝脂样的肌肤，如果靠脂粉来维持容貌的话，那恐怕早被雨样的汗水冲洗得一团糟。

　　那一天下午四点，礼堂里已挤满了客人，包括政芬的同学，士淳士沛的朋友，李家的亲戚以及父执们。他们早晓得新郎和新娘艰苦相恋的经过，都怀着羡慕和钦佩的敬意。他们前来贺喜，大多数都带着非跟来不可的太太和孩子，她们要看看新郎或是要看看新娘到底是怎么一个人。诚挚的感情永远是感人的，人们的欢欣不仅仅因为他们有情人终成眷属，士淳和政芬死里逃生的结合,比没有过裂痕的爱情更要高贵。

以女同学占多数的海大同学们挤在最通风的甬道口那里,像挤在海滩上的企鹅一样,重重叠叠,几张已摆好了碗筷的圆桌,桌上的瓜子和糖果早已消耗了一半,在校时经常在一起的女孩子,她们多半是毕业后第一次聚在一起,自有比从前更多说不完的话。她们咬着耳朵,喊叫着,掩着满是口红的嘴唇大笑个不停。

"真想不到,"刘蕙说,她那像一个孩子似的娃娃脸非常严肃,"一点也想不到。"

"你自言自语些什么?"阮贞贞说。

"想不到李士淳的病竟会痊愈,我舅舅最初看他根本没有救。"

"你舅舅是新郎的主治医师吗?"

"从前是,后来不是了。"

"后来是谁?"

"林大夫。"

"他还在吗?"吴芸说。

"难道你也要把男朋友搞疯,事先准备一番。"

"小心我撕你,阿蕙。"

"舅舅说林大夫去了美国,不再回来了。嗨,有一个很精彩的消息,林大夫出国的时候还带走了一位有夫之妇呢!"

女人们是一种最喜欢听别人秘密的动物,于是本来喧嚷成一片的小小集团，突然间安静下来，连嗑瓜子的声音都没有了，眼睛注视着刘蕙，刘蕙受到鼓励，就迅速接下去。

"那个女人漂亮得很哩，又会唱歌，是有名的女高音，比歌星白蓉唱的都好。"

"听说白蓉快要结婚了。"有人说。

"和谁？"

"你不看报吗？影剧版上最大的新闻，报上说她要嫁给一个叫庄什么的富商。"

"那一个为她而死的教授真不值得。"

吴芸悻悻地说：

"不值得的事多得很，恋爱不是做买卖，付出要和收入平衡。"

"不要一味打岔，刘蕙，说下去，那女人是谁？"

刘蕙思索了一下。

"想起来了，"她说，"舅舅告诉过我好几次——"

"谁是你的舅舅？"丁秀云说，她在人群中像一只白燕一样，伶巧而飞快地穿过来，一直走到老同学们聚集的地方。她穿着翻着白浪的薄缎衣裙，脚下是一双连一丝皱纹都没有的红色三寸高跟鞋，她的艳丽仍和在校时一样逼人，不过她给人的印象，已是少妇，而不是少女了。

"妖姬！"一个男同学喊。

"谁叫我妖姬？"她翻白眼说。

没有人承认叫她妖姬，秀云自然也无意追究谁叫她妖姬。绰号比一个在人鼻尖上飞来飞去的苍蝇还要讨厌，拂也拂不去，却惹得自己浑身不舒服。

"谁是你的舅舅？"秀云傍着刘蕙坐下。

"赵大夫，"刘蕙说，"赵予盘。"

"他是有名的神经科，我姑妈常请他看病。"

"他不是神经科，他是内科。"

"不管他是什么科，"秀云不耐烦地掠了一下头发，"反正我认识他。"

"你几乎认识天下所有的男人呢。"

"你姑妈就是你表哥的妈妈吗？"阮贞贞说。

"当然，我表哥下个月就要去美国，他答应带我一块儿去。"

罗娜睁大了眼睛，一个瓜子皮正贴在她的两片红唇中，既吐不出，也送不进。

"怎么，"她说，"你终于把你的表嫂搞走了？武昭富，那个南华银行的大老板呢？"

秀云正在等着人们问她这一句话，虽然大家重逢后，只不过寒暄了几句，但她早已经对她同学们的麻木感到不满，幸而贞贞和罗娜帮了她的忙，一下子就引导到她盼望着可以夸耀的道路上。但她不是没有教养的人，早就在心里练习好她应该表现的是哪种态度了。于是，她平淡地笑了笑，把手伸到盘子里寻觅瓜子，她看得明明白白，那是一个空盘子，而她为了保护门牙的完整，也从来不吃瓜子的，但她却很自然地使她中指上那粒钻石戒指显露出来。男人们的反应还不太大，但女孩子们的反应却非常敏锐，她听到有些已经冒到喉管却又咽下去的喊声。

"阿富昨天先走了，"她解释说，"他去纽约筹设分行，我们打算就在纽约结婚。"

"恭喜你。"有人说。

"你们到了美国，希望来玩。美华呢？"

"刚才和陆光正来这里晃了一下。"

"陆光正——"秀云轻蔑地耸耸肩膀。

刘蕙在秀云手臂上碰了一下，那是一个示意，两人同时站起来，走到窗口。窗口比较风凉些，但窗口那里已挤满了人，她们再绕到窗外的草坪上。

"看你神秘的样子，好像什么时候当了侦探队长。"秀云说。

"你最近看见钱文达了吗？"刘蕙说。

"谁理他，简直神经病。"

"什么，天，秀云，原来你已经知道了？"

"知道什么？"

"他的精神有点不太正常。"

"啊。"丁秀云停住脚。

"他对你仍一片痴情。"

"谁告诉你他精神不正常？"

"我舅舅，"刘蕙说，"他说我们学校的女学生不太好缠，先逼疯了一个李士淳,再逼疯了一个钱文达。我不认识他,但我却希望你有一天会像岳政芬一样的回心转意,能吃到你的喜酒。不过依目前的情形看,恐怕是不见得吃成了。"

"我只有对他抱歉。"

"仅只一声抱歉便结束你们间七八年的感情吗?"

"你叫我怎么办呢?难道叫我不去美国,而去守一个没有出息的呆瓜?我没有岳政芬那么伟大。"

"秀云,"刘蕙说,"你们是七八年的情侣,从发育到成长,经过多少花前月下,卿卿我我,你不念及到一点点吗?"

"我什么都忘了,那好像是上一辈子的事一样,阿蕙。"

"你们为什么不回来?"男同学们喊。

两人匆匆跑回去。这时客人更拥挤,电扇吹出来的都是滚烫的热风。

"我们等着听刘蕙的机密新闻!"

"我没有机密新闻。"

"关于林大夫——"

"啊,"刘蕙说,"也说不上机密,人人皆知,跟林大夫一道走的女人叫罗梅丽,永利公司一个姓杨的会计师的太太。你们知道谁叫杨天卿?"

"我们不会知道无名小卒。"

"那么,知道林大夫的了?"

"他姓林,一个医生。"

"林大夫写过一本书,《恋爱的研究》,看过的吧?"

所有听见刘蕙这一句话的人都不由自主地张大嘴巴,他们不但没有一个人认识杨天卿,更没有一个人认识林大夫,甚至听说过都没有——二十年前的大学生看报纸连分类广告都会看完,现在的大学生看报纸却只看有什么电影,能多看一眼国家大事新闻都已算不错了,所以他们真的不知道林大夫到底是怎么一个人。

"他不应该恋一个有夫之妇的。"一个男同学说。

秀云哼了一声。

"听听马上就去美国嫁美钞的人的意见。"

"能把人从别人怀抱里夺出来,就不简单,"秀云说,"不要说夺的是一个人,便是夺一只碗,都得本领,我想那做丈夫的一定是一个老厌物。"

大家轰然大笑起来。

"我没有看见王淑敏。"秀云说。

"她是伴娘。"

街头传来万山崩裂了似的鞭炮,乐声也跟着响起,火药硝石的味道一阵一阵涌进礼堂。客人们纷纷站起来,有的向窗外视探,有的一窝蜂迎了出去,士淳政芬刚在法院公证结婚完毕,淑敏第一个先走下汽车,搀着已经成为李太太的新娘政芬,像两棵会移动的盛开着白花的娇小梨树。政芬穿着轻柔而洁白的长纱,在特地为她铺在地下的红毡上,用她那瘦削的白色高跟鞋缓缓而颤巍巍地走着。欢呼声和暴雨似的彩带纸球向她打来。在淑敏的扶持下,她知道那个苦恋着她的士淳,已经成了她的丈夫——这是不可思议的,她一时还想不通丈夫的意义,她知道他就跟在她的身后,但她不知道自己脑海里到底想些什么,她想她的父亲和母亲,他们竟在她最需要支持的时候舍弃了她。她想到周世信,他给她的是一生难忘的羞辱。她还想到别的许多,但一切都只浮光掠影一样地在脑子的表皮上滑过。她已被惊奇的情绪全部占有,她每走一步就更接近一个新奇的境界,她将赤裸裸地和一个她平常对他一向矜持的男人相见,他们将相依相守,几十年下去,直到老死。

士淳在后面紧跟着,他不像政芬只看着自己的脚尖,他抬起头来,向礼堂里的客人们挥手,他的伴郎是张泉青,和他同样英俊的年轻人。今天的泉青至少和新郎一样高兴,他被选中充当伴郎,不由增加他对自己的信心。他一直弄不清悦华当初为什么忽然对他那么凶,又为什么忽然赶开他;同样也弄不清后来悦华怎么忽然又接纳了他的道歉和悔过——他到如今都不知道他做错了什么事要道歉悔过,但他仍真心诚意地向悦华道歉悔过了,她才重新赐给他以颜色。他一进门就在人群中找悦华,悦华比他们早来礼堂,但他没有看到她。

士淳的眼睛盯着前面瘦瘦腰身的政芬,他一想到马上就可以为她解开衣裳,揽到怀里,而她也不再抗拒,那玉石般玲珑的胴体会毫无遮拦地任他欣赏,他就陡地心跳起来。这是每个新郎都有的兴奋，士淳几乎不敢相信刚才在法院举行的婚礼是真的，也不敢相信政芬竟真的成了他的妻子，他简直怀疑自己是不是又疯了。于是，他用习惯了的老办法用手掐了一下面颊，这动作立刻被虎视眈眈的客人们，尤其是被女客人们发现，大家立刻大笑起来，士淳被这笑声惊醒，掐的地方正隐隐作痛，自己也忍不住跟着大家大笑了。

李老太太在玉兰的搀扶下，在后面跟着士淳。老人一连十几天为儿子筹备婚礼，劳累过度，有点咳嗽，但她是高兴的，她把儿子从死神手中拉回来，而且为他完婚。目前她所剩下的唯一未了心愿，就是把悦华嫁出去了。李老太太喜欢士沛夫妇，但对士淳和政芬，她有更深厚的感情，士淳的宽膀臂在他那早已恢复正常的自由意志下摆来摆去，妈妈一下就回想到他的婴儿时代。老人家对张泉青观察得更为仔细，泉青的身体神采不亚于她的儿子，做自己的女婿那是再好没有的了。

"还有两年，"没有人会想到这个有福气的老太太会在喜气洋溢到顶峰的时候，生出悲凄，老人想，"悦华毕业，他们就可以结婚了。男孩子已婚，女孩子已嫁，对得起他们那早死的父亲，我也可以走了。"

新郎新娘走进休息室，佩着"总知宾"红条的姚克璋，那个当初要揍岳政芬的耿直汉子，这时精神百倍地跳来跳去。他把挤在休息室的小孩子们赶走，但他赶不走海大的女学生和女客人，以致他大声和她们争吵起来，还是士沛把他拉开才免去一场不愉快。政芬坐在软椅上,和挤进来的女同学女客人们一一寒暄,并接受她们的祝福——所接受的祝福之多,一辈子都用不完。她像女神那样圣洁和艳丽,在微笑中慢慢压制自己心脏的澎湃。

这时候,悦华闯进来,手里捧着一个四四方方包扎得十分精致的小邮包。

"真怪,你看,妈;这是什么东西?"她喊。

"小声点,"老太太说,"你怎么不换件衣服?今天是你二哥的大喜事,还穿着学生装。"

"学生装是官服,连皇帝都可以见得,我看不出有什么不好。二嫂,你说对不对?"

政芬抿嘴笑笑。

"你的话总是多。"老太太说。

"可是这也未免有点太稀奇,"悦华说,"二哥结婚,却有人给我寄来礼物,好像是我结婚似的。"

"一定是送给你二哥的。"

"笑话,难道我不认识字?上面写得清清楚楚,李悦华小姐亲启,'亲启'旁边还打着圈圈,真好像军事机密哩。我要拆开看看,这么一点一点大,说不定是一只秦始皇用的茶杯!"

张泉青在一旁说:

"何必这么急呢?你的同学来了很多,请赶快去帮忙招待,我找了半天都看不见你的影子。"

"你懂什么,谁叫你来插嘴?"

"那么，让我来拆。"

"你笨手笨脚，小心弄坏我的东西。寄件地址非常陌生，寄件人也不认识，不知道是你的哪位情敌呢。"

总知宾姚克璋再度闯进来，大概天下所有的男人只有他一个人不知道怜香惜玉，他用粗壮而布满大汗的胳膊从女人丛中挤出一条空隙，走到士淳跟前。

"现在可以入座了，"他说，"客人早已经来齐啦。"

士淳从软椅上拉起政芬，温柔地挽着，政芬那戴着白纱手套的修长的手指挂在士淳的肘弯上，好像卧着一只刚生下来的小白鼠。

"让开点好不好，"克璋在前开路说，"新郎新娘要入座了，你们怎么不到客厅看个仔细，在这里乱挤，有什么意思，一会他们就要敬酒。"

一个和他相识的海大女同学抗议说：

"你算什么？领他们入席是伴郎伴娘的事，你自告奋勇反而搞乱了。这里没有臭男人的地位，你只要有一点点脑筋，就应该快找他们。"

但他已找不到伴娘伴郎了，泉青正站在悦华身边，像奴隶站在公主身边一样诚惶诚恐地张着惊奇的嘴巴，他早都记不得他所担任的任务，只是念念不忘去如何讨悦华的喜悦。淑敏本来陪着政芬的，却被悦华拉着一块参观那个使她惊喜不止的邮包。克璋和玉兰一面扶着李老太太，一面像赶鸭子似的赶开人群。新郎新娘赶往喜堂,刚要离开休息室,便被悦华堵住去路。

"快来看呀,"悦华跺着脚叫,"二嫂,你结婚,我却收礼,不知道是哪个好心肠的人这么疼我。"

"你这个丫头让开路!"克璋说。

"别那么凶,老姚,你一辈子都不会有太太,没有一个女孩子肯嫁你这种粗线条。"

"悦华——"老太太说。

政芬擦着悦华柔软的身子挤过去,她看了一下那个四四方方的邮包,邮包上的字很显然是出于故意使人难以辨识的手笔,字体她觉得似乎有些熟悉。她想把她的发现告诉悦华,而悦华已把它解开了。几层包装得紧紧的牛皮纸全被她那灵巧的手拆下,正当她要去掀开那盒盖的时候,就像一个游魂苏醒了一样,盒盖悠悠地自动掀开。她吃了一惊,然而没有等她把吃惊表达出来,那盒盖已被从内部发出的顶力弹开,一个没有眼睑,尖尖的、染着铁锈颜色的蛇头,昂然在盒子中举起来,那光滑而幽暗的眼镜蛇被突如其来的光线激怒,它努力伸出身子,猛烈攻击它的敌人。悦华立刻发出一声惨叫,她的大拇指似乎有两根钢针刺了进去,木匣跌到地上,那毒蛇闪电般被弹了出来。政芬发抖的脚正碰到它,它狂怒地再扑过去,紧紧咬住她那美丽的足踝。

这场突然降临的灾难只不过有一秒钟。毒蛇咬过了两个人之后,急急从人隙中逃走,光滑的地板使它的身子扭动着,泉青终于追上,它死在他的棒子之下。悦华和政芬的伤口被找出来,懂得急救的客人为她们压紧血管,刺骨的剧痛使悦华只叫了两声便昏迷不醒;政芬倒到士淳怀里呻吟着,等救护车到来的时候,她也陷于昏迷了。喜堂里的喧哗和正在进行中的喜宴立刻停止,士淳穿着一身新郎的礼服,席地坐在两个受了伤的女孩子中间,一只手握着妹妹,一只手抱着他的妻,自始至终,他没有说一句话,只有两行眼泪像雨水一样流下来。

医生注射过血清,士沛小心地问:

"她们有危险吗?"

"不知道。"

"你不会不知道。"泉青粗暴地抓住医生的胸口。

"放手。"士沛说。

医生到另一张桌子那里站了一会,然后提起他的皮包。人们马上围上去,士淳也站起来,抢过人群,极有礼貌地向医生问讯。

"我们应该怎么办?大夫。"

"我会代你们通知法院派人验尸……"

医生说到这里,才发现士沛和克璋向他飞来的异样颜色,他急忙把话噎住,茫无目标地向四周的人点点头,留下两个护士,从人丛中穿出去,走了。李老太太号啕大哭起来,玉兰扶着她的婆母,忍不住也跟着垂泪。泉青弄清楚了这个泰山崩溃般的剧变之后,跟跄地扑到犹有一点体温的悦华身上,拼命吻她,用舌头舔她那逐渐泛青的脸庞,泪珠滚滚落下来。士淳没有什么举动,

他很自然地朝着淑敏笑了笑,然后困惑地说:

"奇怪,你不是王小姐吗?穿得漂漂亮亮,来这里干什么?"

"李先生。"淑敏说。

"你的眼睛为什么要生到眉毛上头?"士淳低声说,"你穿这种衣服好像和谁结婚似的。啊,对了,我认识你,你专吃人家的小孩子,简直天下闻名。不要以为你能逃掉,我把蜡油滴到你的眼睛里你就现出原形了。没有一个人能逃得掉的,结婚也没有用,那只有使你的罪更重。"

"李先生,你——"淑敏吸口气。

士淳并没有听见自己的声音,他说的话仿佛是从别人口中吐出的,他对向他集中过来的眼光感到畏惧,以致连政芬从昏迷中苏醒过来发出的微弱呻吟都没有听到。他舍弃了淑敏,悲哀地走到李老太太那里。

"妈啊,"他跪了下来,"救救我,救救我,我有点不太好。"

"士淳。"士沛拉住他。

"妈,你也是四只眼睛。我恐怕不行了,你听见青蛙叫的声音吗?就是弓泊公园的那一只,它和我有算不清的旧账。"

这是士淳脑神经里唯一残存着的他能支配的细胞,而这细胞在说完这一段话后,也随着全局崩溃。他站起来,觉得他已进入另一个脚下全是云雾的世界,有两个仙女在前边引导,那两个仙女就是他的妹妹和他的妻,于是,他微微地笑了笑,安详地跟在她们后面,向更高的地方,缓缓走去。

"等我一下，阿妹，阿芬。"士淳说，然后匆匆地一直走出去。姚克璋拉了他一下，他那和疯狂同时并来的神力使他轻易地把克璋摔到墙角。

士沛急忙奔到电话旁边。

"总机吗，"他凄厉地喊，用以压过老太太和泉青的哭声，"接疯人院——接殡仪馆——"

一五

又是一年的夏天,维克市和往年没有什么不同,无论多大的悲剧,都挡不住地球的运转。

南天寺也一样,看不出和过去有什么两样,只是有些冷清。虚云老和尚一连害了几个月的病,使得内内外外失去照顾。那一天的天气特别阴凉,虚云和尚的腿又隐隐约约的在作痛,壁钟在静穆的空气中,嘀嗒嘀嗒,显得特别响。他挣扎着站起来,走出禅房,浓云紧压着庭院中那棵老杨树,像要把它压断。虚云孤独地向前院踱着,他觉得他必须到前院心中才能安静。果然,隔着红砖短墙,就在如来佛殿,他又看到了那熟悉的背影,赵老太太正跪在那里为她的大女儿祈福。美英已经是不会痊愈的了,陆光正巨大的投资,也就是说,再多的金钱,也医不好补救不了爱情上的缺陷,做母亲的唯一办法,只有向众神乞灵。

虚云和尚悄悄退回来,在靠着老杨树的那张椅子上坐下。这时候起了一阵山风,杨树的叶子阵阵作响,他把下巴放到手杖的顶端,疲惫而衰弱地等待着。约等了一个小时,赵老太太才走出来,她用粗布雨伞代替手杖,一步一步迟钝地走下台阶,她看到了虚云,发现虚云正在盯着自己。一片阴影掠过她那满是皱纹的面庞,在这世界上,还有几个人记得她也曾像苹果一样美丽。

两个人越走越近，然后互相呆呆地看着，赵老太太低下头，转身向圆门那里走去。

"阿茵！"虚云和尚蓦然喊。

赵老太太不由自主地站住，一声阿茵把她钉在那里，也把她拉回四十年。她转过来，那高僧虚云一步一颠向她走来，快要入土的苍老脸上，挂着两行泪珠。

"阿茵，"虚云说，"我不该叫你。"

"方丈，"赵老太太叹口气，"我早知道是你，年龄使我没有往日的感情，却没有使我眼瞎。原谅我没有招呼，我觉得招呼无益，你我都已经很老了，让坟墓把往事连同我们的身体一齐埋葬吧。"

"多少年来，我一直忍耐着不和你讲话，我知道我们相逢也是枉然。但我今天还是讲了，我天天都要到这里来，希望能单独碰到你。大概我可能会比你早走一步。"

"方丈！"

"我为你被打断一条腿，阿茵，"虚云说，"我不埋怨，一想到我是为那爱我如命的女孩子牺牲，一想到这世界上还有一个人在爱我，再难堪的痛苦我都能忍受。现在自然是不同了，阿茵，那一年你才二十一岁，你还记得我们的海誓山盟？"

"啊——"

"不，我只是问一句：盟誓到底是什么？爱情又到底是什么？"

赵老太太双手抱着垂到胸前的雨伞。

"我知道我对不起你,阿彰,我的担子已经够重了。"

虚云和尚仔细地看着他面前的老太婆,想寻找往日那如花似玉的陈迹,可是再也找不到了,但他似乎找到了往年的声音,那声音一直萦绕在他的耳际,支持他努力活下去,一直活了四十余年。

"这就是我等待四十年所得到的一句话吗?"他悲切地说,"那么,阿茵,你走吧。"

赵老太太低下头,迟疑了一会,终于走了。虚云看着她走出圆门,像一只无情的巨手抓住他的心,老泪顺着两颊滴到沙地上。

"方丈,有什么不舒服吗?"李老太太在玉兰的搀扶下走到他面前,"刚才我们碰到赵老太太,她拜托我们看顾你,你果然不太好。"

虚云谢了,勉强回到禅房,吩咐小沙弥给施主奉茶。

"老夫人,谢谢你屡次派贵介阿康送来的布施。"

"妈去年就说要来,"玉兰说,"却在病床上一直躺着。"

"佛祖保佑,老夫人。"

"谢谢你,方丈,佛祖不会照顾我这个苦命的人。"

"悦华姑娘安葬在什么地方?"虚云说。

"西郊公墓。"

"她是一个聪明伶俐的姑娘。"

"是的,是的。"李老太太啜嚅着。

"二公子呢？"

"士淳吗，我来就是为他许愿，"老人说，"他又住回精神病院。一开始还好，后来一天天加重，又恢复打人骂人的情况，院方只好用一根铁链把他锁到一根柱子上，和圣贞女中那个叫刘可勤的教员锁在一起。姓刘的精神病听说一进去的时候也不太严重，一度还怀疑他不是疯子，可是现在他也不认识人了。林大夫在美国和一个离了婚的杨太太结婚了，短期内不会回来。我恐怕士淳会更坏下去，方丈，可怜他，我愿独力兴盖一座宝殿。"

"那位岳小姐呢？"

"她吗，"玉兰接过来代母亲说，"你知道的，她救转来了，那毒蛇咬她时已是咬第二个人，而且咬妹妹的是手，咬她的又是脚，而且还是先咬穿了一层皮鞋，所以她终算苏醒过来，死里逃生。"

"她现在在哪里呢？仍给二公子送饭吗？"

"一度她是给士淳送饭的，可是今年春天她去美国了，"老太太说，"是我同意她和士淳离婚的，她是个好姑娘，我不能耽误她的青春。上个月看报，知道她嫁给了她的表哥卢中权。方丈，她和士淳没有缘。"

"你的解释很好，老夫人。"

虚云用手杖轻敲着自己的腿。

"谁寄的毒蛇呢？老夫人，案破了吗？"

"这是一个无头案，佛祖啊，宽恕我全身的罪孽吧，不要再加到我儿女的身上。"

"要做一场焰口吗?"

"方丈做主。"

方丈和施主默默相对着,院子里猛然起了大风,那棵老杨树上的叶子发着巨响,略微谈了一点细节,施主告辞了。虚云和尚送她们出了圆门,看着她们穿过宝殿,慢慢步下那漫长的石阶。远处的弓山上被团团的黑云笼罩着,他觉得身子有点冷,勉强支撑着回到禅房,坐到床上,像就要飞起来一样,他觉得他在尘世上的心事已完,也应该走了。

但是这个世界仍然没有变动,人们仍然往人多的地方挤,没有几个人走在旷野里的,除非自己甘愿。

后 记
——台湾文学史失落的 1949

抗日热血青年在台湾文学史最后的纪事，停留在四川沙坪坝的西南联大和武汉大学的珞珈山。这些青年在文史最后的身影停格在火车站拥挤混乱中的生离死别。之后，这些台湾人眼里的外省人，初来乍到刚从日本人手中接收的台湾，火车站人潮汹涌的逃难场景不再，代之以大萧条时期于海岛"异乡"寻求生存的寂寞小站；文学的长河中，柏杨小说补遗了失落的1949之后文学编年史。小说中刻画大陆知识分子的心境和处境，"是战后初期台湾这个殖民社会一幅生动写照"，应为文学史家所重视。然而十年牢狱之灾后，读者都将关注的眼神聚焦在让他入狱的原因——批判社会与时政的杂文。文史学家一致认为柏杨写于50年代的写实小说，"明显被忽略"。

柏杨小说表达方式非常前卫，在当时就已经开创了几十年后所谓的"极具电影感的对白方式"写小说。他习惯将人物的多面像，用一片一片对白，铺陈在同一个平面上；像一幅立体派油画，将每一个面像同时拼凑在一张画里。柏杨独具的小说风格，我试着以立体派的绘画语汇，呈现柏老当年开创性小说语法，在装帧设计中。

徐荣昌后记于人民文学出版社

抢救纸本书行动三号